AF141365

The Shadow Within
Die Hangaia-Chroniken

von Jeremy C. Gotzler

Hinweis

The Shadow Within ist der **zweite Band** der Hangaia-Chroniken, kann aber **unabhängig** von Band eins gelesen werden.
Vorwissen wird nicht beötigt.

Alle Veröffentlichungen des Autors

Not the Hero - Die Hangaia-Chroniken | Band 1
The Shadow Within - Die Hangaia-Chroniken | Band 2

Lightning and Thunder - The Dark Tower | Anthologie Kurzgeschichte

The shadow within

Die Hangaia - Chroniken

Impressum

© 2025 Jeremy C. Gotzler

1. Auflage

ISBN: 978-3-384-32091-9

Website: www.hangaia.de

Instagram: @hangaia_chroniken

Youtube: @hangaia

Lektorat:

Lektorat Pierstorf - https://www.lektorat-pierstorf.de

Korrektorat

Korrektoratia - https://www.korrektoratia.de

Kartenillustration:

Jeremy C. Gotzler

Coverillustration und Kapitelzierden:

Elena Schalk und Vladimir Solnyshko

Druck und Distribution im Auftrag des Autors:

tredition GmbH, Heinz-Beusen-Stieg 5, 22926 Ahrensburg, Germany

Das Werk, einschließlich seiner Teile, ist urheberrechtlich geschützt. Für die Inhalte ist der Autor verantwortlich. Jede Verwertung ist ohne seine Zustimmung unzulässig.

Die Publikation und Verbreitung erfolgen im Auftrag des Autors, zu erreichen unter:

Peter-Rosegger-Str. 20, 82256 Fürstenfeldbruck

Dieses Buch ist auch als E-Book (Amazon) und als Hardcover erhältlich.

Für meine Mama,
die mich stets stützt, ohne mich
festzuhalten, und mich begleitet, ohne
mir den Weg vorzugeben.

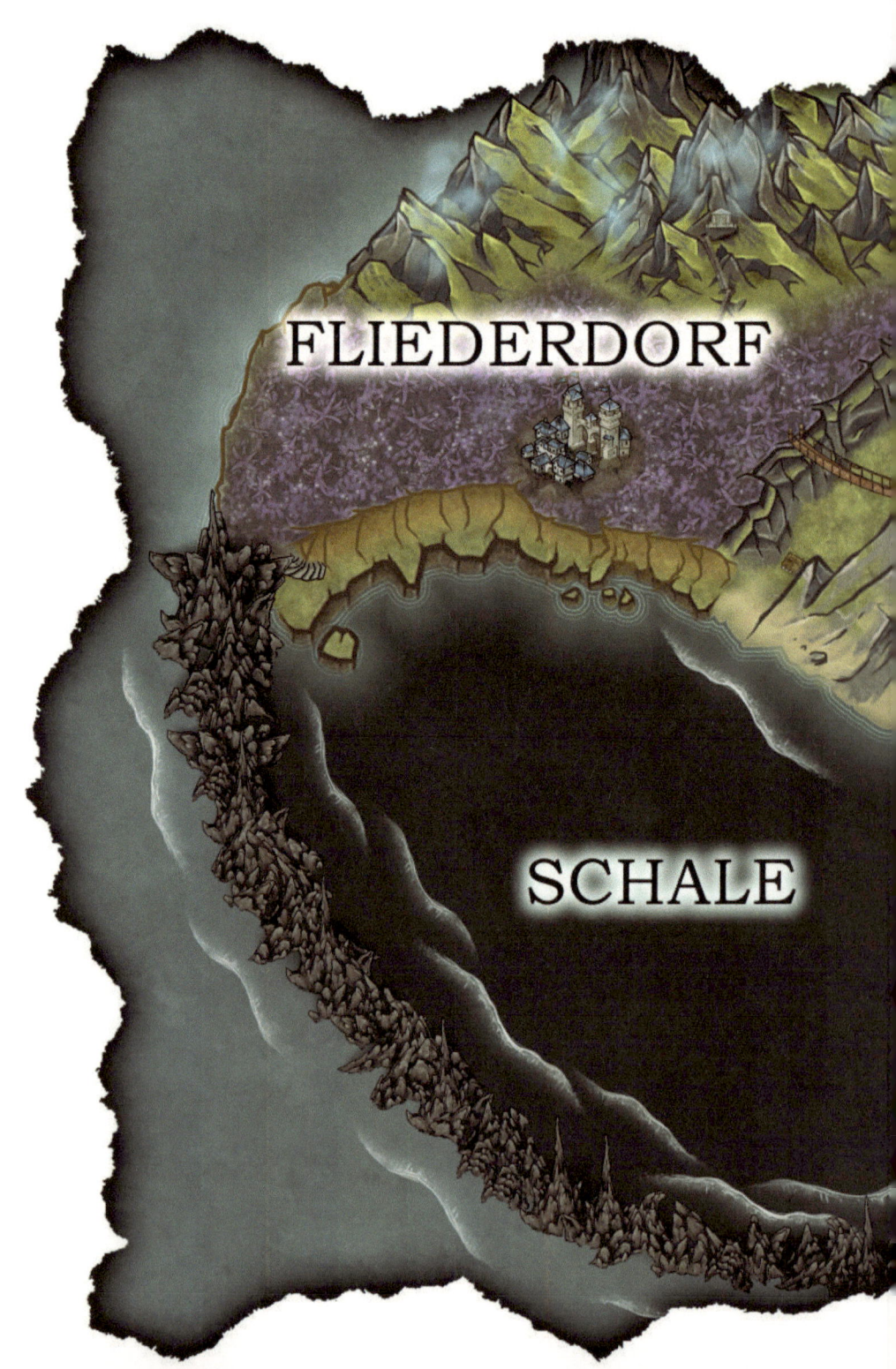

Glossar

https://www.hangaia.de/glossar-hangaia

Content Notes

https://www.hangaia.de/content-notes

Prolog

Mächtig erhebt sich vor seinen Augen ein Wald, der von außen undurchdringlich wirkt. Die Stämme stehen dicht beieinander und er kann nicht einmal erahnen, was sich dahinter verbirgt. Er entdeckt einen schmalen Pfad und langsamen Schrittes lässt er zu, dass die Bäume ihn von allen Seiten umschließen. Nur wenig Licht dringt durch das Blätterdach und zeichnet dabei kuriose Muster auf den moosigen Untergrund.

Das Summen der Bienen und das Flüstern des Windes, die ihn draußen noch begleitet haben, werden leiser, bis beides schließlich ganz verstummt. Außerhalb der Waldung hatte die Geräuschkulisse fast etwas Beruhigendes an sich. Nun schlägt ihm die absolute Stille entgegen und ein kalter Schauer schleicht sich über seinen Körper.

Sämtliche Geräusche, die noch erklingen, stammen von ihm selbst. Seine schweren Schritte, die auf dem moosigen Boden ein unangenehmes Schmatzen nach sich ziehen, treffen nach wenigen Metern auf trockenen Waldboden. Die herumliegenden Äste brechen unter seinem Gewicht und das herabgefallene Laub raschelt leise, wenn er drauftritt.

Seine Atmung dröhnt in seinen Ohren. Hat er schon immer so laut geatmet? Beinahe kommt es Kesetiaan so vor, als würde sein Herzschlag durch die endlos wirkenden Baumreihen hallen.

Nichts davon hält ihn ab, immer weiter durch den Wald zu stapfen, und je tiefer er in das Dickicht vordringt, desto mehr beschleicht ihn ein unheilvolles Gefühl. Kälte durchzieht seinen Pelz und kriecht ihm unter die Haut. Er nimmt einen unangenehmen Geruch nach faulen Eiern wahr und rümpft die Nüstern. Stehen bleibend schaut er sich um. Er starrt aufmerksam in die Dunkelheit zwischen den Bäumen, die Richtung suchend, aus welcher der Geruch kommt.

Violettes Licht wabert auf Kesetiaan zu, vermischt sich mit dem aufkommenden Nebel und legt sich schwer wie Molasse über den Boden. Das beunruhigende Gefühl verstärkt sich mit jeder Sekunde und ein erneuter Schauer lässt ihn erzittern. Ein leises Klingeln erschallt, begleitet von sanften Schritten, die das Moosbett kaum berühren. Jemand nähert sich ihm.

Kesetiaans Muskeln spannen sich an und sein Blick zuckt zwischen den Bäumen hin und her. Obwohl die Schritte schon sehr nah klingen, dauert es noch eine Weile, bis sich eine Kontur aus der unendlich wirkenden Dunkelheit löst.

Ein Mann, in weite, dunkle Gewänder gekleidet, tritt zu ihm in das Nebel-Licht-Gemisch. Sein Gesicht wird von einem undurchsichtigen Schleier verhüllt und er hat kurze, lockige schwarze Haare. Von seinem rechten Ohrläppchen hängt ein silbernes Stäbchen und über seinen Schultern trägt er einen kobaltblauen Umhang, der bis auf den Boden reicht. Darunter ein schmuckloses Hemd und eine weite Hose.

Der Fremde bleibt ein paar Meter vor ihm stehen und scheint zu warten. Unsicher beobachtet Kesetiaan den Mann, der nach Schwefel stinkt, und lässt seinen Schweif über den Boden zucken.

„Was du suchst, wirst du hier nicht finden", wispert der Mann emotionslos. „Sie ist längst nicht mehr hier."

Argwöhnisch verzieht Kesetiaan das Gesicht und er beobachtet den Fremden genau. Er beugt sich leicht nach vorn, um schnell auf einen möglichen Angriff reagieren zu können.

Der Mann jedoch interessiert sich nicht für Kesetiaans veränderte Haltung, er steht nur da und starrt zurück.

„Und du bist?", brummt Kesetiaan ungehalten über das sichtliche Desinteresse. Er bezweifelt stark, dass der Mann einer der Bewohner des nahen Dorfes ist. So jemanden hätte Malika erwähnt oder noch wahrscheinlicher gemieden.

Erheitert wispert der Fremde: „Ich bin das Orakel Satya und was du suchst, verbirgt die Dunkelheit vor dir. Dein Schicksal ist dabei, sich neu zu schreiben."

Er macht eine ausladende Geste und deutet auf einen fernen Punkt zwischen den Bäumen. Dann bewegt er sich mit geräuschlosen Schritten auf ebenjenen Ort zu. Den molasseartigen Nebel und den Gestank zieht er dabei hinter sich her.

Obwohl Kesetiaans Misstrauen während des kurzen Austauschs nicht weniger geworden ist, verspürt er aus einem ihm unbekannten Grund Neugierde. Er weiß weder, was ein Orakel ist, noch was der Fremde mit seinen Worten andeuten will. Und dennoch bewegt sich Kesetiaans Körper ganz ohne sein Zutun und er folgt dem Mann durch die Baumreihen.

Nach einigen Minuten des stummen Wanderns gelangen sie auf eine kleine Lichtung.

Über ihnen thront der Mond am fernen Himmelszelt. Kesetiaan kommt nicht umhin, sich darüber zu wundern, denn als er den Wald betreten hatte, war die Sonne noch nicht einmal am höchsten Punkt angekommen.

Umzingelt von unzähligen Sternen wirft der Himmelskörper sein mystisches Licht auf sie herab und beleuchtet einen großen Kalkstein inmitten der Lichtung. Überwuchert von rosa Schleierkraut strahlt er etwas Mächtiges aus, das Kesetiaan glauben lässt, er wäre bereits seit Anbeginn der Zeit der Wächter dieses Ortes. Tiefe Risse durchziehen seine weiße Oberfläche und zeigen die stummen Narben vergangener

Epochen. Abgebrochene Stellen wurden von der Witterung über Jahrhunderte glatt geschliffen.

Kleine fliegende fischähnliche Wesen mit gelb-schwarzem Fell sammeln das Mondlicht mit ihren Flossen ein. Sie füllen es in durchsichtige Kugeln, die überall in der Luft schweben. Ein paar von ihnen fliegen um Kesetiaan herum, streifen ihn mit ihren Flügeln und dem sanften Fell. Er erschaudert unter der ungewohnten Berührung. Noch nie zuvor hat er etwas derart Weiches gespürt.

Der Mann, der sich selbst als Orakel bezeichnet, streift mit lautlosen Schritten um den Stein herum und lässt seine Hand über die Oberfläche gleiten. Dabei scheint er Kesetiaan genau im Auge zu behalten. Die leuchtenden Tiere machen dem Mann scheu Platz und verlassen die Lichtung fluchtartig, um sich in Baumkronen und Mooshöhlen zu verstecken.

„Was soll ich hier?"

Kesetiaan versucht, sich sein Staunen nicht anmerken zu lassen. So wundersam dieser Ort auch ist, etwas an dem Mann stört ihn so sehr, dass alles andere in den Hintergrund tritt. Es sträuben sich sämtliche seiner Haare und ein Schauer jagt dem nächsten nach. Nur kann er noch immer nicht benennen weshalb.

Satya lacht, worüber weiß allerdings nur er selbst. Dann stellt er sich neben den Kalkstein und spricht: „Es gibt einen Zauber, mit dessen Hilfe du sie finden kannst."

Die Verwirrung spiegelt sich in Kesetiaans Blick wider. Ihm ist nicht klar, was ein Zauber ist oder wie er ihm dabei helfen soll, Malika zu finden.

Das Orakel lacht erneut.

Davon genervt, dass er wohl nur zur Unterhaltung des Fremden hier ist, verzieht Kesetiaan das Gesicht und knurrt. Der einzige Grund, weshalb er sich nicht einfach umdreht und geht, ist, dass der Mann von seiner Suche weiß. Und vielleicht auch, wohin Malika verschwunden ist. Zumindest sprechen die Andeutungen des Fremden dafür, dass er mehr über ihren Verbleib weiß als Kesetiaan selbst.

„Armer kleiner Kesetiaan. Wie willst du sie finden, wenn du keine Ahnung von dieser Welt hast? Hast die Dunkelheit des Labyrinths hinter dir gelassen, nur um in einer anderen Finsternis zu versinken. Macht dir die Einsamkeit Angst? Schmerzt es dich, nicht zu wissen, wo Malika verbleibt? Nicht zu wissen, ob sie dich verlassen hat?", spricht Satya gespielt mitleidig. Auch wenn sein Gesicht verdeckt ist, kommt es Kesetiaan so vor, als blicke er ihn enttäuscht an. „Doch ich helfe dir. Alles, was du tun musst, ist mir nachzusprechen."

„Warum sollte ich das tun? Zu welchem Zweck?"

Der Mann winkt ihn zu sich heran.

Kurz zögert Kesetiaan, dann wagt er den ersten Schritt. Was soll der Fremde schon machen? Kesetiaan ist gute anderthalb Köpfe größer als der Mann und so kräftig wie ein Stier. Er fürchtet sich nicht davor, womöglich überwältigt zu werden.

Schnell überwindet er die Distanz und bleibt vor dem großen Kalkstein stehen, der ihn um einen ganzen Meter überragt. Den Stein betrachtend bemerkt Kesetiaan die merkwürdigen Zeichen, die hinein gemeißelt wurden. Lesen kann er sie nicht, aber er nimmt ein bläuliches Glimmen wahr, das aus dem Inneren des Kalks kommt.

„Dies ist ein Altar, geboren aus der Magie dieser Welt und über viele Jahrhunderte durch das Mondlicht der Nahla weiter veredelt. Wird hier ein Zauber ausgesprochen, egal wie mächtig, zahlt allein der Stein den Preis dafür und zerbricht", erklärt das Orakel.

Auch wenn seine Worte sinnig klingen, versteht Kesetiaan sie nicht. Er hat nie zuvor von Magie, Zaubern, Nahla oder Ähnlichem gehört und kann sich nichts unter diesen Begriffen vorstellen. Doch solange irgendwas davon seine Suche erleichtert, ist er bereit, jedes Risiko einzugehen.

„Wie soll mir ein Stein helfen, Malika zu finden?", fragt er, die Erklärung zum Altar ignorierend. Hoffend, dass er zumindest das versteht.

„Das siehst du gleich. Berühre nun den Stein."

Kurz überkommen Kesetiaan Zweifel. Ein Gefühl sagt ihm, er sollte sich einfach umdrehen und gehen. Nur ist da auch dieser Funke in ihm, der von Hoffnung spricht und ihn mit Was-wäre-wenn-Fragen quält.

Was wäre, wenn er Malika auf diese Weise tatsächlich finden könnte? Was, wenn sie seine Hilfe braucht und der Stein dafür sorgt, dass er rechtzeitig zu ihr gelangen kann? Und schließlich hat Kesetiaan keine Ahnung, wo er sie überhaupt suchen soll.

Der Fremde hat recht: Was weiß er schon von dieser Welt?

Also folgt er der Anweisung und brummt genervt. Seine Hände auf dem Altarstein ablegend, spürt er, wie eine seltsam pulsierende Wärme davon ausgeht. Weder angenehm noch unangenehm ist sie einfach da. Kesetiaan lässt sich so auf das Gefühl ein, dass er Satya beinahe vergisst und aufschreckt, als dieser plötzlich neben ihn tritt.

„Sprich mir nach."

Satyas Stimme klingt dunkel und nimmt die gesamte Lichtung ein. Ein kalter Wind kommt auf. Er bringt das Schleierkraut und die Blätter der umstehenden Bäume zum Rascheln. Auch durch Kesetiaans Fell streicht ein zarter Hauch und lässt ihn frösteln. Der Schwefelgeruch wird intensiver und brennt sich in seine Nüstern ein. Er mag das Gefühl in seinem Inneren nicht, dennoch spricht er die gehauchten Worte des Orakels nach.

„Aavaran, oscail suas, féach ar domhan aisteach.
Beir chugam duine díobh siúd a athraíonn an domhan."

Kesetiaan hat keine Ahnung, was die Wörter bedeuten, aber das hindert sie nicht, ihre Wirkung zu entfalten. Der Wind wird mit jedem davon stärker. Er reißt das Schleierkraut aus dem Boden und zerrt einige der Fischbienen aus ihren Löchern. Der Himmel verdunkelt sich, tiefschwarze Wolken ziehen auf und verbergen die Szenerie vor dem wachsamen Blick des Mondes. Bedrückende Dunkelheit umhüllt die Lichtung und erneut wabert das schwere, violette Licht über den Boden. Der Kalkstein fängt an, von innen heraus zu leuchten. Die Schriftzeichen zittern und lösen sich eines nach dem anderen von dem Stein. Wilde Kreise über die Lichtung ziehend verbinden sie sich mit dem Wind und schüren sein Temperament noch weiter. Messerscharf peitscht er auf die umstehenden Bäume ein und treibt tiefe Furchen in die Stämme.

Einzig das Zentrum des Sturms, in dem sich der Kalkstein, das Orakel und Kesetiaan befinden, wird von der Wucht verschont. Krachend stürzen Bäume zu Boden und lassen diesen dabei erbeben.

Panisch beobachtet Kesetiaan die Zerstörungswut des Windes. Auf etwas Derartiges war er nicht vorbereitet. Er mag noch so groß und stark sein, was kann er schon mit reiner Muskelkraft gegen einen Sturm wie diesen ausrichten? Ein Zittern wandert durch seinen Körper und Furcht kriecht wie flüssiger Teer durch seine Adern. Sie lähmt ihn und zwingt Kesetiaan dazu, bewegungslos auszuharren.

Neben dem Tosen und dem Krachen erklingt mit einem Mal ein weiteres Geräusch, das so gar nicht in die übrige Kulisse passen will. Dennoch scheint es alles andere mit Leichtigkeit zu übertönen.

Ein Lachen.

„Das hast du gut gemacht!"

Schockiert starrt Kesetiaan zu Satya, der seelenruhig neben ihm steht. Der Wind lässt das Tuch vor dem Gesicht des Orakels flattern und bringt ein unheimliches Lächeln auf blassen Lippen zum Vorschein. Eiskalt läuft es ihm den Rücken runter und ein schrecklicher Gedanke flutet seinen Geist.

Das war eine Falle!

Kesetiaan will die Hände vom Stein nehmen, in der Hoffnung, was auch immer er ausgelöst hat, noch aufhalten zu können. Doch es ist bereits zu spät.

Der Sturm zieht sich explosionsartig zusammen. Er schlägt mit ungeheurer Kraft auf den Kalkstein ein und bringt ihn damit zum Bersten. Von der Wucht getroffen wird Kesetiaan mehrere Meter zurückgeschleudert. Er kracht gegen einen der umgestürzten Bäume und stößt sich den Kopf. Ehe er das Bewusstsein verliert, sieht er noch, wie sich die Steinbrocken des Altars erheben, um eine Art Tor zu bilden. Die leuchtenden Schriftzeichen legen sich auf den Bogen und werden zu Worten.

Ein letztes Mal erklingt die Stimme des Orakels.

„Der Preis des Aavarans wurde beglichen."

KAPITEL 1

Zuckersüße Begegnung

Am Ende einer langen Straße, gut versteckt in den schottischen Highlands, befindet sich ein altes, windschiefes Haus. Es ist nicht weit entfernt von dem Dorf Glencoe und liegt umgeben von einem märchenhaften Wald, dem Glencoe Lochan. Mit seinen vielen Wanderwegen, die rund um einen kleinen See herumführen, lädt er bei jedem Wetter zum Spazieren ein.

In ihrer Jugend hat Granny den Wald und den See regelmäßig unsicher gemacht. Sie erinnert sich noch gut daran, dass sie den Glencoe Lochan damals wie ihre Westentasche kannte. Überall hat sie mit ihren Freunden getobt, ist auf Bäume geklettert und hat im kristallklaren Wasser gespielt.

Heute zieht sie es vor, das Haus nur noch selten zu verlassen. Granny ist auf ihre alten Tage müde geworden. Kaum ein Wunder hat sie doch erst kürzlich das neunte Jahrzehnt angebrochen. Alle davon hat sie in diesem Haus verbracht. Sie ist nie ausgezogen und war nie in einem fernen Land, um Urlaub zu machen. Die weiteste Strecke, die sie je zurückgelegt hat, war die fast dreistündige Fahrt in die Stadt Edinburgh, wo sie ihre Flitterwochen verbracht hat.

An manchen Tagen sehnt sich Granny nach der Weite, doch ihre Kinder reden ihr den Gedanken immer wieder gewissenhaft aus. Trotzdem würde sie gerne noch etwas erleben, bevor sie irgendwann, hoffentlich friedlich, entschläft. Da es sich aber nur um Träumereien handelt, lebt sie ihr Leben am Ende der Straße in den schottischen Highlands, ganz so, als würde ihr nichts fehlen.

Das Klingeln der Eieruhr reißt Granny aus ihren weit entfernten Gedanken. Lautstark meldet das kleine Gerät, dass der Kuchen mittlerweile lange genug in der Ofenhitze gebacken hat. Mit einem Lächeln im Gesicht streift sie sich die geblümten Topflappen über, die mindestens so alt sind wie sie selbst, und holt das heiße Blech aus dem Ofen. Ein wundervoller Geruch entkommt dem Eisenmonster dabei und verteilt sich in der ganzen Küche. Genießend atmet sie den Duft ein und stellt das frische Gebäck auf dem Küchentisch ab, wo sie es einige Minuten auskühlen lässt.

Mit schwingenden Hüften und einem Liedchen auf den Lippen holt sie die vorbereitete Schokocreme aus dem Kühlschrank. Kaum ist der Kuchen nur noch lauwarm, bedeckt sie ihn großzügig damit und legt Tunnock's Tea Cakes darauf. Granny selbst ist zwar kein Fan der süßen Schaumzuckerware, aber ihr Enkel Keith liebt sie abgöttisch. Deshalb verteilt sie diese fleißig und betrachtet höchst zufrieden ihr Werk. Sich einige Schokokleckse von den Fingern schleckend, sieht sie auf die Uhr, die über der Küchentür hängt.

„Ach je, ich bin zu früh. Es ist noch nicht mal Mittag", murmelt sie und überlegt, was sie die übrigen zwei Stunden machen soll, bis ihr Enkel kommt. Dabei sieht sie sich in ihrer kleinen Küche um.

Ihre Mutter hat sie vor über siebzig Jahren, nachdem das Haus gerade fertig gebaut worden war, eingerichtet. Seitdem hat sich nicht viel an der Einrichtung verändert. Bis auf Geräte und Möbelstücke, die mit der Zeit kaputt gegangen sind und ausgetauscht wurden, sieht die Küche noch genauso aus wie in Grannys Kindheit.

Die edle Kommode aus Kirschholz, die ihr Vater von einem Händler in England erstanden hat, und die dazu passende Sitzecke, welche mit unzähligen Stofftieren besetzt ist, hat sie nie auch nur wenige Millimeter verschoben. Der große Esstisch verschwindet schon so lange unter einer schweren dunkelroten Tischdecke, dass Granny gar nicht mehr weiß, wie der Tisch darunter aussieht. Auch der Kohleofen, der Gasherd und die gusseiserne Teekanne stammen aus einem anderen Jahrhundert und werden Granny dennoch mit Leichtigkeit überleben.

Einzig die geblümte Tapete, die sich bereits stellenweise von der Wand löst, und der ausgetretene Teppich werden wohl schon vor ihr das Zeitliche segnen. Zumindest wenn es nach ihren Kindern geht, die längst darüber diskutieren, was von den Sachen entsorgt werden muss und was sich zu erben lohnt.

Da Granny im Raum nichts findet, womit sie sich beschäftigen könnte, überlegt sie, noch etwas zu kochen oder die Schlagsahne für den Kuchen vorzubereiten. Schließlich entscheidet sie sich aber für eine frische Tasse Tee und ihren Schaukelstuhl im Hinterhof. Schnell ist die schwere Kanne mit Wasser gefüllt und auf dem Ofen abgestellt. Nur wenige Minuten später ertönt das altbekannte Pfeifgeräusch und Granny kann mit dem fertig aufgebrühten Kamillentee nach draußen wackeln.

Der Garten ist groß, eigentlich zu groß für sie allein. Früher erschien er ihr kleiner, damals, als ihre Kinder durch ihre Beete tollten, als wäre es das Schönste auf der Welt. Sie fanden immer irgendwas, womit sie sich draußen die Zeit vertreiben konnten. Nicht mal das schlechteste Wetter, das Schottland aufbieten konnte, hielt die Kinder je davon ab, das Haus zu verlassen.

Obwohl auch Grannys Enkel noch bis vor einigen Jahren hier gespielt hat, wirkt der Garten heute schrecklich verwaist und im Stich gelassen. Und da ihre Kinder sie so selten besuchen, fühlt sie sich ebenfalls so.

Manchmal erscheint es Granny, als würde sich die Welt ohne sie weiter drehen, während sie allein in ihrem Häuschen sitzt und von allen vergessen wird.

Mit wachen Augen betrachtet Granny ihren Garten. Die einstigen Blumenbeete sind heute von Unkraut überwuchert und das Gras ist mittlerweile zu hoch für ihren klapprigen Rasenmäher. Alles ist in die Jahre gekommen und mit ihr zusammen alt geworden.

Ob das Häuschen nach ihrem Ableben noch weiter bestehen wird? Vielleicht zerfällt es auch einfach zu Staub und folgt ihr in die nächste Welt. Granny kann sich nicht entscheiden, ob sie den Gedanken tröstlich oder deprimierend finden soll.

Sie setzt sich in den Schaukelstuhl, den ihr Mann einst für sie zusammengeschraubt hat und dann von ihrer Tochter blau angemalt wurde. Viele gelbe Sterne und einen großen hellen Mond hat sie darauf verewigt. Auch wenn der Stuhl schon am Auseinanderfallen ist, behütet Granny ihn wie einen Schatz.

Entspannt schließt sie die Augen und ihre Gedanken wandern hinfort. Dabei genießt sie die warmen Sonnenstrahlen auf ihrem Gesicht und den leichten Windhauch, der ihr durch die kurzen, lockigen weißen Haare streicht.

Vor ein paar Wochen hat Thomas, Grannys Sohn, ihr ein Ultimatum genannt. Entweder sie sucht sich ein Altenheim aus oder er tut es. Dafür hat er ihr Prospekte mit den günstigsten Heimen der Gegend zugeschickt. Dass sie trotz ihres Alters weiter in dem geliebten Haus am Ende der Straße leben möchte, versteht Thomas nicht.

Wenn Granny könnte, würde sie die Koffer packen und reisen. Irgendwo hin, völlig egal. Ein erstes und letztes Abenteuer, ehe sie im Heim zwischen den Pflegefällen verrottet, sich fragend, ob das schon alles war. Im Grunde könnte sie es auch tun, genug Geld hat sie auf die Seite gelegt. Doch der Mut für den ersten Schritt fehlt ihr noch. Sie müsste nur das Grundstück verlassen. Aber ihr Leben lang war da immer dieses Etwas, das sie stets daran hinderte, es einfach zu wagen. Zusätzlich zu dem ständigen Bedürfnis, das Wohl anderer über ihr eigenes zu stellen.

An manchen Tagen wäre sie gerne selbstsüchtiger. Nur ein kleines bisschen wenigstens. Gerade genug, um die gepackten Taschen in die Hand zu nehmen und nach Bangkok oder Athen zu reisen. Wie schön wäre es, wenn den ersten Schritt ein anderer für sie machen würde? Dann müsste sie einfach nur weitergehen. Das kann sie.

Immer gerade aus.

Wenn sie vor sich hinträumt, sieht sie sie bereits. Die ferne Welt; wie in den Nachmittagsdokus, die sie so gerne schaut. Endlose Küsten, riesige Berge und Felder soweit das Auge reicht. Städte, die in der Nacht leuchten, und die vielen neuen Bekanntschaften. Besonders Griechenland hat es ihr angetan, mit den wundervollen weißen Häusern am Meer und den antiken Ruinen.

All das ist nur einen Katzensprung entfernt; zumindest wenn sie den Mut dazu hätte zu springen.

Erneut wird sie von einem Klingeln aus den Gedanken gerissen, diesmal allerdings nicht von der Eieruhr. Es läutet an der Tür. Für ihren Enkel ist es noch zu früh, aber manchmal findet der Postbote seinen Weg zu ihr und bleibt für eine Tasse Tee.

Sie will gerade aufstehen, um nachzusehen, wer sie besucht, da erscheinen vor Grannys Augen plötzlich schwer aussehende Steinblöcke, die mühelos durch ihren Garten fliegen. Sie fügen sich Stück für Stück zu einem großen Torbogen zusammen und blaue Schriftzeichen werden auf ihm sichtbar. Zeichen, die sie jedoch nicht entziffern kann.

Mit weit aufgerissenen Augen sieht Granny dabei zu und schwankt zwischen Ehrfurcht und Angst. Schottland mag ein magisches Land sein, doch etwas Derartiges erlebt sie zum ersten Mal.

Das Zentrum des Tores besteht aus einem wilden Strudel von blauen und lila Farben. Eine Stimme dringt zu ihr durch. Sie klingt kräftig, freundlich und irgendwie einladend, während sie die fremdartigen Wörter rezitiert. Aber sie ist auch verzerrt, als wären die Worte nur ein Echo.

Neugierig geworden, nähert sich Granny dem Tor und streckt vorsichtig die Hand danach aus. Ohne es zu berühren spürt sie, wie die Steine im Takt ihres Herzschlags pulsieren. Eine seltsame Wärme geht von dem Steinbogen aus, während der Strudel einen unangenehmen Wind mit sich bringt.

Sie hat längst alles um sich herum vergessen und bekommt gar nicht mit, wie es erneut an der Tür klingelt. Und obwohl Granny dem Tor misstrauisch gegenüber eingestellt sein sollte, ist sie es nicht. Einem seltsamen Drang folgend überwindet sie den letzten Millimeter und taucht ihre Fingerspitzen in den Farbstrudel. Er umschmeichelt sie und fühlt sich dabei so leicht an wie Seide.

Plötzlich verspürt Granny einen gewaltigen Sog, der an ihr zerrt. Ehe sie begreift, was vor sich geht, wird sie mit einem kräftigen Ruck durch das steinerne Tor gezogen.

Ihre Augen weiten sich und sie schreit erschrocken auf. Doch es ist zu spät – der Garten und ihr Häuschen verschwinden hinter ihr und sie wird immer tiefer in die wirbelnden Farben gezogen. Obwohl Granny sich nicht aktiv bewegt, kommt sie vorwärts und entfernt sich vom Eingangstor. Sie hat keine Zeit, um sich Gedanken über ihre absurde Situation zu machen, denn nur Sekunden später ertönt ein lauter Knall und Granny wird in eine vollkommene Dunkelheit gestoßen.

Schmerzhaft landet sie mit den Knien auf hartem Boden. Auch nach einer gefühlten Ewigkeit bleibt alles um sie herum dunkel. Kein einziges Licht erhellt den Ort und es ist beängstigend still. Endlich schafft es Granny, sich darüber zu wundern. Angst jedoch verspürt sie keine. Warum kann sie sich nicht erklären.

„Bin ich etwa auf meinem Schaukelstuhl eingeschlafen? Träume ich?"

Ein Blinzeln später ist es so, als würde jemand einen Lichtschalter betätigen, und Granny sitzt in der Mitte zahlreicher Fliederfelder.

Der Boden unter ihr wird weicher, erdiger, und darauf zu knien, schmerzt nicht länger. Meilenweit breiten sich die Felder um sie herum aus. In der Ferne erkennt sie eine Ortschaft bestehend aus vielen Gebäuden mit blauen Dächern. Sie dreht sich um und entdeckt hinter sich einen großen Berg mit weißer Spitze. Über ihr strahlt ein wolkenloser Himmel. Unzählige Schmetterlinge flattern unbeeindruckt um sie herum und machen es sich auf den Fliederähren gemütlich.

Granny folgt einem der zauberhaften Insekten mit ihrem Blick. Dabei kommt sie nicht umhin, zu bemerken, wie angenehm es riecht. Den betörenden Duft tief in sich aufnehmend schließt Granny die Augen und geht das eben Erlebte noch mal in Gedanken durch. Ein magisches Tor mitten in ihrem Garten, wirbelnde Farben und Dunkelheit. Wirklich verstehen tut sie allerdings nichts davon.

Sie erinnert sich an das Lieblingsmärchen ihrer Tochter, ‚Alice im Wunderland‘, und muss kichern.

Für ein solches Abenteuer bin ich dann doch etwas zu alt, auch wenn ich mich geschmeichelt fühlen würde, für eine derartige Reise ausgewählt zu werden.

Granny lacht über ihre absurden Gedanken und da sie nicht daran glaubt, dass Märchen wahr werden, öffnet sie ihre Augen und steht vorsichtig auf. Ihre Gelenke machen sich lautstark bemerkbar und meckern über die unsanfte Landung. Sie ist das längst gewohnt und so flüstert Granny nur: „Statt euch zu beklagen, könntet ihr euch ruhig mal wieder nützlich machen."

Sie klopft sich auf die Knie und streicht anschließend ihr oranges Kleid mit den Blumenstickereien glatt. Sich durch die Haare fahrend, die ihr vom Wind immer wieder ins Gesicht geweht werden, lässt sie ihren Blick über die Umgebung wandern. Dabei bemerkt sie etwas, das unweit zwischen dem Flieder liegt.

Granny geht langsam näher heran und erkennt einen Stier. Obwohl sie schon eine Weile keinen mehr zu Gesicht bekommen hat, ist sie sich sicher, dass dieser hier merkwürdig aussieht. Ein Brummen entkommt dem Tier und es fängt an, sich zu regen. Gespannt sieht Granny dabei zu, wie er sich in den Schneidersitz begibt und sich den Kopf hält.

Stattliche Hörner befinden sich auf dem Haupt, das einem Stierkopf gleicht. Unterhalb seiner kräftigen grünen Augen findet sich eine beige Stierschnauze und wild wuchert ihm das dunkelbraune Fell über den gesamten Körper. Er besitzt zwei Hufe anstatt Füße. Seine Hände jedoch sind denen eines Menschen nicht unähnlich, wenn auch haariger. Ein schmutziges, altes Tuch, welches er sich um den Körper gewickelt hat, ist die einzige Kleidung, die er trägt. Abgerundet wird sein Aussehen von einem über den Boden schleifenden Schwanz mit schwarzer Quaste.

Selbst im Sitzen wirkt der Stiermann riesig und Granny kommt sich mit ihren ein Meter fünfzig wie ein Zwerg vor. Aber was sie an seinem Anblick am meisten schockiert, ist ein dünnes Blutrinnsal an seiner Schläfe.

„Ach herrje! Du bist ja verletzt."

Erst jetzt nimmt der Stiermann sie wahr, doch da hat Granny ihm schon längst die Hand vom Kopf gezerrt, um die Wunde besser begutachten zu können.

„Keine Sorge, mein Lieber, das ist nicht so schlimm. Ist nur aufgeschürft. Etwas Wasser und ein Küsschen drauf und schon geht's dir wieder gut."

Sanft besieht sie ihn mit ihrem großmütterlichsten Lächeln, das sie in dieser Situation abrufen kann. Es soll nicht nur ihn, sondern zu einem gewissen Grad auch sie selbst beruhigen. Schnell weicht die Irritation über den seltsamen Stiermann gänzlich der Sorge um seine Wunde.

Wo bekomme ich denn jetzt Wasser her?, fragt sie sich und lässt ihren Blick über die Felder gleiten.

„Wer ...?", spricht der Stier. Er zögert und schaut sie irritiert an.

Sie beantwortet ihm die Frage trotzdem: „Du kannst mich Granny nennen, das machen alle so. Und wie heißt du, mein Kind?"

Er wiegt den Kopf zur Seite und scheint abzuwägen, ob er ihr trauen soll. Erst nach einer Weile entscheidet er sich, ihr zu antworten: „Kesetiaan."

Langsam steht er auf und überragt Granny mit einem Mal um mehrere Köpfe. Während er sich neu orientiert, tritt sie einen Schritt zurück und besieht sich den Mann noch mal in seiner vollen Pracht. Sie blinzelt einmal und ist dann ganz verzückt von seinem Anblick und dem Namen.

„Das klingt aber sehr exotisch. Wenn es dir nichts ausmacht, nenne ich dich Kenny. So nenne ich auch meinen Enkel. Dem du beinahe wie ein Ei dem anderen gleichst."

Ein verwirrter Blick trifft sie aus den klaren grünen Augen, was sie zum Kichern bringt. Obwohl Granny noch nicht einordnen kann, was passiert ist, freut es sie auf den Stiermann gestoßen zu sein. Sie liebt neue Bekanntschaften, und an einem fremden Ort nicht allein zu sein hat etwas Tröstliches für sie.

„Entschuldige, ich fange an zu schwafeln. Wo finden wir denn Wasser für deine Verletzung?"

„Ich weiß es nicht. Ich bin mir nicht mal sicher, wo wir sind."

„Ach je. Dann sollten wir das wohl schleunigst rausfinden. Wie wäre es, wenn wir dort hinüber gehen und nachfragen?"

Sie deutet auf die Ortschaft, die sie anfangs schon bemerkt hat. Kesetiaan schaut in die Richtung, zuckt mit den Schultern und stimmt ihr letztlich zu. Noch etwas steif geht er vor und Granny folgt ihm in einem gemächlichen Tempo. Dabei sieht sie sich begeistert um.

Vermutlich sollte ich im Augenblick vor Angst schlottern, aber ich habe nicht das Gefühl, dass mir Gefahr droht. Wozu also meine wertvolle Zeit mit Furcht vergeuden, wenn hier alles so schön aussieht?, denkt sie und lässt sich von ihrer Neugierde treiben. Das endlose Fliedermeer trägt wesentlich dazu bei, dass sie sich an diesem Ort seltsam geborgen fühlt.

Allerdings bemerkt sie bereits nach wenigen Metern, dass ihr die Puste ausgeht. Laut keuchend hält sie an und stützt sich auf ihre Oberschenkel. Als Kesetiaan auffällt, dass sie ihm nicht länger folgt, bleibt er stehen und betrachtet sie stumm.

Sie atmet tief durch und erklärt: „Es tut mir leid, Kenny, aber ich kann nicht mehr. Meine müden alten Knochen wollen nicht so wie ich."

Entschuldigend lächelt sie ihn an.

Einen Moment bleibt Kesetiaan bewegungslos stehen und überlegt. Granny kann ihm förmlich ansehen, wie sich die Rädchen in seinem Kopf drehen. Schließlich geht er mit einem Seufzen auf sie zu und kniet sich vor ihr auf den Boden. Dabei wendet er ihr den Rücken zu und hält die Arme in Grannys Richtung.

Verwirrt starrt sie auf den wuscheligen Hinterkopf und weiß nicht, was er da tut. Er sagt nichts, doch als sie auch nach einigen Sekunden noch keine Anstalten macht, sich zu bewegen, dreht er seinen Kopf zu ihr und schnaubt.

„Steig auf meinen Rücken, ich trage dich."

„Das musst du wirklich nicht tun", erwidert sie unsicher. Da Kesetiaan weiter regungslos vor ihr kniet, nimmt sie sein Angebot schließlich an. Sie legt ihre Arme um den breiten Hals und schlingt ihre knöchrigen Beine um seine Hüfte. Seine Arme verschränkt er unter ihrem Gesäß und sichert sie so vor dem Runterrutschen. Dann steht Kesetiaan mühelos auf und geht weiter, als wäre es das Normalste der Welt, eine fremde Frau durch die Gegend zu tragen. Etwas unangenehm ist es Granny dennoch. Nie zuvor hat sie jemand so getragen. Nicht einmal, als sie noch ein Kind war.

Allerdings hält sie es hier wie mit der Angst auch; Gedanken machen kann sie sich, wenn sie den Styx irgendwann überquert hat.

Stattdessen sieht sie ihm freudig über die Schultern und genießt die Wanderung, während sie dem Dorf näher kommen.

Der Flieder scheint überall zu wachsen: Egal in welche Himmelsrichtung sie sich dreht, die Felder reichen bis zum Horizont. Ein friedliches Bild, wie sie es sonst nur vom Glencoe Lochan kennt, und doch ist es völlig anders als ihre Heimat.

Da Granny weder dumm noch naiv ist, ist ihr längst klar, dass sie nicht mehr in ihrem Garten, geschweige denn in Glencoe oder den Highlands ist. Sie ist sich sogar ziemlich sicher, dass es im schottischen Westen weit und breit keine Stiermenschen gibt. Anders sähe es aus, wenn sie einer Fee begegnet wäre; die existieren an einigen Orten tatsächlich.

Erneut hat sie den Gedanken, dass sie diese Situation beunruhigen sollte, stattdessen ist sie voller Vorfreude auf das kommende Abenteuer. Zumindest glaubt sie, dass sich Abenteuer genau so ankündigen.

Vielleicht ist das ja doch das Wunderland und sie darf auf Alice' Pfaden wandeln.

Dunkelheit.

Sie war alles, was ich kannte. Sie begleitete mich seit Anbeginn der Zeit bis zum heutigen Tage. Lange schon, bevor ich mir meiner selbst bewusst geworden war, war sie da. Wie eine Mutter hielt und wärmte sie mich.

Nie war ich ohne sie, ihren Schutz und ihre Liebe.

Ich erinnere mich nicht an meine Geburt oder ob ich je eine Kindheit hatte. Nur daran, dass mich eines Tages eine Eiseskälte umhüllte, wie ich sie nie zuvor verspürte. Etwas entriss mich gewaltsam der mütterlichen Umarmung und stieß mich in die kalte Welt hinaus. Ließ mich allein und wimmernd im Wald liegend zurück.

Ich war nichts.

Ich war niemand.

Hatte keinen Leib, keinen Namen und gewiss auch keinen Sinn. Dazu gezwungen, mich für alle Zeit nach der Dunkelheit und der zarten Umarmung meiner Mutter zu sehnen. Doch alles, was ich fand, war ebenso kalt und leer wie die Welt, in der ich fortan zurechtkommen musste.

KAPITEL 2

Das Dorf im Flieder

Wenig später kommen sie an einem der Dorfzugänge an. Breite Pflastersteinstraßen winden sich durch die dicht beieinanderstehenden Häuser. Selbst von den Schultern des Stiermanns aus, kann Granny nur erahnen, was sich hinter den Häuserreihen verbirgt. Durch die hellen Steinbauten und den Fliederkränzen an den Fenstern und Türen wirkt der Ort friedlich und einladend. Die Straße vor ihnen wird von Blumenkübeln gesäumt und ist so sauber, dass man problemlos vom Boden essen könnte.

Vorsichtig lässt Kesetiaan Granny von seinem Rücken gleiten. Dabei fällt ihr sein nachdenklicher Blick auf und sie fragt: „Stimmt etwas nicht? Tut dir der Kopf weh?"

Statt zu antworten, wirkt es so, als würde er für einen Moment mit seinen Gedanken vollständig abdriften. Ein Schauer erfasst ihn und lässt seinen Leib erzittern. Eine unausgesprochene Frage steht ihm ins Gesicht geschrieben.

Wenn Granny seinen Ausdruck richtig deutet, scheint er sich vor irgendwas zu fürchten. Sie wüsste gerne weshalb, möchte ihn mit ihren aufdringlichen Fragen aber nicht verschrecken.

„Ist in Ordnung, du musst nichts sagen. Solltest du irgendwann darüber reden wollen, dann höre ich dir gerne zu", spricht Granny leise und drückt seine Hand, um ihre Worte zu unterstreichen. Ein trauriges Lächeln bildet sich in seinem Gesicht und es wirkt fast so, als hätte sie ihm eine Last von den Schultern genommen.

„Es geht mir gut", flüstert er und wendet seinen Blick von ihr ab.

„Dann lass uns doch mal weitergehen. In der Ortschaft können wir fragen, wo genau wir hier sind und ob sie etwas Wasser haben, um deine Wunde zu säubern." Granny unterdrückt den Drang, den Stiermann in den Arm zu nehmen, dem es ganz offensichtlich nicht gut geht. Da er sich ihr allerdings noch nicht anvertraut, muss sie damit warten, bis er den ersten Schritt macht.

Granny steuert die Straße an, um in das Dorfinnere einzudringen. Sekunden später kann sie hören, wie sich ein zögerliches Hufschlaggeräusch erhebt und zu ihren eigenen Schritten gesellt. Sie dreht sich kurz zu Kesetiaan um und schenkt ihm ein zuversichtliches Lächeln.

Tiefer in dem kleinen Ort angekommen sehen sich die beiden aufmerksam um. Überall stehen Kübel voller Flieder und es hängen festliche Girlanden über dem Dorfplatz.

Das Dorf wirkt von innen wie eine Festung. Statt Mauern erheben sich um sie herum die dichten zweistöckigen Häuser und lassen kaum Licht herein. Dadurch blockieren sie das Sonnenlicht und lange Schatten legen sich über den Marktplatz. Einzig eine große marmorne Statue, die sich im Zentrum befindet und beinahe so hoch wie die Häuser ist, steht im Licht. Auch sie wurde mit Girlanden dekoriert und wird von unzähligen Kerzen umringt.

Flüsternd äußert Granny: „Das ist wirklich ein beeindruckender Ort."

Sie betrachtet die Menschen, die in schwarze Kutten gehüllt durch das Dorf wandern. Einige von ihnen knien nahe der Statue und halten ihre Hände wie zum Gebet vor sich. Sie flüstern in einer Sprache, die Granny nicht versteht, und wirken dabei wie in Trance.

Einige der Personen tragen Knochenketten, an denen Mondscheiben befestigt sind, oder Gürtel mit Fliederblüten und Perlen. In den

Gesichtern erkennt Granny zudem kryptische Zeichen und runenähnliche Motive, die mit violetter Farbe aufgezeichnet wurden.

Seltsam, diese immer wiederkehrenden Symboliken, die Kleidung und die Gebete. Was genau ist das für ein Ort?, fragt sich Granny im Stillen.

Noch hat man sie nicht bemerkt und sie lässt ihren Blick zu ihrem Begleiter schweifen. Zitternd erhebt sich die große Gestalt des Stiermannes neben ihr. Furcht verdunkelt seine Augen und verwehrt ihm so die Schönheit des Ortes. Er wirkt wie ein verschrecktes Tier, das man zur Schlachtbank führt.

Ehe Granny ihn darauf ansprechen kann, erklingt ein spitzer Schrei. Laut und durchdringend gellt er durch die Straßen. Eine Frau lässt ihren Wäschekorb zu Boden fallen, deutet panisch auf Kesetiaan und rennt schreiend davon. Durch ihre Lautstärke alarmiert reagieren weitere Menschen. Die Kuttenträger erwachen aus ihren Gebeten und innerhalb weniger Augenblicke versammeln sich die Dorfbewohner um die beiden Eindringlinge. Mit Harken, Schaufeln und Sicheln bewaffnet starren sie Kesetiaan feindselig an und erheben drohend ihre Waffen. Sie deuten damit auf ihn und grölen ungehalten.

„Hau ab, Monster! Bevor wir dich erschlagen."

Granny scheint vom wütenden Mob kaum wahrgenommen zu werden, zumindest gelten sämtliche Drohgebärden und Beschimpfungen allein dem Stier an ihrer Seite. Sie wird von der Situation dermaßen überrumpelt, dass sie gar nicht richtig begreifen kann, was geschieht. Ihr fehlt die Zeit, um entsprechend zu reagieren und sich zu überlegen, wie sie die Rage der Bewohner unterbinden soll.

Ein Mann in abgetragener Kutte und mit ausgebleichtem blondem Haar tritt vor und ruft: „Weg mit dir, du dreckiges Monster! So etwas Widerliches wie dich wollen wir hier nicht."

Fest starrt er Kesetiaan an und zeigt dabei keinerlei Furcht, obwohl sie ihm wie eine Seuche durch Mark und Bein kriecht. Doch der Pulk hinter ihm bestärkt den Mann und lässt ihn mutiger auftreten, als er ist.

Solch ein respektloses Verhalten ist Granny nie zuvor begegnet und sie wundert sich, was bei der Erziehung des jungen Mannes schief gegangen ist. Die barbarischen und boshaft gesprochenen Worte lassen Granny schwanken.

Durch diese Bewegung wird einer der Kuttenträger auf sie aufmerksam und mischt sich rufend ein: „Und du altes Weib, geh besser von dem Monster weg. Sonst erschlagen wir dich ebenfalls."

Granny bleibt trotz der Drohung unbeirrt stehen. Verständnislos atmet sie tief durch, betrachtet die Szene vor sich genauer und blickt zu ihrem Begleiter. Ihre gutmütigen braunen Augen nehmen dabei jede von Kesetiaans Regungen in sich auf. So entgeht ihr auch nicht sein Zusammenzucken, das auf sämtliche scharfe Sprüche folgt, und die Dörfler sparen nicht gerade an Schimpfwörtern und Drohungen.

Liegt es etwa an seinem Aussehen? Nur weil er anders aussieht, gibt das doch keinem das Recht, so mit Kenny umzugehen. Absolut nichts rechtfertigt es, dass diese Leute ihm so entgegentreten!, denkt Granny und ballt empört ihre Hände zu Fäusten.

Nun erhebt Kesetiaan seine Stimme: „Ich habe nicht vor, länger als nötig hierzubleiben. Ich bin auf der Suche nach einer Frau namens Malika. Sagt mir, wo ich sie finde, dann verlasse ich das Dorf wieder."

Der blonde Mann spuckt auf den Boden und entgegnet: „Als würden wir dir irgendwelche Antworten liefern. Verschwinden sollst du, elender Dämon!"

„Je schneller ihr mir sagt, wo Malika ist, desto schneller seid ihr mich wieder los", versucht Kesetiaan es erneut, was zur Folge hat, dass ihm die Sichelträger einen großen Schritt näherkommen. Eine Frau aus den hinteren Reihen schreit wüste Beschimpfungen und wirft einen Stein nach ihm. Sie trifft ihn damit an der Schulter, doch Kesetiaan rührt sich nicht. Keinen Millimeter weicht er zurück. Starr wie ein Fels steht er da und sein Blick wandert über die Menschenmasse. Dabei ziehen sich seine Pupillen stark zusammen und er wirkt wie ein in die Ecke getriebenes Tier. Seine ganze Haltung krümmt sich, als würde er bereits zum Sprung ansetzen.

Dann trifft Grannys Blick auf seinen und etwas in ihm entspannt sich wieder. Ihre ruhige Ausstrahlung lässt die Furcht aus seinem Körper weichen.

Als Granny das bemerkt, wird ihr klar, dass sie unbedingt eingreifen muss, denn Kesetiaan kann nichts sagen oder tun, was die Dörfler von ihrem Zorn abbringt. Sie hören ihm gar nicht zu. Also schiebt sie sich zwischen die beiden Fronten und dreht dem wütenden Pulk ihren Rücken zu, um Kesetiaan als Schutzschild gegen die Beschimpfungen zu dienen.

„Wer ist denn Malika, mein Lieber? Eine Freundin von dir?", fragt sie Kesetiaan mit sanfter Stimme.

Den Blickkontakt beschämt abbrechend sieht er zur Seite und haucht verzweifelt: „Sie ist meine Schwester."

Erneut spuckt der blonde Mann auf den Boden. „Malika ist ein Mensch, du Missgeburt. Keine Ahnung, woher du ihren Namen hast, aber in ihre Nähe lass ich dich garantiert nicht." Überheblich bleckt er die Zähne und richtet seine Harke auf Kesetiaan.

Das bringt das Fass zum Überlaufen und ein zorniger Ausdruck zieht über Grannys Gesicht. Sie knirscht hörbar mit ihren Zähnen. Langsam dreht sie sich um, um dann völlig furchtlos auf den Blonden zuzugehen. Kesetiaans Blick folgt ihr und er streckt bereits die Hand aus, um sie zurückzuhalten. Etwas hält ihn jedoch davon ab. Etwas, das unbedingt wissen möchte, was sie tun wird.

Auch die anderen Dorfbewohner starren sie unverhohlen und untätig an. Eine unangenehme Stille breitet sich über dem Dorfplatz aus. Ganz so, als würden alle den Atem anhalten, um ja nichts zu verpassen.

„Was willst du, Mütterchen?", fragt der Blonde arrogant und sieht sie abwertend von oben herab an. Granny stellt sich unmittelbar vor ihn. Dass sie mehr als anderthalb Köpfe kleiner ist, stört sie nicht im Geringsten. Sie hat schon viel finstereren Gestalten die Leviten gelesen und keine Angst davor, es wieder zu tun. Als geborene Schottin und ehemalige Lehrerin liegt ihr das im Blut.

„Dir wurde wohl nicht oft genug der Hintern versohlt, was? Nimmst Wörter in den Mund, die du kaum verstehst und deren Tragweite du nicht im Entferntesten begreifen kannst. Entschuldige dich bei Kenny oder ich übernehme die Erziehung, die deine Eltern offenbar so schändlich versäumt haben."

Mit ernstem Blick starren ihre wachen Augen in seine, die hilfesuchend zur Seite wandern. Wenig intelligent entkommt dem Mann ein: „Eh?"

Eine Frau will ihm gerade zu Hilfe eilen, da erhebt Granny ihre Stimme erneut: „Ich zähle bis drei, Kind! Hast du dich dann noch immer nicht entschuldigt …"

Ihre Warnung lässt sie bewusst offen, doch selbst dem Ungebildetsten im Dorf wird klar, dass sie es ernst meint. Verwundert stellen einige fest, dass sie sich tatsächlich vor den Konsequenzen zu fürchten scheinen. Und das, obwohl Granny weder furchteinflößend aussieht, noch bisher irgendetwas getan hat, was eine solche Reaktion rechtfertigt. Allein die Art, wie sie spricht und den blonden Mann ansieht, reicht dafür bereits aus. Deshalb dauert es auch nicht lange, bis der Erste versucht, den Blondschopf zur Vernunft zu bringen.

„Ravine, entschuldige dich einfach."

„Eins", zählt Granny an.

„Genau, das ist es nicht wert. Sie ist vermutlich so eine Vestica", flüstert ein bulliger Kerl hinter Ravine und Weitere stimmen ihm leise zu.

„Zwei."

Ihr drohender Blick wird noch einen Tick dunkler. Unangenehm kribbelt es in Ravines ganzem Körper. Ein Schauer rinnt ihm die Wirbelsäule entlang.

„Ist ja gut, verdammt!", explodiert der Blonde schließlich. Er wendet sich zu Kesetiaan um, der dem Ganzen staunend folgt. Ravine lässt seine Harke zu Boden sinken und schnappt beleidigt: „Es tut mir leid, in Ordnung?!"

Nervös richtet sich sein Blick auf Granny. Er sucht nach einer Bestätigung, dass er mit heiler Haut davonkommt und sie ihn nun in Ruhe lässt.

Zufrieden nickt sie.

„Das ist zwar noch verbesserungswürdig, aber zumindest ein guter Anfang. Dann kann der Rest von euch jetzt wieder an die Arbeit gehen und da weitermachen, wo ihr eben unterbrochen wurdet."

Erstaunlicherweise folgen die Dörfler ihrem Rat. Teilweise sogar fluchtartig verlassen die Bewohner den Platz und verschwinden zwischen den Häusern. Nach wenigen Atemzügen stehen nur noch Granny, Kesetiaan und Ravine auf dem Dorfplatz.

„Ich sollte auch ...", fängt der Mann an, da hakt sich Granny bestimmend bei ihm unter und zieht ihn näher zu ihrem Begleiter.

„Aber, aber, nicht so schüchtern. Du darfst uns jetzt ein paar Fragen beantworten." Freundlich lächelt sie ihn an und lässt sich ihre Wut von eben nicht mehr anmerken.

Mit großen Augen glotzt Ravine zwischen Granny und Kesetiaan hin und her, dann verschränkt er trotzig die Arme und entgegnet: „Warum sollte ich?"

„Weil wir höflich darum bitten."

Mit ihrem entwaffnenden Blick schafft sie es, dass Ravine die Arme leicht lockert und seufzt. Er hat wenig Interesse daran, sich erneut mit der unheimlichen alten Lady anzulegen. Statt also weiter gegen sie anzukämpfen, ergibt er sich seinem Schicksal.

„Na schön. Ich weiß nicht, wo Malika ist. Sie war vor ein paar Tagen das letzte Mal hier. Abends verlässt sie das Dorf immer und kommt erst am nächsten Morgen zurück. Aber dieses Mal nicht."

„Und wohin ist sie gegangen?", fragt Granny, doch Ravine schüttelt nur den Kopf.

Stattdessen erhebt Kesetiaan die Stimme: „Sie geht nach Hause. Zu mir. Wir leben hoch oben in den Bergen. Ins Dorf kommt sie nur zum Arbeiten."

Überrascht sieht Granny ihn an und fragt: „Doch sie kam dieses Mal nicht nach Hause?"

„Nein, seit vier Nächten warte ich vergeblich auf ihre Rückkehr und habe mich schließlich auf die Suche nach ihr gemacht."

Verstehend nickt Granny und legt ihm die Hand auf den Oberarm.

„Du bist ein guter Junge, Kenny. Wir finden deine Schwester schon. Mach dir keine Sorgen", versichert sie ihm. Doch insgeheim ist sie sich nicht sicher, ob für seine Suche Hoffnung besteht. Wenn sie weggelaufen ist, ist fraglich, ob sie überhaupt eine Chance haben, die Frau wiederzufinden. Denn dann würde Malika vermutlich alles tun, damit genau daraus nichts wird.

Bei einer Entführung hingegen ist schnelles Handeln das Allerwichtigste, das weiß Granny nur zu gut. Oft genug musste sie miterleben, wie ihr Mann tagelang nicht nach Hause kam, um im Revier jeden Hinweis dreimal umzudrehen. Und oft genug hat sie ihn fest gehalten, wenn seine Einheit die Spur verloren oder eine Leiche gefunden hat.

Zudem ist Granny bewusst, dass sie eigentlich versuchen sollte, einen Weg nach Hause zu finden. Schließlich hat auch sie eine Familie und zumindest ihr Enkel dürfte längst bemerkt haben, dass sie weg ist. Sie will ihm keine Sorgen bereiten. Nur kann sie jetzt nicht einfach gehen. Nicht, nachdem sie von Kesetiaans Not erfahren hat.

Was, wenn das ihre Kinder wären? Wenn ihr Sohn ganz allein wäre und alles daran setzen würde, seine Schwester zu finden?

Ich werde ihm helfen. Das muss ich einfach. Ich könnte nie wieder in den Spiegel sehen, sollte ich den armen Jungen jetzt im Stich lassen, denkt sie und sagt: „Also, wenn sie nicht hier im Dorf ist und auch nicht bei euch zu Hause, wird sie vermutlich irgendwo unterwegs verschwunden sein. Wir sollten uns den Weg ansehen und schauen, ob wir irgendwas finden, das auf sie hinweist."

„Da ihr mich nicht mehr braucht, werde ich dann mal …", flüstert Ravine. Er versucht, sich davonzustehlen, lenkt damit die Aufmerksamkeit allerdings wieder auf sich und Granny hält ihn erneut zurück.

„Du scheinst Malika ein bisschen zu kennen. Welchen Weg nimmt sie sonst immer?"

„Was weiß denn ich? Wenn sie ständig meint, das Monster aufsuchen zu müssen, ist es ihr Problem. Soll sie doch gefressen werden."

Trotzig wie ein kleines Kind sieht Ravine zu Granny hinab. Langsam geht ihm die Fragerunde auf die Nerven, doch schnell bemerkt er seinen Fehler. Grannys Blick verdüstert sich erneut.

„Ich werde mich nicht entschuldigen, verdammt! Er ist ein Monster!" Er deutet mit dem Finger auf Kesetiaan, wendet seinen Blick aber nicht von Granny ab. Es ist für ihn unbegreiflich, wie die alte Frau nicht sehen kann, was für ihn so offensichtlich scheint. Das mächtige stierähnliche Ungeheuer mit den Hörnern und Pranken so groß wie sein Kopf. Für ihn ist der Ausdruck ‚Monster' keine Beleidigung, sondern eine Tatsache.

Granny seufzt und belässt es dabei. Dem Jungen müsste man den Hintern versohlen und Manieren einrichten, aber dafür hat sie im Augenblick weder Zeit noch Motivation.

„In Ordnung. Ich habe verstanden, dass du wütend und genervt bist. Zeig uns einfach, welchen Weg Malika normalerweise nimmt, und wir gehen."

Ravine rümpft die Nase, ehe er auf eine Seitengasse deutet, die zurück in die Fliederfelder führt. „Der Weg bringt euch direkt zum Labyrinth."

„Was denn für ein Labyrinth?"

„Na, seines."

Ravine deutet auf Kesetiaan, anschließend dreht er sich um und eilt schimpfend davon. Granny sieht zu ihrem Begleiter auf und lächelt ihn freundlich an.

„Dann sollten wir gleich losgehen."

Kesetiaan geht vor ihr auf die Knie, um sie erneut huckepack zu nehmen. Gemeinsam machen sie sich auf den Weg aus dem Dorf hinaus, ohne einen Blick zurückzuwerfen.

Sie wandern eine Weile zwischen den Blumenfeldern entlang und gelangen schließlich auf einen Trampelpfad, der tatsächlich vom Fliederdorf bis zu den Bergen führt.

Granny erkennt bereits von Weitem eine große steinerne Treppe, die bis zu einer Plattform reicht, auf der sich eine Art Gebäude befindet. Es erhebt sich drohend zwischen den weiß gepuderten Gipfeln und wirkt wie ein Mahnmal aus dunklem Stein gemeißelt. Was genau es ist, kann sie allerdings nicht erkennen.

Die Berge sind kahl und überall hängen dichte Nebelschwaden. Granny empfindet den Anblick alles andere als gemütlich und insgeheim fragt sie sich, weshalb Kesetiaan und Malika dort oben leben und nicht im Dorf. Oder zumindest irgendwo, wo es etwas lebensbejahender aussieht.

Ein leichter Wind umspielt Granny und der Duft von Flieder dringt ihr in die Nase. Genießend schließt sie für einen Moment die Augen und nimmt die Welt mit ihren restlichen Sinnen wahr.

Die letzten Strahlen der Sonne wärmen ihren Rücken und sie kann das Summen von Bienen vernehmen. Vögel, Hasen und anderes Getier rascheln in den Feldern und wuseln durch den Flieder. Ganz deutlich nimmt Granny auch den Körper unter sich wahr. Von Kesetiaans geht eine beruhigende Wärme aus und sein Fell ist viel weicher, als es aussieht.

Es ist ihr gleichgültig, dass die Menschen im Dorf etwas anderes behaupten; Granny erkennt in Kesetiaan kein Monster. Eher ein schüchternes und im Stich gelassenes Kind. Weshalb sie sich auch nicht davor scheut, sich noch etwas mehr in das weiche Fell zu schmiegen.

Als Kesetiaan bereits den halben Weg zu den Bergen zurückgelegt hat, vernehmen die beiden auf einmal ein lautes Rufen.

Wandelnd durch diese eisige und fremde Welt, in der ich keinen Platz hatte, suchte ich verzweifelt nach Antworten. Weshalb bin ich hier? Warum wurde mir die Wärme mit einem Mal verwehrt? Was bin ich und vor allem wer?

Ganz egal, wie oft und wen ich auch fragte – ich erhielt keine Antwort.

So war ich dazu gezwungen, viele Jahrhunderte lang ziellos umherzustreifen. Ich durchquerte die tiefsten Meere und bestieg die höchsten Berge, durchkämmte finstere Wälder und farbenfrohe Felder, wandelte von Insel zu Insel. Immer auf der Suche nach etwas, ohne je zu wissen wonach.

Längst hatte ich begriffen, dass diese Welt über ein Bewusstsein verfügte. Dass sie mit ihren Kindern sprach und ihrem Leid Beachtung schenkte. Ihnen sogar Hilfe aus fernen Welten sandte, wenn sie benötigt wurde.

Doch mich ignorierte sie.

War ich etwa keines ihrer Kinder? Waren es nicht ihre Arme, denen ich entrissen worden war? Wer hielt und wärmte mich dann? Besaß ich keinen Leib und wurde mit einer Gestalt bestehend aus Rauch gestraft, weil ich gar nicht in diese Welt gehörte?

Ich versuchte, Hangaia all meine Fragen zu stellen, betete sogar zu ihr. Sie strafte mich mit endloser Stille.

Ich bin nicht mehr als der bloße Schatten eines Lebewesens. Die Silhouette eines Menschen. Ungeliebt und unerwünscht von der Mutter allen Seins.

KAPITEL 3

Der Mondgott

„Hey! Wartet mal."

Sich umwendend erkennen Granny und Kesetiaan wenig erfreut, dass Ravine auf sie zuläuft und dabei wild winkt. Hinter ihm ein deutlich älterer Mann mit grauen Locken, der keuchend versucht, Schritt zu halten. Er trägt ebenfalls eine schwarze Kutte und eine der Knochenketten um den Hals. Seine Stirn ziert ein lilafarbenes Zeichen.

Kaum kommen die beiden an, holt der Unbekannte tief Luft und fängt an zu sprechen: „Ich habe ein Angebot für euch."

Dabei atmet er so schwer, dass Granny fürchtet, er würde jeden Moment zusammenklappen. Was auch kein wirkliches Wunder ist, da sie ihn auf ihr eigenes Alter schätzt. Mit achtzig noch so einen Sprint hinzulegen, ist durchaus beachtlich. Sie selbst würde dabei vermutlich eine deutlich schlechtere Figur machen.

„Ein Angebot?", fragt Kesetiaan skeptisch.

„Ja. Auf dieser Insel gibt es nur wenige Siedlungen und zumeist gehen wir uns alle aus dem Weg. Doch die Banditen aus Lerako bereiten uns immer wieder Schwierigkeiten und greifen uns und andere an."

„Und was hat das mit uns zu tun?"

„Ganz einfach, ihr wollt Antworten über Malikas Verbleib und wir wollen eine Bezahlung dafür."

Granny verzieht das Gesicht.

Irgendwo hat er ja recht; Informationen sind eine Art Dienstleistung, mit der ebenso gehandelt wird wie mit Waren. Der Mann hat also durchaus ein Anrecht auf eine Gegenleistung. Allerdings hat sie das Gefühl, dass er auf etwas hinauswill, das ihr definitiv nicht gefallen wird.

„Dann könnten wir diese Informationen doch auch mit Geld bezahlen, oder?"

„Habt ihr denn welches?"

Granny schüttelt den Kopf. Natürlich hat sie Geld, aber nicht bei sich, und da sie noch immer nicht weiß, wo genau sie sich befindet, wird es schwer, was anzubieten, auf das sie nicht zurückgreifen kann. Zudem vermutet sie stark, dass es in der Gegend keine Bankautomaten gibt, an denen sie etwas abheben könnte.

Kesetiaan schüttelt ebenfalls den Kopf.

„Dann bleibt euch nur, auf meinen Handel einzugehen. Ich will auch gar nicht, dass ihr die Banditen tötet. Ihr sollt sie nur von der Insel vertreiben."

„Getötet wird ohnehin nicht. Was seid ihr? Barbaren? Redet erst mal mit den Leuten, bevor ihr die Kriegstrommel rührt", empört sich Granny.

Der Mann wirkt von ihrer Reaktion erst verwirrt, dann verärgert. Es ist ihm sichtlich unangenehm, so vorgeführt und getadelt zu werden.

Ravine hingegen stört es kein bisschen. Er wurde heute bereits mehrfach gescholten und freut sich, dass es diesmal einen anderen trifft. Deshalb sieht er sich auch in der Lage, ganz ungeniert auf die Frage zu antworten: „Es sind Banditen. Warum sollte es jemanden stören, wenn die verrecken? Deren Leben sind ebenso wertlos wie die von Monstern."

Das ist der Moment, in dem Granny beschließt, den jungen Mann später noch mal zu besuchen. Dann wird sie ihm so lange Manieren beibringen und ihn durchschütteln, bis er weiß, was sich gehört. Seine missbilligende und respektlose Art geht ihr inzwischen gehörig auf die Nerven. Da allerdings Kesetiaans verschwundene Schwester Vorrang hat, übergeht sie seinen unpassenden Kommentar, schenkt dem Mann aber trotzdem einen erbosten Blick.

„Sie wissen also, wo Malika ist, nehme ich an."

„Ich weiß zumindest mehr als ihr. Vertreibt die Banditen und ich sage euch alles, was ich weiß."

Lange sieht Granny dem alten Mann in die Augen und versucht, herauszufinden, ob sie ihm trauen kann. Dabei bemerkt sie einen seltsamen Schleier hinter seiner braunen Iris. Er wirkt wie Nebel oder Rauch. Da sie so etwas zum ersten Mal sieht, wundert sie sich darüber, andererseits wird sie noch immer von einem sprechenden Stier auf zwei Beinen huckepack getragen.

Und wer ist sie schon, dass sie jemandem vorschreibt, wie seine Augen auszusehen haben? Also verwirft sie diesen Gedanken wieder und überlegt stattdessen, ob seine Informationen tatsächlich etwas taugen.

Es besteht die Gefahr, dass sein Wissen nutzlos ist und es dann bereits zu spät ist, um Malika zu helfen. Die Frage ist also, ob sich der Umweg lohnt oder ob es nicht klüger wäre, auf eigene Faust weiterzusuchen, überlegt Granny angestrengt. Ehe sie zu einem Entschluss kommt, ist es Kesetiaan, der eine Entscheidung trifft.

„Einverstanden. Wir kommen zurück ins Dorf, sobald die Sache erledigt ist. Sollten sich deine Antworten als Zeitverschwendung herausstellen, zeige ich dir, welche Art von Monster ich wirklich bin."

Bedrohlich baut sich Kesetiaan vor den beiden Männern auf, um seinen Worten Nachdruck zu verleihen. Er mag vom Grunde seines Herzens ein gutmütiges Wesen haben, doch für Malika ist er bereit, seine wahre Natur für einen Moment zu vergessen. Besonders dann, wenn jemand versucht, ihn hinters Licht zu führen.

Der alte Mann nickt und entgegnet: „Ich werde im Dorf sein und auf euch warten. Mein Name ist im Übrigen Halqua und ich bin der Dorfvorsteher des Fliederdorfes."

„Mich könnt ihr Granny nennen und mein Freund hier ist Kenny."

Einen Moment sieht Halqua sie überlegend an, sein Blick flackert dabei und seine Irisfarbe wird heller. Dann sieht er zur untergehenden Sonne und beschließt: „Es ist schon spät. Heute solltet ihr auf keinen Fall mehr losziehen. Ihr könnt ausnahmsweise bei mir im Anwesen übernachten."

„Was? Das ist doch nicht dein Ernst? Dieses Ding hat gerade erst unser Dorf verlassen und du lädst es direkt wieder ein?!"

Aufgebracht wirbelt Ravine zu Halqua um und fängt an, laut zu zetern, wird dabei aber geflissentlich ignoriert. Stattdessen winkt der Dorfvorsteher auffordernd und schlendert zurück zum Fliederdorf. Nach einem Blickwechsel folgen Kesetiaan und Granny ihm.

Je näher sie dem Dorf kommen, desto tiefer sinkt die Sonne. Der Himmel färbt sich in einen satten Rotton. Dadurch sieht es fast so aus, als würde er brennen. Die letzten wärmenden Sonnenstrahlen streifen über Grannys Gesicht, ehe das Tagesgestirn schließlich hinter dem endlosen Fliedermeer verschwindet. Granny ertappt sich bei dem Gedanken, was dort wohl liegt, und Neugierde erfasst sie, lässt ihr Herz schneller schlagen.

Das Feuer erlischt und macht am Firmament Platz für zahllose Sterne, die einer nach dem anderen anfangen zu leuchten. Langsam und träge erhebt sich das silberne Licht des Mondes. Mystisch und wunderschön zugleich betont er die Farbe des Flieders und scheint ihn zum Glimmen zu bringen. Zart umspielt der Wind die Ähren und trägt ihren Duft über das Land.

Als sie erneut im Dorf ankommen, sind bereits überall Kerzen entzündet worden. Die Straßen wirken wieder gut gefüllt und die Bewohner gehen ihrer gewohnten Arbeit nach. Verstohlene und verunsicherte Blicke folgen den unerwünschten Gästen.

Halqua führt sie über den Dorfplatz. Erneut fällt Granny dabei die Statue aus weißem Marmor auf, die im Kerzenschein etwas Unheimliches an sich hat. Die Kreatur, die dort dargestellt wird, ist einem Menschen zwar ähnlich, wirkt aber mehr wie eine abstrakte, vielleicht sogar künstlerische Darstellung eines menschlichen Wesens.

Es hat Ohren und eine Nase, jedoch fehlt der Mund und in den tiefen Augenhöhlen wurden Kerzen platziert. Auf seinem Kopf thront ein mächtiges Geweih, das als Einziges aus schwarzem Stein gehauen wurde. Der Torso wirkt furchtbar abgemagert und ein großes Loch klafft darin, auch hier stehen Kerzen. Die Arme erscheinen Granny seltsam wirr. Wie ein gezwirbeltes Seil, das sich von unten bereits in seine Einzelteile auflöst. Beine hat das Wesen nicht, da die Statue erst ab der Hüfte beginnt.

„Wer ist das?", fragt Granny. Verwundert bleibt Halqua stehen. Er sieht zu seinen Gästen und anschließend zur Statue. Ein merkwürdiges Lächeln legt sich auf seine Lippen und der Schatten hinter seinen Augen flackert im Kerzenschein.

„Das ist Xwedayê, der Gott des Mondes."

Er sagt es mit einer solchen Selbstverständlichkeit, dass sich Granny fast schämt, nachfragen zu müssen. Dabei vermeidet sie es, den Namen auszusprechen, aus Angst, die Aussprache zu vermasseln und sich noch unbeliebter zu machen.

„Darf ich fragen, weshalb ihr den Mond so sehr verehrt?"

Einen Moment starrt Halqua die Kreatur aus Stein an, dann wendet er den Blick ab und geht weiter.

„Ich erzähle euch beim Abendessen mehr."

Kesetiaan neigt sich zu Granny runter und flüstert: „Was ist ein Gott?"

Die beiden setzen sich ebenfalls in Bewegung und sie antwortet ihm leise: „Das ist ganz unterschiedlich. Oft wird damit ein überirdisches Wesen bezeichnet, der Erschaffer einer Welt oder die Verkörperung einer Naturkraft. Im Grunde kommt es immer auf das Volk an, was für sie eine Gottheit darstellt und auch wen oder was sie damit bezeichnen."

Verständnislos starrt Kesetiaan in den Himmel. Stolz und mächtig erhebt sich der Mond über ihnen. Es sind nur noch wenige Tage, bis er erneut die prächtigste seiner Formen annimmt.

Schweigend kommen sie vor einem großen Anwesen an. Ravine verabschiedet sich kurz angebunden und verschwindet zwischen den Häusern. Das stört keinen, sie haben ihn ohnehin längst vergessen. Ein bisschen grämt sich Granny deswegen. Aber die vielen neuen Eindrücke verhindern es, dass sie sich auf alles gleichzeitig konzentrieren kann. Es schwirren einfach zu viele Fragen in ihrem Kopf herum.

Ob wir diese Banditen wirklich dazu überreden können zu gehen? Sollten wir das überhaupt? Sie haben genauso ein Recht darauf, hier zu leben, wie alle anderen auch ... Aber wenn wir es nicht machen, wie sollen wir Malika dann finden?

Ohne zu zögern, betritt Halqua das Anwesen und führt seine Gäste durch eine prächtige Eingangshalle. Überall an den Wänden hängen Ölgemälde von Männern und Frauen mit grimmigen Gesichtsausdrücken. Sie sehen sich alle so ähnlich, dass Granny von einer Verwandtschaft ausgeht. Es gibt auch Gemälde von Orten wie einem Wald, der eine unheimliche Atmosphäre ausstrahlt.

An der Decke hängen mehrere schmucklose Kronleuchter, von denen Kerzenwachs herabtropft. Der Boden ist mit braunen Teppichen ausgelegt und an einigen Stellen stehen Vasen gefüllt mit Flieder.

Sie treten durch eine große doppelflügelige Tür in ein heimeliges Esszimmer ein. Ellenlange Fenster säumen den gesamten Raum. Tagsüber versorgen sie ihn sicher herrlich mit natürlichem Licht, ähnlich wie bei einem Wintergarten. Nachts starren sie in die endlose Dunkelheit und selbst das Mondlicht erreicht sie hier nicht. Vor den Fenstern befinden sich kleine Bänke und Tische. Darauf liegen fein säuberlich geordnete Pergamente und Bücher, weshalb Granny vermutet, dass es sich um Arbeitsplätze oder Ähnliches handelt.

In der Mitte des Zimmers steht ein großer runder Tisch, auf dem drei Kerzenleuchter stehen, die den gesamten Raum beleuchten. Acht Stühle mit hoher Lehne säumen ihn und wirken mit dem schlichten schwarzen Leinenüberzug fehl am Platz.

Halqua bittet sie zu Tisch und verlässt das Zimmer. Schweigend kommen sie der Bitte nach und fühlen sich verloren in dem unbekannten Haus. Besonders Kesetiaan erscheint alles überwältigend. Staunend wandert sein Blick über jedes noch so kleine Detail. Die Dunkelheit tut seinem Sehvermögen keinen Abbruch und er kann sich problemlos umsehen.

Granny hingegen hält ihre Augen geschlossen. Die Aufregung des seltsamen Tages hat sie müde werden lassen. Wäre da nicht ihr knurrender Magen, könnte sie an Ort und Stelle einschlafen.

Ehe das passiert, kommt der Dorfvorsteher zurück, an seiner Seite eine Frau mit weißer Haube auf dem Kopf. Sie trägt ein Tablett aus Holz, auf dem sich drei Schüsseln und Löffel befinden. Ein herrlicher Duft geht von dem Inhalt aus. Halqua setzt sich und die Frau serviert ihnen das Essen, ehe sie den Raum wieder verlässt, ohne ein einziges Wort zu verlieren.

„Bitte greift zu. Ihr habt sicherlich Hunger." Noch ehe er zu Ende gesprochen hat, schiebt Halqua sich bereits den ersten Löffel Suppe in den Mund. Granny betrachtet ihn dabei einen Moment, wird dann aber von Kesetiaan abgelenkt.

Ohne auf das Besteck zu achten, nimmt er die Schüssel in die Hand und schüttet sich den Inhalt ins Maul. Die brühend heiße Flüssigkeit scheint ihm dabei nichts auszumachen.

Während Granny darüber sinniert, auch ihm später noch Manieren beizubringen, bemerkt sie, dass Kesetiaans Hände schlicht zu groß sind. Selbst wenn er wollte, könnte er damit das Besteck nicht vernünftig halten.

Seufzend greift sie zum Löffel. Sie probiert die Suppenbrühe und ein unangenehmer Geschmack breitet sich an ihrem Gaumen aus. Er ist schwer und bitter und entspricht weder dem klaren Aussehen der Suppe noch dem lieblichen Geruch. Freudlos löffelt Granny weiter und wünscht sich einen großen Schluck Schwarztee oder gleich Whiskey, um das pelzige Gefühl auf der Zunge loszuwerden.

Am liebsten würde sie der jungen Frau ein paar Kochtipps geben. Andererseits haben ihre Kinder schon häufig behauptet, Granny würde sich zu sehr in fremde Küchen einmischen. Deshalb lässt sie es bleiben und sucht stattdessen nach einer Möglichkeit, das Essen unauffällig entsorgen zu können. Eigentlich verabscheut sie jede Art der Lebensmittelverschwendung, hier aber befürchtet sie, dass ihr Körper nicht mitspielt, sollte sie zu viel von dieser Brühe zu sich nehmen.

Länger darüber nachdenken kann sie nicht, denn Halqua ergreift das Wort.

„Die Ewalu sind fleischgewordene Götter. Acht Weltenwächter, die seit Anbeginn der Zeit durch die Meere wandeln. Unser Gott Xwedayê ist einer von ihnen. Er wacht über die Insel Dayax, von der man sagt, dass sie dem Mond in seinen Zyklen gleicht." Er legt seinen Löffel zur Seite und betrachtet für einen Moment die leere Schüssel. Dann schweift sein Blick zu der Fensterfront. Granny sieht ebenfalls dorthin und lauscht aufmerksam, als der Mann schließlich weiterspricht. „Diese Insel war einst kreisrund, doch wie ein abnehmender Mond versank sie zusehends im Meer. Am Ende blieb nicht mehr übrig als das Plateau des Vulkans im Zentrum."

„Aber die Insel steht doch gar nicht unter Wasser?", wundert sich Kesetiaan und nutzt Halquas Atempause, um nachzufragen. Dieser blinzelt ein paarmal und sieht den Stiermann zum ersten Mal direkt an.

„Das liegt daran, dass wir uns momentan im zunehmenden Mond befinden. Es dauert nicht mehr lange, bis Dayax wieder ein Ebenbild des Göttlichen selbst ist. Dann wird die Welt unter der gewaltigen Macht des Mondes erzittern, die Unwürdigen werden zu Staub zerfallen und nur Xwedayês Auserwählte können bestehen."

Obwohl der Dorfvorsteher vollkommen ruhig bleibt, schlägt die Stimmung im Raum schlagartig um. Die Bestimmtheit in seiner Stimme lässt Granny erschaudern. Ein unheimlicher Gedanke beschleicht sie, doch sie wagt es nicht, ihn weiter auszuführen. Sie fühlt sich in Halquas Gegenwart sichtbar unwohl.

Kesetiaan bemerkt den unheilvollen Unterton ebenfalls und würde das Dorf am liebsten sofort wieder verlassen.

Für einen Moment kehrt Stille ein. Keiner wagt es, sie zu durchbrechen. Dann, ebenso schnell, wie das Unbehagen kam, verschwindet es wieder. Mit einem Mal wirkt Halqua ganz wie zu Beginn des seltsamen Abendmahls und macht schon fast einen freundlichen Eindruck. Das lässt Granny nur mehr auf Abstand gehen und argwöhnisch werden.

„Das klingt sehr beeindruckend", sagt sie, um sich mit Halqua gut zu stellen. „Aber was hat das mit den Banditen zu tun?" Vorsichtig lenkt sie das Gespräch auf ein anderes Thema. Zumal sie unbedingt wissen möchte, mit welcher Intention Halqua eine solche Aufgabe an völlig Fremde vergibt.

Der alte Mann fährt sich durch die grauen Haare, sein Blick starr auf Granny gerichtet. „Sie sind Ungläubige, die sich gegen den Gott des Mondes und damit auch gegen uns stellen. Ihre grausamen Taten kosteten bereits einige Unschuldige das Leben und sie erzürnen die Dunkelheit."

Oje, wo genau bin ich da nur reingeraten? Sind das etwa Fanatiker?

„Und was ist mit uns?", fragt sie zögernd. Granny beschleicht das ungute Gefühl, dass Halqua die Banditen nur als Vorwand genutzt haben könnte, um sie zurück ins Dorf zu locken. Der Grund dafür ist ihr allerdings schleierhaft. „Könnt ihr damit leben, dass wir ebenfalls Ungläubige sind?"

Halqua lächelt, doch er wirkt dabei weder amüsiert noch belustigt. Es ist eine leere Geste, die im Kerzenschein wächsern aussieht. Als wüsste er nicht, wie man richtig lacht. Ein Schauer rinnt Granny den Rücken hinab.

Ein Moment der Stille folgt, in dem Halquas Blick über Granny und Kesetiaan gleitet, als würde er sie noch mal von Neuem bewerten.

„Ihr seid Fremde", beginnt Halqua ruhig, „und als solche ist es euer Recht, die Welt mit anderen Augen zu betrachten. Doch solange ihr hier seid, habt ihr unseren Glauben und unsere Art zu leben zu respektieren."

Granny bemerkt die subtile Drohung in seinen Worten und schaut zu Kesetiaan rüber. Seine Hände sind zu Fäusten geballt und sein Nackenfell ist aufgerichtet. Sie sieht ihm an, dass er Halqua ebenso misstraut wie sie selbst. Unauffällig legt sie Kesetiaan unter dem Tisch eine Hand auf den Oberschenkel, um ihn zu beruhigen.

Dabei fällt ihr auch wieder ein, dass sie ursprünglich in das Dorf kamen, um seine Kopfverletzung zu säubern. Sie ärgert sich, dass sie so etwas Wichtiges einfach vergessen hat. Doch bei genauerem Hinsehen bemerkt sie, dass die kleine Wunde an Kesetiaans Schläfe verschwunden ist. Kurz wundert sich Granny darüber, ehe sie sich erneut auf das Gespräch konzentriert.

„Sag mal, Kenny, arbeitet Malika nicht hier im Dorf?"

Ohne eine Antwort abzuwarten, wendet sie sich wieder an Halqua und zeigt ihm ein echtes Lächeln. „Ich gehe mal davon aus, dass Malika euren Glauben ebenfalls nicht teilt und dennoch kommt ihr mit klar. Deshalb denke nicht, dass wir in nur einer Nacht ein Problem darstellen werden. Außerdem funktioniert Respekt in beide Richtungen. Ich bitte also darum, dass auch unsere Überzeugungen geachtet werden."

Granny hat zwar keine Ahnung, ob und an was Kesetiaans Schwester glaubt, doch sie spekuliert darauf, dass Halqua sich verquatscht. Vielleicht erfährt sie so auch, ob der Mann im schlimmsten Fall etwas mit Malikas Verschwinden zu tun hat.

„Ein interessanter Punkt. Malika ist eine ehrfürchtige Person, die ich stets zu schätzen wusste. Ihr Verlust bestürzt mich sehr. Wenn dies allerdings Xwedayês Wille ist, so mische ich mich nicht ein. Ich kann euch nur Informationen geben und für Malika beten."

Sich selbst zustimmend nickt Halqua und greift nach Grannys Suppenschüssel. Verwirrt sieht sie ihm dabei zu, wie er ihre Reste aufisst und an einer kleinen Glocke läutet, die er aus seiner Kutte zieht.

Schweigend warten sie und nur wenige Momente später kommt die Frau mit der weißen Haube rein und räumt das Geschirr ab. Als sich die Tür hinter ihr wieder schließt, legt Halqua seine Hände auf den Tisch und sieht seine Gäste ausdruckslos an.

„Jetzt habe ich eine Frage an dich. An was glaubst du?"

Seine Stimme hat einen schneidenden Ton, der deutlich macht, dass er eine ehrliche Auskunft von Granny erwartet.

Die Augen zu Schlitzen verengt starrt sie den Mann an. Sie weiß, dass es keine richtige Antwort gibt, nur ob Halqua das auch klar ist, bezweifelt sie. Tief durchatmend setzt sich Granny aufrecht hin. Sie versucht, sich ihre Anspannung nicht anmerken zu lassen, und antwortet: „Ich glaube an die Menschen und daran, dass wir selbst entscheiden können, ob wir Gutes oder Böses tun. Ganz gleich, ob und welche Götter existieren und was für Forderungen sie an uns stellen."

„Dann denkst du nicht, dass die Dunkelheit in uns einen beträchtlichen Teil dazu beiträgt, wie wir handeln?"

Verwundert über die seltsame Gegenfrage braucht Granny einen Moment, um darauf zu reagieren.

„Jeder von uns trägt Dunkelheit in sich. Seien es Traumata, Ängste oder Leid. Sie als Ausrede zu nutzen, um andere zu verletzen, ist in meinen Augen schlicht und einfach dumm. Es lindert weder den eigenen Schmerz, noch bringt es einen im Leben voran."

Während sie spricht, spürt Granny, wie ihr Herz anfängt zu schmerzen. Erinnerungen und Tränen bahnen sich einen Weg an die Oberfläche. Nur schwer schafft sie es, beides zu verdrängen, bis einzig ein dumpfes Echo übrig bleibt.

„Hm ..." Halqua stützt sein Kinn mit den Händen ab. Sein Blick wandert zu Kesetiaan. „Und woran glaubst du, Dämon?"

Wieder ballt Kesetiaan seine Hände. Ehe er etwas entgegnen kann, sagt Granny bestimmt: „Solange du ihn Dämon nennst, wird er dir nicht antworten. Nochmal, du verlangst von uns Respekt für deinen Glauben, dann respektiere auch uns und hör auf, Kenny zu beleidigen!"

Der Dorfvorsteher legt den Kopf schief. Er scheint nicht zu begreifen, was sie so verärgert. Statt allerdings darauf einzugehen, klingelt er ein weiteres Mal nach der Frau.

„Es ist spät. Wie gesagt könnt ihr die Nacht hier verbringen. Meine Gemahlin wird euch in eure Schlafräume begleiten."

Kaum öffnet sich die Tür, betritt die Frau mit der Haube den Saal und Halqua verlässt ihn grußlos.

„Was für ein unangenehmer Abend", murmelt Granny enttäuscht und lässt sich von Kesetiaan helfen, von dem unbequemen Stuhl aufzustehen. Obwohl Grannys Magen noch immer grummelt, ist sie froh darüber, der Suppe und dem Gespräch endlich zu entkommen.

KAPITEL 4

Dunkelste aller Nächte

Schlaflos liegt Granny in einem halbwegs gemütlichen Bett. Sie hat noch immer ihr oranges Kleid an und die fleckige Decke zur Seite geschoben. Das Zimmer, in das sie geführt wurde, liegt im ersten Stock des großen Anwesens und ist nur kläglich eingerichtet. Es verfügt neben dem Bett über einen leeren Schrank und einen kleinen Tisch.

Eine Kerze steht darauf und zeichnet unheimliche Lichtmuster an die Wände. Kaum überraschend befindet sich daneben eine Vase voll Flieder, der ihr langsam, aber sicher auf die Nerven geht. Ihr ist klar, dass der Ort nicht ohne Grund ‚Fliederdorf‘ heißt, man kann es aber auch übertreiben.

Neben dem Bett ist ein Fenster, durch das man aus dem Dorf raussehen kann. Trotz der Dunkelheit erkennt Granny in der Ferne einen großen Berg. Er scheint alles andere zu überragen.

Ob das der Vulkan ist, von dem Halqua gesprochen hat? Das Zentrum der Insel?

Obwohl Granny seit über einer Stunde im Bett liegt und zuvor furchtbar erschöpft und müde war, stellt sich der Schlaf nicht ein. Stattdessen wirbeln ihre Gedanken wirr durch die Gegend. Sie ist nicht in Glencoe. Vermutlich nicht einmal mehr in Schottland oder gar in ihrer Welt. Wieder erinnert sie sich an ‚Alice im Wunderland‘. Wie oft hat sie ihrer Tochter Elain diese Geschichte erzählt?

„Oft genug, um zu verstehen, dass das hier dann wohl mein Wunderland ist", flüstert sie in die Dunkelheit ihres Zimmerchens. „Sollte ich Halqua danach fragen? Vielleicht weiß er ja, warum ich in dieser Welt bin oder wie ich wieder zurückkomme."

Nach diesem unangenehmen Abendessen will sie ihm eigentlich nicht mehr über sich preisgeben als unbedingt notwendig. Halqua ist auch so schon unheimlich genug. Sie möchte nicht herausfinden, was er mit jemandem macht, der aus einer anderen Welt stammt.

Generell ist ihr das Fliederdorf suspekt und erinnert sie viel zu sehr an eine Sekte oder einen Kult. Sie ist froh, dass sie den Ort zusammen mit Kesetiaan am nächsten Morgen wieder verlassen kann.

Gerade als sie an ihren neuen Freund denkt, spürt sie, wie etwas über ihre Arme streicht. Ein Windhauch so zart, dass es sich wie eine Berührung anfühlt. Aber außer Granny und der Dunkelheit befindet sich keiner in dem Zimmer. Urplötzlich machen sich Bedenken in ihr breit und eine unbekannte Stimme flüstert in ihren Gedanken: *„Ist es wirklich eine gute Idee, allein mit dem Dämon weiterzuziehen? Was, wenn die Dorfbewohner recht haben? Was, wenn er nur darauf wartet, dir etwas anzutun?"*

Aber was soll ich stattdessen tun?, fragt sich Granny. Die Zweifel breiten sich in ihr aus und lassen sie erzittern. Mit einem Male ist ihr ganz schrecklich kalt und sie zieht sich die Decke über den Leib.

Dann gesellt sich zu der ersten Stimme eine weitere. In Gedanken hört sie, wie ihr Sohn Thomas scharf erwidert: *„Such einen Weg nach Hause. Was ist daran so schwer? Die Leute wären auch netter zu dir, wenn du das Stiermonster dahin schickst, wo der Pfeffer wächst."*

Wie aus Reflex antwortet sie ihm flüsternd: „Aber er braucht meine Hilfe. Wie kann ich ihn allein lassen, wenn er sich hier doch genauso wenig auskennt wie ich?"

Ehe Thomas ihr ein schlechtes Gewissen einreden kann, klopft es zögerlich an der Tür. Granny setzt sich verwundert auf und für einen

Augenblick kommt es ihr so vor, als würde die Kerze einen zweiten Schatten an die Wand zeichnen. Genauso schnell, wie er auftaucht, verschwindet er wieder und nur ihr eigener bleibt übrig.

Den Kopf schüttelnd befreit sie sich von der Decke und tapst dem Geräusch vorsichtig entgegen. Sie öffnet die Tür einen Spaltbreit. Dahinter steht im dunklen Flur ihr großer, flauschiger Begleiter. Schüchtern reibt sich Kesetiaan die Hände und schaut beschämt auf den Boden.

Wenn Granny raten müsste, würde sie sagen, dass er ebenso wenig zur Ruhe kommt wie sie selbst. Die Stimmen der Zweifel werden stiller, bis sie schließlich ganz verstummen. Das Zimmer erscheint ihr nun deutlich heller als noch vor einigen Sekunden. Sie macht einen Schritt zur Seite und öffnet die Tür gänzlich.

„Komm rein, mein Lieber."

Während sie sich wieder auf das Bett setzt, schließt Kesetiaan die Tür leise und versucht, es sich auf dem kleinen Stuhl bequem zu machen. Am liebsten würde Granny ihm eine heiße Schokolade anbieten. Das süße Getränk würde ihrer beider Nerven beruhigen. In dem fremden Anwesen weiß sie allerdings nicht mal, ob sie die Küche finden würde, geschweige denn, ob es hier so was wie Kakao gibt.

Eine Weile schweigen beide und Granny beobachtet Kesetiaan. Er wirkt unendlich verloren und Mitleid breitet sich in ihrem Herzen aus.

Ich weiß nicht, wo diese Gedanken auf einmal herkamen. Er hat mir keinen Grund dazu gegeben, ihn zu fürchten. Ganz im Gegenteil. Und Thomas … Er mag zwar manchmal sehr hart sein, aber niemals würde er jemanden in Not zurücklassen. Vor allem nicht diesen Jungen. Dafür sieht er Keith viel zu ähnlich.

Nach einer Weile rauft sich Kesetiaan zusammen und ergreift vorsichtig das Wort. Er fragt: „Wer bist du?"

Aus ihren Gedanken auftauchend betrachtet sie ihn. Sie versteht die Frage und Granny hätte sie wohl auch gestellt, wenn plötzlich jemand bei ihr auftaucht und sich an ihren Rockzipfel hängt.

In den grünen Augen erkennt sie Unsicherheit und tief in ihrem Inneren weiß sie, wie wichtig es ist, jetzt darauf einzugehen. Für ihn, für sie selbst und für die Familie, die zu Hause auf sie wartet. Besonders da Granny vorhat, Kesetiaan weiterhin zu begleiten.

Nur wie soll ich eine Frage beantworten, deren Antwort ich nicht wirklich kenne? Im Grunde geht es gar nicht darum, wer ich bin, sondern weshalb ich hier bin.

Obwohl sie die Worte nicht bewusst spricht, finden sie ihren Weg ganz von selbst über ihre Lippen. „Ich komme aus einer anderen Welt und ich bin hier, weil du meine Hilfe brauchst."

Erst beim Aussprechen wird ihr klar, wie sehr diese Worte Sinn ergeben. Das Tor, die Stimme und Kesetiaan selbst. Alles hängt zusammen, auch wenn sie noch nicht versteht warum. Vielleicht gehört es zu ihrer Aufgabe, genau das herauszufinden.

„Das hatte ich befürchtet und darauf gehofft." Er weicht Grannys Blick aus, ehe er weiterspricht: „Nachdem ich losgezogen bin, um Malika zu suchen, war da auf einmal ein Wald. Dort traf ich auf ein Wesen, das sich selbst als Orakel bezeichnet hat. Es erzählte etwas von Magie und dass es wüsste, wie ich Malika finde. Es ließ mich seltsame Worte nachsprechen und auf einmal befand ich mich im Auge eines Sturmes. Ich erinnere mich noch an sein düsteres Lachen und helle Lichter. Steine, die sich zu einem Tor zusammenfügten, und Schmerz, als ich von einer Druckwelle erfasst wurde." Kesetiaan atmet einmal tief durch und sieht Granny direkt in die Augen. „Als ich wieder erwachte, war der Wald verschwunden und du warst da."

Granny lauscht ihm gespannt und mit jedem Wort gewinnt sie mehr an Klarheit. Sie hat genug Bücher gelesen, um zu wissen, was Magie und Rituale sind. Nur hielt sie beides immer für reine Fantasie und Aberglaube. Aber wenn sie in einer fremden Welt ist, warum dann nicht in einer, in der solche Dinge zur Tagesordnung gehören? Sie fühlt sich zu alt, um sich darüber mehr zu wundern als über die Sache mit dem Weltenwechsel. Sie akzeptiert es also klaglos. Was bleibt ihr auch anderes übrig?

„Wirst du mir wirklich helfen, Malika zu finden? Obwohl ich …"

Ohne ihn aussprechen zu lassen, nickt Granny heftig und entgegnet bestimmt: „Selbstverständlich helfe ich dir!"

Kesetiaan zeigt ihr daraufhin ein schüchternes Lächeln und seine grünen Augen schimmern feucht. Beide verfallen erneut in Schweigen. Ein kalter Windhauch bringt die Kerzenflamme zum Zittern und lässt die Schatten tanzen. Gänsehaut breitet sich auf ihren Armen aus und Granny reibt sich schützend darüber. Sie sieht aus dem Fenster.

Kesetiaan betrachtet sie dabei eine Weile, ehe er flüstert: „Um ehrlich zu sein, verwirrt es mich wohl weniger, als es sollte, dass du aus einer anderen Welt stammst. Vermutlich liegt das daran, dass ich meine eigene kaum kenne. Für mich wirkt das alles so unendlich fern. Selbst dieses Dorf. Aber wenn man bedenkt, dass mein Leben bis vor Kurzem ausschließlich innerhalb des Labyrinths stattfand, ist das nicht sonderlich überraschend."

Sein Blick verliert sich in der Vergangenheit und ein Schauer lässt ihn erzittern. Statt auf diese sonderbaren Informationen einzugehen, entgegnet Granny nur: „Morgen werden wir uns auf den Weg machen. Ich bin nicht sicher, ob wir wirklich nach den Banditen suchen sollten. Aber wer weiß, vielleicht ist es leichter, mit ihnen zu sprechen als mit den Leuten hier."

Granny versucht, sich nicht anmerken zu lassen, wie wenig Hoffnung sie tatsächlich verspürt. Im Grunde redet sie sich ein, dass schon alles gut gehen wird. Bisher ist schließlich nichts passiert, was vom Gegenteil zeugt.

Genau in diesem Moment reißt jemand die Zimmertür gewaltsam auf. Mehrere Gestalten mit tief ins Gesicht gezogenen Kutten stürmen herein. Die Kerzenflamme erlischt und der zarte Geruch von Wachs und Ruß breitet sich in der Dunkelheit aus.

Ehe Granny oder Kesetiaan reagieren können, stülpt man ihnen schwere Leinensäcke über die Köpfe. Panisch schreit Granny auf und versucht, sich aus den Griffen der Unbekannten zu befreien. Doch egal wohin sie sich dreht und wendet, da sind überall Hände. Sie greifen nach ihr, klammern sich in ihrem Kleid fest und Fingernägel reißen ihre Haut auf. Den Schmerz nimmt sie gar nicht wahr. Zu sehr breitet sich die Angst in ihr aus.

Kräftige Arme umgreifen ihren Körper und sie verliert den Boden unter den Füßen. Jemand hebt sie hoch und trägt sie unbarmherzig aus dem Raum hinaus. Sie kann hören, wie auch Kesetiaan mit Leibeskräften gegen die Unbekannten kämpft.

Er brüllt wie ein wildes Tier auf. Seine Pranken schlagen die Fremden nieder. Doch es reicht nicht. Es kommen immer mehr dazu. Sie fesseln seine Arme mit Seilen. Gepeinigt schreit er auf, als die Stricke in sein Fleisch schneiden und sie ihm die Schultern beinahe auskugeln. Blind vor Schmerz schlägt Kesetiaan seinen Kopf zur Seite.

Er trifft jemanden, spürt den leichten Widerstand und dann, wie sich sein Horn durch Fleisch bohrt. Blut tropft auf den Boden und der Sack saugt sich mit der zähen Flüssigkeit voll. Der metallische Geruch frisst sich in Kesetiaans Bewusstsein und betäubt seinen Verstand.

Ein dumpfes Aufschlagen und röchelnder Atem, der schließlich verstummt, geben ihm den Rest. Kesetiaan kann nicht sehen, ob die Gestalt sich noch regt. Sein eigenes Blut rauscht durch seine Ohren und macht ihn taub. Er hat in seinem Leben nie jemanden ernsthaft verletzt, geschweige denn getötet.

Schuld durchflutet ihn und Angst peitscht durch seine Adern. Angst vor sich selbst. Vor dem, was er getan hat und fähig ist zu tun.

Sein Körper verfällt in eine Starre und den Unbekannten gelingt es, Kesetiaan ebenfalls aus dem Zimmer zu zerren.

Den Toten lassen sie unbeachtet liegen.

KAPITEL 5

Ein Opfer für den Mondgott

Draußen angekommen lässt man Granny runter und sie wird gezwungen weiterzugehen. Stolpernd wehrt sie sich gegen die unnachgiebigen Hände an ihren Schultern und Armen. Da wird sie plötzlich auf ihre Knie gedrückt und der Sack wird ihr vom Kopf gerissen. Blinzelnd versucht sie, sich an die Helligkeit zu gewöhnen.

Sie wurde auf den Dorfplatz gezerrt. Ein Meer aus Kerzen säumt den Boden und erhellt jeden noch so dunklen Winkel. Trotzdem kommt es Granny so vor, als würde eine Dunkelheit über dem Ort liegen, die von keiner Lichtquelle der Welt vertrieben werden kann.

Die Götterstatue wirkt noch unheimlicher als zuvor und seltsame schwarze Farbe sickert an ihr herab. Wie Molasse quillt sie aus den Augenhöhlen und ergießt sich in Tränenbäche. Unterhalb der Büste wurden einige kleine Schalen bereitgelegt, in denen sich die Flüssigkeit sammelt.

Rings um Granny stehen Dutzende Menschen in Kutten. Ausdruckslose, fast schon wächserne Gesichter starren zu ihr nieder. Düstere Schatten wabern um sie herum und verschleiern ihre Blicke. Wüsste sie es nicht besser, würde sie vermuten, sich im Madame Tussauds in London zu befinden.

Niemand spricht. Es ist so leise, dass es Granny so vorkommt, als würden sie alle einzig ihrem Herzschlag lauschen. Rasend vor Angst hat sie das Gefühl, ihr Herz springt ihr gleich aus der Brust und verlässt das Dorf ohne sie. Hilfesuchend sieht sie sich um.

Obwohl alle ihre Augen auf Granny gerichtet haben, scheint keiner auf sie zu achten. Selbst dann nicht, als sie sich vorsichtig auf die Beine kämpft. Schmerz zieht sich durch ihre alten Gelenke. Noch immer spürt sie die vielen Hände an sich zerren und befürchtet, dass sich an den Stellen bald Hämatome bilden. Blut rinnt aus kleinen Wunden an ihren Knien und jeder Windhauch brennt bitterlich.

Mit einem Mal wenden sich die Kuttenträger unisono um. Weitere Gestalten drängen sich auf den Platz und schleifen einen bewegungslosen Kesetiaan hinter sich her. Sie gehen an Granny vorbei und lassen den Stier vor der Statue achtlos fallen. Einer reißt ihm dabei den blutgetränkten Sack vom Kopf. Dann reihen sie sich in den Kreis der Zuschauer ein und starren ebenfalls teilnahmslos vor sich hin.

Kesetiaan rührt sich nicht. Seine Augen sind geschlossen. Blut rinnt von seinem Horn in sein Fell, bis es schließlich zu Boden tropft. Da sämtliche Geräusche verstummt sind, erklingt das Auftropfen unnormal laut.

Granny weiß nicht, was sie tun soll. Begreift noch immer nicht, was hier vor sich geht. Sie ist mit der Situation völlig überfordert. Am liebsten würde sie zu Kesetiaan eilen, aber etwas hindert sie daran. Ihre Beine bewegen sich nicht, ganz egal, wie sehr sie es versucht. Wabernde Schatten streifen über ihre Haut und lassen Granny erschaudern.

„Bitte", flüstert sie. Ihr Blick wandert zu den Anwesenden. „Bitte, wieso tut ihr das? Warum helft ihr ihm nicht?"

Nichts regt sich. Noch immer herrscht eine Grabesstille. Es bricht ihr sichtlich das Herz, dass Kesetiaan sich nicht mehr wehrt und einfach nur daliegt. Sich dem Schicksal ergebend.

Schritte erklingen. Sie wirken widernatürlich und scheinen in der Dunkelheit nachzuhallen. Granny wendet sich dem Klang zu und entdeckt dabei Halqua. Er schreitet erhobenen Hauptes auf sie zu. Eine formelle Robe aus mitternachtsblauem Samt ziert seinen Körper und er hält einen Dolch in der Hand. Die Klinge blitzt im Schein der Kerzen unheilvoll auf. Granny schluckt schwer.

Warum?, fragt sie sich immer wieder. *Was soll das hier?*

Laut sagt sie: „Wir können doch über alles reden. Bitte, lasst uns –"

Ihr bleiben die Worte im Hals stecken. Gewaltsam greift Halqua in Kesetiaans Fell und reißt seinen Kopf in die Höhe. Der Stier schreit auf. Schmerz breitet sich in ihm aus. Eine Klinge legt sich an seinen Hals. Kalter Stahl trifft auf seine Haut und ritzt sie leicht ein.

„Nein, um Himmels willen, tut ihm bitte nichts", fleht Granny und versucht, sich gegen die Schatten zu wehren. Unzählige Hände greifen nach ihr. Sie krallen sich schmerzhaft in ihre Arme und Beine. Selbst an Hüfte, Brust und Hals spürt sie, wie man sie umklammert. Wie sich die Nägel unter ihre Haut schieben und blutige Striemen hinterlassen. Sie packen so fest zu, dass Grannys Glieder taub werden.

„Gib auf!" Eine Schwere legt sich über ihren Geist und sie hört ein Flüstern, das sie dazu bringen will aufzugeben.

„Bleib fern von ihm!" Je mehr sie sich wehrt, desto lauter wird es. Intensiver und schmerzhafter hallen die Worte in ihrem Innersten wider. Dennoch windet sie sich weiter. Sie kämpft unerbittlich dagegen an und lässt Kesetiaan nicht aus den Augen.

„Bitte hört auf!"

„Xwedayê!", brüllt Halqua in die Nacht hinein.

Alle Blicke richten sich in den Himmel. Ein seltsamer und unnatürlich wirkender Wind kommt auf. Er treibt die Wolken voran, bis hinter ihnen der Mond aufblitzt. Er wirft seinen sanften Schein auf das Dorf.

„Ist diese dämonische Kreatur es wert? Ist seine Existenz in deinem Sinne? Oh Gott, gib mir ein Zeichen und ich beende sein qualvolles Dasein."

Stumm verweilt der Wandelstern über ihnen. Worauf auch immer Halqua wartet, nichts passiert. Doch in Granny regt sich nun noch etwas anderes als Angst. Es brodelt in ihr und lässt ihre kalten Glieder unter der Hitze erbeben. Sie zittert vor Wut.

Mit aller Kraft stemmt sie sich gegen die eisernen Griffe, und obwohl jeder Teil ihres Körpers schmerzt und sie sich so alt wie nie zuvor fühlt, treibt sie sich selbst weiter voran. Einen Schritt nach dem anderen schafft sie es, den Händen zu entgleiten. Das Flüstern verschwindet langsam und hinterlässt ein leises Echo.

Granny tritt aus dem Dunstkreis der Schatten und kaum können sie nicht mehr nach ihr greifen, werden die Menschen wieder zu stummen Wachspuppen. Sie stehen regungslos hinter ihr, fast so, als hätten sie nicht eben noch an ihr gehaftet wie Panzertape.

Tief durchatmend streicht sie ihr Kleid glatt und bringt ihr rasendes Herz zur Ruhe. Nur flüchtig sieht sie in den Himmel und verflucht die Bewohner des Dorfes für ihren blinden Glaubensfanatismus, für den sie bereit sind, unschuldige Kinder wie Kesetiaan zu opfern.

Sie stellt sich breitbeinig vor Halqua, der noch immer die Klinge an Kesetiaans Kehle hält. Ein flehender Blick aus den grünen Augen trifft sie und schürt die Hitze weiter. Auch Halqua starrt sie an. Sein Gesicht ist wutverzerrt.

„Du wagst es, altes Weib, dich in die göttliche Urteilssprechung einzumischen?", herrscht er sie an.

Da erhebt Granny die flache Hand und schlägt zu. Der Knall der Ohrfeige hallt wider, sowohl lautstark im Dorf als auch schmerzhaft pulsierend in ihrer Handfläche.

Klirrend landet der Dolch auf dem Boden und bleibt zwischen den Kerzen liegen. Verwundert greift sich Halqua an die rote Wange und starrt Granny an, als wäre ihr ein zweiter Kopf gewachsen. Erneut bemerkt sie dabei die seltsamen Schleier hinter den Iriden des Dorfvorstehers. Mit seinem Erstaunen scheint ein Wandel durch die

Anwesenden zu gehen. Sie wirken auf einmal weit weniger emotionslos als noch vor einigen Sekunden. Verwirrt sehen sie sich um und scheinen überrascht zu sein.

„Es reicht!" Granny spricht leise, dennoch kann jeder ihre Stimme deutlich hören. „Was fällt euch eigentlich ein? Ihr habt uns mit falscher Sicherheit und vorgetäuschter Gastfreundschaft geködert. Nun zerrt ihr uns gewaltsam aus dem Zimmer, das ihr uns zum Schlafen gabt. Verletzt uns und droht mit dem Tod, als wären wir Schlachtvieh, das auf die Gnade Gottes hoffen muss."

Schwer holt Granny Luft. Ihr Atem geht immer schneller und ihr Herz rast. Sie kann nur beten, dass es nicht plötzlich stehen bleibt. Tränen aus Angst und Wut perlen aus ihren Augen und tropfen zu Boden.

Sie senkt ihren Blick und sieht Kesetiaan an. Ihm ihre Hand entgegenstreckend sagt sie: „Der Einzige, der darüber entscheidet, ob du des Lebens Wert bist, bist du allein. Kein Gott und schon gar kein Mensch hat das Recht dazu."

Vorsichtig greift Kesetiaan nach der dargebotenen Hand und lässt sich auf die Beine helfen. Er zittert am ganzen Körper und Schwindel erfasst ihn.

„Komm, gehen wir. Hier gibt es nichts mehr für uns."

Seine Hand nicht loslassend geht Granny direkt auf Halqua zu. Er zieht die Luft tief ein und starrt sie an.

„Das hier ist unser Dorf! Ich hatte dich gewarnt, Weib, davor, unseren Glauben zu respektieren. Du hast keine Ahnung, was du damit anrichtest. Ihr beide seid unwissend und werdet Unheil über die Insel bringen."

Granny fallen auf einen Schlag tausend Beleidigungen ein, die sie dem alten Mann am liebsten um die Ohren hauen würde. Nach einem Blick in Halquas Gesicht beschließt sie allerdings, dass er den Atem dafür nicht wert ist. Kopfschüttelnd stolziert sie an ihm vorbei und zieht Kesetiaan hinter sich her.

Die Menschen machen ihnen bereitwillig Platz. Dabei kommt es Granny fast so vor, als würden sich die Schatten langsam auflösen. Dennoch verzerren die grausamen Geschehnisse die Nacht und lassen sie zu einer der dunkelsten werden, die sie in ihren achtzig Jahren je durchleben musste.

Die beiden folgen den Kerzen durch die engen Gassen, bis sie schließlich die letzte Häuserreihe hinter sich lassen. Stehen bleibend flüstert Granny: „Es tut mir leid."

„Nichts davon war deine Schuld."

Sie dreht sich um und schließt Kesetiaan in ihre Arme. Noch immer zittert sein Leib wie Espenlaub. Oder ist sie es selbst? Ein trockener Schluchzer kämpft sich über ihre Lippen und Granny drängt sich noch tiefer in sein Fell. Erst nach einigen Minuten lösen sie sich wieder voneinander.

Da räuspert sich jemand neben ihnen. Ravine steht, zwei eiserne Laternen haltend, da und wartet. Als die beiden sich ihm zuwenden, drückt er Kesetiaan eine der Lichtquellen in die Hände. Dann deutet der Blonde nach Osten.

„Die Banditen findet ihr im östlichen Teil der Insel. Ihr müsst über eine Hängebrücke und folgt anschließend dem Pfad, der am Vulkan hinabführt. Auf der anderen Seite befindet sich nahe der großen Talsenke das Banditenlager. Wo genau weiß ich allerdings nicht."

Granny sieht ihn verwundert an. Dass von Ravine eine Wegbeschreibung kommt, hätte sie nicht erwartet. Nicht nach dem, was eben passiert ist und wie der Mann sie zuvor behandelt hat. Aber sie erinnert sich auch nicht daran, ihn unter der Zuschauermasse gesehen zu haben. Vielleicht war er gar nicht an der Zeremonie beteiligt.

„Wieso hilfst du uns auf einmal?", fragt Granny ihn.

„Ihr könnt meinen Worten Glauben schenken oder nicht. Aber hier bleiben solltet ihr nicht. Im Dorf hat sich einiges verändert. Es ist dort nichts mehr, wie es sein sollte. Es ist … dunkler und gefährlicher." Er wendet sich Kesetiaan zu und spricht weiter: „Ich mag Malika, sie war immer gut zu mir. Wo sie ist, weiß ich nicht. Aber ich hoffe, du findest sie bald. Wenn Halqua recht hat, dauert es nicht mehr lange, ehe Dayax zum Vollmond wird. Niemand kann voraussehen, was dann aus seinen Bewohnern wird. Du solltest sie schnell finden und von hier wegbringen."

„Danke", erwidert Granny. Ihr Bild von Ravine wandelt sich zum Positiven. Er scheint kein schlechter Mensch zu sein, was sie allerdings nur mehr wundern lässt. Als hätten Halqua und er die Rollen getauscht. „Warum warst du zuvor so boshaft und nun ... das hier?"

„Weil es für uns alle besser gewesen wäre, wenn Kesetiaan nicht ins Dorf gekommen wäre. Wärt ihr einfach gegangen ..." Ravine erkennt Verwirrung in Grannys Gesicht und erklärt: „Auf der Insel gibt es keine Dämonen. Sie wurden schon vor Jahrhunderten vertrieben oder getötet und auch heute noch opfern wir sie unserem Gott." Er wirkt dabei so, als würde ihn allein der Gedanke daran schmerzen. Seine Hände ballend sieht er Granny direkt an. „Ich dachte, wenn ich ihn vertreibe, würde es Halqua gut sein lassen. Ins Labyrinth traut er sich nicht, doch ihr wart nicht schnell genug ... Er ist in letzter Zeit brutaler geworden und schreckt nicht davor zurück, auch die seinen zu opfern. Deshalb ..."

„Ich verstehe, dann danke ich dir dafür. Bekommst du denn keine Probleme, wenn du uns jetzt hilfst?" Sorge macht sich in Granny breit und sie greift nach den Händen des jungen Mannes. Ein überraschter Blick trifft ihren und sie lächelt Ravine freundlich an.

„Nein, ist in Ordnung. Ich komme klar. Geht nun und nehmt euch in Acht. Der Vulkan liegt umringt von dem Gebiet der Omusajja im menschenfressenden Wald und dem der Vanduo aus der Schale. Ihr solltet beiden Orten nicht zu nahe kommen, wenn euch euer Leben lieb ist."

„Der was und wem?", fragt Granny nach und blinzelt dabei verwirrt. Seufzend erklärt Ravine in eilig werdendem Ton: „Die Omusajja sind Waldmenschen, die einst vom Skógur, also dem großen Wald im Norden, gefressen und als Teil von ihm wiedergeboren wurden. Und die Vanduo sind Kreaturen, die in dem Wasserbecken, das wir Schale nennen, leben. Ihr solltet sie unbedingt meiden."

Granny nickt zwar, wirklich mitgekommen ist sie aber nicht. Sie hakt beides ab unter: Besser in Ruhe lassen.

Ravine sieht sich unruhig um und sein Blick wandert zwischen Granny und Kesetiaan hin und her. Ein letztes Mal wendet er sich an Kesetiaan, der dem Austausch still beigewohnt hat.

„Finde Malika, ich bitte dich darum. Es sind bereits genug Wesen der Dunkelheit zum Opfer gefallen."

Schließlich dreht er sich um und eilt zurück ins Dorf. Schnell verschwindet das Licht seiner Laterne hinter den Häusern und Ruhe kehrt ein.

„Lass uns gehen. Ich will nicht länger in der Nähe dieses Ortes bleiben."

Kesetiaan nickt zustimmend und kniet sich vor Granny auf den Boden. Vorsichtig hebt er sie auf seinen Rücken. Die Lampe stehen lassend navigiert er zielsicher durch die Fliederfelder. Während hinter den beiden der Mond immer tiefer sinkt, blitzen vor ihnen bereits die ersten Sonnenstrahlen auf. Schweigend wandern sie dem Sonnenaufgang entgegen, jeder in seine Gedanken gehüllt, in denen noch immer die Angst vorherrscht.

KAPITEL 6

Verzweiflung

Den Worten von Ravine folgend finden Granny und Kesetiaan recht bald einen Abgrund.

Sanft wird Granny zu Boden gelassen. Vorsichtig nähert sie sich dem Rand und blickt hinab in die beeindruckende Tiefe. Sie schätzt, dass der Abhang mindestens hundert Meter misst, und die schwindelerregende Höhe lässt sie leicht schwanken.

Die Felswand erstreckt sich über die gesamte Breite der Insel und trennt damit das Fliederdorf von der restlichen Landmasse. Das südliche Ende führt zu dem Ort, den Ravine als Schale bezeichnet hat. Gigantische Strudel wirbeln das Wasser durcheinander und der Horizont wird von meterhohen Klippen versperrt. Es kommt Granny fast so vor, als würden sie verhindern wollen, dass jemand über diesen Weg auf die Insel gelangt. Oder von ihr runter.

Nach der Geschichte von Halqua vermutet sie, dass es sich dabei einfach um ein ehemaliges Gebirge handelt. Die Talsenke wird einst durch das Versinken der Insel mit Wasser vollgelaufen sein und jetzt, da sich das Land wieder hebt, brechen die Bergspitzen als Erstes an die Oberfläche.

Folgt man der Felswand nach Norden, führt sie direkt zu einem Wald. Dichter Nebel windet sich durch die eng beieinanderstehenden Bäume des Skógurs. Er sieht ebenso unheimlich und unbegehbar aus wie die Schale. Und da Ravine sie vor beidem gewarnt hat, verspürt Granny nur wenig Lust darauf, diese Orte zu erkunden.

Schade eigentlich ... Gestern hätte ich mir das mit Sicherheit nicht entgehen lassen. Aber der Schreck sitzt noch zu sehr in meinen Gliedern. Ich hoffe, das hört bald wieder auf.

Beim Umsehen entdeckt sie eine alte Hängebrücke, die direkt zum Vulkan führt. Zusammen mit Kesetiaan nähert sie sich den morschen Brettern, die an moosbewachsenen Seilen hängen. Doch sie wagt es nicht, sie zu betreten. Denn am anderen Ende erwartet sie ein Anblick, der ebenso einladend ist wie die Brücke stabil.

Drohend erhebt sich der Vulkan im Zentrum der Insel und durchbricht mühelos die Wolkendecke am Himmel. Wenn es nach Granny ginge, würde sie am liebsten auf dieser Seite bleiben. Die Fliederfelder sind bedeutend behaglicher anzusehen und ermutigender. Andererseits wartet dort ein ganzes Dorf nur darauf, sie und Kesetiaan an eine Gottheit zu opfern, deren Namen sie nicht mal aussprechen kann.

Sie sieht zu ihrem Begleiter und erkennt auch bei ihm Unbehagen.

Vermutlich will Kesetiaan da genauso wenig rüber ... Vielleicht hat er sogar Höhenangst oder fürchtet, dass die Brücke ihn nicht hält.

Ihr Sohn Thomas leidet auch schrecklich unter enormer Höhe. Sie kennt sich damit also aus. Sanft klopft Granny ihm auf die Schulter.

„Wenn du möchtest, gehe ich vor. Das macht es dir bestimmt leichter", bietet sie ihm an.

Statt auf ihr Angebot einzugehen, starrt Kesetiaan die Brücke an. Gerade als sich Granny auf den Weg zur Hängebrücke macht, hält er sie am Arm zurück. Fest blickt er ihr in die Augen und geht dann an ihr vorbei. An der Brücke angekommen setzt Kesetiaan seinen Huf auf das erste Brett. Gequält ächzt dieses unter seinem Gewicht auf und die Seile spannen sich so stark, als würden sie gleich reißen. Ein weiterer Schritt und noch einer, schon befindet er sich außerhalb ihrer Reichweite.

Er dreht sich zu Granny um und sagt: „Warte etwas, bevor du mir folgst. Sollte die Brücke nicht halten, stürze wenigstens nur ich ab."

Überrascht sieht Granny dabei zu, wie Kesetiaan unter der vollen Pracht des Abgrundes anfängt zu schwanken. Er atmet tief durch, um den Höhenschwindel zu verdauen, ehe er weiter eisern einen Fuß vor den anderen setzt.

Anhand seiner Worte und seines angestrengten Blicks erkennt sie seinen starken Wunsch, diese Herausforderung aus eigener Kraft zu überwinden. Sie vermutet, dass die letzte Nacht in mehrerlei Hinsicht an Kesetiaans Selbstbewusstsein nagt. Nun versucht er, es wieder aufzubauen, indem er Granny beschützt. Zumindest spürt sie instinktiv, dass sie ihm im Augenblick nicht helfen darf, und lässt ihm deshalb den Vortritt.

Mit großzügigem Abstand folgt Granny ihm vorsichtig auf die wackelnden Bretter. Schon nach ein paar Metern kommt es ihr so vor, als würde der Wind immer stärker werden. Er zerrt an ihrem Kleid und an ihren Haaren. Es reißt Erinnerungen an die letzte Nacht zurück in ihr Bewusstsein. Ihre Schritte werden schwerfällig und wieder spürt Granny diese düsteren Gedanken, die zentnerschwer auf ihrem Herzen lasten.

Die Brücke schwankt hin und her wie ein Schiff auf hoher See. Granny klammert sich mit beiden Händen in die Seile und ihre Schritte werden kleiner. Ihr immer noch schmerzender Körper macht es ihr schwer, die Balance zu halten, und der Schlafmangel lässt ihre Sicht verschwimmen. Sie wagt es nicht, nach unten zu schauen, und starrt stur auf Kesetiaans Rücken.

„Was tust du hier? Auf diesem Weg wartet nur der Tod auf dich. Je weiter du ihm folgst, desto grausamer wird dich das Ende treffen", flüstert diese düstere Stimme, die ihr schon mal Zweifel einreden wollte.

„Geh zurück!"

Granny schüttelt sich, um die Stimme loszuwerden, doch wird sie dadurch nur lauter. Sät immer mehr Unsicherheit und schürt ihre Angst, bis sie nichts anderes mehr wahrnimmt .

„Du bist nicht bereit für ein Abenteuer, du einfältige, alte Frau. Setz dich wieder in deinen Schaukelstuhl und warte auf ein friedliches Ende. Was erhoffst du dir, auf der anderen Seite der Brücke zu finden?"

Sie sackt hinab. Schwer hängt sie an den Seilen und kauert sich zusammen.

„Dort lauert nur Leid und Schmerz."

Ich kann nicht umkehren, flüstert sie gedanklich zurück. *Er braucht mich doch.*

„Wofür?", fragt auf einmal Thomas. Er klingt sanfter als die düstere Stimme zuvor, aber nicht weniger drängend. *„Du bringst dich in Gefahr. Das im Dorf wäre nie passiert, wenn du dich nicht auf die Seite des Monsters gestellt hättest. Und jetzt? Willst du seinetwegen etwa in die Tiefe stürzen? Hast du auch mal an deine Familie gedacht? Was ist mit uns, wenn du da unten aufschlägst und stirbst?"*

Die Zweifel und Vorwürfe werden lauter. Es kommt Granny sogar so vor, als könnte sie Thomas' anklagenden Blick auf sich spüren. Vorsichtig schaut sie sich um. Außer Kesetiaan, der inzwischen einen großen Vorsprung hat, ist dort niemand. Sie sind nur zu zweit.

„Kenny ..." Sie versucht, Kesetiaan aufzuhalten und ihn auf sich aufmerksam zu machen. Aber ihre Stimme ist kaum mehr als ein Flüstern, das ungehört verhallt.

Etwas legt sich um sie. Ein Schleier verdunkelt die Welt um Granny herum und schirmt sie ab. Der Wind wird leiser und das Gefühl, wie er über ihre Haut streicht, dringt immer weiter in den Hintergrund. Sie kann spüren, wie etwas ihre Gedanken vernebelt und lang verdrängter Schmerz an die Oberfläche gespült wird.

„Gib auf", flüstert wieder die erste Stimme. *„Gib auf, du bist keine Heldin. Du bist nur eine alte Frau. Niemandem kannst du helfen. Denk nur an Henry. Wo warst du, als er starb?"*

Schluchzer entkommen ihr und unzählige Tränen perlen aus ihren Augen. Stürzen hinab in die Schlucht und zerplatzen ungesehen.

Granny lässt die Seile los und umklammert sich selbst. Ihr Herz schmerzt. Der Gedanke an Henry zerreißt es förmlich und Schuldgefühle machen sich in ihr breit. Ein enormer Druck baut sich in ihrer Brust auf und erschwert ihr das Atmen.

„Deine Kinder hast du auch verloren. Wie lange dauert es, bis dein Enkel sich ebenfalls von dir abwendet? Wenn er erst hört, dass du ein Monster der Suche nach deinem Heimweg vorziehst. Was würde er von dir halten?"

Wieso tust du das?, fragt sie, aber keiner antwortet. Die Dunkelheit um sie herum wirkt schrecklich einsam und verlassen. Der Nachhall der Stimme klingt ab. Sie ist allein. Kälte umschließt ihr Herz und lässt Granny erzittern.

Verblasste Erinnerungen erscheinen in dem dunklen Raum. Sie sieht sich selbst am Grab ihres Mannes stehen. Das weiße Marmorkreuz leuchtet förmlich und treibt ihr Tränen in die Augen.

Schluchzen erklingt und ihre Kinder erscheinen am Grab. Sie weinen ebenfalls bittere Tränen. Obwohl Thomas und Elain schon lange erwachsen waren, als Henry starb, sind die beiden nun Kinder. Kein Ton verlässt ihre Lippen, dennoch kann sie hören, wie die Kleinen ihren Vater anbetteln, zu ihnen zurückzukehren. Es zerreißt Granny schier und sie versucht, zu ihren Kindern zu gelangen, um sie zu trösten, doch ihr Körper rührt sich nicht. Panik macht sich in ihr breit, als sie wieder die Hände spürt, die sie zurückhalten. Überall greifen sie nach ihr und ziehen sie stetig von Thomas und Elain fort.

„Bitte nicht, lass mich zu ihnen", fleht sie die Dunkelheit an. „Sie brauchen mich!" Mit aller Kraft stemmt sie sich gegen die Hände und kommt dennoch nicht dagegen an. Sie wird immer weiter weggezerrt, bis ihre Kinder in der Ferne mit der Dunkelheit verschmelzen.

„Oh, Henry", wimmert sie, „was soll ich nur tun?"

Kesetiaan hat schon ein ganzes Stück auf der Hängebrücke hinter sich gebracht. Ihm macht das ständige Schwanken schwer zu schaffen und besonders das Knacken der Balken bereitet ihm große Sorge. Deshalb gibt er alles, um so schnell wie möglich auf der anderen Seite anzukommen.

Es dauert eine Weile, ehe er sich sicher genug fühlt, um zurück zu Granny zu blicken. Er hat erwartet, dass sie nicht allzu weit hinter ihm wäre und ihn mit ihrem warmen Lächeln Zuversicht und Mut schenken würde. Stattdessen sieht er sie am Anfang der Brücke zusammengesunken, als würde sie schlafen. Selbst aus dieser Entfernung kann er erkennen, wie sie zittert, und hören, dass sich ein Wimmern von ihren Lippen löst.

Granny war bisher so stark, dass er nicht damit gerechnet hat, dass auch sie so was wie Furcht verspüren könnte. Es macht Kesetiaan Angst, sie so zu sehen.

Schwungvoll dreht er sich um, um zu ihr zurückzugehen. Dabei tritt er auf eine stark vermooste Stelle und rutscht ab. Sein überraschter Schrei wird als endloses Echo über die gesamte Insel getragen. Aufgeschreckte Vögel, die in den Bäumen unter ihnen Rast machten, fliegen lautstark an der Hängebrücke vorbei.

Kesetiaan spürt, wie sein ganzer Körper nach unten gezogen wird und für einen winzigen Moment schwerelos ist. Dann landet sein Oberkörper mit einem gefährlich lauten Krachen auf den Brettern, während seine Beine ohne jeden Halt unterhalb der Brücke baumeln. So gut er kann klammert er sich an der Hängebrücke fest und spürt, wie er langsam wegrutscht.

Panik vernebelt seinen Geist.

Granny wird durch den plötzlichen Ruck hochgeworfen und verliert für einen Moment den Kontakt zu den Brettern unter ihrem Körper. Schwer landet sie nur Sekundenbruchteile später wieder auf der Hängebrücke. Holzbretter lösen sich aus den Seilen und stürzen in die Tiefe.

Verzweifelt klammert sich Granny an dem Wenigen fest, was noch übrig ist. Die Dunkelheit, die sie umklammert hielt, hat sich schon beinahe schreckhaft verzogen.

Wieder im Hier und Jetzt schaut sich Granny überrascht um und entdeckt dabei Kesetiaan, der mit dem halben Körper von der Brücke hängt. Panisch versucht er, sich wieder hochzuziehen, doch er schafft es nicht und das Brett, an dem er sich festklammert, ist nicht mehr lange dazu in der Lage, sein Gewicht zu halten.

Ein tiefes Schluchzen bildet sich in Grannys Kehle, aber sie verbietet sich den erneuten Gefühlsausbruch. Immerhin befinden sie sich noch immer mitten auf einer Hängebrücke. Sie krabbelt vorsichtig auf Kesetiaan zu. Bei ihm angekommen streicht sie sanft über seinen Kopf und flüstert ihm beruhigend zu.

„Du schaffst das. Wir sind fast da, du darfst jetzt nur nicht aufgeben. Ich bin bei dir!"

Sie greift nach seinen Armen und zieht mit aller Kraft daran. Dass das nicht reichen wird, ist ihr klar. Aber sie schafft es, dass Kesetiaan sich so weit beruhigt, dass er selbst in der Lage ist, sich wieder hochzuziehen. Mühsam kämpft er sich auf die Bretter und bleibt anschließend wie paralysiert sitzen. Sein ganzer Körper zittert.

Granny will so schnell wie möglich runter von dieser Todesfalle und gewährt weder sich noch ihrem Freund eine Atempause. Beim Aufstehen das Ächzen ihrer Knie ignorierend hilft sie Kesetiaan hoch, ehe sie ihn vor sich hertreibt.

Deutlich aufmerksamer eilen sie auf die andere Seite. Es kommt ihnen wie eine Ewigkeit vor, bis sie schließlich das Ende erreichen.

Völlig erschöpft lassen sie die viel zu lange Brücke hinter sich und sinken zu Boden. Granny überkommen vor lauter Erleichterung die Tränen.

„So ein Glück! Ich weiß nicht, was ich gemacht hätte, wenn du abgestürzt wärst", schluchzt sie herzzerreißend. Sie umarmt Kesetiaan und weint, bis die Kälte, die sich in ihrem Herzen breitgemacht hat, wieder verschwindet.

Für einen schrecklichen Moment hat sie geglaubt, sie hätte den Jungen für immer verloren.

Wäre ich nicht wieder zu Sinnen gekommen ... Henry, was mach ich denn nur, wenn er stirbt? Ich darf das nicht zulassen. Ich schaffe das nicht nochmal.

Granny braucht eine Weile, ehe ihre Tränen versiegen. Erleichtert nimmt sie wahr, dass sich keine unliebsamen Gedanken mehr in ihrem Kopf bemerkbar machen und sie wieder Hoffnung schöpfen kann.

Sie untersucht Kesetiaan auf etwaige Verletzungen und kann glücklicherweise keine finden. Nur der Schreck sitzt ihm noch im Nacken und seine Hände zittern wie Espenlaub. Sie nimmt sie in die ihren und langsam beruhigen sich beide wieder.

Erst nach einer Weile sieht sich Granny um. Sie befinden sich auf einer Art Plateau, das sich leicht vom Vulkan abhebt. Von hier aus scheint es so, als würde der Gipfel nach oben hin kein Ende finden. Er verschwindet einfach zwischen den Wolken.

Um sie herum besteht alles aus blankem Stein. Nicht einmal Unkraut findet sich an den Felsspalten. Selbst Tiere wie Ameisen kann Granny nirgends entdecken. Ob das daran liegt, dass sie sich auf einem Vulkanberg befinden? Sie kennt sich mit so was nicht wirklich aus. Obwohl es in Schottland durchaus welche gibt.

Der inaktive Vulkan Ben Nevis in Fort William ist gar nicht weit von ihrem Zuhause entfernt und sie hat ihn vor sehr vielen Jahren mal mit Henry und den Kindern besucht. Nur bestiegen hat sie ihn nicht, das hat sie sich nicht getraut.

Dabei fällt ihr ein, dass sie vergessen hat, bei Ravine nachzuhaken, ob der Vulkan noch aktiv ist. Sollte das der Fall sein, würde sie doch lieber wieder zurück zu den Kultisten gehen. Denen kann sie wenigstens die Leviten lesen. Um Magma allerdings will Granny einen wirklich großen Bogen machen.

Vom Plateau aus führen zwei Wege fort. Eine Treppe, ob natürlich oder von Menschenhand in den Berg gehauen, kann sie nicht sagen, windet sich an einer Seite der Bergspitze entgegen. Sie ist so schmal, dass wohl selbst ein Kind Probleme beim Begehen hätte. Zudem ist sie schrecklich uneben. Bei dem Anblick würden Wasserwaagen vor lauter Schreck zerspringen.

Der andere Weg führt direkt in das Innere des Vulkans. Seltsamerweise weht ihnen von dort ein eisiger Luftzug entgegen und lässt selbst Kesetiaan mit seinem dichten Fell frösteln.

„Welchen Weg sollen wir nehmen? Ravine hat nur einen erwähnt und ich kann nichts entdecken, was nur im Entferntesten nach unten führt", spricht Granny in die Stille hinein.

Egal welchen der Pfade sie betrachtet, sie sehen beide wenig einladend aus. Bei ihrem gegenwärtigen Glück führt wahrscheinlich nur einer davon ans Ziel, während der andere im besten Fall einen großen Umweg und im schlechtesten eine Sackgasse darstellt.

„Ich weiß es nicht. Aber weiter raufzugehen, erscheint mir falsch."

Granny nickt zustimmend.

Sie erinnert sich, dass Ravine etwas von einer Talsenke erwähnte. Die würden sie wohl kaum auf der Spitze des Vulkans finden. Andererseits dürften sie von dort die gesamte Insel überblicken können. Falls das der einzige Weg nach oben ist, wäre es allerdings Zeitverschwendung und viel zu gefährlich, ihn allein wegen des Ausblicks entlangzugehen. Schließlich sind sie nicht auf einem gemütlichen Spaziergang, und solange nicht klar ist, ob Kesetiaans Schwester in Gefahr schwebt, sollten sie ihre Zeit nicht sinnlos vergeuden.

„In Ordnung, dann lass uns die Höhle nehmen. Mit etwas Glück führt sie uns einfach durch den Berg hindurch. Und der kalte Wind könnte bedeuten, dass der Vulkan inaktiv ist. Zumindest hoffe ich das."

„Und wenn nicht?"

„Dann gibt es bestimmt einen anderen Weg, der uns von dort aus weiterführt."

„Wie kannst du dir da so sicher sein?", fragt Kesetiaan zweifelnd. „Was soll das überhaupt bringen? Zu den Banditen wollten wir nur wegen der Abmachung mit Halqua. Auf seine Informationen geb ich nichts mehr. Nicht nachdem … Also wozu?"

Granny versteht ihn zu gut und muss ihm recht geben. Sie haben keinen Grund, das Banditendorf aufzusuchen. Der Deal ist längst geplatzt und sie bezweifelt, dass Halqua je wirklich etwas wusste.

Vielleicht hätten sie einfach ihrem ursprünglichen Plan folgen und den Weg bis zu Kesetiaans Zuhause nehmen sollen. Was, wenn Malika dort bereits auf ihn wartet? Wenn alles hier umsonst ist?

„Malika ist deine Schwester. Du kennst sie am besten und weißt am ehesten, ob uns der Weg zu ihr führt. Darum überlasse ich die Entscheidung dir." Wenn sie eines mit zwei eigenen Kindern gelernt hat, dann wie wichtig es ist, ihnen stets Zuversicht zu vermitteln. Deshalb lächelt sie und ergänzt: „In jedem Fall stehe ich dir bei und begleite dich. Alles wird gut, vertrau mir!"

Kesetiaan schließt seine Augen und Granny sieht ihm förmlich an, wie sich die Rädchen in seinem Kopf drehen. Nach einer Weile ändert sich seine Haltung und sein Blick wandert zur Höhle.

„Wir gehen weiter."

Hoch erhobenen Hauptes tritt er vor und macht sich auf den Weg. Stolz nickt Granny und folgt ihm.

Die Kälte schlägt ihnen unbarmherzig entgegen. Schnell merken sie auch, weshalb es so kühl ist – das Innere des Vulkans besteht aus purem Eis. Staunend sehen sich Granny und Kesetiaan um.

Das Gewölbe zieht sich viele Kilometer nach oben und unten. Eis klettert an den Felsen empor und glitzert in der Sonne, die stellenweise von außen durchbricht. Unzählige Wege, Treppen und Durchgänge sind zu sehen, teilweise durch Eisstalagmiten unpassierbar gemacht. Weit über ihnen befindet sich der offene Krater und sie erkennen den wolkenverhangenen Himmel darüber.

Für Granny ist es ein wahres Winterwunderland, wäre es nur nicht so gefährlich. Denn Absperrungen, Seile oder Ähnliches sucht sie hier vergebens. Ein falscher Schritt und sie stürzen in die scheinbar grenzenlose Tiefe. Der spiegelglatte Boden macht es nicht gerade ungefährlicher. Zudem hat sie unpassendes Schuhwerk an. Ihre alten grauen Hausschuh-Slipper aus Filz sind denkbar schlecht gewählt. Aber sie trägt wenigstens welche.

Kesetiaan hingegen rutscht mit den blanken Hufen ungehindert über das Eis. Schon nach wenigen Schritten klammert er sich verzweifelt an der Wand fest.

„Vielleicht sollten wir doch den anderen Weg nehmen."

Nur gibt es den nicht länger.

Auf dem Weg, dem ich so lange folgte, begegnete ich immer öfter den Kindern dieser Welt.

Ich beneidete sie und spürte, wie mich dieser Neid langsam vergiftete. Er veränderte meine Gedanken und die Art, wie ich die Kreaturen um mich herum sah. Ich wollte, was sie hatten. Eine Familie, Wärme und einen eigenen Leib.

Und je mehr ich sie darum beneidete, desto mehr fing ich an, sie zu hassen.

Ich kannte das Gefühl nicht, bis ich spürte, wie es mich das erste Mal wie heiße Lava überrollte und anfing, mich von innen heraus zu verzehren.

Der Hass brodelte in mir und ich verfluchte jene Macht, die mich aus den Armen meiner Mutter gerissen hatte. Spuckte auf jene Welt, die mich einsam und allein zurückließ. Die mich mit Ignoranz strafte, während ich um Hilfe bettelte.

Voll glühendem Hass wurde ich zu dem Schatten, der sich über die Kinder dieser Welt legte. Wurde zur Dunkelheit in ihren Herzen und der alles verschlingenden Finsternis, die sie in ihren Albträumen heimsuchte.

Ich wollte ihnen den gleichen Schmerz zufügen, den man mir aufgebürdet hatte, als man mich in die Kälte zog. Ich gierte danach, dass sie sich ebenso verloren fühlten. Und vor allem wollte ich, dass Hangaia keine andere Wahl mehr blieb. Sie sollte endlich bemerken, dass ich existierte.

KAPITEL 7

So unendlich kalt

Granny dreht sich um und steht vor einer Wand. Von dem Eingang, durch den sie wenige Sekunden zuvor in den Vulkanberg hineingegangen sind, ist nichts mehr zu sehen. Zur Sicherheit schlürft sie näher an die Steinwand heran und tastet sie vergeblich ab.

„Dann müssen wir wohl weiter hinein", seufzt Granny.

Kesetiaan stimmt ihr brummend zu. Sie sieht dabei zu, wie er sich mühsam an der Wand entlang bis zum Abgrund zieht und sich dann hinkniet. Auf allen vieren starrt er hinab. Granny gesellt sich vorsichtig dazu.

Damit ist zumindest nicht zu befürchten, dass der Vulkan in nächs- ter Zeit ausbricht. Außer in dieser Welt funktionieren Vulkane anders, denkt sie und beobachtet mit flauem Gefühl im Magen, wie sich die klirrende Kälte im Abgrund anstaut.

Dichter, weißer Nebel schwelt dort und verwehrt die Sicht auf den Boden. Ein Schauer rinnt über ihren Rücken und sie schüttelt sich. Etwas sagt ihr, dass es eine furchtbar schlechte Idee wäre, dem Nebel entgegenzugehen.

„Wir sollten versuchen, einen Weg zu finden, der nach draußen führt, und das am besten, bevor wir erfrieren." Dabei deutet Kesetiaan auf einen schmalen Pfad, der sie am Abgrund entlang einige Meter tiefer bringt und in einen Gang mündet.

„Wirklich eine Alternative haben wir nicht. Versuchen wir es also", stimmt Granny zu.

Wieder ist es Kesetiaan, der vorgeht. Langsam rutscht er über das Eis und hält sich dabei so weit wie möglich vom Abgrund fern. Deutlich vorsichtiger als auf der Hängebrücke folgt Granny ihm. Sie gibt sich alle Mühe, währenddessen ihr Schlottern zu unterdrücken.

Hoffentlich finden wir hier schnell raus. Ich weiß nicht, wie lange ich das aushalte.

Beiden ist klar, dass ihnen an diesem Ort sowohl Eile als auch Vorsicht zum Verhängnis werden könnten. Sollte sich ihre Suche nach dem Ausgang zu sehr in die Länge ziehen, steigt die Gefahr, dass sie erfrieren.

So bewusst wie möglich setzen sie jeden einzelnen Schritt. Auf diese Weise folgen sie dem Pfad durch die Höhle und landen nach einigen Metern an einer Kreuzung.

„Wir könnten die Irrgarten-Methode versuchen, um uns nicht zu verlaufen", schlägt Granny vor. Ihre Zähne klappern dabei und sie ist sich nicht sicher, ob die Worte verständlich waren.

„Was soll das sein?", fragt Kesetiaan verwundert nach.

„Das ist ganz einfach. Man legt eine Hand an die Wand und geht weiter. Dabei darf der Kontakt zur Wand nicht abbrechen, sonst verläuft man sich."

Während der Erklärung betrachtet Kesetiaan seine haarige Pranke und legt den Kopf schief. Granny sieht ihm schmunzelnd dabei zu.

„Versuchen wir es einfach. Egal welchen Ort wir erreichen – so wissen wir zumindest immer, woher wir kommen, und finden im Notfall den Rückweg."

Granny legt ihre rechte Hand an die Wand und geht dieses Mal voraus. Dadurch hat sie auch direkt eine gute Ausrede, um sich festzuhalten. Doch schneller, als ihr lieb ist, wandert ihr die Kälte unter die Haut. Die Zähne zusammenbeißend schlürft sie die Gänge entlang und achtet darauf, ihre Hand immer in Bewegung zu halten. Jetzt an der Wand festzufrieren, wäre mehr als problematisch. Zumal es sie dazu anhält, trotz der bereits einsetzenden Erschöpfung immer weiterzugehen.

Anfangs gelingt es Granny noch, sich hin und wieder umzusehen und das klare Eis zu bewundern, doch zusehends verschwimmt die Schönheit des Winterwunderlandes. Stattdessen macht sich in ihr der Gedanke breit, dass der Vulkan mehr einem Gefängnis gleicht.

Je weiter sie gehen, desto seltener kommen sie in das große Gewölbe. Nur hin und wieder erhaschen sie einen Blick in die schier grenzenlose Tiefe. Ob sie allerdings dem Grund oder dem Krater näher gekommen sind, lässt sich nicht erkennen.

Es fällt Granny immer schwerer, einen Fuß vor den anderen zu setzen. Mit jedem Meter scheint es kälter zu werden, was das Atmen für sie schmerzhaft gestaltet. Es kommt ihr fast so vor, als würde sich ihre Lunge langsam mit Eis füllen. In ihren Haaren und ihren Wimpern zeichnen sich bereits Eiskristalle ab. Auf ihrem Kleid gesellen sich Eisblumen zu den gestickten dazu und breiten sich aus.

Ihr ist absolut klar, dass solche Abenteuer in ihrem Alter schnell schiefgehen und mit dem Tode enden können. Wieder kommen ihr die Stimmen in den Sinn ... und Henry. Dieses Mal jedoch lässt sie sich von dem Schmerz nicht lähmen und nutzt ihn stattdessen als Motivation.

So darf ich ihm nicht unter die Augen treten. Ich darf hier nicht sterben. Nicht so weit entfernt von meinen Kindern und das, ohne mich zu verabschieden.

Mit zusammengebissenen Zähnen zieht sie sich an der Wand entlang. Sie kann hören, dass auch Kesetiaans Schritte schwerfälliger werden. Sein Atem geht stoßweise und verwandelt sich in Schneeflocken, die sich auf seinem Fell niederlassen. Immer wieder muss er die Eiskristalle von seinen Nüstern wischen, da er sonst keine Luft mehr bekommt. Seine Augen brennen von der Kälte, weshalb er manchmal kurz stehen bleibt, um sich neu zu orientieren.

Egal wie weit sie gehen, der Pfad nimmt kein Ende. Hinter jeder Ecke warten zahlreiche neue Wege, die genauso endlos erscheinen wie all die vorherigen auch. Eine Sackgasse haben sie zwar noch nicht gefunden, wirklich aufmunternd ist das allerdings nicht. Beiden ist längst klar, dass es kein Zurück mehr gibt.

Als sich Granny zu Kesetiaan umdreht, bemerkt sie, dass sich knapp hinter ihm gerade eine Mauer lautlos in den Weg schiebt. Genau wie beim Eintreten in den Vulkan wird ihnen der Rückweg verschlossen. Immer wieder verschieben sich die Mauern und sperren die beiden in das eisige Gefängnis. Rauben ihnen die Orientierung und machen jede Methode, um sich nicht zu verirren, zwecklos. Ihre einzige Möglichkeit ist, weiterzugehen und zu hoffen, dass sie es rausschaffen, ehe sie zu Eis erstarren.

Granny dachte ihr Leben lang, sie würde mit der kalten Jahreszeit gut klarkommen. In Glencoe sind die Winter rau und hart. Nicht selten kommt es zu heftigen Stürmen und selbst die ruhigen und frostigen Tage mit kristallklarem Himmel sind nicht zu unterschätzen. Dennoch scheint es ihr so, als würde diese Welt Kälte ganz anders definieren.

Nach dem anfänglichen Zittern fangen ihre Glieder furchtbar an zu schmerzen. Ihre Zähne klappern unkontrollierbar, die Haut und ihre Lunge brennen wie Feuer. Granny ist so kalt, dass sie ihre Finger und Zehen nicht mehr spüren kann. Selbst ihr Magen scheint gegen die Eiseskälte rebellieren zu wollen und knurrt lautstark.

Ihr Kopf ist völlig leer und sie muss sich dazu zwingen weiterzugehen. Einzig der Gedanke an Thomas, Elain, Keith und Kenny treibt sie zum Weitergehen an.

Wieder erreichen sie eine der zahlreichen Ecken und gelangen dieses Mal in einen kleinen Raum. Vor ihnen liegt eine große, breite Treppe, die steil nach oben führt.

Im Gegensatz zu den bisherigen Wegen, wo sich das Eis nur oberflächlich auf die Felsen gelegt hat, ist sie komplett aus klarem Eis gemeißelt. Das helle Blau, das durch vereinzelte Sonnenstrahlen zum Glitzern gebracht wird, hat etwas Magisches.

Außer der Treppe ist der Raum leer und es gibt keine weiteren Wege oder Abzweigungen. Ihnen bleibt nichts anderes übrig, als den Stufen nach oben zu folgen.

Granny seufzt lautlos.

Ihr Blick zu Kesetiaan, der mit den Zähnen knirscht, bestätigt ihre eigenen Gedanken. Um ihren Unmut zu verbalisieren, hat sie nicht mehr die Kraft. Im Grunde ist es ihr auch egal geworden, wohin die Treppen führen. Solange es dort nur wärmer ist.

Kesetiaan geht an Granny vorbei und steigt die ersten Stufen empor. Gerade als sie ihm folgen will, holt sie eine bleierne Müdigkeit ein. An den Stellen, an denen ihr Körper eben noch vor Schmerz aufgeschrien hat, greift nun die Taubheit nach ihr.

Erst jetzt bemerkt sie, dass sich auf ihrer Haut überall Frostblasen gebildet haben. Stellenweise sind sie bereits aufgerissen und machen es der Kälte noch leichter, in ihren geschwächten Körper einzudringen. Auf einmal scheint alles um sie herum zu verschwimmen und sie verliert den Boden unter den Füßen. Granny versinkt in der Dunkelheit, lange bevor sie aufschlägt.

Erschrocken dreht sich Kesetiaan bei dem Geräusch um und entdeckt Granny regungslos am Boden liegen. Es durchfährt ihn gleichzeitig unbändige Kälte und Hitze. Mit weit aufgerissenen Augen eilt er zu ihr und greift nach ihrem steifen Körper.

Grannys Atem geht langsam und nur mehr stoßweise. Eine hauchdünne Eisschicht hat sich auf ihrer weißgrauen Haut gebildet. Wie ein

Kokon umhüllt sie sie. Nur ganz schwach kann Kesetiaan ihren Herzschlag ausmachen. Er mag noch so weltfremd sein, aber selbst ihm ist klar, dass Granny die Kälte nicht länger überlebt. Vorsichtig, um sie nicht zu verletzen, hebt er sie auf seine Arme. Ein Zittern durchfährt ihn dabei, so eisig ist sie.

Obwohl ihm selbst die Kräfte schwinden und sein Leib sich ob der enormen Kälte schüttelt, zwingt er sich zum Weitermachen. Mühselig erklimmt er die Treppe, die nicht weniger endlos erscheint als all die Pfade zuvor. Grannys abgehackter Atem treibt ihn zur Eile an, während der glatte Boden ihn immer wieder zurückhält.

Gefangen in seiner Panik registriert er das Ende der Treppe erst, als er endlich ein Tor aus Sonnenlicht durchbricht.

Geblendet von der plötzlichen Helligkeit schließt er die Augen. Als er sie vorsichtig wieder öffnet, tanzen vor ihm schwarze Punkte durch die Luft. Dahinter entdeckt er einzelne Wolken. Der Himmel breitet sich vor ihm aus, als wäre er nur für diesen Anblick erschaffen worden, und es verschlägt Kesetiaan schier den Atem.

Sie haben den Krater erreicht.

Um das tiefe Loch herum, aus dem ein eisiger Dunst emporsteigt, gibt es einen breiten Steg, von dem man die gesamte Insel überblicken kann. Vor Kesetiaan erstreckt sich die Welt, wie er sie noch nie zuvor gesehen hat.

Zwischen den Wolken taucht die Bergkette auf, in welcher sich sein Zuhause befindet. Er erkennt die Fliederfelder und das Dorf. Den riesigen Wald, den er auch schon von der Hängebrücke aus sehen konnte und einen See, der durch einen Fluss mit der Schale verbunden ist. Er dreht sich weiter und entdeckt weitläufige grüne Felder, die in einiger Entfernung von merkwürdig geformten Felsen abgeschnitten werden.

Die Insel neigt sich in beide Richtungen zu einem spitzen Ende und wirkt dadurch wie eine Mondsichel. Die Kliffe, die die Bucht vom

Meer trennen, schließen den Kreis ab und lassen die Sichel zum Vollmond werden.

Doch das Unglaublichste, was er vom Vulkangipfel aus sieht, ist keineswegs die Insel oder das Meer. Am Horizont geht jemand. Ein Wesen derart groß, dass es den Vulkan und damit den höchsten Aussichtspunkt Dayax' mühelos überragt.

Kesetiaan kann selbst aus dieser Entfernung erkennen, dass sich schwarze ledrige Haut über ein knöchernes Gerüst spannt. Im Brustkorb befindet sich ein großes Loch, in dessen Zentrum eine rote Kugel schwebt, die in merkwürdigen Rhythmen pulsiert – ganz so, als hätte sie ein Eigenleben. Die Arme des Wesens sind seltsam wirr. Wie viele verschiedene Lederbänder, die zu etwas zusammengezwirbelt wurden, das sich ab der Hälfte wieder auseinandergelöst hat. Die losen Enden der Bänder scheinen schwerelos im Wind zu wiegen. Die Beine des Wesens sind hingegen breite Stumpen, die aus dem Wasser emporsteigen.

Von der Kugel im Brustkorb ziehen sich rote gezackte Striemen über den gesamten Torso und den Hals bis aufs Gesicht, das auf bizarre Art menschlich erscheint und irgendwie auch wieder nicht. Es hat Ohren und eine Nase, jedoch fehlt der Mund, und die leeren Augenhöhlen leuchten aus dem tiefsten Inneren des Schädels heraus. Darüber erhebt sich ein Geweih, das wirkt, als wäre es aus einem Stück des Universums geschaffen. Es ist derart schwarz, dass die Welt darin zu versinken scheint.

Mit offenem Mund starrt Kesetiaan es an. Obwohl er die Statue nur kurz gesehen hat, weiß er genau, dass dieses Wesen jenes ist, welches Halqua als Xwedayê, den Gott des Mondes, bezeichnet hat. Wie ein Stromschlag durchfährt ihn diese Erkenntnis und Angst lähmt ihn.

Kesetiaan erinnert sich nur zu gut daran, was die Dorfbewohner ihm erst vor wenigen Stunden antun wollten. Sie hatten ihn diesem Wesen opfern wollen.

Seine Augen weiten sich und seine Brust verengt sich. Sie drückt auf seine Lunge und macht ihm das Atmen schwer. Wieder tanzen die schwarzen Punkte vor Kesetiaan durch die Luft. Kälte dringt in seinen ohnehin schon unterkühlten Körper ein und lässt ihn erzittern. Dabei registriert er das Gewicht auf seinen Armen und schafft es, seine Aufmerksamkeit wieder auf Granny zu lenken. Nur mühsam gelingt es Kesetiaan, den wandelnden Gott nicht länger zu beachten.

Vorsichtig legt er Granny auf dem Boden ab. Darauf achtend, sie direkt in die Sonne zu legen, damit sie etwas von der dringend benötigten Wärme abbekommt.

Noch immer geht ihr Atem schwach, sie ist bleich und eiskalt. Behutsam streicht er ihr eine Strähne aus dem Gesicht. Doch er weiß nicht, was er tun soll. Seine eigenen Erfrierungen im Gesicht, an den Beinen und Armen sowie die Schmerzen und die Angst machen ihm das Denken schwer. Dazu kommt, dass die Sorge um Granny immer größer wird.

„Verzweifelst du etwa bereits?" Dunkel und unheilsam wird eine Stimme zu ihm getragen, wie ein Flüstern im Wind. Auf dem Gipfel jedoch befinden sich nur Granny und Kesetiaan. Gehetzt sieht er sich um, doch außer dem Wesen am Horizont kann er auch auf den zweiten Blick niemanden entdecken.

„Ich dachte wirklich, du hättest etwas mehr zu bieten."

„Wer ist da?", ruft er dem Wind entgegen. „Zeig dich!"

Schützend lehnt er sich über Granny und sucht die Luft ab. Nichts regt sich, selbst die Wolken scheinen still zu stehen.

„Sie wird sterben."

Ein Schauer läuft über Kesetiaans Rücken. Die Worte sind keineswegs eine Drohung. Sie sind so nüchtern gesprochen, dass sie mehr einem Fakt gleichen. Eine Tatsache, die ihn einholen wird, wenn er nichts dagegen unternimmt. Aber das wird er nicht zulassen, schließlich ist Granny nur seinetwegen in dieser Lage. Nur weil er zu schwach ist, um Malika allein zu finden, hat er die alte Frau in seine Probleme reingezogen.

„Das werde ich verhindern", antwortet er dem Wind. Seine Stimme zittert dabei und ihm wird bewusst, wie lächerlich seine Worte klingen. Wie sollte er, das Monster, schon jemanden retten?

Ein Lachen erschallt und scheint sich wie ein Echo zu vervielfältigen. Es schlägt von allen Seiten gleichzeitig auf ihn ein und verhöhnt Kesetiaan.

„Du? Wie willst du das machen? Du weißt nicht einmal, wer oder was du bist. Oder gar welche unglaublichen Mächte in dir schlummern."

Das Lachen gewinnt an Intensität. Etwas, das Kesetiaan rasend macht. Es erinnert ihn an das Orakel, das sich ebenfalls auf seine Kosten amüsiert hat. Die Kälte weicht aus seinen Adern und das Eis auf seinem Fell beginnt zu schmelzen. Heiße Dunstwolken entsteigen seinen Nüstern und er spürt, wie es in ihm anfängt zu pulsieren.

Für eine Sekunde schließt Kesetiaan seine Augen, und als er sie wieder öffnet, erstrahlen sie in einem intensiven Rotton. Das scheint die Stimme allerdings nicht zu beeindrucken.

„Nichts und niemanden kannst du retten! Du hast selbst die eine, die dich liebt, verloren. Hast du Malika bereits aufgegeben, sie gar vergessen? Oder warum verschwendest du kostbare Zeit, während sie auf dich wartet?"

In Kesetiaan tobt es. Die Stimme trifft all seine wunden Punkte mit chirurgischer Präzision. Bohrt in ihnen anscheinend zur bloßen Unterhaltung und genießt den Schmerz, den sie damit auslöst.

Er sieht wortwörtlich rot. Da die Stimme keinen Körper hat, weiß Kesetiaan aber nicht, gegen wen er seine Wut richten soll. Wie ferngesteuert hebt sich sein Arm und richtet sich auf das Wesen am Horizont.

„Du willst den Xwedayê angreifen? Nichtsnutziger Bengel! Statt deine Wut zu verschwenden, nutze sie, um die Duuliye zu heilen." Die Stimme wirkt enttäuscht, als hätte Kesetiaans Reaktion nicht dem entsprochen, was sie sich gewünscht hat. „Ohne sie wirst du dein Ziel nicht erreichen. Rette die Frau. Nur mit ihrer Hilfe kannst du Malika finden. Deshalb hast du sie schließlich in diese Welt gerufen."

„Und wie soll ich das machen?", brüllt Kesetiaan gepeinigt auf.

Da erhebt sich der leichte Wind zu einem Sturm. Er reißt die Wolken gewaltsam vom Himmel und saugt sie ein. Eine kreisrunde Öffnung bildet sich und gibt den Blick auf das grenzenlose Blau frei. Steine lösen sich vom Krater und fliegen haarscharf an Kesetiaan vorbei. Der Sturm ähnelt stark dem aus dem Wald, kurz bevor er Granny kennengelernt hat.

Sie hat mir so viel geholfen, obwohl sie mich und Malika gar nicht kennt. Obwohl ich ...

Kesetiaan merkt, wie etwas in seinem Inneren rumort. Wie es sich erhebt und den Sturm zu füttern scheint. Eine seltsame Kraft, von der er nicht weiß, wie er sie kontrollieren soll. Immer mehr davon verlässt seinen Körper. Er starrt nach oben, ohne dabei tatsächlich etwas zu sehen. Das Auge des Wirbelsturms umgibt ihn, ebenso eine ohrenbetäubende Stille. Selbst sein Herzschlag scheint für einen Moment auszusetzen. Entsprechend laut klingt die Stimme in seinen Ohren wider.

„Richte dein Mana auf die Frau. Wandel deine stürmische Wut um und wärme ihren gefrorenen Körper."

Wie in Zeitlupe wandert Kesetiaans Blick zu Granny. Erneut hebt er einen Arm und richtet ihn dieses Mal auf sie. Eine Flamme bildet sich zwischen seinen Fingern. Sie leckt an ihnen und verbrennt sein Fell und die Haut darunter. Zu den Frostbeulen gesellen sich Brandblasen und senden weitere Schmerzen durch seinen Leib.

Noch ehe Kesetiaan richtig begreift, was vor sich geht, stürzt der Sturm in sich zusammen und auf die Flamme ein, nährt nun im Gegenzug das Feuer. Um den Halt nicht zu verlieren, rammt er seine Hufe in den Boden. Dann nimmt er seine zweite Hand dazu, um die Flamme zwischen seinen Pranken zu ersticken. Ein Brüllen der Anstrengung entkommt ihm, während er das Feuer instinktiv immer kleiner drückt. Mit einem lauten Knall zerreißt es und ein sanftes rotes Leuchten umgibt seine Hände.

Er lässt sich langsam zu Boden sinken und berührt Granny ganz vorsichtig damit. Das Licht geht auf sie über, umhüllt ihren gesamten Körper und hinterlässt ein Schimmern. Das Eis, das sich wie eine zweite Haut um sie herumgelegt hat, beginnt zu schmelzen. Ihre Körpertemperatur normalisiert sich, genauso wie ihre Atmung, und ihre wächsernen Wangen werden rosig.

„Lass sie nicht sterben. Ohne sie bist du verloren", flüstert die Stimme ein letztes Mal, dann wird alles still.

Mit leerem Blick starrt Kesetiaan in den Himmel, ehe er erschöpft neben Granny zusammenbricht. Stumpf erklingt das tropfende Geräusch seines Blutes, das sich von den verbrannten Händen löst und auf dem Boden landet.

Es war das erste Mal seit einer Ewigkeit, dass die Dunkelheit um mich herum explodierte. Sie riss mich aus meinem eigenen Bewusstsein und gab den Blick frei auf eine Vergangenheit, die nicht die meine war.

Durch die Augen eines Fremden erlebte ich seine schmerzhaftesten Momente und ich sah ... mich selbst, wie ich all jene tötete, die er liebte.

Flammen verzehrten die Häuser des Dorfes, in dem der fremde Mann lebte. Dunkler Nebel waberte um uns herum und verschlang alles, was das Feuer zurückließ.

War dieses Wesen wirklich ich?

Und war dies das Leid, das ich verbreitete?

Als ich in mein schattenhaftes Selbst zurückkehrte, spürte ich, dass sich was verändert hatte. Etwas an mir war anders. Das Gestaltlose nahm langsam Gestalt an. Rauch und Schatten festigten sich und wurden zu einem Knochengerüst, zu Muskeln, Fleisch und Blut.

Zum ersten Mal, seit ich den Armen meiner Mutter entrissen worden war, spürte ich echte Wärme. Ich konnte fühlen, wie sie in meinen Adern pulsierte, hatte sogar einen Herzschlag.

Ich stand inmitten der Leichen. Der Geruch von Feuer und Tod lag in der Luft. Doch alles, was ich wahrnahm, war das Gefühl, wahrhaft lebendig zu sein.

KAPITEL 8

Das Tal

Stunden später erwacht Granny mit den ersten Sonnenstrahlen eines neuen Tages. Verwirrt blinzelt sie dem Himmel entgegen. Langsam setzt sie sich auf. Ihre alten Knochen knacken und ächzen dabei. Sie legt die Hände in den Schoß. Lange starrt sie sie an. Ihr Kopf fühlt sich an wie in Watte gepackt und die Erinnerungen an die letzten Erlebnisse kommen nur spärlich an.

Sie weiß nicht, wie sie aus dem Eislabyrinth entkommen ist, dennoch ist sie sich sicher, dass Kesetiaan sie nach draußen gebracht hat. Und irgendwie ist es ihm gelungen, sie wieder aufzutauen. Bei dem Gedanken an die bleierne Kälte zuckt sie zusammen und umschlingt sich mit ihren Armen. Nie hätte Granny gedacht, dem Kältetod mal so nahezukommen. Oder gar ihm noch knapp von der Schippe zu springen.

Langsam kämpft sie sich auf die Beine. Schwindel erfasst sie und erinnert sie daran, dass sie trotz der wundersamen Heilung noch unter den Erfrierungen und der Erschöpfung leidet. Zumal sie diese Tortur mit leerem Magen durchmachen musste und einfach nicht mehr die Jüngste ist. Dafür, dass sie kaum genug Ausdauer hat, um ihre Post reinzuholen, überrascht es Granny, wie weit sie in dieser Welt bereits gekommen ist.

„Ob da wohl irgendeine Art von Magie dahintersteckt?", murmelt sie und sieht sich auf dem Vulkangipfel genauer um.

Überrascht registriert sie, wie hoch oben sie sich befinden. Dagegen erscheint ihr die Hängebrücke rückblickend wie ein schlechter Scherz. Der Ausblick ist unglaublich. Wie gerne würde sie diesen Moment mit ihren Kindern und ihrem Enkel teilen. Ob es die Herzen von Thomas und Elain wohl etwas erweichen würde?

Betrübt schüttelt Granny den Kopf. Sie wüsste nicht einmal, wie sie die beiden dazu überreden sollte, mit ihr einen Berg zu besteigen. Zudem haben ihre Kinder immer mehr als genug Ausreden auf Lager, warum so ein Trip gerade ungelegen kommt. Völlig egal, wann sie danach fragt.

Aber Keith, der wäre bestimmt dabei. Der liebe Junge würde mit Sicherheit keine Ausflüchte erfinden oder mein Alter als Vorwand nutzen, weshalb es gerade nicht geht. Er würde seine Tasche packen, das Auto vorfahren und mich mitsamt Kuchen und Picknickkorb einladen. Dann würden wir losfahren und uns einen schönen Berg suchen. In Schottland gibt es davon bei Weitem genug. Wenn ich nur über meinen eigenen Schatten springen könnte. Wenn ich nur ... den Mut aufbringen würde, etwas Großartiges zu erleben.

Verwundert über ihre Gedanken richtet Granny den Blick in den klaren Himmel. Sie blinzelt aufsteigende Tränen weg, streicht dann ihr Kleid und ihre Haare zurecht. Sie atmet tief durch, ehe sie sich weiter umsieht.

Dabei entdeckt sie Kesetiaan. Er liegt nur wenige Meter von ihr entfernt und scheint zu schlafen. Zärtlich betrachtet sie ihn, bis sie die kleine Blutlache und seine verbrannten Hände bemerkt. Humpelnd eilt sie auf ihren Schützling zu, kniet sich neben ihn und rüttelt sacht an seiner Schulter. Angst bemächtigt sich ihres Körpers, als er nicht reagiert.

„Wach auf, Kenny, bitte wach auf."

Sie spürt, wie sich seine Muskeln unter dem Fell regen. Er nimmt einen tiefen Atemzug und flatternd öffnen sich seine Augenlider. Den vor Schreck angehaltenen Atem wieder loslassend hilft Granny ihm dabei, sich vorsichtig aufzusetzen.

„Was ... ist passiert?", fragt Kesetiaan verwirrt.

Da Granny keine Antwort darauf hat, schweigt sie. Stattdessen nimmt sie seine Hände in die ihren und betrachtet sie. Die Verbrennungen sind stark und gehen bis auf die Knochen. Zwar bluten die aufgeplatzten Brandblasen nicht mehr, in ihren Augen ist das aber nur ein schwacher Trost.

„Oh Kind, wie hast du dir nur so schlimme Wunden zugezogen? Als hättest du versucht, ein Feuer in der bloßen Hand zu halten."

„Ich glaube ... das habe ich tatsächlich."

Noch immer wirkt Kesetiaan desorientiert. Sein Blick streift zum Horizont und er erzittert.

Als Granny ebenfalls dorthin sieht, erblickt sie nichts anderes als das Meer und den Himmel.

„Wir müssen das dringend behandeln, Kenny, bevor sich das entzündet."

„Das ist nicht nötig, es geht mir gut." Zweifelnd sieht Granny ihn an. Ein Blick aus dumpfen Augen trifft den ihren und die Sorge wird größer. „Wirklich, das verheilt ganz schnell, auch ohne dass du nachhelfen musst."

„Wie meinst du das?"

Seufzend wendet Kesetiaan den Blick ab und starrt auf den Boden. Leise, beinahe flüsternd erklärt er: „Ich mag es, dass du mich so normal behandelst. Aber ich bin es nicht. Ich bin ein Dämon, ein Monster. Deshalb sehe ich so aus und es passieren merkwürdige Dinge in meiner Nähe. Dazu gehört, dass meine Wunden deutlich schneller heilen als bei Menschen."

Für einen Moment schweigen beide. Granny denkt über das Gehörte nach. Dass Kesetiaan kein Mensch ist, ist ihr klar. Es ist schwer übersehbar, selbst mit grauem Star im Anfangsstadium. Auch wenn sie niemals eine Person aufgrund ihres Aussehens anders behandeln würde, scheint es für ihn gänzlich neu zu sein, nicht als Monster betrachtet zu werden.

Neu, dass ihn jemand nicht mit Fackeln jagt oder bei seinem bloßen Anblick anfängt zu schreien. Dass jemand freundlich zu ihm ist und sich sogar sorgt.

Granny denkt an das Fliederdorf zurück, an den Hass und das Misstrauen der Einwohner. Wie Ravine zitterte, während er die Hacke gegen Kesetiaan erhob. Und wie Halqua bereit war, ihn für eine Gottheit zu opfern, die es vielleicht nicht einmal gibt.

Granny läuft bei dem Wort Dämon ein Schauer über den Rücken. Sofort manifestiert sich das Bild des Teufels vor ihrem inneren Auge. Mit roter Haut und schwarzen Hörnern, rundherum die Flammen und ein arglistiges Lachen. Ein Wesen so bösartig und hinterhältig, dass es aus dem Himmel verbannt wurde. Granny ist zwar nicht sonderlich religiös, doch Henry war es und er hat sie oft genug in die Dorfkirche mitgenommen.

Sie kennt also die zahlreichen Geschichten über den Teufel und nichts davon kann sie mit dem jungen Mann vor sich in Einklang bringen.

„Dämon hin oder her. Du bist Kenny. Mein liebes Kind, das sich Sorgen um seine Schwester und eine dahergelaufene alte Frau macht." Sie holt tief Luft. Kesetiaan reißt die Augen überrascht auf und starrt sie an. „Das Einzige, was ich wissen möchte, ist, ob ich deine Wunde nun versorgen soll oder nicht."

Stumm schüttelt er den Kopf und verneint.

„In Ordnung, aber wehe, du schwindelst mich an."

Mit einem zaghaften Lächeln rutscht Kesetiaan näher heran. Er befreit sich sanft aus ihrem Griff und flüstert: „Das mache ich nicht."

Granny nickt leicht. Dann setzt sie sich so hin, dass sie ihren Kopf an Kesetiaans Schulter ablegen kann. Die Erschöpfung greift mit langen

Fingern nach ihr, und um sich wach zu halten, fragt sie: „Wie kommen wir jetzt nur wieder runter?"

„Ich habe keine Ahnung. Vielleicht gibt es noch einen Weg. Einen, der nicht zurück in diese Eishölle führt."

Schweigend stimmt Granny ihm zu. Freiwillig geht sie da bestimmt nicht noch mal rein. Die Chance, dass sie die zweite Runde Eisrutschen ebenfalls überlebt, ist ihr doch zu nahe an der Null.

Sie spürt, wie ihr Magen grummelt, und denkt beinahe sehnsüchtig an die Suppe im Fliederdorf zurück. Obwohl Granny es gewohnt ist, mal einen Tag nichts zu sich zu nehmen, weil sie es schlicht vergisst, spürt sie inzwischen, wie Hunger und Durst an ihr zerren. Wie gerne würde sie sich jetzt in ihre Küche setzen und frischen Tee aufkochen. Bei dem Gedanken seufzt sie leise auf.

Träge lässt sie ihren Blick schweifen. Aus dem Krater weht ein kalter Wind, der sie zum Zittern bringt. Die Ränder des Vulkankraters glitzern im Sonnenlicht. Es wirkt so, als würde eine dünne Eisschicht aus dem Inneren klettern; wie eiskalte Finger, die versuchen, ihrem Gefängnis zu entkommen. Das Aussehen erinnert Granny ein bisschen an Kristalladern. Als sie diesen mit ihrem Blick folgt, fällt ihr ein Geröllhaufen auf.

Besonders einer der Steine erregt ihre Neugierde, denn er scheint nicht zum Rest zu gehören. Er lehnt an dem Haufen und hat die Form eines Rechtecks, dessen Kanten glatt geschliffen wurden.

Vorsichtig steht Granny auf und humpelt zum Geröll. Kesetiaan bleibt sitzen und sieht ihr verwundert dabei zu, wie sie den Stein in die Hand nimmt. Keine zwei Zentimeter ist die Steintafel dick, aber sie erscheint ihr wahnsinnig robust. Erst beim Umdrehen fällt Granny auf, dass kryptische Zeichen in die Oberfläche geritzt wurden. Sie folgen einer einzelnen Linie, die sich wie eine Spirale über den gesamten Stein verteilt. In ihrem Zentrum befindet sich der Abdruck eines Stierkopfes. Beinahe wie bei einer Höhlenmalerei.

Verwirrt runzelt Granny die Stirn. Sie hebt ihren Blick und sieht zu Kesetiaan, der aufsteht und um den Krater herumwandert, um einen Pfad zu finden, über den sie den Vulkan wieder verlassen können.

Granny glaubt nicht an Zufälle. Sie ist fest davon überzeugt, dass Dinge aus einem Grund passieren. Besonders dann, wenn sie so absurd und unerklärlich scheinen. Sie ist sich sicher, dass dieser Stein hier nicht ohne Grund liegt. Kesetiaans und ihre Schritte wurden bewusst an diesen Ort geleitet.

„Nur von wem?", murmelt sie.

Ein unangenehmes Kribbeln in ihrer Hand lenkt Grannys Aufmerksamkeit wieder auf die Steintafel. Der Stierkopf leuchtet lila. Das Licht breitet sich aus und fließt in die Zeichen über. Nur Sekunden später geht eine derartige Hitze von dem Stein aus, dass Granny ihn erschrocken auf den Boden fallen lässt.

Kesetiaan hört es und dreht sich zu ihr um. Mit großen Schritten eilt er ihr zur Seite und kommt gerade rechtzeitig, als ein plötzlicher Luftstoß auf sie trifft. Granny hebt schützend die Arme vor das Gesicht. Sie wird von Kesetiaan aufgefangen und vor einem Sturz bewahrt, als sie ins Taumeln gerät.

Sekundenbruchteile später lässt der Druck wieder nach. Sie öffnet ihre Augen und starrt mit offenem Mund auf den Torbogen, der plötzlich mitten auf dem Gipfel steht. Zwar ähnelt er dem Tor, das schon in Grannys Garten aufgetaucht war, doch ein Gefühl sagt ihr, dass dieses hier anders ist. Und damit vermutlich nicht ihren Heimweg markiert.

Sie wendet den Blick zu ihrem Freund, um zu prüfen, ob nur sie den steinernen Bogen sieht. Doch Kesetiaan wirkt ebenso erstaunt. Mutig geht er darauf zu.

Der Torbogen schwebt wenige Zentimeter über dem Boden und ist in das gleiche seltsame Leuchten wie der Stein zuvor gehüllt. Vorsichtig greift Kesetiaan nach den Lichtern, die im Inneren des Tores umherwirbeln. Sie umschmeicheln seine Finger wie Seide und geben eine angenehme Wärme ab. Er wendet sich zu Granny um und sagt: „Wir sollten durchgehen."

„Hältst du das wirklich für eine gute Idee?"

Er schüttelt den Kopf.

„Nein, aber was bleibt uns übrig? Einen anderen Weg scheint es nicht zu geben. Wir können nicht wieder in den Vulkan und wir wissen nicht einmal, ob es überhaupt etwas bringen würde."

Es klingt schlüssig und an sich ist Granny ganz seiner Meinung. Dennoch hat sie ein ungutes Gefühl dabei.

„Ist es nicht zu perfekt?"

Verwirrt sieht Kesetiaan sie an.

„Ich meine, warum sollte hier einfach so ein Stein rumliegen, der ein Tor öffnet, mit dem wir vom Vulkan runterkommen? Und das genau dann, wenn wir eines brauchen?"

„Vielleicht liegt der Stein schon sehr lange hier."

„Nein. Ich befürchte, jemand wollte, dass wir hierherkommen."

Ihr Blick wandert über die Grenzen des Vulkans, dabei reibt sie sich die Arme. Eine düstere Vorahnung beschleicht sie.

Kesetiaan sieht das anders und sagt: „Ich bin mir sicher, du bildest dir das nur ein. Niemand außer dem Mann aus dem Fliederdorf weiß von unserem Weg. Und nach all den wirren Pfaden im Inneren des Vulkans wussten wir selbst nicht, wo wir rauskommen. Wie groß sind da die Chancen, dass es jemand anderes wusste?"

Ein Teil von Granny will ihm zustimmen. Der Rest glaubt weiter, dass es keine Zufälle gibt, und schon gar nicht solche. Wenn sie die achtzig Jahre Lebenserfahrung eines gelehrt haben, dann, dass nichts umsonst ist. In diesem Fall kennen sie nur den Preis noch nicht.

Trotz des unguten Gefühls gibt sie schließlich nach. Solange sie keine bessere Idee hat, wie die beiden wieder vom Vulkangipfel runterkommen, scheint ihnen tatsächlich nichts anderes übrig zu bleiben.

Kesetiaan hält ihr die Hand hin und Granny ergreift sie. Einen letzten Blick wirft sie auf den Horizont, dann durchschreiten sie Seite an Seite den magischen Torbogen. Um sie herum verschwimmt die Welt in den unterschiedlichsten blauen und grünen Tönen. Sämtliche Geräusche verschwinden und machen der Stille Platz. Der Geruch von faulen Eiern steigt Granny in die Nase, und obwohl sich unter ihren Füßen kein Boden befindet, kommt es ihr so vor, als würden sie durch einen langen Tunnel gehen.

Plötzlich vernimmt sie ein Flüstern. Doch die Worte sind zu undeutlich, als dass sie sie verstehen könnte.

„Hörst du das auch, Kenny?", fragt sie leise.

„Was denn?"

Er bleibt stehen und lauscht. Seinem Gesichtsausdruck entnimmt sie, dass er die Geräusche nicht hören kann.

„Da flüstert jemand."

Kesetiaan schüttelt den Kopf. „Bist du sicher? Ich höre nichts."

Das Flüstern verstummt und sie gehen weiter. Dennoch achtet Granny weiterhin aufmerksam darauf, ob die Stimmen zurückkommen.

Vor ihnen erscheint ein helles Licht, das sie langsam, aber sicher verschluckt. Ehe sie den seltsamen Gang verlassen, kommt das Flüstern mit einem Mal zurück, deutlich lauter und klarer.

„Erinnere dich daran – Licht und Schatten sind eins!"

Erschrocken dreht sich Granny um und starrt in das endlose Nichts aus wirbelnden Farben, die sich langsam wieder entzerren.

Habe ich mir die Worte nur eingebildet?

Einen Moment später finden sich Kesetiaan und Granny auf einer großen freien Fläche wieder. Das magische Tor hat sich zusammen mit den wirbelnden Farben aufgelöst und es fehlt jedes Zeichen, dass es je existiert hat.

Hinter ihnen befindet sich der Vulkan. Um sie herum wächst kilometerweit nur Gras. Kein Busch und auch kein Baum sind zu sehen, dafür vereinzelt Blumen wie Gänseblümchen und Löwenzahn. Anhand des Überblicks, den sie über den Aufbau der Insel hat, vermutet Granny, dass sie sich auf der anderen Seite des Vulkans befinden. Und wenn sie nur lange genug geradeaus gehen, kommen sie irgendwann bei den merkwürdig geformten Steinen an der östlichen Inselküste an.

„Wir sind wohl in dem Tal gelandet. Ein Glück, dann hat uns das Tor tatsächlich in die richtige Richtung geführt", flüstert Kesetiaan erleichtert.

Mit einem Nicken stimmt Granny ihm zu. Die seltsamen Worte behält sie erst einmal für sich und überlegt stattdessen, wie sie weitermachen sollen.

„Also, wenn ich ein Bandit wäre, dann würde ich mich ziemlich sicher bei diesen Steinformationen aufhalten. Sie bieten Schutz und man kann sich dort leicht verteidigen." Granny teilt ihre Gedanken laut mit. „Oder was meinst du?"

Kesetiaan lässt seinen Blick über das verlassene Tal wandern und entgegnet: „Was anderes ist hier auch nicht. Ich wusste nicht, dass die Insel so leer ist. All die Zeit dachte ich ... Ich hatte erwartet, dass hier viel mehr Leben wäre. Ein Ort voller Menschen und ... ich weiß nicht." Er schüttelt den Kopf. „Malika hat mir Geschichten von einer lebendigen Stadt anvertraut. Sie erzählte von unzähligen Menschen, die sich durch enge Gassen und über große Marktplätze drängen. Ich dachte, dieser Ort wäre hier irgendwo, und wollte ihn unbedingt mit eigenen Augen sehen."

„Nur weil er nicht hier ist, bedeutet das nicht, dass es diesen Ort nicht gibt. Wenn wir Malika finden, wird sie dir diese Stadt mit Sicherheit zeigen."

„Das glaube ich nicht."

Enttäuscht lässt Kesetiaan den Kopf hängen und geht los in Richtung der Felsformation. Granny folgt ihm und denkt nach. Sie weiß noch so wenig über ihren neuen Freund. Zu wenig, um zu verstehen, wie genau die Beziehung zwischen ihm und seiner Schwester aussieht. Oder was seine Worte zu bedeuten haben.

Schweigend wandern sie durch das Tal und Ruhe kehrt ein. Zum ersten Mal hat Granny das Gefühl, richtig durchatmen zu können. Ganz ohne Angst davor, geopfert zu werden, in den Tod zu stürzen oder erfrieren zu müssen. Übrig bleibt die Sorge, eher früher als später zu verhungern und zu verdursten. Trotzdem genießt sie die zarte Brise, die durch das Tal streift. Tief atmet sie durch und versucht, nicht länger daran zu denken.

Nach einer Weile nimmt Kesetiaan sie wieder auf seine Schultern und trägt sie. Granny freut sich über die Sonne, die ihr ins Gesicht scheint, und schließt die Augen, um den Geräuschen, ganz besonders Kesetiaans Atem, zu lauschen. Er geht gleichmäßig und strahlt absolute Ruhe aus. Sie hört seinen Herzschlag und das Zwitschern der Vögel. Summende Bienen und das leise Rascheln des Grases.

Nahe am Einschlafen erinnert sich Granny wieder an die Steintafel mit dem Stiersymbol und sie fragt sich, was er für eine Bedeutung hat. Sie öffnet ihre Augen und betrachtet Kesetiaan, soweit es von ihrer Position aus möglich ist.

„Stimmt was nicht?", fragt er sie nach einer Weile.

„Bist du der einzige?"

Verwirrt bleibt er stehen und sieht sie aus dem Augenwinkel an.

„Der einzige?"

„Stierdämon."

In seinen Augen blitzt Erkenntnis auf, aber er antwortet nicht. Er sieht sich nach der Sonne um und setzt Granny dann ab.

„Wir sollten hier rasten. Die Nacht bricht bestimmt bald herein und wir wissen nicht, was in der Dunkelheit alles hervorgekrochen kommt."

Sie gehen noch ein paar Meter weiter bis zu einem kleinen Felsvorsprung und machen es sich davor so gemütlich wie möglich. Granny bedauert, dass sie kein Feuer haben. Doch selbst wenn in der Nähe Äste rumliegen würden, käme es in dem offenen Tal einer Einladung gleich. Einer, der vermutlich nur die schaurigsten Gestalten folgen würden.

So sitzen sie nebeneinander und sehen der Sonne beim Untergehen zu. Die Nacht legt sich wie eine sanfte Decke über die Welt.

„Fast ein wenig schade, dass wir dem Himmel wieder so fern sind. Vom Vulkangipfel aus wäre der Sonnenuntergang bestimmt sogar noch schöner gewesen."

Granny liebt den Anblick und fühlt sich wie zu Hause. Dort sitzt sie oft in ihrem Garten und betrachtet stundenlang die Sterne.

Mit dem Verschwinden der letzten Sonnenstrahlen legt sich Granny ins Gras. Der Nachthimmel ist völlig klar und unzählige Sterne sind am Firmament zu erkennen. Sie zieht die Beine an und umschlingt ihren Oberkörper mit den Armen, um sich selbst etwas Wärme zu spenden. Wirklich gemütlich ist es nicht und nach einer weiteren unbequemen Nacht werden ihre Knochen nicht gerade Freudentänze aufführen. Aber sie jammert nicht, es hätte ohnehin keinen Sinn.

Bevor sie allerdings an Schlaf denken kann, horcht sie auf. Kesetiaan murmelt zaghaft in sein Fell.

„Es gibt nur mich."

Erst versteht Granny nicht, was er damit meint, dann fällt ihr ihre Frage wieder ein.

„Malika hat mir nie erzählen wollen, woher ich komme. Nur, dass meine Mutter einen Mann liebte, den sie nicht lieben durfte. Sie wurde dafür nach meiner Geburt mit dem Tode bestraft und Malikas Vater wollte auch mich töten. Deshalb nahm sie mich und flüchtete."

Während er spricht, setzt sich Granny langsam wieder auf.

„Sie hat ihren Bruder gerettet. Eine wirklich mutige Frau."

„Keine Frau. Damals war sie nur ein kleines Mädchen, gerade mal sieben Jahre alt. Sie hat mir ein Leben ermöglicht und ihr eigenes dafür geopfert."

„Was meinst du damit?"

„Malika war einst eine Prinzessin und nun arbeitet sie auf Flieder-feldern und in Schweineställen. Versteckt mich vor der Welt und füt-tert mich durch. Ich bin zu ihrem ganzen Leben geworden und sie ist meines."

Traurig betrachtet Granny den jungen Mann. Kein Wunder, dass er bereit ist, diesen schweren Weg auf sich zu nehmen, um Malika zu finden.

Ob meine Kinder auch so viel füreinander tun würden?

Vermutlich ist der Gedanke unfair, da Thomas und Elain ganz an-ders aufgewachsen sind. Aber Granny würde sich wünschen, dass sie einander ebenso wichtig sind wie Kesetiaan und Malika.

Obwohl sie selbst ein Einzelkind ist, hatte sie einmal einen Men-schen an ihrer Seite, dem sie auch so tief verbunden war. Ihr bester Freund, Bruder, Seelenverwandter und Ehemann.

Für ihn wäre sie, ohne zu zögern, quer durch ein fremdes Land gezogen. Hätte sich mit jedem angelegt, der sich zwischen sie stellen würde. Versunken in ihre Erinnerungen fällt ihr ein schottisches Lied ein, das sie früher oft gesungen hat.

Leise summt sie die Melodie aus einer anderen, glücklicheren Zeit und fängt nach einer Weile an zu singen. Die Worte fühlen sich auch heute noch richtig an und ihr Herz füllt sich mit Liebe. Obwohl man ihrer Stimme anmerkt, dass sie schon lange nicht mehr gesungen hat, klingt es wunderschön und sie genießt diesen ruhigen Moment.

Kesetiaan hält die Augen bis zur letzten Silbe geschlossen und lauscht ihrer Stimme. Er mag zwar kein Wort verstehen, spürt jedoch ganz deutlich die Liebe zwischen den Zeilen. An wen auch immer Granny dabei denkt, diese Person muss ihr die Welt bedeuten.

Als Granny wieder verstummt, öffnen sich seine Augen und ihre Blicke treffen sich. Ein Schmunzeln liegt auf ihren Lippen.

„Was hast du eben gesungen?"

Ihr Lächeln wird breiter, sie rutscht näher an Kesetiaan heran und legt ihren Kopf an seiner Schulter ab. Wispernd übersetzt sie ihm den Liedtext.

„Ein Blick genügte uns, dann wusste ich, dass ich dich für immer liebe. Jede Nacht denke ich an dich und deine Wärme. Mit dir war meine Welt vollständig. Du bist meine Liebe und mein bester Freund. Hast mich so oft zum Lachen gebracht. Ich möchte dich nie wieder verlieren. Solange ich lebe, werde ich dich lieben. An deiner Seite werde ich die Welt bereisen."

Eine Weile schweigen sie einträchtig. Kesetiaan legt seinen Arm um ihren zierlichen Körper. Granny kuschelt sich in die Umarmung und kostet den Moment in vollen Zügen aus.

Sie betrachten das Himmelszelt und nehmen dabei die Wärme des anderen in sich auf. Für den Augenblick ist alles gesagt und jedes weitere Wort würde den Moment zerstören. So genießen sie das Zusammensein und schließlich ist es Kesetiaans Herzschlag, der Granny ins Land der Träume geleitet. Der einzige Ort, an dem sie bis zu ihrem Tod mit Henry zusammen sein kann.

Ein lautes Dröhnen reißt Granny unsanft aus dem Schlaf. Der Boden erbebt förmlich unter ihr. Auch Kesetiaan wird dadurch wach gerüttelt.

Erschrocken stehen beide auf und versuchen herauszufinden, was vor sich geht. Einige Kilometer entfernt schwebt eine große Staubwolke über dem Boden. Just in diesem Moment bricht etwas daraus hervor und stürzt sich dem Himmel entgegen. Es durchbricht die Wolken, nur um rücklings zurück in das Tal zu fallen. Bei dem Aufprall geht erneut ein mächtiges Beben durch die Erde. Granny hält sich an Kesetiaan fest, um nicht umzukippen.

Aufgewirbelter Staub und Dreck sammeln sich um ein Wesen und verhüllen es vor ihren Augen. Dann erhebt sich die gigantische Kreatur, richtet ihre Gliedmaßen und mit einem einzigen Flügelstoß wischt sie die Staubwolke fort. Ein weiteres Mal erhebt sie sich mit kräftigen Schlägen in die Luft. Noch ehe sie die Wolken erreichen kann, kracht sie erneut zu Boden.

Mit weit aufgerissenen Augen starren Granny und Kesetiaan auf das Ungeheuer. Die Kreatur erhebt sich langsam und dreht sich zu ihnen um. Für einen Moment scheint die Zeit stillzustehen. Das Wesen regt sich nicht, kein einziger Muskel zuckt. Es starrt nur eisern zu ihnen.

Granny hält den Atem an und versucht, zu verstehen, mit was für einem Wesen sie es zu tun haben. Die Kreatur scheint nur teilweise humanoid zu sein. Das Gesicht ist das einer jungen Frau, deren Mund an den Seiten bis zu den Ohren aufgerissen wurde. Lange, spitze Zähne klaffen daraus hervor. Sie hat sechs Augen, die allesamt in einem intensiven Gelbton leuchten. Pupillen besitzt sie keine.

Statt Haare wachsen ihr rote Federn aus dem Kopf, die über den Rücken und die Schultern in eine enorme Flügelspannweite übergehen, mit denen sie sich im Augenblick am Boden abstützt. Denn Arme hat die Kreatur nicht, ebenso wenig Beine. Stattdessen geht der nackte Torso, der an einen weiblichen Oberkörper erinnert, in einen langen Fischschwanz über. Auch er ist voller Federn.

Und Granny bemerkt noch etwas – in den Flügeln stecken zahlreiche Pfeile und Speere. Blut fließt in Massen aus den Wunden und färbt das Gras rot. Das Wesen zittert kaum merklich und schwankt. Kein Wunder, dass es mit diesen Verletzungen nicht mehr fliegen kann. Flüchtig fragt sich Granny, wer diese Kreatur derartig verletzt hat?

KAPITEL 9

Die Sciathán

Kesetiaans Muskeln sind bis zum Zerreißen angespannt. Obwohl noch alles still ist, weiß er genau, dass der Kampf bereits in dem Moment begonnen hat, als die Kreatur ihn und Granny entdeckt hat. Ihm ist klar, dass er ein Problem hat. Er ist unbewaffnet und das Monster ist mehr als sieben Mal so groß wie er. Deshalb nutzt er diese wertvollen Sekunden, um nach Schwächen zu suchen.

Ohne den Fokus zu verlieren, betrachtet er das unheimliche Wesen. Auch ihm entgehen die zahlreichen Verletzungen nicht. Im Gegensatz zu Granny sorgt er sich nicht um den, der das getan hat, sondern viel mehr darum, dass das Wesen trotzdem weiterhin aufrecht steht und kampfbereit wirkt.

Solch einem Wesen ist Kesetiaan noch nie begegnet und am liebsten hätte er es auch dabei belassen. Aber das Schicksal scheint es nicht gut mit ihm zu meinen. Die Kreatur fängt an zu lächeln. Ihre eingerissenen Mundwinkel ziehen sich noch weiter auseinander.

Granny schluckt hörbar und er spürt, wie sie zittert. Sie hat eindeutig Angst und er kann es nur zu gut nachvollziehen. Auch ihm rinnt ein Schauer nach dem anderen über den Rücken und er würde am liebsten wegrennen. Doch um ihrer beider willen muss er kämpfen.

Das Wesen schreit auf und seine Stimme erschallt völlig verzerrt. Kesetiaan kann nicht heraushören, ob es versucht, ihm etwas zu sagen, oder einfach nur so brüllt. Ehe er sich weitere Gedanken darüber machen kann, schießt das Wesen in ungeheurem Tempo vor. Die Flügel nutzt es dabei, um sich über den Boden zu ziehen, und den Schwanz für zusätzliche Geschwindigkeit.

„Lauf!", brüllt Kesetiaan Granny zu und stürzt dem Wesen entgegen. Aus dem Augenwinkel bemerkt er jedoch, dass Granny keinen Zentimeter weicht; sie wirkt wie festgefroren. Während er weiterstürmt, durchzuckt ihn nur ein einzelner Gedanke.

Ich muss sie beschützen!

Nur noch wenige Meter trennen ihn von dem mächtigen Wesen. Er nutzt seine Geschwindigkeit und stößt sich vom Boden ab. Mit der Faust ausholend zielt er auf das verstörend grinsende Gesicht. Doch er sollte es niemals treffen. Der Schwanz zuckt nach vorne und peitscht ihn aus der Luft. Schmerzhaft wird er in den Boden gerammt und der Sauerstoff aus seiner Lunge gepresst. Dennoch verliert er keine Zeit; er rollt zur Seite und springt wieder auf. Nur knapp entkommt er einem weiteren Schlag.

Für einen Moment hält die Kreatur inne und erneut erklingt ihre verzerrte Stimme. Kesetiaan rennt los. Er umrundet das Wesen und sucht verzweifelt einen toten Winkel. Wieder und wieder schlägt der Fischschwanz nach ihm. Und als würde die Kreatur langsam die Geduld verlieren, benutzt sie nun zusätzlich ihren Flügel, um ihn zu erhaschen. Der Schwanz greift zeitgleich an und Kesetiaan schafft es nicht rechtzeitig, beidem auszuweichen.

Spindeldürre Finger, die er erst jetzt bemerkt, umschlingen ihn sanft und dennoch fest genug, um ihm jede Fluchtmöglichkeit zu rauben. Statt sich zu wehren, starrt er geschockt in die sechs Augen und den sich öffnenden Mund.

Ein weißlicher Atem entsteigt ihrem Maul und Kesetiaan atmet ihn aus Versehen ein. Sein Blick wird glasig. Er hört noch einen lauten Schrei, dann scheint alles um ihn herum im Nebel zu verschwimmen.

Kesetiaan steht in einem Wald, der merkwürdig verzerrt wirkt und dessen Kanten unscharf erscheinen. Kein Geräusch ist zu vernehmen. Weder schafft es das Licht, das Blätterdach zu durchdringen, noch der Wind, es zum Rascheln zu bringen. Selbst der dichte Nebel verharrt völlig regungslos über dem Boden.

Die Szenerie erinnert ihn an die Ölgemälde in Halquas Haus, nur dass er mittendrin ist. Seine Füße setzen sich in Bewegung, ganz ohne sein Zutun. Sie gehorchen ihm nicht. Verwirrt will er nach unten blicken, seine Beine ansehen, sie stoppen. Doch er kann den Kopf nicht drehen, nur starr geradeaus sehen.

Kesetiaan wird tiefer in den Wald gezogen. Die immer gleichen düsteren Bäume ziehen an ihm vorüber und scheinen kein Ende zu finden. Die Dunkelheit wird dichter und raubt dem Wald auch noch den letzten Lichtblick.

Von einer Sekunde zur nächsten erstarrt Kesetiaan in der Bewegung. Die Bäume ziehen nicht länger an ihm vorbei. Er hat noch immer keine Kontrolle über seinen Körper und ist dazu gezwungen zu warten.

Durch die steifen Blätter schieben sich nach und nach mehrere Gestalten. Auf den ersten Blick sehen sie wie Menschen aus. Bei näherem Hinsehen erkennt Kesetiaan, dass sie allesamt etwas erschreckend Seelenloses an sich haben.

Sie umkreisen ihn und Kesetiaan bekommt die Möglichkeit, sie sich genauer anzusehen. Ihre Augen sind pupillen-los und kalkweiß. Aus ihren Körpern wachsen Blätter, Moos und Äste. Ihre Arme bestehen aus verschlungenen Wurzeln und vor ihren Mün- dern und Nasen tragen sie eine Art hölzerne Maske, die vorne eine scharfkantige Rundung besitzt. Auch ohne ihnen je zuvor begegnet zu sein, vermutet Kesetiaan, dass es sich bei diesen Gestalten um die Omusajja handelt, die Bewohnern des Skógur.

Sie knien sich auf den Waldboden und starren ihn an. Einer von ihnen verkündet: „Die Fallen sind aufgestellt, Herrin Malika." Dumpf und hohl klingen die Worte durch die Maske hindurch.

Ein Sog entsteht. Schlagartig reißt etwas an Kesetiaan und versucht, ihn mit Gewalt aus dem Wald zu zerren. Er wehrt sich mit aller Kraft dagegen und konzentriert sich auf die Worte, die aus seinem Mund dringen, ohne dass er sie spricht: „Gut, dann sind wir vorbereitet. Es dauert nicht mehr lange, bis er in den Wald kommt."

Statt Kesetiaans erklingt eine weibliche Stimme. Der Druck wird stärker. Es zerreißt ihn förmlich. Für einen Wimpernschlag ist alles in Dunkelheit gehüllt. Dann sieht er den Wald von oben. Die knienden Männer und Malika in ihrer Mitte. Sie redet mit ihnen. Der Wind trägt einzelne Fetzen davon zu ihm, doch nur einen einzigen Satz versteht er dabei: „Fangt den Minotaurus und bringt ihn zu mir!"

Verzweifelt versucht Kesetiaan, zu ihr zu gelangen, doch er entfernt sich immer weiter. Ehe der Wald gänzlich verschwindet, schreit er: „Malika!"

Sie wendet ihren Blick und sieht durch ihn hindurch.

Erneut verschwimmt die Welt vor Kesetiaans Augen und er starrt wenig später wieder in das Gesicht der geflügelten Kreatur.

Eine Stimme erklingt in seinem Kopf. Schlägt von innen schmerzhaft gegen sein Trommelfell und seine Schädelwände, als würden die Worte versuchen zu entkommen.

„Dein Schicksal ist unvermeidbar."

Obwohl es rational betrachtet völlig absurd klingt, ist er sich sicher, dass die Kreatur mit ihm spricht. Genauso wie sie Kesetiaan auch den Wald und seine Schwester gezeigt hat. Er hinterfragt es nicht. Etwas in ihm weiß einfach, dass es so ist.

„Was bedeutet das? Wo ist Malika und weshalb zeigst du mir das?"
Der Griff um seinen Körper lässt nach. Sie setzt ihn behutsam auf dem Boden ab. Noch immer ziert ihr Gesicht das breite Grinsen. Doch Kesetiaan bildet sich ein, Trauer in ihrem Blick zu erkennen.

Sie wiederholt ihre Worte. Mehr nicht. Sie hallen in seinem Kopf nach und werden zu einem düsteren Gesang, der von seinem Ende spricht. Es verunsichert Kesetiaan und lässt ihn erzittern.

Er setzt zu weiteren Fragen an, da ertönt ein Horn. Schlagartig ist das Tal mit unzähligen Geräuschen gefüllt. Kesetiaan richtet seinen Blick in die entsprechende Richtung und erkennt eine ganze Horde an Pferden. Auf ihnen reiten Menschen in schwerer Rüstung und mit Waffen. Kampfbereit nähern sie sich ihm und der geflügelten Kreatur.

Seine Augen suchen das Tal nach Granny ab. Doch sie ist nicht mehr an dem kleinen Felsvorsprung. Irgendwann muss sie sich bewegt haben und steht nun genau zwischen ihm und dem nahenden Trupp. Schnell ist die Kreatur vergessen. Er nimmt die Beine in die Hand und rennt auf Granny zu, aus Angst, die Pferde würden sie über den Haufen rennen.

Wie ein Wahnsinniger stürmt er durch das Tal, jetzt sogar auf allen vieren. Er fixiert Granny und beeilt sich, zu ihr zu kommen, um sie vor den unbekannten Angreifern beschützen zu können. Ein Sturm erfasst ihn, der Wind trägt ihn sogar noch schneller vorwärts.

Er spürt ein Ziehen in seinen Muskeln und seinen Knochen. Es schmerzt nicht. Kesetiaan fühlt, dass alles seine Richtigkeit hat. Dass er sich nicht vor dieser Wandlung fürchten muss.

Granny kann sich nicht bewegen, nicht einmal, um zu sehen, was da auf sie zukommt. Jeder Teil ihres Geistes schreit, dass sie weg muss, doch ihr Körper ist so starr wie ein Fels. Das Hufgetrappel kommt näher. Die Angst lähmt sie.

Der erste Pfeil pfeift an Granny vorbei. Haarscharf streift er ihren Arm und reißt ihren Ärmel auf. Sie spürt den reißenden Schmerz und den Windzug, der über die Wunde streicht. Nicht fähig, irgendwas zu tun, schließt sie die Augen und betet.

Bitte, Henry, hilf mir doch!

Erst ein lautes Brüllen, das sich aus Kesetiaans Kehle kämpft, lässt sie wieder aufblicken. Ihre Blicke treffen sich und etwas in Granny erwacht. Die Starre ihrer Glieder löst sich.

„Kenny", flüstert sie und stolpert vorwärts, kommt ihm entgegen. Weitere Pfeile fliegen an ihr vorbei. Worauf die Reiter zielen, weiß Granny nicht, im Grunde ist es ihr auch egal. Solange sie nur nicht Kesetiaan oder sie selbst erwischen. „Kenny!"

Abrupt erstarrt sie, als sich Kesetiaans Körper verändert. Sie ist gezwungen, dabei zuzusehen, wie sich ihr Junge in einen richtigen Stier verwandelt und auf allen vieren auf sie zurennt. Für einen Moment wundert sich Granny darüber, dass sie sich nicht vor ihm fürchtet. Nicht vor den großen, spitzen Hörnern und ebenso nicht vor seiner geballten Kraft. Dass er nur so davor strotzt, ist selbst für sie in diesem Moment absolut klar erkennbar. Ein mächtiges Wesen, das sich dessen nicht einmal bewusst ist.

Aber in seinen Augen steht solch eine Sorge um sie, dass Granny es sich niemals verzeihen könnte, würde sie vor ihm zurückweichen.

Für einen Moment achtet Kesetiaan nicht auf die fremden Männer. Sein einziges Ziel ist es, Granny so schnell wie möglich zu erreichen.

Ein Fehler.

Ein Pfeil erwischt ihn an der Schulter und lässt ihn taumeln. Doch er fängt sich wieder, eilt weiter voran und ignoriert sowohl den Schmerz als auch die Pfeilspitze, die in seinem Fleisch steckt.

Endlich erreicht er Granny. Er stellt sich zwischen sie und die Angreifer. Mit hoch erhobenem Haupt reckt er sich ihnen entgegen. Seine Augen glühen rot und der Wind peitscht um sie herum. Wieder lässt er ein Brüllen los. Da wird für einen Moment alles um die beiden in Schatten gehüllt.

Die riesige Kreatur fliegt über sie hinweg und landet mit einem großen Knall in der Mitte der Pferdereiter. Ein wilder Kampf entbricht und schnell sind Kesetiaan und Granny vergessen.

Sanfte Hände umfassen Kesetiaans Gesicht und Granny schiebt sich in sein Blickfeld.

„Oh Kenny, was ist nur passiert?"

Ihre Stimme ist nicht mehr als ein Hauchen. Ihr Blick so voller Sorge, dass er sie am liebsten umarmen will. Bei dem Versuch muss er feststellen, dass er es nicht kann. Statt zwei Armen hat er nun vier Hufe. Verwirrt starrt er an sich hinunter. Viel kann er nicht erkennen, da ihm sein eigenes Fell im Weg steht.

„Du siehst aus wie ein Stier. So richtig, von Kopf bis Fuß", erklärt ihm Granny, was er nicht sehen kann.

„Aber wie?" Seine Stimme klingt anders, dunkler und rauer. Sie schüttelt den Kopf und streicht ihm sanft durchs Fell. Dann wird ihrer beider Aufmerksamkeit zurück auf den Kampf gelenkt.

Die Kreatur kreischt gepeinigt auf. Dutzende Pfeile stecken zwischen ihren Flügeln und ragen aus ihrem Schwanz. Unzählige Schnittwunden zieren ihren Körper und Blut fließt in Strömen hervor, tropft auf das Gras unter ihr.

Ein Mann in grauer Rüstung gibt seinem Pferd die Sporen und rast wild entschlossen auf das Monster zu. Das Schwert erhoben schlägt er ihr den Flügel ab, mit dem sie gerade noch nach ihm greifen wollte. Wieder kreischt die Kreatur auf und verliert im gleichen Atemzug den Kopf.

Atemlos sehen Kesetiaan und Granny dabei zu, wie er zu Boden fällt und durch eine Blutlache rollt.

Stillstand macht sich breit.

Es dauert eine gefühlte Ewigkeit, bis der gigantische Leib seinem Kopf folgt. Mit einem weiteren Krachen landet er im Dreck und wirbelt eine Staubwolke auf.

Jubel bricht aus, bis eine einzelne Handgeste des Mannes in grauer Rüstung ihn unterbindet und die Reiter zurück in Formation befiehlt. Ohne eine Pause einzulegen, visieren sie direkt ihr nächstes Ziel an.

Sie reiten auf Kesetiaan und Granny zu. Die Pfeile bereits im Anschlag und die Schwerter drohend erhoben kreisen sie die beiden ein. Kesetiaan gibt laute, kehlige Töne von sich, die einem Brüllen ähneln. Seine roten Augen richten sich auf den Anführer und seine Hufe scharren den Boden auf.

„Monster, lass die Frau gehen, dann gewähren wir dir auch einen schmerzlosen Tod." Der Mann erhebt seine Stimme, die rau und kratzig klingt. Der autoritäre Ton macht deutlich, dass er keine Widerrede duldet und es für gewöhnlich auch niemand wagen würde zu widersprechen.

Ehe es Kesetiaan verhindern kann, tritt Granny vor. Eine merkwürdig vertraute Situation. Vor nur wenigen Tagen, die ihm mittlerweile wie Jahre vorkommen, hat sie das auch schon getan. Diesmal sind die Umstände andere und vor ihnen stehen keine Bauern, sondern Krieger. Kesetiaan will nicht herausfinden, was sie mit einer alten Frau machen, die mit einem Dämon sympathisiert.

Bevor sie etwas sagen kann, lenkt er die Aufmerksamkeit auf sich. Er schlägt die Vorderhufe ins Gras, sodass der Dreck zu allen Seiten spritzt. Der Windhauch wird zum Sturm und windet sich schneidend um die Reiter. Gepeinigte Ausrufe und Schreie folgen, als der Wind so scharf wie Klingen auf sie einpeitscht und blutige Kerben hinterlässt.

Kesetiaan versucht, die Situation auf dem Gipfel zu replizieren. Dort war Wut der Schlüssel. Also kanalisiert er seine ganze Wut auf den Anführer der Krieger und lässt den Wind toben. Die ersten Pferde gehen durch und werfen ihre Reiter ab. Dann stürmen sie davon, so weit wie möglich von dem Dämon weg.

Einer von den Abgeworfenen ist der Mann in grauer Rüstung. Sein Gesicht wird von dem Helmvisier verdeckt, weshalb Kesetiaan nicht einschätzen kann, was der Krieger tun wird. Seine Haltung jedoch schreit förmlich nach einem Kampf. Sein Fell sträubt sich und der Sturm wird zu einem Tornado. Er reißt die Reiter gewaltsam von den Pferden und wirbelt sie durch die Luft. Die Schreie werden lauter, doch für Kesetiaan wird die Welt immer leiser.

„Kenny, hör auf!"

Nur gedämpft hört er Grannys Worte. Er starrt den Mann an, der nun sein Schwert aus der Scheide an seiner Hüfte zieht. Er reißt sich den Helm vom Kopf und wirft ihn zur Seite. Beachtet nicht, wie er vom Wind erfasst und fortgeschleudert wird. Das Gesicht eines vom Kampf gezeichneten Kriegers wird sichtbar. Eine dicke, wulstige Narbe zieht sich quer von einer Seite zur anderen. Eine kleine durchtrennt seine linke Augenbraue und eine weitere seine Unterlippe. Das linke Auge ist milchig und das rechte von einem intensiven Blau. Er trägt einen spitzen Kinnbart und seine schwarzen Haare zu einem kurzen Zopf gebunden.

„Hör auf mit dem Schwachsinn, Dämon, und ergib dich, sonst töte ich dich langsam und qualvoll." Schon stürmt er auf Kesetiaan zu, das Schwert zum Schlag erhoben.

Auch Kesetiaan ist bereit, den Anführer zu töten. Er scharrt ein letztes Mal mit den Hufen und richtet seinen Kopf nach vorn. Die Hörner so ausgerichtet, dass er den Mann damit aufspießen kann. Auch er stürzt vorwärts.

Sie kommen sich in einem unglaublichen Tempo entgegen, um es mit einem einzelnen Schlag zu beenden. Da steht auf einmal jemand zwischen ihnen.

Beide geraten ins Straucheln, um ihr auszuweichen.

Der Anführer stellt sich dabei selbst ein Bein und stürzt auf seine Knie. Sein Schwert gerät in den Windstrudel und wird in die Höhe gerissen, ehe es der Schwerkraft zum Opfer fällt und nicht weit entfernt im Boden stecken bleibt.

Kesetiaan versucht mit den Hinterläufen zu bremsen und schlittert noch ein ordentliches Stück. Kurz vor Granny kommt er zum Stoppen und bleibt verwirrt im Gras sitzen. Bei ihrem wütenden Blick scheint seine eigene Wut plötzlich wie verpufft und mit ihr auch der Sturm. Es ist windstill und langsam bemerkt er wieder das Ziehen in seinem Körper. Wenige Sekunden später sitzt Kesetiaan in seiner ursprünglichen Gestalt da.

Er registriert das Chaos um sich herum. Verwundete Männer und Pferde. Angst herrscht vor.

Angst vor ihm.

Hektik bricht aus. Jemand schreit vor Schmerz und andere brüllen Anweisungen, um das Chaos unter Kontrolle zu bekommen.

Und dann klatscht es.

KAPITEL 10

Willkommen in Lerako

Obwohl das Geräusch durch sein Fell stark gedämpft wird, kommt es Kesetiaan unendlich laut vor. Er registriert nicht gleich, was geschehen ist. Alle Anwesenden halten die Luft an. Der Anführer rappelt sich langsam wieder auf die Beine und betrachtet Granny verblüfft.

Noch immer hat sie die Hand erhoben, mit der sie Kesetiaan eine Ohrfeige verpasst hat. Schwer atmend starrt sie ihn an und holt erneut aus. Vor Schreck schließt er die Augen. Doch sie stoppt kurz vor dem Aufprall.

„Du dummer Junge! Was wolltest du da eben tun? Ihn aufspießen? Du musst unbedingt lernen, deinen Mund zu verwenden. Sprich mit den Leuten, sonst werden sie weiterhin nur das Monster in dir sehen und niemals den liebevollen jungen Mann, der in dir steckt", spricht sie leise. Ihre Stimme bricht immer wieder, klingt erstickt. Sie ist den Tränen nahe. Sanft streicht sie ihm durchs Fell. Dann dreht sie sich schwungvoll um.

Erneut erklingt das Klatschen. Bedeutend lauter und für Kesetiaan deutlich weniger schmerzhaft. Dieses Mal hat es den Anführer der Reiter erwischt.

Verwirrt hebt dieser die Hand an seine Wange, die sich langsam rot verfärbt. Sein gesundes Auge zuckt und er fletscht die Zähne. Sein düsterer Blick trifft den von Granny.

„Du brauchst mich gar nicht so anzusehen! Mit Pfeilen auf uns zu schießen und dann mit dem Schwert auf Kenny loszugehen ... Was bildest du dir ein?" Ihr Atem geht schwer und Kesetiaan sieht ihr an, dass sie ihre Grenze erreicht hat.

Schnell steht er auf und stellt sich hinter sie. Stützt sie vorsichtig, damit sie nicht umkippt. Das ist das erste Mal, dass er Granny ihr Alter ansieht. Sie wirkt unendlich ausgelaugt. Aber sie ist noch nicht fertig. Mit erhobenem Finger tippt sie dem Mann an die Brust und schaut zu ihm auf.

„Kenny ist ein guter Junge. Das wüsstest du, wenn du nicht direkt auf ihn geschossen hättest. Was sind das auch für Manieren? Ihr könnt doch nicht einfach durch die Gegend reiten und wahllos auf irgendwelche Leute schießen."

Blinzelnd sieht der Mann auf sie herab und starrt anschließend in Kesetiaans Augen. Etwas regt sich in ihm und seine Wut auf die alte Frau scheint nachzulassen. Er hebt die Hand über seinen Kopf, einen Finger erhoben und macht eine wirbelnde Handgeste.

Auch wenn Granny und Kesetiaan nichts damit anfangen können, scheint es eine Anweisung für die Reiter zu sein. Sie sammeln unverzüglich ihre verletzten Mitstreiter und die Pferde ein. Schon nach wenigen Minuten traben sie gemächlich in die Richtung, aus der sie zuvor kamen.

Nur der Anführer und sein Pferd bleiben zurück.

„In Ordnung. Dann lasst uns reden, doch nicht hier. Begleitet mich in mein Dorf." Der Mann zieht sein Schwert aus dem Boden und steckt es zurück in die Scheide. Anschließend richtet er seine Aufmerksamkeit auf Granny und Kesetiaan.

„Das Mütterchen kann mit mir auf einem Pferd reiten."

Geschmeidig schwingt sich der Anführer auf seinen Rappen und streckt Granny die Hand entgegen. Sie zögert. Langsam weicht die Anspannung aus Grannys Körper und sie sackt in sich zusammen.

Kesetiaan greift rechtzeitig nach ihr und hebt die schlafende Frau auf seine Arme. Dann sieht er zu dem Anführer der Banditen auf.

„Ich werde sie tragen. Zeig mir einfach den Weg."

Der Mann runzelt die Stirn, nickt jedoch zustimmend.

„Anständig von dir. Keine Sorge, es ist nicht weit."

Schon dreht das Pferd ab und trottet gemächlich auf die große Steinformation am Horizont zu.

Als sie an der geflügelten Kreatur vorbeikommen, wirft Kesetiaan einen letzten Blick auf sie, sich fragend, ob er jemals erfahren wird, was sie ihm mitteilen wollte.

„Eine Sciathán", sagt der Anführer, der Kesetiaans Blick gefolgt ist. Er betrachtet das Wesen ehrfürchtig.

„Weshalb habt ihr sie getötet?"

Kesetiaan kann die Bitterkeit in seiner Stimme nicht verbergen. Alles ging so schrecklich schnell und er hatte nicht mehr die Gelegenheit, das Wesen nach Malikas Aufenthaltsort zu fragen. Zudem schien sie etwas über sein Schicksal zu wissen.

„Du hast keine Ahnung, nicht wahr?"

„Warum fragt mich das jeder?", entgegnet Kesetiaan gereizt und erinnert sich daran, dass sowohl das Orakel als auch Halqua bereits ähnliche Bemerkungen gemacht haben.

„Weil dir deine Unwissenheit ins Gesicht geschrieben steht. Dieses Wesen ist die Tochter des Mondgottes. Sie bringt die Seelen der Verstorbenen zu Xwedayê, damit er sie am Nachthimmel platzieren kann."

„Die Tochter des Mondgottes?" Kesetiaan ist verwirrt. Er wünschte, Granny wäre wach. Sie würde das vielleicht verstehen, während er selbst nur mit noch mehr Fragen dasteht.

„Zumindest das weißt du also", spottet der Anführer. „Du kannst auch aufhören, dir um die Sciathán Gedanken zu machen. Sie ist unsterblich. Wir töten sie beinahe täglich und sie kommt dennoch immer wieder zurück." Sein Blick wandert gen Himmel, ehe er fast flüsternd seinen Monolog beendet. „Es dauert nur einen Nachtzyklus, ehe sie erneut im Tal auftaucht." Danach verfällt er in Schweigen.

„Und warum tötet ihr sie dann?", murmelt Kesetiaan, wird jedoch ignoriert. Er starrt zu Boden und wandert neben dem Pferd her. Seine Gedanken fangen an zu kreisen.

Ich habe das Labyrinth verlassen, um Malika zu finden. Doch andauernd passieren Dinge, die ich nicht verstehe. Und je weiter ich komme, desto mehr erscheint es mir so, als würde ich mich von meiner Schwester entfernen, statt ihr näher zu kommen. Ich will doch einfach nur Malika zurückhaben.

Er erinnert sich an die seltsame Szene im Wald, die ihm von der Sciathán gezeigt wurde.

Diese Männer und ... Malika. Was machst du da, Schwester? Warum bist du verschwunden? Warum hast du mich zurückgelassen und was hast du nur vor?

Sein Herz beginnt zu schmerzen und er fragt sich, ob Malika überhaupt von ihm gefunden werden will.

„Wir sind da."

Die Stimme des Anführers reißt ihn aus seinen deprimierenden Gedanken. Neugierig sieht sich Kesetiaan um. Sie stehen vor einer Wand aus rotem Stein, ansonsten ist um sie herum nichts zu entdecken. Nur das grüne Tal, aus dem sie kommen. Verwirrt richtet er sich an den Mann, der gerade von seinem Pferd absteigt.

„Wo sind wir? Hier ist nichts."

„So unbeholfen, fast wie ein Kind."

Kopfschüttelnd stolziert er an Kesetiaan vorbei und auf die Mauer zu. Statt jedoch davor stehen zu bleiben, geht er weiter und verschwindet plötzlich. Das Pferd wiehert einmal, ehe es seinem Herren, ohne zu zögern, folgt.

Nur wenige Momente steht Kesetiaan allein da, noch immer auf die Mauer starrend und mit Granny auf seinen Armen. Dann holt er tief Luft und geht ebenfalls auf die Wand zu. Widerstandslos gelangt er hindurch. Entgegen seiner Vermutung spürt er nichts dabei. Kein seltsames Kribbeln oder Ähnliches. Die Mauer wirkt so, als wäre sie aus Luft. Es dauert nur wenige Sekunden und schon steht er auf der anderen Seite des Felsens.

Vor Kesetiaan eröffnet sich der Blick auf ein Dorf mit kleinen, runden Häusern aus dunklem Stein. Bunte Blumenkübel stehen an die Hütten gelehnt und Leder wird auf Holzkonstruktionen getrocknet. Eine Fahne aus roten Federn weht in der Mitte des Ortes im Wind. Um das Dorf herum erheben sich hohe Felsen. Sie umzingeln den Ort und machen ein Eindringen selbst über den Luftweg unmöglich. Es gleicht einer Festung, die ihre Bewohner vom Rest der Insel abschneidet.

Das Dorf ist gut belebt, überall stehen und gehen Leute. Ein Bäcker verteilt frische Brötchen an eine Gruppe junger Frauen. Einer der Krieger lässt die Pferde auf eine Koppel und schält sich anschließend aus seiner Rüstung. Kinder laufen lachend an Kesetiaan vorbei und er folgt ihnen mit seinem Blick. Doch langsam kehrt Stille ein. Sie haben ihn bemerkt.

Angespannt verharrt Kesetiaan und wartet nur darauf, dass er erneut als Monster beschimpft und mit Steinen beworfen wird. Doch die Reaktion bleibt aus. Da springt der Anführer auf eine Kiste und erhebt die Stimme.

„Der Angriff auf die Sciathán war erfolgreich!" Zaghafter Applaus brandet auf. Die Dörfler schielen unsicher zu Kesetiaan, versuchen, sich aber gleichzeitig nichts anmerken zu lassen.

„Und wir haben Gäste. Versucht, nett zu sein. Die alte Frau hat ordentlich Feuer im Hintern und ich würde ein Gemetzel gerne vermeiden." Er lacht kehlig auf, was auch die anderen zu beruhigen scheint, denn sie lachen ebenfalls. Der Anführer springt auf den Boden und geht auf Kesetiaan zu.

„Ich bin im übrigen Cikatro und du befindest dich hier in Lerako, dem verlorenen Dorf." Er winkt eine junge Frau heran und spricht weiter: „Das hier ist Faaru, sie wird dir zeigen, wo ihr euch ausruhen könnt, und deine Wunden versorgen. Reden können wir später noch."

„Ist nicht nötig. Die Verletzungen heilen auch so."

„Das mag normalerweise so sein. Aber unsere Pfeile sind präpariert und verhindern, dass du deine Selbstheilungskräfte nutzen kannst. Letztlich ist es deine Entscheidung, ich werde dich zu nichts zwingen."

Er verabschiedet sich und marschiert davon.

Faaru hat feuerrote Haare und Sommersprossen. Sie trägt ein einfaches Kleid aus braunem Stoff und sieht dennoch irgendwie erhaben aus. Ihr Gang ist aufrecht und der Blick aus ihren schwarzen Augen stolz.

Die junge Frau betrachtet Kesetiaan nur kurz, schließlich dreht sie sich wortlos um und führt ihn zu einer der Hütten. Hinter einem Vorhang kommt ein mit Fellen ausgelegter Raum zum Vorschein. In der Mitte befindet sich eine kleine Feuerstelle, in der bereits ein Feuer entfacht wurde. Die angenehme Wärme umhüllt Kesetiaan und lässt die Anspannung von ihm abfallen. Vorsichtig bettet er Granny auf die Felle und deckt sie sorgfältig zu.

Faaru kommt auf ihn zu und gibt ihm Brot. Dann deutet sie ihm, dass er sich auf den Boden setzen soll. Kesetiaan folgt der Anweisung und beobachtet sie misstrauisch dabei, wie sie anfängt, seine Wunden zu säubern. Eigentlich wollte er ablehnen, aber wenn er Granny beschützen will, muss er bei Kräften sein. Schließlich weiß Kesetiaan nicht, ob sie in Lerako nicht auch wieder eine Falle erwartet.

Stillschweigend und mit federleichten Handgriffen schmiert Faaru eine süßlich duftende Paste auf die große Wunde an seiner Schulter. Kurz brennt die Stelle und Kesetiaan zieht die Luft zischend ein. Ein letztes Mal begutachtet die Frau seinen Körper, ehe sie aufsteht. Sie macht seltsame Zeichen mit ihren Händen und verlässt die Hütte.

Erschöpft lässt Kesetiaan sich in die Felle sinken. Obwohl er die Müdigkeit kaum aushält, findet er keinen Schlaf. Sein Kopf kommt nicht zur Ruhe. Wegen Malika, Granny, der Sciathán und diesem Ort. Die letzten Tage waren einfach zu viel für ihn.

Nach einer Weile steht er schließlich wieder auf und tritt aus der Hütte. Es ist erst Mittag, die Sonne wirft ihr Licht zwischen die spitzen Felsen hindurch und erleuchtet den Platz. Dennoch ist es im Dorf kühl. Die Wärme schafft es nicht, die natürliche Kälte, die von den Steinen ausgeht, abzumildern. Aber das macht Kesetiaan nichts aus.

Er wandert durch den Ort und sucht nach Cikatro. Dabei bemerkt er, dass die meisten Bewohner eine starke Ausstrahlung haben. Rau und hart wirken die Männer auf ihn. Auch die Frauen erscheinen ihm irgendwie kantig. Sie sehen aus wie stolze Kriegerinnen, die durch zahlreiche Kämpfe gezeichnet und gestählt wurden. Mit unzähligen Narben und Verletzungen, einigen fehlen sogar Körperteile.

Er beobachtet die Menschen eine Weile dabei, wie sie ihren Alltag bestreiten. Sie sehen so unterschiedlich aus. Ein paar haben grauweiße Haut, andere wiederum ganz dunkle. Einige tragen Farbe im Gesicht mit ähnlichen Zeichen wie die Bewohner des Fliederdorfes und manche verstecken ihr Antlitz hinter Stoff. Er entdeckt eine Frau, größer als er selbst, mit Armen so breit wie Baumstämme, und daneben einen Mann, so klein und zerbrechlich, als wäre er aus Glas.

So viele unterschiedliche Menschen sieht er zum ersten Mal. Im Fliederdorf sahen sich die Dorfbewohner deutlich ähnlicher. Doch hier gleicht keiner dem anderen. Woher sie wohl kommen mögen?

„Es sind Ausgestoßene."

Cikatro kommt auf ihn zu und trägt einen ernsten Gesichtsausdruck zur Schau. Seine Antwort ist so passend, dass Kesetiaan überlegt, ob er Gedanken lesen kann. „Wir sind jene, die nirgends Platz haben, und trotzdem kämpfen wir für alle."

„Das verstehe ich nicht."

Es stört Kesetiaan, dass er so vieles nicht weiß. Dass so vieles in seinen Ohren keinen Sinn ergibt.

„Vor einigen Jahren war ich der Kapitän einer Fregatte mit fast zweihundert Männern und Frauen. Wir segelten durch die Weltmeere und bekämpften unzählige Monster."

Verblüfft betrachtet Kesetiaan Cikatro. Es fasziniert ihn, dass der Mann ein Reisender war. Neugierde erfasst ihn und er fragt: „Du hast die ganze Welt gesehen?"

Cikatro fängt an zu lachen.

„Mitnichten! Hangaia ist gigantisch. Um alles zu sehen, bräuchte ich weit mehr als nur ein Leben. Aber ich war auf vielen verschiedenen Inseln und habe die unterschiedlichsten Wesen kennengelernt."

„Und wie bist du hier gelandet?"

„Ah, nun ..." Er greift sich ans Kinn und fährt mit den Fingern durch seinen Bart. „Wir sind dem Mondgott dummerweise vor die Füße gesegelt und haben Schiffbruch erlitten. Die Menschen, die du hier siehst, sind die wenigen Überlebenden der Crew."

Kesetiaan lässt seinen Blick noch mal über die Leute um ihn herum schweifen. Fernweh brandet in ihm auf und er wünscht sich, ebenfalls mehr von der Welt zu sehen. Dann aber fällt ihm etwas ein und er fragt: „Du hast gesagt, ihr seid Ausgestoßene, was hast du damit gemeint?"

„Die Bewohner dieser Insel mögen keine ungebetenen Gäste. Sie haben uns aus der Hafenstadt Merakete verjagt, weshalb wir uns im Tal eine kleine Siedlung aufbauten. Da wussten wir noch nichts von der Sciathán, und als wir es wagten, sie zu bekämpfen, machten wir uns das Fliederdorf zum Feind." Knurrend tritt Cikatro gegen eine der Kisten, die überall herumstehen. Für einen Moment suchen ihn düstere Erinnerungen heim. „Danach haben wir uns an diesem Ort versteckt und führen den Kampf von hier aus weiter."

„Warum geht ihr nicht? Ihr könntet einfach wieder in See stechen." Kesetiaan versteht es nicht. Hätte er ein Schiff und wüsste, wie man es bedient, dann würde er die Insel am liebsten auf der Stelle verlassen. Außer Malika hält ihn hier schließlich nichts.

„Komm mit, ich erkläre es dir."

Auf seine Art wirkt Cikatro dabei freundlich und genauso unbeholfen wie Kesetiaan. Gemeinsam gehen sie aus dem Dorf. Hinter den Häusern findet sich ein See mit Wasserrosen. Rundherum wachsen zahlreiche Blumen und Schmetterlinge ziehen ihre Kreise. Es wirkt idyllisch. Sie setzen sich auf Kisten und sehen auf den See.

„Lerako ist ein Ort, geschaffen, um zu schützen."

„Vor was beschützt ihr und wen?"

„Ich bin ein Sohn des Meeres, geboren und aufgewachsen auf einem Schiff. Ohne Besitztum und immer mit dem Wissen, dass der nächste Sturm mein Leben beenden kann. In den Jahren auf dem Meer habe ich unendlich viel verloren, das Gleiche gilt für meine Crew. Doch Hangaia gab uns hier einen Ort, an dem wir sicher sind, und eine Aufgabe, die zum Wohle aller ist. Also bekämpfe ich Ungeheuer, um die Schwachen zu beschützen. Selbst wenn diese das nicht wollen." Er hebt einen Stein vom Boden auf und betrachtet ihn eine Weile. „Wie gesagt ist die Sciathán unsterblich, sie braucht nur eine Nacht, um sich zu erholen, dann kehrt sie zurück, ganz egal wie schwer sie verletzt wurde. Sie ist eine Seelenfresserin und wenn nicht genug Wesen sterben, hilft sie nach. Die Menschen auf Dayax verehren den Xwedayê, deshalb weigern sie sich, gegen seine Tochter vorzugehen. Sie würden sich sogar, ohne zu zögern, fressen lassen."

Genervt holt Cikatro weit aus und wirft den Stein in den See. Kesetiaan sieht dabei zu, wie er mit einem Platschen im Wasser landet, und folgt den kleinen Wellen mit seinem Blick. Dann schließt er leidend die Augen.

Granny hatte recht damit, dass der Vorsteher des Fliederdorfes etwas im Schilde führt. Vermutlich hat Halqua ihn mit der Aufgabe, die angeblichen Banditen zu vertreiben, betrauen wollen, in der

Hoffnung, dass sie sich gegenseitig auslöschen würden. Die Frage ist nur, warum die Menschen im Fliederdorf nicht gewartet haben, bis das erledigt ist, und stattdessen versucht, ihn direkt zu opfern?

„Jetzt habe ich auch einige Fragen", verkündet Cikatro.

Kesetiaan sieht in das ernste Gesicht des Anführers. Ihm ist klar, dass der Mann kein Nein akzeptieren würde. Aber er beschließt, dennoch vorsichtig zu sein und nicht mehr preiszugeben als notwendig.

„Woher kommt ihr? Dayax ist eine Insel, auf die man nicht so ohne Weiteres gelangt, und die wenigsten Besucher wandern einfach im großen Tal herum."

„Ich bin hier aufgewachsen", antwortet Kesetiaan. Die Antwort erscheint ihm simpel und unbedeutend. Dennoch entspricht sie der Wahrheit und verrät nicht zu viel. Cikatro betrachtet ihn misstrauisch.

„Auf der Insel gibt es keine Kreaturen wie dich."

„Wie mich?"

„Dämonen."

Der Mann starrt hinaus auf den See. Sein Blick folgt einem gelben Schmetterling auf dem Weg zu einer Seerose. Wie gebannt sieht er dem Tier bei der Landung zu. Kesetiaan beobachtet ihn dabei und beschließt, alles auf eine Karte zu setzen.

„Ich suche nach meiner Schwester." Er hält für einen Moment inne und wartet auf eine Reaktion. Da keine kommt, fährt er fort. „Wir leben in der Nähe des Fliederdorfes. Vor einigen Tagen ist sie verschwunden und ich weiß nicht, wo ich nach ihr suchen soll." Noch immer reagiert Cikatro nicht. Kesetiaan bezweifelt allerdings nicht, dass er ihm ganz genau zuhört. „Alles, was ich will, ist, Malika zu finden."

Ein leichter Ruck geht durch den Mann und er schaut auf. Sein blaues Auge leuchtet förmlich und er starrt Kesetiaan verblüfft an. Dieser kommt sich trotz seines Fells auf einmal seltsam nackt vor. Ein Gefühl, das er nie zuvor hatte.

„Sagtest du Malika?"

Verwirrt nickt Kesetiaan. Da springt Cikatro auf und marschiert vor den Kisten auf und ab. Sein Gesicht verzieht sich nachdenklich und wirft schwere Schatten. Abrupt bleibt er stehen und richtet den Blick zum Himmel.

„Eine junge Frau mit elfenhaften Zügen, dem Intellekt einer Weisen und der Kraft eines Ungeheuers. Ich bin ihr begegnet."

Cikatro wirkt zwiegespalten und seine Stimme schwankt zwischen hörbarer Bewunderung und Furcht. Davon bekommt Kesetiaan allerdings nichts mit. Er springt voller Freude auf und strahlt über das ganze Gesicht. Endlich kommt er ihr näher.

„Wo? Wo ist sie?", ruft er aus.

Doch so schnell sie kam, verfliegt die Freude wieder. Cikatros Blick spricht förmlich Bände. Er ringt mit sich, dann scheint er einen Entschluss zu fassen.

„Hör gut zu, Bursche, denn was ich dir jetzt sagen werde, wirst du nicht gerne hören."

Und Kesetiaan hört zu.

Das, was Cikatro ihm erzählt, reißt sein heiles Weltbild in Fetzen. Den Tränen nahe will er die Worte des Mannes verteufeln. Den Überbringer am liebsten in den Boden rammen und seinen Schmerz herausbrüllen. Aber er spürt es. Mit jeder Faser seines Herzens weiß er, dass Cikatro die Wahrheit spricht.

Malika ist verloren.

Vorsichtig berührte ich mein Gesicht, fühlte, wie meine Fingerkuppen über Augenlider, Nase und Mund glitten. Ich konnte Rauch, verbranntes Holz und Fleisch riechen. Jedes Mal, wenn ich die Augen schloss, wurde es angenehm dunkel um mich herum. Schreie hallten in meinen Ohren wider und das Knacken der zerstörten Häuser. All diese Sinneseindrücke ließen mich zum ersten Mal wirklich lebendig fühlen.

Freude durchflutete meinen Leib und ich erzitterte. Ich wollte es sehen, musste wissen, wer ich war.

Um mir selbst ins Gesicht zu blicken, suchte ich nach einem See und sah hinein. Die Gestalt spiegelte sich in der klaren Oberfläche und ich sah ... ihn.

Ich sah den Fremden aus dem Dorf, das ich niedergebrannt hatte. Den Mann, den ich umgebracht hatte. In dessen Vergangenheit ich eingetaucht war, nur um mir selbst dabei zuzusehen, wie ich ihn umbrachte.

Das war nicht ich!

Wut verzerrte sein gespiegeltes Gesicht, das nun das meine war. Wieder und wieder verfluchte ich Hangaia dafür. Schrie und wütete wie ein Sturm. Sie hatte mich erneut getäuscht!

Und der Wunsch, die Welt für diesen Betrug zu bestrafen, wurde mächtiger als alles andere. Ich musste sie brennen sehen. Ich wollte der Funke sein, der Hangaia zerstören würde!

KAPITEL 11

Ein Hinweis

Als sie aufwacht, befindet sich Granny allein in einer Steinhütte und kann sich nicht daran erinnern, wie sie hergekommen ist. Obwohl sie sich direkt auf die Suche nach Kesetiaan machen wollte, sitzt sie seit Minuten schweigend da und starrt ins nichts.

Tief seufzt sie auf. Ihr ist bewusst, dass sie nicht mehr die Jüngste ist. Vor einigen Jahren hätte sie mit Sicherheit noch mitgehalten, aber langsam fragt sie sich, ob Kesetiaan nicht mit jemand anderem besser beraten wäre.

Ich kann doch nicht ständig zusammenklappen, und immer gerade dann nutzlos werden, wenn Kenny mich braucht. Weshalb wurde ich ausgewählt, um in diese Welt zu kommen? Sollte das nicht jemand machen, der jünger und agiler ist?

Erneut seufzt sie und stemmt sich dann mühsam in die Höhe. Kaum verlässt Granny die Hütte, wird sie förmlich von den vielen neuen Eindrücken erschlagen. Ihr Herz klopft wild und ihre Hände werden schwitzig, da sie nicht weiß, wo sie ist, und Kesetiaan nirgends entdecken kann.

Was, wenn dieser Mann ihn umgebracht hat?, denkt sie verzweifelt. Granny schüttelt sich und flüstert sich dann selbst zu: „Mal den Teufel nicht gleich an die Wand! Ich suche jetzt nach Kenny, und wenn ihm auch nur ein Haar gekrümmt wurde, dann schwöre ich bei allem, was in dieser Welt heilig ist, ich versohl jedem Einzelnen auf dieser Insel den Hintern."

Sich straffend und ihr Kleid gerade zupfend, stolziert Granny los. Ihr ernster Gesichtsausdruck macht direkt klar, dass mit ihr nicht gut Kirschen essen ist, und dennoch wird sie von den Leuten, die an ihr vorbeikommen, freundlich begrüßt.

Davon verwirrt verliert sich ihre Verärgerung mit jedem weiteren Schritt, und als sie sich auf einem gemütlich aussehenden Platz wiederfindet, grüßt sie bereits fröhlich zurück.

Sich umsehend entdeckt sie ein kleines Lagerfeuer und Kisten, auf denen Decken und Sitzkissen ausgebreitet wurden. Kinder laufen lachend an ihr vorbei und spielen mit Holzfiguren. Leicht lächelnd sieht Granny ihnen dabei zu und schreckt auf, als eine Frau mit rotem Haar vor ihr auftaucht.

„Himmel, schleich dich doch nicht so an. Ich bekomme noch einen Herzinfarkt, wenn du mich so erschreckst", beschwert sich Granny und legt eine Hand auf ihren Brustkorb. Ihr Herz rast schon wieder, als hinge ihr ein Monster am Arsch. Aber so schnell der Schreck kam, vergeht er auch.

Die Frau geht nicht auf Grannys Worte ein und hält ihr stattdessen eine Hand hin.

Den Kopf schief legend fragt Granny: „Kann ich dir helfen?"

Ohne zu antworten, greift die Frau nach ihrem Arm und zieht sie zu einer der Kisten. Sanft wird sie von der Fremden dazu angeleitet, sich zu setzen, und einen Augenblick später hält Granny eine Schüssel mit warmer Kartoffelsuppe in der Hand. Die Frau setzt sich neben sie und wirft ihr einen auffordernden Blick zu. Sich darüber wundernd, dass die Rothaarige noch kein einziges Wort gesagt hat, überlegt Granny, danach zu fragen, entscheidet sich dann aber dagegen. Lieber widmet sie sich der herrlich duftenden Suppe.

„Vielen Dank!"

Nach tagelangem Fasten ist Granny unendlich froh, endlich etwas zu essen zu bekommen. Trotzdem probiert sie nur zögerlich, um nicht wieder so böse überrascht zu werden wie im Fliederdorf. Zu ihrer Freude schmeckt die Suppe aber gut. Erleichtert verschlingt sie die kräftige Brühe und fühlt direkt, wie die Lebensgeister in ihr wiedererwachen.

Schweigend nimmt die Rothaarige ihr die leere Schüssel ab und steht auf. Sie formt einige Zeichen mit ihren Händen und lässt Granny allein zurück. Verwundert sieht sie der Frau nach.

Oh, vielleicht ist sie ja stumm? Dann könnte das eben Gebärdensprache gewesen sein.

Beschließend, später jemanden danach zu fragen und sich gleich ein paar Wörter beibringen zu lassen, nutzt Granny die Ruhe, um sich auf dem Platz umzusehen. Ihr gefällt das kleine Dorf und wie gemütlich es aussieht. Es hat etwas Beruhigendes an sich.

„Granny, du bist wieder wach. Wie fühlst du dich?"

Kesetiaan tritt vorsichtig neben sie und lässt sich auf den Boden gleiten. Fragend sieht er ihr ins Gesicht und zeigt ganz deutlich seine Sorgen. Sanft hebt sie die Hand und tätschelt die Wange, die sie erst kürzlich geschlagen hat.

Es tut ihr nicht leid. Manchmal sind solch rabiate Maßnahmen die einzigen, die funktionieren. Zudem verlangte die Situation nach einer schnellen Reaktion.

„Mir geht es wieder ganz gut. Und dir? Du siehst müde aus."

Sie kann in seinem Blick erkennen, dass etwas passiert ist. Etwas, das ihn in seinen Grundfesten erschüttert hat. Leidend schließt er die Augen und legt seinen Kopf auf ihrem Schoß ab. Leise Schluchzer dringen über seine Lippen und erste Tränen benetzen Grannys Kleid. Statt weiter zu fragen, streicht sie ihm durch das Fell, krault ihn hinter den Ohren und flüstert beruhigende Worte. So lange, bis sich Kesetiaan beruhigt und schließlich erschöpft einschläft.

Diskret halten sich die Dorfbewohner vom Platz entfernt, um die beiden sich selbst zu überlassen. Nur der Anführer steht unweit neben ihnen und beobachtet sie.

„Ich habe mich noch nicht vorgestellt. Du kannst mich Granny nennen", sagt sie höflich und sieht zu dem Mann auf. Dieser holt tief Luft und setzt sich auf eine Kiste, die auf der anderen Seite des Lagerfeuers steht.

„Ich bin Cikatro. Hat er eigentlich auch einen Namen?" Er deutet auf Kesetiaan und Granny rümpft die Nase. Sie geht davon aus, dass die beiden die Zeit, in der sie geschlafen und gegessen hat, genutzt haben, um sich zu unterhalten. Zumindest würde das erklären, warum sie gemeinsam auf den Platz kamen und Kesetiaan nun so aufgelöst ist.

„Du hattest die Gelegenheit, ihn kennenzulernen, mit ihm zu sprechen, und hast nicht einmal nach seinem Namen gefragt?"

„Ich frage jetzt."

„Kesetiaan. Merk ihn dir gefälligst."

Ihre Höflichkeit ablegend zeigt sich Granny nun von ihrer uncharmanten Seite. Sie war schon immer der Meinung, dass man sich Respekt erst verdienen muss, und bisher ist Cikatro eher unsympathisch aufgetreten. Auch wenn er sie aufgenommen hat, war er doch vor Kurzem noch dazu bereit, Kesetiaan, ohne mit der Wimper zu zucken zu töten.

Ein leichtes Lächeln legt sich auf Cikatros strenge Züge. Nur wirkt er dabei keineswegs belustigt. Eher im Gegenteil. Schweigend streicht Granny ihrem Jungen durchs Fell und ihr wird klar, dass, wenn sie ihm helfen will, sie wissen muss, was passiert ist. Sie schaut Cikatro direkt an und kneift die Augen dabei leicht zusammen.

„Was hast du ihm erzählt?"

Granny ist sich im Klaren darüber, dass Kesetiaan ein unglaublich starker Junge ist. Viel stärker, als es ihm selbst bewusst ist. Er würde nicht so einfach zusammenbrechen. Außer … „Es geht um Malika, richtig? Weißt du wo sie ist?"

„Ich bin ihr vor ein paar Tagen begegnet, ja."

Wenig überrascht sieht sie ihn an. Sie weiß, dass das nicht alles sein kann, denn bis jetzt fasst sie diese Nachricht als etwas Gutes auf. Ihr ernster Blick wird von Cikatro erwidert. Schweigend starren sie einander über das züngelnde Feuer hinweg an, bis er wohl mit seinen Gedanken zu einem Ergebnis kommt. Er starrt an ihr vorbei, hebt seine Hand und schnippt zweimal mit den Fingern.

Granny folgt seinem Blick und entdeckt die rothaarige Frau, die hinter ihr an einer Hauswand lehnt. Sie kommt Cikatros Aufforderung nach und nähert sich den dreien.

„Faaru, sei so gut und bring uns bitte warme Getränke und eine Decke für Kesetiaan."

Granny nimmt das mit großem Wohlwollen auf und verteilt gedanklich Pluspunkte. Wenig später drückt ihr die junge Frau eine süß duftende Milch in die Hand. Der Lehmbecher ist angenehm warm und Granny wärmt sich daran ihre Finger. Sie sieht dabei zu, wie auch Cikatro einen Becher entgegennimmt. Anschließend holt Faaru eine Decke. Sanft breitet sie diese über Kesetiaans Schultern aus und lehnt sich dann wieder gegen die Hauswand.

Noch ehe Granny einen ersten Schluck nehmen kann, fängt Cikatro an, ihr mit monotoner Stimme zu erzählen, was er wenig zuvor schon Kesetiaan berichtet hat.

„Nicht weit von hier gibt es einen Ort, den wir Skógur oder auch Nebelwald nennen. Wir meiden ihn, da seine Bewohner ein Haufen unheimlicher Wesen sind, die dem Tode näher sind als dem Leben. Bisher war diese Koexistenz unproblematisch. Sie haben den Wald nicht verlassen und wir haben ihn nicht betreten."

Cikatro nimmt einen großen Schluck aus seinem Lehmbecher und Granny tut es ihm gleich. Die warme Milch breitet sich in ihrem

Inneren aus und vertreibt die Kälte aus ihren Gliedern. Sie genießt das Gefühl sehr und freut sich über die Gastfreundschaft.

„Aber vor kurzem hat sich etwas verändert. Sie kamen ins Tal und haben überall Fallen aufgestellt. Einige meiner Männer hat es übel erwischt. Manche wurden verstümmelt, andere direkt vor Ort enthauptet. Es war grauenvoll."

Er hält seinen Becher so fest, dass die Knöchel weiß hervortreten. Sein Gesicht ist vor Schmerz verzerrt. Hart beißt er sich auf die Lippe, ehe er weiterspricht.

„Ich wollte herausfinden, was vor sich geht, und bin mit meinen Leuten in den Wald gegangen. Dort trafen wir sie. Wunderschön und angsteinflößend zugleich. Jemandem wie ihr bin ich nie zuvor begegnet und es hat mich überrascht, herauszufinden, dass sie die Omusajja befehligt. Diese Wesen hingen an ihren Lippen, als wäre sie der Anker, der sie am Leben hält."

Er atmet tief ein und schüttelt beim Ausatmen den Kopf. Versucht, die Gedanken und Erinnerungen loszuwerden, doch an seinem Blick erkennt Granny, dass es wohl nicht funktioniert.

„Das Schlimmste allerdings waren die Leichen und Skelette. Der Wald ist voll davon. Kaum einen Schritt kann man gehen, ohne auf jemanden zu treten, und viel zu häufig entdeckte ich bekannte Gesichter darunter."

Was auch immer das für ein Anblick war, er hat sich fest in seine Netzhäute gebrannt. Während Cikatro versucht, sich wieder zu fangen, durchflutet Granny ein Gefühl von Schuld. Er muss sich nun schon zum zweiten Mal an einem Tag durch diese Erinnerungen quälen. Nur weil sie so neugierig ist.

Cikatro bekommt nichts von ihren Gedanken mit und spricht nach einer Weile weiter.

„Ich versuchte, mit Malika zu reden, aber ich glaube nicht, dass sie mir zugehört hat. Sie schien nicht wirklich da zu sein. Ihre Augen waren leer und ihre Bewegungen wirkten beinahe so, als würde sie an Fäden hängen. Nie werde ich vergessen, wie sich der Nebel urplötzlich verfärbte und mich ein fauliger Geruch umhüllte. Und ihre Stimme ... Wie kann eine Stimme so liebreizend und gleichzeitig eiskalt sein? Sie befahl den Waldmenschen, uns zu töten." Er atmet tief durch und starrt in die züngelnden Flammen. „Es heißt, wer im Skógur stirbt, wird irgendwann als Omusajja wiedergeboren. Ich hielt es für Aberglaube. Zumindest bis ich es mit eigenen Augen sah. Sah, wie meine verstorbenen Männer wieder auferstanden und mich angriffen. Sie folgten ihrem Befehl, ohne auch nur mit der Wimper zu zucken."

Den Becher zur Seite stellend steht Cikatro auf und wandert um das Lagerfeuer herum. Granny sieht ihm die Unruhe an; wie ihm der Schauer über den Nacken kriecht und den Schrecken zurückbringt.

„Die Hölle brach aus und wir rannten. Hinter uns diese Wahnsinnigen und vor uns etliche Fallen. Ich sah meine Freunde, wie sie in Erdlöchern, Schlingen und herabstürzenden Klingen verendeten. Der Wald ist eine einzige Todesfalle."

Verzweifelt beißt sich Granny auf die Lippe. Nein, das war definitiv nicht das, was sie hören wollte. Ihre Hände versteifen sich und krallen sich in Kesetiaans Fell.

„Bist du ganz sicher, dass es Malika war?"

Granny versucht, sich an dem letzten Funken Hoffnung festzuhalten. Ihr ist klar, dass Cikatro die Geschichte nicht erzählen würde, wäre er sich nicht sicher. Für eine Lüge sieht sie keinen Grund, er hätte nichts davon.

„Sie ist es", flüstert es aus ihrem Schoß. Kesetiaan ist wach und sein stumpfer Blick liegt auf dem Feuer. „Ich habe sie verloren."

Am liebsten würde Granny widersprechen und ihm neuen Mut machen. Zum ersten Mal in ihrem Leben fehlen ihr die Worte. Was würde sie tun, würde es um ihre eigenen Kinder gehen?

Wenn Thomas erfahren würde, dass Elain ... Bei allen Göttern, niemals möchte ich in solch eine Situation geraten ... Irgendetwas muss ich doch tun können.

Sie betrachtet den Jungen in ihren Armen und richtet vorsichtig die Decke, die von seinen Schultern rutscht. Die letzten Tage haben ihre Spuren hinterlassen. Das Fell ist stumpf und seine Augen trüb.

Wenn Granny an seinen leuchtenden Blick denkt, den er bei ihrer ersten Begegnung hatte, wird sie wehmütig. Das Schlimmste daran ist, dass seitdem nur wenige Tage vergangen sind.

Wenigstens sind seine Verletzungen bereits verheilt. Granny hätte sie beinahe vergessen. Aber die Wunden an seinen Händen und an seiner Schulter sind vollständig verschwunden. Erleichtert nimmt sie das wahr und hat damit eine Sorge weniger.

Dabei kommt ihr etwas anderes wieder in den Sinn.

Das fremde Wesen, das mit dem menschlichen Gesicht und den Flügeln weit entfernt einer Harpyie ähnelt. Erst vor ein paar Wochen lief im Fernsehen eine Dokumentation über Götter und Kreaturen der griechischen Mythologie, weshalb sich Granny noch so gut daran erinnern kann. Vage entsinnt sie sich, dass Cikatro es als Sciathán bezeichnet hat.

Als Kesetiaan auf die Sciathán zustürmte, war Granny wie gelähmt vor Angst. Sie konnte nur dabei zusehen, wie er sich dem Kampf gegen das Monster stellte. Wie er immer wieder zu Boden geschleudert wurde, nur um von Neuem aufzustehen. Bis sie ihn schließlich mit ihren langen Fingern erhaschte. Nebel kam aus dem Maul des geflügelten Wesens und kaum, dass Kesetiaan ihn einatmete, verlor er das Bewusstsein.

„Kenny!"

Nach ihrem Freund rufend lief Granny los, ohne darüber nachzudenken, ob sie überhaupt irgendetwas ausrichten konnte. Die Angst um Kesetiaan beflügelte sie und sie nahm alle Kraft zusammen, um zu ihm zu gelangen. Doch als der Blick aus den gelb leuchtenden Augen auf sie traf, blieb Granny wie angewurzelt stehen. Ein Schauer brachte ihren Körper zum Erzittern und voller Angst starrte sie in das Gesicht dieser entstellten Frau.

Grannys Herz schlug wie nach einem Marathon und Schweiß tropfte ihr von der Stirn. Ein Grinsen verzerrte den aufgerissenen Mund der Sciathán, fröhlich wirkte sie allerdings nicht. Das Wesen betrachtete sie für einen Moment, ehe es seine Stimme in Grannys Kopf erhob. Das Gefühl war das merkwürdigste, was sie jemals gespürt hatte. Es war wie Migräne, aber an der falschen Stelle. Als würde etwas von innen gegen ihr Trommelfell poltern und versuchen, durchzubrechen. Die Schmerzen ließen ihr Sichtfeld verschwimmen und ihren Körper schwanken. Es dauerte einige Sekunden, ehe sie die Worte in ihrem Kopf verstand.

„Das Schicksal ist unvermeidbar."

Granny schloss die Augen und versuchte, den Schmerz auszublenden, um sich auf die Worte zu konzentrieren. Nur verstand sie nicht wirklich, was der Sinn dahinter war. Warum dieses Wesen ihr ausgerechnet diese Nachricht mitteilen wollte.

In Grannys Geist formte sich eine Frage und sie stellte sie auf die gleiche Weise, wie sie die Stimme der Sciathán empfangen hatte – in ihren Gedanken.

Was bedeutet das?

Danach öffnete sie die Augen wieder und sah der Sciathán entgegen.

Das Wesen bewegte sich ein Stück und hielt dabei den Blickkontakt aufrecht. Die Mundwinkel hoben sich noch weiter und erinnerten

Granny an eine Gestalt aus Horrorfilmen. Wieder brachte ein kalter Schauer sie zum Zittern.

Anstatt auf ihre Frage zu antworten, wiederholte die Sciathán ihre Worte.

„Das Schicksal ist unvermeidbar."

Dann hob sie Kesetiaans schlaffen Köper an und blies ihm erneut weißen Nebel ins Gesicht. In diesem Moment kam Kesetiaan wieder zur Besinnung und hinter Granny ertönte Hufgetrappel.

KAPITEL 12

Weitergehen

Die Erinnerungen an das Geschehen im Tal aus ihrem Kopf verbannend, sieht Granny zu Kesetiaan hinab und streicht ihm erneut durchs Fell. Sanft erwidert sie seinen hoffnungslosen Blick mit einem Lächeln.

„Wir gehen in den Skógur und finden diese Frau. Dann kannst du dich selbst davon überzeugen, ob es sich bei ihr tatsächlich um Malika handelt."

„Und wenn sie es ist? Wenn sie ..."

„Dann wird sie dir mit Sicherheit erklären, warum sie tut, was sie tut. Vielleicht ist sie auch in Gefahr. Aber um das herauszufinden, darfst du nicht vorher schon aufgeben."

Kesetiaans Schultern sinken und sein Widerstand bricht. Er nickt, stimmt ihr zu und doch scheint er weiterhin ohne Hoffnung. Granny kann ihm nur gut zureden, ob er ihre Worte allerdings auch annimmt und daraus Mut schöpft, liegt nicht in ihren Händen.

„Gut, dann geh jetzt zurück in die Hütte und schlaf etwas."

Als hätte er nur darauf gewartet, dass sie ihn ins Bett schickt, fängt Kesetiaan an zu gähnen. Erschöpft reibt er sich die Augen und steht schwankend auf. Er verlässt den Platz und verschwindet wenig später im Inneren einer Hütte.

Granny sieht ihm eine Weile hinterher und hängt dabei ihren Gedanken nach. Seit sie in dieser merkwürdigen Welt angekommen ist,

ist so viel passiert. Zum ersten Mal hat sie Zeit, wirklich darüber nachzudenken, und ist schockiert davon, wie oft sie in den wenigen Tagen dem Tod von der Schippe gesprungen ist. Für ihr Alter ist das eindeutig zu viel Aufregung und Action.

Aber bei dem Gedanken an ihr schiefes Häuschen und den Schaukelstuhl hat sie das Gefühl, dort nicht mehr reinzupassen. Als weltfremde, alte Frau hatte sie dort ihren Platz. Abgeschnitten von ihrer Familie und dem Leben selbst war sie dennoch irgendwie zufrieden mit ihrem Status quo. Nun erlebt sie allerdings endlich ein echtes Abenteuer, in dem sie sich mit einem Dämon angefreundet und mit Kultisten angelegt hat, einem Krieger eine Ohrfeige verpasst und sogar einen Eisvulkan bestiegen hat. Und auch wenn es ihr alles an Kraft abverlangt, ist Granny im Augenblick so voller Leben wie seit Henrys Tod nicht mehr. Ihr Herz quillt über vor Liebe und Lebenslust und zum ersten Mal nach zwanzig Jahren fühlt sie sich wieder gebraucht.

Mit diesem Hochgefühl wendet sie sich zu Cikatro um. Sie setzt sich aufrecht hin und zupft ihr Kleid und ihre Haare zurecht und ist bereit für die zweite Runde. Denn Granny mag alt sein, aber nicht blöd. Nachdem Halqua sich als falsche Zunge herausgestellt hat und das Fliederdorf als Kultistenstätte, will sie nicht direkt nochmal den gleichen Fehler begehen.

Ihr ist längst bewusst, dass Lerako das angebliche Banditendorf ist, zu dem Halqua sie schicken wollte. Ein Ort der Ungläubigen. Auf Granny wirken sie grundsätzlich sehr nett, und während die Bewohner im Fliederdorf mit Ablehnung und Angst auf Kesetiaan reagiert haben, wurden sie in Lerako freundlich empfangen. Zumindest wenn man das erste Aufeinandertreffen im Tal nicht mitzählt.

Selbst Cikatro hat nach seiner Erzählung den einen oder anderen Pluspunkt von ihr erhalten. Dennoch könnte er auch nur so tun und auf einen Moment der Unachtsamkeit warten. Alles, was Granny übrig bleibt, ist, auf ihr Gefühl zu hören.

Während Cikatro schweigend in die Flammen starrt und hin und wieder an seinem Becher nippt, sieht sich Granny um. Dieses Mal achtet sie nicht auf die Häuser und Blumenkästen. Stattdessen lässt sie ihren Blick über die Bewohner schweifen. Sie halten sich auch weiterhin in einer diskreten Entfernung auf, doch die Neugier treibt die Menschen immer wieder zum Platz, um einen Blick auf Granny zu erhaschen. Das Verhalten zaubert ihr ein Lächeln ins Gesicht. Vielleicht liegt es an ihrem Alter oder es ist eine Eigenart dieser Welt, aber sie hat das Gefühl, dass die Menschen hier alle etwas Kindhaftes an sich haben. Nicht vom Aussehen, nur vom Verhalten her.

Ihr Blick wandert zurück zu Cikatro, der sie beobachtet. Etwas an der Art, wie er sie ansieht, löst das Bedürfnis in ihr aus, ihm trauen zu wollen. Nicht blindlings! Aber sie wird dem Mann eine Chance geben und hoffen, dass er ihr Vertrauen nicht missbraucht.

„Dieser Ort und diese Menschen sind besonders." Granny schenkt Cikatro ein Lächeln. „Es fühlt sich anders an als im Fliederdorf."

Schnaubend entgegnet Cikatro: „Vergleich Lerako nicht mit diesem Ort. Ich war nur ein einziges Mal dort und danach sind unzählige meiner Leute gestorben."

„Tut mir leid, das wusste ich nicht."

„Weil du ebenso unwissend bist wie Kesetiaan. Ihr habt beide keine Ahnung von Hangaia, dieser Insel oder anderen Dingen, die selbstverständlich sein sollten."

„Hm ..." Granny nickt zustimmend. Sie steht auf, geht um das Feuer herum und setzt sich neben Cikatro. „Dann erzähl mir bitte davon. Wer oder was ist Hangaia?"

Die Luft lautstark ausstoßend betrachtet er sie einen Moment lang, ehe er sich mit einer Hand durch die Haare fährt.

„Nicht mal das weißt du also. Hangaia ist der Name dieser Welt ... Aber sie ist mehr als das. Für uns ist sie eine Mutter, eine Göttin und das Leben selbst. Sag, kann es sein, dass du eine Duuliye bist?"

Verwirrt legt Granny den Kopf schief. Das Wort hört sie zum ersten Mal und sie kann nichts damit anfangen.

Bevor sie antworten kann, sagt Cikatro: „Deiner Reaktion nach muss ich wohl auch das erklären. Wesen, die aus einer anderen Welt stammen, sogenannte Weltenwanderer, werden hier als Duuliye bezeichnet."

„Oho, und wie kommst du darauf, dass ich eine bin? Kesetiaan kennt sich in dieser Welt ebenfalls nicht aus. Glaubst du dann, er ist auch ein solcher Duuliye?" Granny ist überrascht, dass es wohl gar nicht unüblich ist, von Welt zu Welt zu wandern. Sie könnte es Cikatro also einfach sagen, aber allzu leicht möchte sie es ihm auch nicht machen.

„Er ist ein Dämon."

„Und die gibt es nur in Hangaia?"

Auflachend klopft sich Cikatro auf den Oberschenkel. „Ein guter Punkt. Den gebe ich dir, denn tatsächlich glaubt man, dass gerade die Stierdämonen, wie Kesetiaan einer ist, ursprünglich aus einer fernen Welt stammen." Sich wieder beruhigend ergänzt er dann: „Duuliye reisen immer allein von einer Welt in eine andere und da Kesetiaan seine Schwester sucht, bin ich davon ausgegangen, dass er kein Weltenwanderer sein kann. Du hingegen bist allein. Zudem ist mir das Aussehen deiner Kleidung fremd und das sagt dir jemand, der früher um die Welt gesegelt ist."

„Dann bist du ein Experte für Sommerkleider?", fragt Granny und grinst dabei spitzbübisch. Statt darauf zu antworten, schüttelt Cikatro lächelnd den Kopf.

„Ob du nun eine Duuliye bist oder nicht, ist mir eigentlich auch egal. Behalte deine Geheimnisse für dich. Aber du solltest wissen, dass Weltenwanderer immer eine Aufgabe erhalten und erst dann nach Hause können, wenn diese erfüllt ist. Ich bin gespannt, aus welchem Grund du hier bist."

Flüsternd entgegnet Granny: „Das bin ich auch."

Eine Weile starren beide stumm ins Feuer und verarbeiten die neuen Informationen. Irgendwann lehnt sich Cikatro leicht zu Granny rüber und streift ihre Schulter.

„Ich will mich nicht aufdrängen, aber was ist nun euer Plan? Wollt ihr wirklich auf gut Glück in den Skógur gehen?"

Nach allem, was sie bisher über den Wald gehört hat, hat Granny eigentlich kein Interesse daran, diesen unheimlichen Ort zu betreten. Zumal sie bereits mehrfach davor gewarnt wurde.

„Wenn auch nur der Hauch einer Chance besteht, dass wir Malika dort finden, dann ja."

Seine Hände ballend erhebt Cikatro die Stimme. „Der Skógur ist bekannt dafür, mit den Sinnen zu spielen. Er verändert jene, die ihn betreten. Dringt in ihre Köpfe ein und bringt sie um ihren Verstand. Dort drin ist nichts Menschliches mehr. Nur der Wald und seine Opfer. Malikas Auftauchen hat etwas ausgelöst, das ihn noch gefährlicher macht. Ihr solltet diesen Ort nicht betreten."

„Was sollen wir dann tun? Warten?" Entrüstet zieht Granny ihm gedanklich wieder einen Punkt ab.

Cikatro geht gar nicht erst auf ihre Fragen ein.

„Du verstehst den Ernst der Lage nicht, altes Weib! Der Wald ist eine Todesfalle. Geht ihr da rein, werdet ihr ihn nie wieder verlassen." Seine aufgeheizte Stimme erschallt durchdringend über den Platz und einige Bewohner in der Nähe zucken erschrocken zusammen.

Granny erhebt sich und ballt die Fäuste. Cikatro folgt ihr und sie stehen sich wütend gegenüber. Keiner ist bereit nachzugeben. Nur fehlen ihnen die Worte, um einander klarzumachen, warum sie auf ihrem Standpunkt beharren.

„Irgendetwas muss ich tun! Kesetiaan hat doch nur seine Schwester. Was, wenn sie gegen ihren Willen im Wald ist? Was, wenn sie eine Gefangene ist und Hilfe braucht? Wir müssen in diesen verfluchten

Wald gehen. Denn anders werden wir nie herausfinden, was wahr ist. Wie soll Kenny sonst weitermachen, wenn er jetzt nicht alles versucht um sie zu finden?"

In Grannys Innerem regt sich etwas. Eine ferne Erinnerung an einen ganz ähnlichen Streit. Er ist allerdings schon so lange her, dass sie nicht mal mehr weiß, mit wem sie sich damals gestritten hat. Sie war siebzehn oder achtzehn Jahre alt und wollte unbedingt eine Weltreise machen. Alles Geld war bereits gespart und die Flugtickets schon gekauft. Sie hätte nur noch einsteigen müssen. Doch dann kam dieser Streit.

War es ihr Vater oder Henry?

Er wollte keinesfalls, dass sie geht. Es sei zu gefährlich und sie wäre nicht selbstbewusst genug, um sich in der großen, weiten Welt zu behaupten. Er hat so lange auf sie eingeredet, bis Granny nachgegeben hat. Mit einem Mal war sie voller Sorgen und Zweifel. Nicht ihren eigenen, doch es machte an diesem Punkt keinen großen Unterschied mehr. Am Ende des Tages flog das Flugzeug ohne sie. Genau wie an jedem Tag danach. Sie hat sich nie erneut dazu durchringen können. Aber bis heute hängt das Flugticket in ihrer Küche. Tag für Tag starrt sie es an und bereut, dass sie nicht geflogen ist. Bis heute fragt sich Granny, wie es ihr Leben verändert hätte, hätte sie damals nicht nachgegeben.

Cikatro erinnert sie daran. Seine Angst vor dem Wald, in dem er angegriffen wurde und einige seiner Leute verloren hat. Seine Zweifel, dass Malika geholfen werden kann oder sie überhaupt Hilfe benötigt. Es sind seine Gefühle und aus Unbeholfenheit versucht er, ihr diese aufzudrängen. Nicht aus Böswilligkeit. Ganz im Gegenteil; er tut es, weil er es für das Sicherste hält und sich um Granny sorgt.

Doch sie ist es leid, sich von anderen aufhalten zu lassen. Es ist nicht mehr von Bedeutung, ob ihr Vater, ihr Mann, ihre Kinder oder sonst wer an ihr zweifeln. Sie hat Kesetiaan versprochen, ihm bei der

Suche nach Malika zu helfen, und genau das wird sie bis zum bitteren Ende tun.

Mit neuem Mut und fester Stimme sagt Granny: „Danke für deine Sorgen. Aber wir werden dennoch gehen. Du kannst uns nun entweder dorthin begleiten, um sicherzugehen, dass wir den Weg finden, oder wir verabschieden uns bei Sonnenaufgang von euch."

Aus der Fassung gebracht schafft Cikatro es nicht, direkt darauf zu reagieren. Aber er erkennt, dass er Granny nicht umstimmen kann, und gibt schließlich nach.

„Natürlich begleite ich euch." Ihm ist nicht wohl bei der Sache und ein kalter Schauer lässt ihn unter seinen Befürchtungen erzittern. Er wirft ihr einen letzten Blick zu und geht davon.

Kurz sieht Granny ihm hinterher, ehe sie seufzend auf den Boden starrt. Sie wollte nicht, dass das Gespräch diese Wendung nimmt. Nicht nachdem sie sich zwischendrin recht gut unterhalten konnten.

Einerseits nervt es Granny, dass Cikatro so auf ihr Vorhaben reagiert, andererseits freut es sie. Denn es bedeutet, dass der Mann ein gutes Herz hat.

Sie spürt, wie sich jemand neben sie setzt, und beim Aufsehen blickt sie in das freundliche Gesicht von Faaru. Stundenlang sitzen die beiden schweigend nebeneinander, während das Leben im Dorf wieder seinen geregelten Gang nimmt. Erst als die Sonne verschwindet und das Lagerfeuer zum einzigen Licht in Lerako wird, lässt sich Granny von Faaru in die Hütte geleiten, in der sie die Nacht verbringen kann.

Zögernd streift sich Granny die fremde Kleidung über und betrachtet sich in einem schmutzigen Spiegel. Das Kleid besteht aus einem dicken dunkelgrünen Stoff. Es hat lange Ärmel und wird sie bestimmt gut vor

Kälte schützen. Dazu hat sie einen weißen Unterrock bekommen und ledernes Schuhwerk. Sie ist überrascht, wie gut es sich an ihre Körperform anpasst und wie gemütlich sich die Schuhe anfühlen. Die Kleidung ist zwar deutlich schlichter als ihre eigene, aber sie gefällt Granny trotzdem wahnsinnig gut. Sie braucht auch nicht immer kreative Motive oder Muster. Hauptsache, der Stoff fühlt sich angenehm auf der Haut an. Ihre kurzen weißen Haare richtend ist sie zufrieden mit dem, was sie im Spiegel sieht.

Bereits vor Sonnenaufgang kam Faaru in die Hütte und weckte sie und Kesetiaan. Sie drückte den beiden eine warme Suppe und Kleidung in die Hand. Auch für Kesetiaan, der diese anfangs nicht annehmen wollte. Aber Faaru ließ sich gar nicht erst auf eine Diskussion ein und ging einfach wieder.

Nachdem sie sich mit der Suppe aufgewärmt hatten, konnte Granny Kesetiaan davon überzeugen, sich die Stoffe zumindest mal anzusehen. Neugierig steckt noch immer seine Nase zwischen den fremden Sachen.

„Soll ich dir helfen, sie anzuziehen?" Lächelnd stellt sie sich zu ihm und nimmt ihm die Kleidung ab. Nun doch plötzlich begeistert, nickt Kesetiaan aufgeregt. Granny zieht ihm zuerst das Oberteil über, was aufgrund seiner Hörner und Kopfgröße gar nicht so einfach ist. Kaum ist diese Hürde geschafft, geht es deutlich leichter weiter. Auch die schwarze Hose ist kein Problem, da sie besonders luftig ist und genug Platz für das viele Fell lässt.

Staunend betrachtet sich Kesetiaan im Spiegel. Die Kleidung ist aus den gleichen warmen Stoffen gemacht wie auch Grannys Kleid. Das Oberteil ist grün und hat an der Brust einen Schlitz, der mit Schnüren zugehalten wird, die lose herabhängen. Nur Schuhe hat er keine bekommen. Die würden an seinen Hufen aber auch nicht gut sitzen.

Beide sind zufrieden mit ihren neuen Klamotten und verlassen wenig später die Hütte. Davor steht ein junger Mann, der sogleich auf sie zukommt. Er hat kinnlange schwarze Locken, die ihm keck ins Gesicht fallen, und eine breite Narbe auf der Nase. Er lächelt sie offen an und betrachtet beide genau.

„Die Kleidung sieht gut an euch aus. Faaru hat die Sachen extra letzte Nacht zusammengenäht. Sie war sich sicher, dass ihr sie auf eurer Reise gebrauchen könnt", spricht er mit einer derart warmherzigen Stimme, dass Granny ganz wohlig wird.

„Sie hat das für uns gemacht?", fragt Kesetiaan erstaunt. Sanft fährt er über die Kleidung, die er erst nicht wollte. „Das hat noch nie jemand für mich getan."

„Dann solltest du dich bei ihr bedanken. Aber kommt jetzt erst mal mit, Cikatro will euch sprechen. Ach ja, ich bin übrigens Ascun, seine rechte Hand."

Schon geht er vor und führt sie gemütlichen Schrittes zu dem See. Von Weitem sieht Granny den Mann bereits, wie er mit dem Rücken zu ihnen auf das klare Wasser starrt. Er dreht sich erst um, als sie kurz hinter ihm stehen bleiben. Wohlwollend betrachtet er Granny und wendet sich dann Kesetiaan zu.

„Ich bringe euch zum Skógur. Hineingehen werde ich allerdings nicht, das möchte ich von vornherein klarstellen."

Mit einem eisernen Blick sieht er zu Granny. Es stört sie nicht, dass er sie nur einen Teil des Weges begleitet. Stattdessen freut sie sich darüber, dass der Mann über seinen Schatten springt, um ihnen zu helfen.

„Das reicht. Alles Weitere schaffen wir schon selbst. Wenn Malika im Wald ist, werde ich sie finden", spricht Kesetiaan mit neuem Mut.

Der Schlaf hat ihm gutgetan und der erste Schreck ist verflogen. Nun nimmt der Gedanke, endlich zu wissen, wo seine Schwester ist, und die damit verbundene Hoffnung die Oberhand. Ascun tritt vor. Er trägt einen länglichen Gegenstand in der Hand, der von Stoff umwickelt ist. Nach einem bestätigenden Nicken seitens Cikatro hält er ihn Kesetiaan entgegen.

„Im Skógur wirst du das hier möglicherweise brauchen können. Es ist zwar schon lange nicht mehr benutzt worden, aber immer noch scharf."

Ohne zu zögern, greift Kesetiaan danach und zieht ein Schwert unter dem Tuch hervor. Die breite Klinge steckt in einer schmucklosen ledernen Scheide. Der Griff ist schwarz, während der Knauf silbern ist und ein zerkratztes Wappen zeigt. Kesetiaan legt seine Pranke um den Schwertgriff und zieht die Klinge mit einem leicht schabenden Geräusch heraus. Die ersten Sonnenstrahlen des Tages brechen zwischen den Felsen hindurch und bringen das Schwert zum Strahlen. Es ist ein Breitschwert, dem man seine Vergangenheit nur allzu gut ansieht. Etliche Kratzspuren und Kerben zeugen von zahlreichen Schlachten.

Granny zweifelt keine Sekunde daran, dass es eine Menge Schaden anrichten kann. Sie ist nicht sonderlich begeistert davon, dass Ascun ihrem Jungen eine Waffe in die Hand drückt. Andererseits verbeißt sie sich jeden Kommentar dazu. Bisher war sie selbst in gefährlichen Situationen nicht gerade hilfreich. Zudem wäre es für den Fall, dass sie gegen eine ganze Horde verrückt gewordener Baum-Menschen-Monster kämpfen müssen, gar nicht so unpraktisch.

Kesetiaan dagegen strahlt mit seinem Schwert um die Wette. Leidenschaftlich bedankt er sich dafür. „Ich werde gut darauf aufpassen. Versprochen!"

„Das Schwert ist mir egal. Es ist nur eine Waffe die jederzeit ausgetauscht werden kann. Pass vor allem auf Granny auf. Sie hilft dir bei deiner Suche, deshalb liegt es in deiner Verantwortung, dass sie diese Reise gut übersteht. Ist das klar?"

Kälte schwingt in Cikatros Worten mit. Dennoch wird deutlich, dass er vor allem Sorge empfindet. Warm lächelt Granny und tätschelt seinen Arm.

Verwirrt blickt er sie an.

„Du bist ein guter Junge, Cikatro, das freut mich. Mach dir keine Sorgen. Kenny und ich passen aufeinander auf, dann wird schon alles gut gehen."

Während Cikatro das Gesicht entgleitet, fangen Kesetiaan und Ascun an zu lachen. Granny betrachtet sie dabei und ist für einen Moment einfach zufrieden. Ihr Gefühl hat sie nicht betrogen; Lerako ist ein Ort voller warmherziger Menschen.

Am liebsten würde sie für immer in diesem Dorf bleiben.

Zuerst holen wir Malika, danach können wir hierher zurückkehren. Das wird für alle das Beste sein. Und dann ... Dann muss ich irgendwie einen Weg nach Hause finden.

In der Gestalt des toten Mannes machte ich mich auf die Suche nach einem der Sprachrohre der Welt – einem Orakel. Ich wusste, dass sie die Stimme Hangaias hören konnten. Wenn die Welt mir also nicht antwortete, so dachte ich, würde ich eben ein Orakel befragen. Und ich fand eines.

Es war ein seltsamer Mann, der sich in einer Höhle versteckte, tief verborgen unter einer Insel, die bereits vor vielen Jahren im Meer versunken war. Er sagte mir, wenn ich sein Rätsel löse, dann beantwortete er mir sämtliche Fragen.

„Meinen Namen sollst du finden. Den Namen, der als Quelle gilt, aus der die Weisheit spricht, die du so verzweifelt suchst."

Ich versuchte es. Das tat ich wirklich.

Doch mein vernebelter Verstand, der einzig aus Neid und Hass bestand, konnte die Antwort nicht finden. Also tat ich, was ich auch in dem Dorf getan hatte: Ich setzte das Orakel und seine Höhle in Flammen.

Sein Schmerz wurde zu meinem Schmerz, ebenso seine Gestalt, und mit ihr kamen auch Erinnerungen.

Er war das Orakel namens Satya, was Wahrheit bedeutete.

Zum ersten Mal in meinem Leben spürte ich Reue ob der Grausamkeit, die mir so schrecklich leicht von der Hand ging.

Zum Glück hatte ich ihn nie danach fragen können, ob ich ein Monster bin.

KAPITEL 13

Der Skógur

Die Sonne steht am höchsten Punkt und doch kommt weder Licht noch Wärme bei Kesetiaan und seinen Begleitern an. Sie stehen unweit des Skógur und rasten. Eine letzte Pause, ehe er und Granny zwischen den Bäumen verschwinden werden.

Während Cikatro und Ascun ein kleines Lagerfeuer entfachen, hat Kesetiaan nur noch Augen für den Wald. Er ist genau das, was man von einem Ort, der sich ‚Nebelwald' nennt, erwartet. Die Bäume wirken, als würden sie ein dunkles Geheimnis vor dem Rest der Welt verbergen. Kein Licht vermag es, durch die dicht gewachsenen Baumkronen zu brechen. Dazu kommt der Nebel, der über den Boden kriecht wie eine dickflüssige Masse. Selbst bis zu ihrem Rastplatz schaffen es seine Ausläufer und lassen sie frösteln. Allerdings nicht vor Kälte. Er trägt etwas durch den gesamten Wald, das in ihnen eine grausame Vorahnung hinterlässt. Ascun hat es als ‚Schleier des Todes' bezeichnet.

Cikatro hat kein Wort gesprochen, seit sie angekommen sind. Sein paranoider Blick lässt den Wald nicht eine Sekunde aus den Augen. Auch Ascun hat sein Lächeln verloren. Einzig Granny lässt sich nicht unterkriegen.

Sie hat in Lerako zusammen mit Faaru noch einige Lebensmittel in einen Beutel gesteckt und überbäckt am Lagerfeuer das mitgebrachte Brot mit Käse und Kräutern. Der leckere Duft bringt Kesetiaan schließlich dazu, sich von dem unheilsamen Wald abzuwenden und ebenfalls ans Feuer zu setzen. Schweigend starren alle vor sich hin und warten.

„Ein bisschen mehr Motivation, wenn ich bitten darf."

Grannys Gesicht ziert ein Grinsen, während sie jedem ein heißes Brötchen in die Hand drückt.

„Wie kommt es, dass du so fröhlich bist?", fragt Ascun.

„Weil uns vier Trauermienen genau so wenig weiterbringen wie drei. Noch dazu will ich mit so viel guter Energie da reinstarten wie möglich." Beherzt beißt sie in ihr Brot und seufzt zufrieden auf. „Nun esst schon. Mit vollem Magen sieht die Welt gleich ganz anders aus. Außerdem ist der Käse einfach himmlisch!"

Auch Kesetiaan beißt ab. Genießend schließt er die Augen, um den Geschmack in sich aufzunehmen. Der warme Käse schmilzt ihm förmlich im Mund zusammen und bildet einen süßlichen Kontrast zum rauchigen Brotgeschmack. Ein angenehmes Gefühl macht sich in ihm breit.

Vielleicht hat Granny recht. Ich sollte nicht das Schlimmste annehmen. Es wird alles gut. Das wird es doch, oder?

Wieder wandert sein Blick zum Wald. Er sucht in den dunklen Zwischenräumen nach Hinweisen auf Malika. Granny bemerkt das und klopft ihm aufmunternd auf die Schulter.

„Wir finden sie."

Nachdem alle aufgegessen haben, machen Kesetiaan und Granny sich bereit, um weiterzuziehen. Ein letztes Mal richtet er das Schwert, das er sich auf den Rücken geschnallt hat, und atmet tief durch. Granny macht es ihm gleich und hängt sich den Essensbeutel um. Dann verabschiedet sie sich von ihren Begleitern.

„Vielen Dank, dass ihr uns so weit gebracht habt. Kommt gut wieder nach Hause."

Mit trübem Blick betrachtet Cikatro sie und bricht zum ersten Mal seit Stunden sein Schweigen.

„Ich hoffe, ihr könnt Malika retten. Bei Hangaia, ich bete sogar dafür, dass ihr dort drinnen nicht den Tod findet." Leidend schließen sich seine Augen, dann dreht er sich um und geht.

Ascun blickt ihm einen Moment hinterher, ehe auch er Abschiedsworte hervorbringt.

„Seht es ihm bitte nach. Cikatro hasst kaum etwas mehr, als seiner eigenen Machtlosigkeit ins Auge zu blicken. Euch nicht helfen zu können und in die Gefahr zu entlassen, macht ihn fertig. Deshalb ... überlebt bitte. Ihr seid in Lerako immer willkommen. Kommt gerne wieder vorbei und bringt Malika mit."

Er ringt sich ein Lächeln ab und eilt seinem Anführer hinterher. Zurückbleibend sehen sich Kesetiaan und Granny ein letztes Mal an, ehe sie den Wald betreten.

Mit jedem Schritt wird es um sie herum dunkler und die Geräusche verstummen langsam. Von außen konnten sie noch den Wind pfeifen und die Blätter rascheln hören, aber im Inneren ist alles dem Schweigen verfallen. Der Nebel kriecht ihnen schwerfällig unter die Kleidung. Bereits nach wenigen Minuten sind Kesetiaans Hosenbeine völlig durchnässt. Seine Hufe versinken leicht im moorigen Boden und jeder Schritt erzeugt schmatzende Geräusche.

Es erinnert ihn an die Vision, welche die Sciathán ihm gezeigt hat. Während er zu diesem Zeitpunkt nur Zuschauer war, ist er nun tatsächlich hier.

„Welche Richtung sollen wir nehmen?", fragt Granny leise, um keine unerwünschte Aufmerksamkeit auf sich zu ziehen.

„Ich weiß es nicht. Lass uns geradeaus gehen und sehen, ob wir Fußspuren oder so was finden. Da wir welche hinterlassen, sollte das auch für Malika gelten."

Granny stimmt seinem Plan zu und sie wandern in einträchtigem Schweigen durch den Morast. Dabei verlieren sie immer mehr ihr Zeitgefühl. So etwas wie Tag oder Nacht gibt es im Skógur nicht. Nur die allumfassende Dunkelheit und die Stille. Kesetiaan weiß längst nicht mehr, ob sie den Wald erst vor Minuten oder Tagen betreten haben.

Wie weit sind sie bereits gegangen und wie viel weiter müssen sie noch gehen?

Erst Grannys Schnaufen macht ihm klar, dass deutlich weniger Zeit vergangen ist, als ihm der Wald versucht weiszumachen. Ihre Kraft lässt langsam nach und sie stützt sich mühsam an einen Baum.

„Entschuldige, Kenny, ich hatte gehofft, ich würde länger durchhalten", presst sie hervor. Schweißperlen bilden sich auf ihrer Stirn und ihr Atem rasselt. Sie hat versucht, trotz ihrer Erschöpfung weiterzugehen, und ist an ihre Grenzen gestoßen.

Kesetiaan betrachtet sie voller Sorge.

„Soll ich dich tragen?", fragt er, aber sie schüttelt den Kopf.

„Nein, nein. Ich schaffe das schon, gib mir nur einen kleinen Moment."

Kesetiaan sieht sich um, während Granny langsam wieder zu Atem kommt. Obwohl alles gleich aussieht, bildet er sich ein, diesen Teil des Waldes bereits zu kennen. Die Art, wie die Bäume hier stehen … Als würden sie einen Kanal bilden. Einen Pfad mit einem bestimmten Ziel.

„Granny, sieh mal. Was hältst du davon, wenn wir in diese Richtung weitergehen?", wendet er sich an seine Freundin und deutet auf den Pfad.

Sie folgt seinem Fingerzeig mit ihrem Blick und stimmt dem Vorschlag zu.

„Das ist eine gute Idee. Irgendwo muss dieser Weg ja hinführen."

Sie wandern weiter durchs Dickicht. Aufmerksam hält Kesetiaan die Augen und Ohren offen und starrt in die Dunkelheit. Cikatro hatte ihn mehrfach vor den Omusajja gewarnt und vor ihrer Tarnfähigkeit. Sie lauern auf ihre Beute und schlagen aus dem Hinterhalt zu, sobald es kein Entrinnen mehr gibt. Zudem haben sie überall im Wald Fallen ausgelegt. Er ist wirklich froh, dass sie bisher in nichts reingelaufen sind. Dennoch ist er sich bewusst, dass je näher er Malika kommt, auch der Skógur immer gefährlicher wird.

Als hätte der Wald nur darauf gewartet, hört Kesetiaan es auf einmal rascheln. Blitzschnell dreht er sich um und schiebt Granny hinter sich. Mit einer Hand am Schwertgriff starrt er in die Richtung, aus der das Geräusch kam. Doch außer ihren Atemgeräuschen ist der Wald still. Kesetiaan lässt sich allerdings nicht in die Irre führen und verharrt weiter in dieser Position. Einer der Büsche, in die er starrt, erhebt sich lethargisch.

Ein Gesicht kommt unter dem Blattwerk hervor. Pupillenlose kalkweiße Augen und eine hölzerne Maske kommen zum Vorschein. Äste, Blätter und Wurzeln sprießen aus seinem Körper.

Kesetiaan weiß, dass er einer der Omusajja ist. Ihm bleibt jedoch nicht viel Zeit, um ihn genauer in Augenschein zu nehmen. Weitere Gestalten zeigen sich. Lösen sich von Bäumen ab, als wären sie gerade noch Teil der Rinde gewesen. Andere klettern aus den Baumkronen. Einige lagen bis eben wie gelähmt auf dem Boden, nur wenige Meter von ihnen entfernt und vom Nebel verborgen.

Die Omusajja haben sie umzingelt. Kesetiaan zieht sein Schwert und richtet es auf sie. Das scheint diese Kreaturen allerdings nicht zu stören. Schwankend kommen sie auf ihn zu und er begreift, dass er etwas tun muss, ehe sie ihn erreichen. Mit einem zielsicheren Hieb schlägt er dem Buschmann den Kopf ab.

Gerade will er sich dem nächsten widmen, da schreit Granny entsetzt auf: „Kenny, Vorsicht! Sein Kopf wächst nach!"

Verwundert folgt er ihrem Blick und tatsächlich: Der Buschmann sieht wieder aus wie zuvor.

Durch seinen Schock bemerkt Kesetiaan nicht, wie sich ihm einer der Waldmenschen von der Seite nähert und nach ihm greift. Erst als sich die Wurzeln um seinen Arm schlingen, registriert er es. Panisch schwingt er das Schwert. Nun gibt es keine falsche Rücksicht mehr für ihn. Wie besessen schlägt er mit dem Breitschwert um sich. Doch jedes Körperteil, das fällt, wird nur Sekunden später durch ein neues ersetzt. „Wir müssen hier weg!", brüllt er. „Ich schlag uns den Weg frei, bleib dicht bei mir."

Auf jeden Hieb folgt ein Schritt nach vorn. Unendlich langsam schneiden sie sich durch den Wald und seine Bewohner. Granny ist Kesetiaan dabei dicht auf den Fersen. Da auch Feinde von hinten auf sie zukommen, ist sie dazu gezwungen, sich ebenfalls zur Wehr zu setzen.

Jedem Waldmenschen, der ihr zu nahe kommt, knallt sie mit aller Kraft den Futterbeutel um die Ohren. Das scheint ihre Gegner jedoch ebenso wenig zu stören wie die Schwertklinge. Die Omusajja stehen einfach wieder auf und gehen weiter.

Statt weniger werden es immer mehr und schließlich kommt der Moment, den Kesetiaan gefürchtet hat. Die Waldmenschen stürzen sich von allen Seiten gleichzeitig auf ihn.

Sie zerren Granny von ihm weg und das Letzte, was er von ihr vernimmt, ist ein Schrei. Wurzeln schlingen sich um ihn, berauben ihn seiner Bewegungsfreiheit und reißen Kesetiaan schließlich von den Beinen. Das Schwert fällt außerhalb seiner Reichweite zu Boden. Schwer landet er im Moos und die Wurzeln drücken ihn immer tiefer in den feuchten Untergrund.

Er versucht, die Luft anzuhalten, um den modrigen Geruch nicht in die Nase zu bekommen. Der Druck wird stärker, als würden sie versuchen, ihn in den Boden zu pressen.

Schockiert stellt er fest, dass genau das passiert. Sein Gesicht verschwindet zwischen dem Moos und während er mit dem einen Auge noch sieht, wie die Omusajja um ihn herumstehen und ihn anstarren, blickt das andere bereits auf die ersten Schichten Erdreich. Immer tiefer wird er gedrückt, bis selbst der letzte Millimeter seines Körpers unter Zentnern feuchter Erde verschwindet.

Für einen Moment kommt es Kesetiaan so vor, als würde er das Bewusstsein verlieren. Da alles um ihn herum pechschwarz ist und eine Totenstille herrscht, ist er sich nicht sicher, ob er wach ist oder nicht.

Er lebt noch.

Das ist Kesetiaan bewusst. Genauso wie er seltsamerweise atmen kann. Nur bewegen kann er sich nicht. Er spürt die Erde um sich herum, die Kälte und Feuchte, die von ihr ausgehen, und die Lebewesen in ihr. Würmer und andere Kriechtiere, die in dem Waldboden leben. Sie winden sich unter Kesetiaans Kleidung und schaben an seiner Haut. Er spürt sie überall und ein Schauer bringt seinen Körper zum Beben. Nicht vor Ekel, sondern Angst.

Angst davor, bei lebendigem Leibe begraben zu sein und zu einem Teil des Skógurs zu werden.

Werde ich hier sterben? Ist das etwa bereits mein Ende? Hat mich die Sciathán davor warnen wollen? Granny ... Ist sie auch ...? Ich muss ...

Ein verzweifelter Schrei kämpft sich aus seinem Maul. Er versucht, sich wider besseren Wissens gegen die Erde zu stemmen. Sie bewegt sich kein Stück. Erneut schreit er voller Qualen auf.

Warum passiert mir das? Was habe ich getan? Ich wollte doch nur meine Schwester finden.

„Malika!"

Gedämpft schafft er es, ihren Namen zu brüllen. Er geht nicht davon aus, dass es jemand hört, und selbst wenn, würden sie ihn deshalb wohl kaum wieder ausgraben. Er glaubt nicht daran, dass die Omusajja in der Lage sind, so was wie Mitleid zu empfinden. So wie sie aussehen, sind sie kaum mehr lebensfähig. Wandelnde Tote, die vom Skógur wie Marionetten geführt werden. Und laut Cikatros Erzählung und auch Kesetiaans Vision nach folgen sie nun dem Befehl seiner Schwester.

Am liebsten würde er Malikas Namen verfluchen. Er ist an dem Punkt angekommen, an dem ihn die Wut auf sie wie eine Lawine überrollt.

Verflucht noch mal! Warum bist du gegangen? Was hast du dir dabei gedacht, mich zurückzulassen? Wenn du gehen wolltest, hätte es doch gereicht, es mir zu sagen. Ich hätte dich nicht aufgehalten. Stattdessen gerate ich von der einen Scheiße in die nächste und ziehe Granny in alles mit hinein. Sie hat nichts damit zu tun!

So schnell wie seine Wut hochkocht, ebbt sie auch wieder ab. Die Sinnlosigkeit seiner bisherigen Taten erdrückt ihn weit mehr als die Erdschichten und er kommt sich wie ein Idiot vor.

Seit er das Labyrinth verlassen hat, hat er nichts erreicht. Wäre er doch nur in den vertrauten Gängen geblieben. Es hätte keinen Unterschied gemacht.

Langsam fängt Kesetiaan an zu resignieren und er hört auf, sich gegen die Erdmassen zu stemmen.

Selbst wenn ich Malika hier gefunden hätte, wäre es nie wieder so wie vorher. Sie hat mich im Stich gelassen. Hätte ich ihr das einfach so verzeihen können?

Dabei kommt ihm das Gespräch in den Sinn, das er im Wald belauscht hat. Ob es tatsächlich so stattgefunden hat oder die Sciathán ihn täuschen wollte, weiß er nicht. Aber etwas hat ihn die ganze Zeit daran gestört. Malika befahl den Omusajja, den Minotaurus einzufangen, und obwohl ihm das Wort selbst nicht bekannt ist, hat er das Gefühl, dass sie ihn damit gemeint haben könnte.

Ich schaffe es nicht einmal mehr, mir einzureden, sie wäre in Gefahr. Wäre sie es, würde sie die Omusajja doch nicht auf mich hetzen. Bin ich ihr also in die Falle gelaufen? Hatte sie nur darauf gewartet, dass ich im Skógur nach ihr suche? Um mich zu töten?

Kraftlos schließt er die Augen. Hier unten gibt es ohnehin nichts zu sehen. Er denkt darüber nach aufzugeben.

Wenn Malika ihn nicht mehr will, welchen Sinn hat sein Leben dann noch?

Niemand hat mich je gewollt. Ich bin nur der Bastard eines Dämons. Ein Monster, das keinen Platz in dieser Welt hat.

Ein letztes Mal schreit er auf. Kesetiaan legt all seinen Schmerz hinein und brüllt sich die Seele aus dem Leib. All die Einsamkeit, die er seit seiner Geburt ertragen hat, als er allein im Labyrinth gefangen war. Und das Leid, das andere seinetwegen durchmachen mussten. Malika, der er das Leben als Prinzessin verpfuscht hat. Seine Mutter, die ermordet wurde, weil sie ein Monster zur Welt gebracht hat. Und Granny, die nun vermutlich genau wie er lebendig begraben wurde.

Sein ganzes Leben lang schon sorgt er nur für Schmerz. Für ihn und alle anderen. Wäre er nur nie geboren worden.

Ein nicht unbeträchtlicher Teil von ihm wünscht sich im Augenblick sogar, dass Malika es einfach zugelassen hätte. Hätte sein Stiefvater Kesetiaans Leben damals bereits beendet, wäre so vielen Leid erspart geblieben.

Die Erinnerungen des Orakels enthielten nicht die Antwort, die ich mir so sehr erhofft hatte. Dennoch fand ich etwas von Interesse – den Grund, weshalb es sich von allem Leben zurückgezogen hatte.

Weisheit und Wahrheit verlangten in seinem Fall einen hohen Preis. Denn das Wissen, welches er hütete, konnte die Welt in ihren Grundfesten erschüttern. So erfuhr ich von der Existenz der Ewalu, den wahren Göttern Hangaias.

Und ich wusste, dass ich mir diese Zerstörungskraft zu eigen machen wollte.

Einen Schatten zu ignorieren, war leicht, doch nicht einen Ewalu. Ihn würden sie fürchten und anbeten. Ihm würde Hangaia mit Sicherheit ihre Aufmerksamkeit schenken.

Ich musste also nur einen Weg finden, um einen solchen Gott unter meine Kontrolle zu bringen oder seinen Platz einzunehmen.

Ich kam nach Dayax, um den Xwedayê mit eigenen Augen zu sehen. Er war so mächtig, wie ich es mir vorgestellt hatte, und in mir formte sich ein Plan. Um ihn allerdings auszuführen, brauchte ich die Macht eines Dämons. Nur deren angeborene Kraft, das Mana, wäre in der Lage, diesem Gott die Stirn zu bieten.

Ich musste nicht lange suchen, bis ich auf der gleichen Insel ein mächtiges Wesen fand. Seine Kraft war bisher nicht erwacht, aber ich konnte bereits spüren, zu was er in Zukunft fähig sein würde.

KAPITEL 14

Malika

Mit einem Schlag geht ein schweres Beben durch die Erde. Der Druck auf Kesetiaan wird stärker und scheint ihn förmlich zu zerquetschen. Er wartet vergeblich darauf, dass sein Leben beendet wird. Der Druck zieht sich zusammen und explodiert. Der Waldboden um ihn herum bricht auf und spuckt ihn wieder aus.

Reflexartig greifen seine Hände in das feuchte Moos und er zieht sich aus dem klaffenden Loch empor. Seine Beine fühlen sich taub an und ein unangenehmes Kribbeln durchfährt sie. Er hustet und spuckt den Dreck aus, der sich in seinem Mund gesammelt hat, und versucht, ihn sich aus den Augen zu wischen. Da seine Arme ebenfalls voller Erde sind, klappt das mehr schlecht als recht.

Ich verstehe das nicht, weshalb bin ich wieder frei? War das diese merkwürdige Kraft in mir? Diese Macht, die gewaltige Stürme heraufbeschwört?

Seine Ohren zucken. Schritte nähern sich, federleicht scheinen sie über den Boden zu gleiten. Im Gegensatz zu seinen eigenen sinken sie nicht im Geringsten ins Moos ein.

Das Schlimmste annehmend richtet Kesetiaan seinen Blick auf die Person, die nur wenige Meter entfernt stehen bleibt. Überrascht weiten sich seine Augen. Ein einzelner Lichtstrahl kämpft sich durch das Blätterdach und landet auf ihr. Zeichnet die weichen Konturen ihres

Gesichts nach, das von langem dunkelbraunem Haar umschmeichelt wird. Sie trägt ein fleckiges braunes Kleid, das knapp über dem Boden endet, und um ihren Hals hängt eine Kette mit einem Kieselstein als Anhänger. Genauso hat Kesetiaan sie in Erinnerung.

Doch ein einziger Blick in ihr Gesicht reicht, um ihm klarzumachen, dass sie sich verändert hat. Ein kalter Ausdruck liegt in ihren einstmals strahlend grünen Augen. Ihre gesamte Ausstrahlung scheint ihm gegenüber feindselig. Hoffend, dass er sich das nur einbildet, flüstert er ihren Namen.

„Malika."

So lange hat er darauf gewartet. Endlich hat er sie wiedergefunden und kann sie doch nicht in die Arme schließen.

Weitere Schritte ertönen.

Schwerfällig läuft jemand durch das Dickicht und bricht schließlich durch die Dunkelheit. Schwer atmend stolpert Granny in die Wiedervereinigung der Geschwister. Sie ist blass und keucht atemlos. Dennoch sammelt sie ihre gesamte Kraft, um ihn zu warnen.

„Pass auf, Kenny, das ist nicht mehr deine Schwester!"

Kesetiaan sieht ihr die Mühe an, die es sie gekostet haben muss, zu ihm zu kommen. Erleichterung durchflutet ihn, dass sie nicht in irgendeinem Erdloch liegt. Dennoch nimmt er den metallischen Blutgeruch wahr, der sie umgibt. Langsam erhebt er sich und sieht, dass sich ihre Kleidung an der Hüfte verfärbt.

„Du bist verletzt."

„Das ist jetzt nicht wichtig. Ich bin nicht wichtig! Du darfst ihr nicht zuhören, sie ..."

Granny schafft es nicht, ihren Satz zu Ende zu sprechen. Hinter ihr taucht einer der Waldmenschen auf. Er packt ihre Arme und drückt sie gewaltsam auf die Knie. Sie wehrt sich und versucht, ihn loszuwerden, da wachsen Wurzeln aus dem Boden und fesseln sie. Eine legt sich über ihren Mund, damit sie nicht schreien kann.

Kesetiaan will zu ihr eilen, da erhebt Malika ihre Stimme.

„Du hast mich warten lassen, Bruderherz."

Seine Quaste zuckt über den Boden. Selbst ohne Grannys Warnung ist ihm spätestens jetzt klar, dass etwas nicht stimmt. Jegliche Wärme ist aus ihrer Stimme gewichen. Diese Frau ist ihm so unendlich fremd.

Sie streckt eine Hand nach ihm aus und spricht. „Lass mich ..."

Kesetiaan weicht vor ihr zurück. Ein Unbehagen macht sich in ihm breit. Alles, was er jetzt will, ist diesen schrecklichen Ort zu verlassen. Leidend sieht er seiner geliebten Schwester ins Gesicht.

„Du bist nicht meine Malika. Wärst du es, hättest du niemals zugelassen, dass ich hierherkomme oder dass man mich lebendig begräbt. Du würdest auch meine Freundin nicht verletzen und fesseln."

„Aber du lebst doch noch. Das verdankst du mir. Ich hätte dich genauso gut sterben lassen können. Heute genau wie damals. Und was schert dich das Leben eines alten Menschenweibs? Sie hat selbst gesagt, dass sie nicht wichtig ist."

Ein Grinsen legt sich auf ihre Lippen. Es ist wächsern und falsch. Langsam kommt sie ihm näher. Kesetiaans Augen weiten sich. Sie tritt aus dem Sonnenstrahl und er bemerkt, dass eine Art Schatten über ihr liegt. Obwohl sich der Nebel in diesem Teil des Waldes bisher zurückgehalten hat, nimmt er nun rasch an Intensität zu. Wabernd und kalt kriecht er auf sie zu und bringt einen Gestank mit sich, der Kesetiaan in der Nase brennt.

„Du bist ein undankbarer Junge. Ich habe alles für dich geopfert und so dankst du es mir?"

Ihre grünen Augen verfärben sich schwarz. Der Nebel wird dichter, nur um dann von einem einzelnen Windstoß verjagt zu werden. Die Baumwipfel geraten in Bewegung und Licht dringt in den Wald ein. Mit Schrecken erkennt Kesetiaan die Herkunft des Gestankes.

Leichen. Sie ragen halb aus dem Boden raus, sind vermodert und mit Moos überwachsen. Es sind nicht nur ein paar, der Untergrund scheint komplett aus Körpern zu bestehen. Entsetzt starrt Kesetiaan an sich runter. Wie konnte er nicht bemerken, dass er auf einem Menschen steht?

Nein, es ist sogar noch schlimmer. Er lag bereits zwischen ihnen und war kurz davor, ihnen auf ewig Gesellschaft zu leisten. Jetzt erst wird ihm klar, wovor sich Cikatro so gefürchtet hat. Kälte macht sich in Kesetiaan breit und er erzittert.

Er versucht wegzukommen. Fort von den Toten und von Malika. Hinter ihm tauchen erneut die Omusajja auf. Es gibt kein Entrinnen, sie haben ihn längst umzingelt.

„Das ist deine einzige und letzte Chance, Bruder. Gib mir deine Kraft oder stirb."

„Meine Kraft?", flüstert er und hält verwirrt inne. „Woher weißt du davon? Ich habe sie selbst erst bemerkt, als du längst fort warst."

„Du bist so naiv, Kesetiaan, und doch so mächtig. Das Mana in dir ist eines Gottes ebenbürtig. Es ist das Zeugnis der Minotauren, die einst aus einer anderen Welt kamen. Ihre Art ist weit stärker als gewöhnliche Dämonen. Er will es haben. Verstehst du das denn nicht? Wie wichtig du bist als der Letzte ihrer Art?"

„Wer ist er?"

„Oh Kesetiaan, du weißt gar nichts. Nichts über diese Welt oder über deine Rolle in ihr!"

Voller Entzücken lacht sie auf. Die schwarzen Augen glänzen und auf ihre Wangen legt sich ein leichter Rotton. Kesetiaan erkennt darin den Wahnsinn, der von ihr Besitz ergriffen haben muss.

„Du hast diese Kraft all die Jahre in dir getragen, hast das Mana in dir mit Dunkelheit genährt und endlich ist es mächtig genug, um die Welt ins Chaos zu stürzen."

Wütend erhebt er die Stimme und brüllt: „Von was verdammt noch mal sprichst du? Schluss mit den Rätseln! Wenn ich so unwissend bin, dann erhelle mich doch endlich."

Sie kichert nur, die Hände zum Himmel hebend, und flüstert: „Der Fluch des Minotaurus wird entfesselt. Der Unsterbliche wird sterben und ein neuer Gott wird die Welt vernichten." Sie senkt die Hände und jeder Ausdruck auf ihrem Gesicht verschwindet. „Du erfüllst alle Bedingungen und da du dich nicht freiwillig der Dunkelheit öffnest, wirst du jetzt sterben. Hier im Skógur verlieren wir deinen Körper nicht, sondern können ihn und seine Kräfte, jederzeit zurückholen. Sei dankbar, denn wir sind gnädig. Der Tod ist eine Erlösung, während die Alternative immerwährendes Leid bedeutet."

Sie atmet tief durch, fast so, als wolle sie ihm die Möglichkeit geben, sich doch noch zu ergeben. Als Kesetiaan allerdings nicht reagiert, befiehlt sie beinahe gelangweilt: „Tötet ihn."

Im selben Atemzug stürzen sich die Omusajja auf ihn.

Kesetiaan hat damit gerechnet. Er hat das Gespräch mit Malika genutzt, um diese Kraft, die sie als Mana bezeichnet, in seinem Inneren zu suchen. Es ist wie eine Kugel aus geballter Energie, die seine Haare zu Berge stehen lässt, kaum dass er ihr zu nahe kommt. Dennoch greift er mental danach und beugt sie seinem Willen. Der Wind bringt die Blätter zum Rascheln. Kesetiaan legt mehr Kraft rein und aus einem Windhauch wird ein Sturm, der sich mit ihm im Zentrum bildet.

Die Omusajja versuchen, an ihn heranzukommen, nur um bei bloßer Berührung in Stücke gerissen zu werden.

Sich weiter konzentrierend setzt er sich in Bewegung. Dorthin, wo er Granny vermutet. Er greift durch den Sturm und zieht die alte Frau zu sich. Mühelos durchtrennt er die Wurzeln und befreit sie davon. Unverletzt schafft sie es zu ihm.

„Es tut mir so unendlich leid", flüstert sie ihm zu.

Kesetiaan geht nicht darauf ein. Er greift erneut nach der Energiekugel in seinem Inneren und stößt den Wind mit einem kräftigen Schlag von sich weg. Ob er Malika damit getroffen hat, weiß er nicht, aber zumindest die Waldmenschen liegen zerrissen auf dem Boden. Nur langsam setzen sie sich wieder zusammen. Kurzerhand nimmt Kesetiaan Granny auf den Rücken und läuft los.

Er weiß nicht wohin. Im Grunde ist es ihm auch egal, er will nur fort. Absolut alles in ihm schreit danach, den Wald zu verlassen. Ihn und Malika für immer hinter sich zu lassen. Doch er ist sich bewusst, dass er ihr niemals entfliehen kann. Selbst dann nicht, wenn er es bis zum Ende der Welt schaffen sollte. Sie würde ihn finden und töten.

Immer mehr verschwimmt Kesetiaans Sicht, Tränen lösen sich aus seinen Augenwinkeln und verlieren sich in seinem Fell. Er beachtet sie nicht. Schmerz betäubt seine Sinne und drückt ihm die Luft ab. Seine Brust ist so schrecklich eng. Dennoch läuft er immer weiter durch das Labyrinth aus endlosen Baumreihen.

Hinter ihm hört er Getrampel; die Omusajja haben die Verfolgung aufgenommen. Die Bäume entwickeln ein Eigenleben und schneiden ihm jeden Weg ab. Sie scheinen seine Schritte zu lenken und in eine bestimmte Richtung zu führen.

Immer wieder schreit Granny ihm Warnungen entgegen, wenn sich aus den Wipfeln jemand löst und versucht, ihn mit auf den Boden zu reißen.

Kesetiaan tritt auf einen Stein und hört ein seltsames Geräusch. Sekunden später schießen wie aus dem Nichts Schwerter aus der Dunkelheit und verfehlen sie nur knapp. Er hat zwar mit den Fallen gerechnet, dennoch ist es ein gewaltiger Schock. Er gerät ins Straucheln und fällt beinahe hin. Grannys zusätzliche Last macht es ihm schwer, das Gleichgewicht zu halten, und er spürt, wie sein Sprunggelenk schmerzt.

Einige der Verfolger schaffen es, sie einzuholen. Wieder greifen Wurzeln nach Kesetiaan, schlingen sich um seine Beine und Arme. Sie zerren an ihm und versuchen, ihn erneut unter die Erde zu drücken. Allein kann er sich nicht daraus befreien.

Granny bemerkt seine Probleme. Sie befreit eines ihrer Beine aus seiner Umklammerung und tritt nach den Schlingen. Sie lösen sich tatsächlich und Kesetiaan rennt weiter.

„Wohin willst du fliehen? Es gibt keinen Ort der Welt, an dem ich dich nicht finden würde", erschallt Malikas Stimme wie ein Echo durch den Wald.

Granny entdeckt sie zuerst und deutet auf einen Baum. Hoch oben auf einem Ast steht sie und starrt auf Kesetiaan nieder. Neben ihr sitzt ein Rabe, der von lila Nebel umgeben ist. Er krächzt, und als hätte Malika nur darauf gewartet, stürzt sie sich mit dem Kopf voran vom Baum. Sie dreht sich in der Luft und kommt mit einem lauten Knall auf dem Boden an. Wie eine Katze landet sie auf allen vieren.

Ohne Zeit zu verschwenden, zieht sie ein Schwert aus dem Morast und stürmt Kesetiaan entgegen.

Ihm sind die Hände gebunden. Selbst wenn er sein Breitschwert noch hätte oder sich eines aus der Umklammerung der am Boden liegenden Leichen holen würde, kann er mit Granny auf dem Rücken nicht kämpfen.

„Was soll ich tun? Ich kann so nichts ausrichten."

Granny beugt sich zu seinem Ohr und flüstert: „Lauf weiter. Lauf einfach an ihr vorbei."

Unmerklich nickt er und stürmt mit voller Kraft voran. Immer näher kommt ihm das Gesicht, das er so sehr liebt. Dessen Anblick ihm in der Dunkelheit stets wie ein Lichtblick vorkam. Malika hat ihn in so vielen Nächten beschützt und das zweiundzwanzig Jahre lang. Selbst wenn er sein Schwert ziehen könnte, würde er es nicht übers Herz bringen, es gegen sie zu erheben. Eher schneidet er sich die Hand ab oder lässt sich erneut lebendig begraben.

Kurz bevor sie aufeinanderstoßen, hebt Malika das Schwert und holt aus. Kesetiaan macht einen Satz zur Seite, und während sie ins Leere schlägt, eilt er an ihr vorbei.

Granny dreht ihren Kopf und sieht erneut hoch zu den Laubkronen. Ein Krächzen antwortet ihr und ihr Griff um Kesetiaan wird unmerklich fester. Sie erschaudert und presst ihr Gesicht in sein Fell.

Ohne langsamer zu werden, rennt Kesetiaan weiter, versucht so viel Abstand zwischen sich, die Omusajja und Malika zu bekommen wie möglich. Ihm ist klar, dass sie jederzeit wieder eingeholt werden, solange sie den Skógur nicht verlassen.

In dem Moment deutet Granny auf etwas und ruft: „Da, Kenny, da vorne ist Licht! Vielleicht kommen wir dort raus."

Er folgt ihrem Fingerzeig und tatsächlich sieht es so aus, als hätten sie einen Ausgang aus dem Wald gefunden. Hinter ihm erschallen erneut die Schritte der Waldmenschen. Sie bewegen sich deutlich schneller und leichtfüßiger über den Morast als Kesetiaan. Er selbst kann nicht noch weiter beschleunigen, ohne zu befürchten, erneut zu straucheln oder auszurutschen.

Im Nu erreicht er das Licht und zu spät bemerkt er die Klippe dahinter. Er verliert den Boden unter den Füßen und stürzt. Dabei rutscht ihm Granny vom Rücken, die panisch aufschreit. Verzweifelt versucht Kesetiaan, nach ihr zu greifen, bekommt sie aber nicht zu fassen.

Aus dem Augenwinkel erkennt er, dass Malika ausdruckslos zu ihm runterstarrt und zusieht, wie er immer tiefer fällt. Der Rabe bricht neben ihr aus dem Wald und kreischt aufgebracht und unüberhörbar laut.

Und dann ist alles vorbei. Kesetiaan klatscht schmerzhaft auf der Wasseroberfläche auf und die Welt verschwimmt um ihn herum.

Sämtliche Luft wird aus seiner Lunge gepresst. Vergeblich versucht er aufzutauchen, doch der Strom reißt ihn erbarmungslos mit sich. Er verliert die Orientierung. Oben und unten unterscheiden sich nicht länger. Sein Kopf ist unendlich leer und seine Instinkte streiken.

Für einen Moment sieht er noch, wie Granny ebenfalls im Wasser treibt, dann verliert er sie aus den Augen. Die letzten Luftblasen platzen und sein Bewusstsein schwindet.

KAPITEL 15

Wach auf

„... auf!"

Zähflüssig wie Schleim dringen Wortfetzen in Kesetiaans Geist ein. Sie scheinen unendlich fern und sind nicht richtig greifbar. Jedes Mal, wenn er versucht, den Worten zu folgen, fällt er tiefer in ein Loch ohne Boden. In seinem Kopf herrscht gähnende Leere. Er schafft es nicht, auch nur einen klaren Gedanken zu fassen. Stattdessen driftet sein Geist immer wieder zwischen Bewusstlosigkeit und Wachzustand hin und her.

„Wach auf!"

Wieder diese Stimme. Sie ist so fern, so unendlich weit weg. Er ist sich nicht sicher, ob sie real oder nur eingebildet ist. Kesetiaan gelingt es nicht, aus der Dunkelheit aufzusteigen. Wie eine zweite Haut liegt sie über seinem Geist und schirmt ihn von der Welt ab.

Er nimmt nichts wahr; weder Geräusche, Gerüche noch sonstige Empfindungen. Nur diese zwei Worte durchdringen den Schleier. Sie wiederholen sich immer im gleichen Rhythmus. Aber egal wie sehr er es versucht, er schafft es nicht, ihnen zu folgen.

Will es nicht? Wozu sollte er aufwachen? Er hat alles verloren.

Malika.

Schmerzhaft stöhnt er auf. Sie hat sein Herz gebrochen. Ihr Verrat wiegt schwer auf Kesetiaan und durch ihre Ablehnung hat er seinen

Grund zu leben verloren. Wäre er im Wald gestorben, es hätte ihm nichts ausgemacht. Er hat es sich doch sogar gewünscht, als er lebendig begraben war.

Warum bin ich weggelaufen? Warum habe ich ihr nicht einfach gegeben, was sie verlangt hat?

Seine seltsamen Kräfte. Das Mana, das durch seine Adern zirkuliert. Reine Energie, die sich in einer Kugel in seinem Innersten manifestiert und seinen ganzen Leib durchdringt. Eine Macht, die dazu fähig sein soll, die Welt zu zerstören, und eines Gottes ebenbürtig ist.

Kesetiaan versucht, ihre Worte aus seinem Kopf zu bekommen, doch es gelingt ihm nicht. Während die Erinnerungen an seine Kindheit mit Malika immer mehr verschwimmen, scheint sich ihre letzte Begegnung in seinen Kopf gebrannt zu haben.

Ich hätte einfach aufgeben sollen.

„Wach auf!"

Ich will ja aufwachen! Aber ich kann nicht. Ich weiß nicht wie ... Wie nur?

Er will der Stimme entgegenschreien, dass sie ihn in Ruhe lassen soll, aber kein Ton entkommt seinen Lippen. Weshalb schläft er überhaupt? Sollte er nicht längst ertrunken sein? Langsam kommen die Erinnerungen an die letzten Augenblicke zurück und überschwemmen ihn förmlich. Malika an der Klippe, der brausende Strom unter Wasser, Granny ...

Endlich reißt er die Augen auf. Atemlos starrt er in das Gesicht einer nebelhaften Gestalt, die über ihm schwebt. Schwarz, Weiß und Lila fließen übergangslos ineinander und trennen sich wieder. Die Konturen des Wesens erinnern an den Schatten eines Menschen. Doch sie verlaufen im Sekundentakt, stellen Kreaturen und Monster dar, die Kesetiaan noch nie gesehen hat. Nur um immer wieder zur menschlichen Kontur zurückzukehren.

Das Wesen beugt sich über ihn und flüstert: „Wach auf."

„Ich bin wach", antwortet Kesetiaan ruhig.

Der Schatten legt den Kopf schief, dann wendet er sich ab und geht einige Schritte zur Seite. Verwirrt richtet sich Kesetiaan auf und sieht sich um. Er wurde an einen Strand gespült. Seine Füße befinden sich noch halb im warmen Wasser. Die Kleidung klebt ihm unangenehm am Leib und der Sand juckt auf seiner Haut.

Vor sich erkennt er eine Wasserfläche, weit größer als ein Fluss. Er erinnert sich an den Aufbau der Insel, die er vom Vulkan aus gut überblicken konnte.

„Ist das etwa die Schale?"

Schwankend steht Kesetiaan auf und dreht sich um. Er befindet sich nahe einer großen Felswand. Weit über sich entdeckt er eine ihm nicht unbekannte Hängebrücke und allein bei dem Anblick des Eisvulkans wird ihm kalt. Vermutend, dass der Fluss mit der Schale verbunden ist und die Strömung ihn hierhergetragen hat, sieht er sich weiter um. Dabei entdeckt er Granny, die einige Meter entfernt im Sand liegt und sich nicht regt.

Mit panisch aufgerissenen Augen rennt Kesetiaan auf sie zu und kniet sich neben sie. Behutsam dreht er sie um und streicht die nassen Haare aus ihrem bleichen Gesicht.

Sie atmet nicht.

„Granny ...?"

Seine Stimme zittert und er hat das Gefühl, keine Luft mehr zu bekommen. Eine Eiseskälte schließt sich um sein Herz und lässt ihn erzittern. Tauber Schmerz breitet sich in seinem Leib aus.

„Du hast sie sterben lassen", flüstert das Wesen. „Solltest sie beschützen und hast dennoch zugelassen, dass sie umkommt. Deinetwegen ist sie jämmerlich ertrunken." Der Schatten beugt sich über Granny und streichelt sanft ihre Wange.

Kesetiaan ist unfähig, die Worte zu begreifen. Er starrt wie betäubt auf Grannys leblosen Körper. Nur langsam sickert die Hiobsbotschaft in seinen Geist. Sein Blick verschwimmt und ein trockenes Schluchzen entkommt ihm.

„Das kann nicht sein", haucht Kesetiaan tonlos.

Der Schatten bewegt sich und kommt ihm immer näher. Kurz vor seinem Gesicht hält er an.

„Das Schicksal ist unvermeidbar. Keiner entkommt seinem vorherbestimmten Ende – auch du nicht, kleiner Dämon." Ehe die letzte Silbe verklingt, löst sich das seltsame Wesen auf und Kesetiaan bleibt allein zurück.

Er runzelt die Stirn.

Diese Worte ... Ich kenne sie.

Er starrt in den Himmel und lässt seinen Blick erneut über die Umgebung schweifen. Die Wellen erklimmen den Strand, der Wind bringt die Hängebrücke zum Knarzen und Möwen kreischen. Auf den ersten Blick wirkt alles normal, doch langsam bemerkt Kesetiaan, dass über der Landschaft ein seltsames Licht liegt. Die Kanten sehen verschmiert aus und unnatürlich. Es wirkt wie gemalt, ähnlich einem Ölgemälde.

Etwas stimmt nicht. Das hier kann nicht echt sein.

Er blickt hinab zu Granny und hebt die Hand, um sie zu berühren. Zitternd verharren seine Finger über ihrer Wange. Angst und Schuld lähmen ihn. Schließlich schafft er es, sie mit der Fingerspitze zu erreichen, da zerfällt ihr ganzer Körper zu Staub.

Mit großen Augen starrt Kesetiaan dem Wind hinterher, der ihre Überreste aufwirbelt und übers Meer trägt, sich immer weiter von ihm entfernt. Stumm sieht er ihr nach. Sein Leib erzittert.

Die Wellen werden stärker und rollen mit einer Vehemenz auf den Strand zu, als wollten sie ausbrechen. Der Himmel verdunkelt sich. Schwarze Wolken verdrängen die Sonne, bis kein Licht mehr hindurchdringen kann. Blitze zucken in der Ferne und schlagen aufgebracht ins Meer ein. Das Unwetter zieht in unglaublicher Geschwindigkeit über Kesetiaan hinweg.

Während er selbst keinen Windhauch abbekommt und der jäh einsetzende Regen ihn nicht trifft, herrscht um ihn herum die reinste Weltuntergangsstimmung. Unweit neben ihm schlägt ein Blitz ein. Kesetiaan ist so betäubt von dem Schmerz in seinem Inneren, dass er es nicht einmal mitbekommt.

Granny ...

Kesetiaans Herz rast. Tränen fließen in Strömen in sein Fell und er krallt sich mit den Händen schmerzhaft in seine Oberschenkel.

Ich konnte dich nicht beschützen. Obwohl ich es versprochen habe. Weder dich noch Malika ...

„Ahhh!"

Seine Schreie fachen den Sturm weiter an. Blitze zucken im Sekundentakt und schlagen in alles ein, was sie erreichen können. Die Klippen zerbersten, Steinbrocken stürzen krachend zu Boden und bringen die Erde zum Beben. Die Seile der Hängebrücke reißen und sie wird vom Wind in die Schale geschleudert, wo sie von den Wellen verschluckt wird. Donner grollt und klingt wie ein Monster, das jederzeit bereit ist, die Welt unter sich ins Chaos zu stürzen.

Ein Nebel breitet sich in Kesetiaans Geist aus und er kommt zitternd auf die Beine. Langsam geht er auf das Meer zu und sieht auf. Wie aus dem Nichts steht Xwedayê in der Bucht. Seine Gestalt ist so gewaltig, dass sein Kopf weit über den Gewitterwolken verborgen liegt. Selbst der Vulkangipfel wirkt neben dem Titan wie ein unbedeutender Hügel.

Seine seltsam wirren Arme greifen in Kesetiaans Richtung. Er bewegt sich nicht, weicht keinen Schritt zurück. Was auch immer jetzt passiert, er ist ohnehin der Meinung, es zu verdienen.

Hätte ich nur besser auf Granny aufgepasst. Hätte ich sie nicht sterben lassen ...

Die Arme nähern sich und Kesetiaan schließt die Augen. Er akzeptiert sein Ende.

Da hört er wieder Worte, die klingen, als wären sie unendlich fern. Jemand ruft nach ihm.

„Wach auf."

Die Wärme ihrer Stimme würde er unter tausenden wiedererkennen. Ihr unverwechselbarer Klang lässt seine Tränen langsam versiegen und er reißt die Augen auf.

„Ich bin doch wach", antwortet Kesetiaan und registriert im gleichen Moment, dass er sich irrt. Die Welt gerät in Stillstand. Die Fingerspitzen des Mondgottes bleiben kurz vor ihm in der Luft hängen. Der Regen hört auf zu fallen und die einzelnen Tropfen schweben bewegungslos um ihn herum.

„Bitte, wach auf."

Er konzentriert sich auf Grannys Stimme, die weiter nach ihm ruft. Langsam, als würde er sich durch eine dickflüssige Masse bewegen, taucht sein Geist auf. Immer wieder ertönen die beiden Worte und lenken ihn durch den dichten Nebel. Zeigen ihm die Richtung. Vorbei an unheimlichen Schatten, den Gesichtern der Toten und dem Gott der Insel.

Noch ehe er die Augen öffnet, kann er sie wahrnehmen. Granny hält seine Hand. Er spürt die Schwielen und rauen Stellen. Ihr Geruch hat sich verändert, aber er ist so angenehm wie immer. Die Kuchennote ist endgültig fort. Vermutlich weil sie schon lange keinen mehr backen konnte und die Kleider, an denen der Duft haftete, in Lerako liegen. Trotzdem umgibt sie ein süßlicher Geruch.

Eine Weile noch lauscht er ihrer Stimme und wie sie ihn immer wieder bittet aufzuwachen.

Beim Öffnen der Augen fällt sein Blick auf eine hölzerne Zimmerdecke. Seinen Kopf drehend sieht er endlich seine Freundin. Lebendig und unverletzt. Obwohl sie müde wirkt, ist Granny wohlauf und in diesem Augenblick ist das alles, was für ihn zählt. Kesetiaan hat sie nicht sterben lassen. Er hat nicht versagt und sein Versprechen einhalten können.

Vorsichtig, um sie nicht zu erschrecken, drückt er ihre Hand und Grannys Blick hebt sich. Unzählige Tränen laufen über ihre Wangen und sie schlingt ihre Arme um ihn. Sie murmelt allerhand Worte, die er nicht richtig versteht, und schluchzt immer wieder auf. Verzweifelt klammert sie sich an ihn und scheint nicht vorzuhaben, jemals loszulassen. Doch es stört ihn nicht. Glücklich schließt Kesetiaan sie in seine Arme. Er genießt die Wärme, die von ihr ausgeht, und dass er ihren Herzschlag deutlich spüren kann.

Erst als Granny vollkommen heiser ist und keine Tränen mehr zum vergießen übrig hat, lässt sie ihn los. Sie wischt sich die verräterischen Spuren aus dem Gesicht und Kesetiaan beobachtet sie schweigend.

Ihm fallen die Schatten unter ihren Augen auf.

Er hat ihr zu viel abverlangt. Granny hätte niemals mit ihm auf diese Reise gehen dürfen. Seinetwegen wäre sie beinahe erfroren, von Pfeilen durchbohrt worden, lebendig begraben und ertrunken.

Sie ist in den wenigen Tagen um so viele Jahre gealtert, dass man ihr die Angst und die Sorgen deutlich ansieht. Ihr Gesicht wirkt runzliger, ihre Haltung gebückter und ihre Stimme erschöpfter. Kesetiaan gibt sich die Schuld daran, dass sie nach und nach ihre Fröhlichkeit zu verlieren scheint, und es schmerzt ihn.

„Es tut mir leid", flüstert er atemlos.

Granny sieht ihn für einen Moment schweigend an, dann tätschelt sie seine Hand und sagt: „Mir nicht. Ich würde es wieder tun."

Sie lächelt ihn an und steht anschließend auf, um das Zimmer zu verlassen. Wenig später kehrt sie mit einem Krug und einem Lehmbecher zurück. Sie gießt Wasser um und hält Kesetiaan den vollen Becher hin. Sich mühsam hoch kämpfend nimmt er ihn entgegen. Da fällt ihm erst auf, was für einen Durst er hat. Ironisch, wenn man bedenkt, dass er beinahe ertrunken wäre.

„Wo sind wir hier?", fragt er sie, nachdem er zwei weitere Becher leer getrunken hat.

Granny deutet auf ein Fenster, durch das er das Meer erblickt. Es ähnelt dem Anblick in seinem Traum. Doch die Wellen haben eine deutlich hellere und unbeschwertere Farbe.

„Wir sind nicht weit von der Schale entfernt. Die Bewohner der Hütte haben uns am Strand gefunden und hergebracht."

Als hätten besagte Bewohner nur darauf gewartet, beugt sich jemand ins Zimmer. Ein Bärenkopf, der am Ende eines langen Halses sitzt, drückt sich durch die Tür. Züngelnd gleitet die gespaltene Zunge des Bären zwischen seinen Lippen hindurch. Sein Kopf sieht sich bereits im Zimmer um, während der Rest seines Körpers noch hinter der Tür versteckt ist. Langsam tritt das Wesen vollends ein.

Die Unterseite des langen Halses ist schuppig, im Nacken hingegen wuchert braunes Fell. Der Torso und die vier Beine entsprechen einem normalen Bären. Nur der lange Schwanz am Hinterteil erinnert an eine Schlange. Das ganze Wesen scheint eine kuriose Mischung aus diesen zwei verschiedenen Tieren zu sein.

„Wie ich sehe, bist du aufgewacht. Das ist schön, wir haben uns bereits Sorgen gemacht. Dann bringe ich dir gleich etwas zu essen. Möchtest du auch was, Granny?"

Fröhlich plappert die Kreatur drauf los und ihr starkes Lispeln macht es Kesetiaan schwer, alles zu verstehen. Noch ehe jemand antworten kann, ist das Wesen schon wieder aus dem Zimmer verschwunden. Verwirrt sieht Kesetiaan zur Granny.

„Das war Arj, sie ist ein Schlangenbär. Sie und ihr Mann Odz leben hier", erklärt Granny und wirkt deutlich weniger niedergeschlagen als zuvor.

„Ein Schlangenbär?"

Sie nickt und Kesetiaan fragt nicht weiter. Im Grunde ist ihm gar nicht wichtig, was sie sind. Die beiden haben ihnen geholfen; allein dafür verdienen sie seinen Dank. Als Arj zurückkommt, sagt er höflich: „Vielen Dank für eure Hilfe!"

Arj geht gar nicht darauf ein. Sie hält eine Schüssel mit Henkel mit ihrer Zunge fest und gibt sie Kesetiaan. Darin befinden sich klein geschnittene Früchte in einer dickflüssigen weißen Masse.

„Das ist eine Früchtemilchspeise. Auf die bin ich ganz besonders stolz. Iss, die wird dir Kraft geben", erzählt Arj fröhlich. Sie setzt sich auf den Boden und sieht dabei zu, wie Kesetiaan die Speise probiert.

Sie schmeckt erfrischend. Früchte hat er bisher nur selten zu essen bekommen, da sie auf der Insel sehr teuer sind und Malika sie sich nicht leisten konnte. Doch noch mehr begeistert ihn die Kombination mit der weißen Masse, die so herrlich zart über seinen Gaumen streicht und so süß wie Zucker ist.

Während er isst, philosophieren Granny und Arj über die Zubereitung von etwas, das sich Joghurt nennt. Da Kesetiaan das Zuhören jedoch zu sehr anstrengt, legt er sich wenig später wieder schlafen.

Zeit spielte für mich keine Rolle, der ich doch schon seit Jahrhunderten durch die Welt wandelte. Ich hatte kein Problem damit, noch etwas länger zu warten, und das Kind der Dunkelheit dabei besser kennenzulernen. Unbeobachtet folgte ich ihm durch die endlosen Gänge des Labyrinths, in denen er gefangen war. Ich konnte seinen Schmerz spüren, als wäre es mein eigener. Ich fühlte mich ihm seltsam verbunden. Nur hatte er im Gegensatz zu mir ein Licht an seiner Seite. Sie erhellte die Dunkelheit mit ihrem Lächeln und schenkte ihm Hoffnung und Liebe. Wenn sie kam, wurde es warm und ihre Stimme wurde zu einer heilenden Melodie. War es kindisch von mir, dass ich Eifersucht empfand? Mir wünschte, dass jemand auch mein Leben erhellte und mich heilte? Im Grunde war es egal, denn jede Heilung käme zu spät. Mein Plan stand bereits fest, alles war in die Wege geleitet. Ich musste nur noch lange genug warten, bis in dem Kind die Kraft heranwuchs, die ich benötigte, um an Xwedayê heranzukommen. Nur indem ich die Geschwister ausnutze, kann ich Hangaia erreichen.

KAPITEL 16

Die Aufgabe der Duuliye

Es vergehen mehrere Tage, ehe Kesetiaan sich fit genug fühlt, um erstmals das Bett zu verlassen. Obwohl seine physischen Verletzungen schnell verheilt sind, schmerzen seine seelischen umso mehr und brauchen Zeit.

Kesetiaan sitzt auf der Veranda des kleinen Hauses und starrt in den Sternenhimmel. Seine Freude darüber, bei Grannys Schutz doch nicht gnadenlos versagt zu haben, wird von dem Verlust seiner Schwester überschattet. Immer wieder geht er die Ereignisse der letzten Tage durch und versucht, herauszufinden, was er falsch gemacht hat. Ob es nicht etwas gibt, das er hätte anders machen können. Ob er Malika hätte retten können und vor allem, ob sie überhaupt zu retten war.

„Wann war der Moment, in dem ich dich verloren habe? War es im Wald? Oder als du verschwunden bist, ohne mir etwas zu sagen? Oder vielleicht sogar noch früher?", raunt er dem Mond verzweifelt zu und erhofft sich eine Antwort.

Doch der Nachthimmel bleibt stumm.

Seufzend legt Kesetiaan die Arme um seinen Körper, um sich selbst Trost zu spenden. Aber es hilft nicht und die ersten Tränen perlen in sein Fell. Sein Herz zieht sich schmerzhaft zusammen und er erinnert sich an Malikas eiskalten Blick. Ihre messerscharfen Worte haben mehr geschmerzt als jede Wunde und tun es noch immer.

„Malika."

Er spricht ihren Namen leise, sanft und voller Liebe aus. Weitere Tränen fallen. Kesetiaan wird bewusst, dass er Malika niemals wiedersehen wird. Zumindest nicht die, die bisher an seiner Seite war. Die Malika, die er so sehr liebt, ist für ihn verloren.

Mit aller Gewalt klammert er sich an die Erinnerungen der letzten zweiundzwanzig Jahre seines Lebens. An jeden Moment, in dem Malika gelacht hat. Wie sie ihn gelobt und in den Arm genommen hat. An ihre Wärme und ihre Lieder, die ihn Nacht für Nacht in den Schlaf begleitet haben.

Er erinnert sich an all die wundervollen Momente, in denen Malika ihm ihre Liebe gezeigt hat und für ihn da war. Sie war seine Hoffnung und seine ganze Welt. Trocken schluchzt Kesetiaan auf und versteckt das Gesicht hinter seinen Armen. Seine Brust zieht sich schmerzhaft zusammen und die Hoffnungslosigkeit treibt ihn schier in die Verzweiflung. Er unterdrückt den Drang, all seinen Schmerz hinauszuschreien, was seinen Körper nur mehr zum Beben bringt.

„Tränen sind gut, sie reinigen. Schreien ist noch besser, es befreit einen von der Dunkelheit, die sich sonst ansammelt."

Erschrocken dreht sich Kesetiaan um. Hinter ihm steht der Schlangenbär Odz. Mit undurchsichtigem Blick geht er über die Veranda und setzt sich neben ihn.

Odz unterscheidet sich optisch nicht sonderlich von seiner Frau Arj. Er ist nur etwas größer und hat dunkleres Fell. Die beiden bezeichnen sich selbst als herausragende Bäcker und Köche. Granny ist davon ganz angetan und unterhält sich viel mit ihnen über alle möglichen Speisen. Kesetiaan konnte beobachten, wie es ihr dadurch Tag für Tag besser geht. Es hat die Schatten unter ihren Augen verschwinden lassen.

Odz' Blick gleitet über den Horizont. Dann sagt er: „Hilfreich ist es auch, darüber zu reden. Das entlastet dein schmerzendes Herz und hindert es am brechen. Wenn du möchtest, höre ich zu, und wenn du darum bittest, gebe ich dir danach einen Rat."

Verwirrt betrachtet Kesetiaan den Schlangenbär. Es ist für ihn das erste Mal, dass er Wesen wie Odz und Arj begegnet, und er findet sie noch etwas gewöhnungsbedürftig. Er hat in seinem Leben nur Menschen kennengelernt; so wenige, dass er sie an seinen Fingern abzählen kann. Er war als Dämon stets ein Sonderling und der Einzige seiner Art. Irgendwie beneidet er die beiden darum, dass sie zu zweit sind.

Das erinnert mich an damals ...

Schließlich nimmt er Odz' Angebot an und beginnt zu erzählen.

„Als ich klein war, lebte ich in der Dunkelheit. Es gab kein Tages- oder Mondlicht, nur ein paar wenige Fackeln und unheimliche Schatten, die sie in die weiten Flure des Labyrinths geworfen haben. Es war dort so still, dass ich mein Herz schlagen hören konnte und meine Schritte von den Wänden widerhallten. Wenn ich geschrien habe, wanderte das Echo eine Ewigkeit durch die Gänge. Solange Malika da war, habe ich es ausgehalten." Wieder schließt Kesetiaan sich selbst in den Arm und wiegt sich sacht vor und zurück. Er kann spüren wie ihm die Kälte unter das Fell kriecht. „Doch da es im Labyrinth kein Essen oder Wasser gab, musste sie gehen. Jeden Morgen verließ sie mich, um im Fliederdorf zu arbeiten. Am Abend kehrte sie dann zu mir zurück. Die Zeit dazwischen war die schlimmste überhaupt."

„Womit hast du denn diese Stunden gefüllt?", fragt Odz nach und schließt die Augen.

„Ich bin in den Gängen herumgewandert. Malika hatte mir verboten, sie zu verlassen, doch nicht, noch tiefer in das Labyrinth einzudringen. Aber dort gibt es nichts außer Schmerz, Verderben und den Tod. Ein falscher Schritt und Pfeile durchbohren dein Fleisch, Säure tropft von der Decke oder der Boden bricht unter deiner Last zusammen. Unzählige Skelette säumen die mit Fallen gespickten Sackgassen und ihre Schreie, ebenso wie die meinen, hallen noch immer durch die endlosen Flure."

„Dann hast du diesen Ort niemals verlassen? Hat diese Malika dich nie mit hinausgenommen?"

Kesetiaan betrachtet den Mond. Sein silbriges Licht ist das Erste, was er jemals außerhalb des Labyrinths gesehen hat. Und die Erinnerung daran hat ihm stets Hoffnung gegeben. Zittrig holt er Luft und atmet tief ein und aus.

„Ich habe es verlassen, ein Mal. Damals gab es im Fliederdorf ein Fest. Malika hat mich mitgenommen, versteckt unter ihrem Rock. Ich musste versprechen, dass ich auf keinen Fall hervorkomme. Egal was passierte, ich durfte mich nicht zeigen."

Er erinnert sich daran, als wäre es erst gestern gewesen. Damals war er so klein, dass er problemlos unter Malikas Kleid gepasst hat. Trotzdem war es eng und irgendwie beängstigend. All die neuen Geräusche und Gerüche, die er in jener Nacht wahrgenommen hat, ohne zu wissen, woher sie stammen.

„Im Dorf spielten sie Musik und es wurde getanzt. Meine Schwester wurde mit offenen Armen empfangen und irgendwie hat es mich eifersüchtig gemacht. Sie hat mich jeden Tag verlassen, um im Dorf ein Leben zu führen. Mit Menschen und nicht mit mir. Sie hatte Freunde und würde vielleicht irgendwann eine Familie gründen wollen. Ich dachte ... was, wenn sie mich für immer verlässt? Wenn sie eines Morgens das Labyrinth verlässt und nicht zu mir zurückkehrt? Was wird dann aus mir?"

„Das klingt, als hätte es dich sehr verletzt. Hast du ihr das gesagt?"

„Nein." Er beißt sich auf die Lippe und schließt voller Pein seine Augen. Dann flüstert Kesetiaan: „Ich war ein Kind. Ein dummes und ängstliches Kind, das nicht das Einzige verlieren wollte, was ihm etwas bedeutete. Darum versuchte ich, ihr Glück zu zerstören. Ich bin unter ihrem Rock hervorgekrochen und in die Mitte des Platzes gelaufen.

Dabei erhaschte ich zum ersten Mal einen Blick auf den Mond, und während ich ihn bewunderte, wurde alles um mich herum totenstill. Nur um dann explosionsartig im Chaos zu versinken. Die Menschen schrien und liefen wild durch die Gassen. Sie holten Waffen und beschimpften mich wüst. Nannten mich Monster und warfen mit Essensresten nach mir. Sie schlugen mit ihren Harken und Schaufeln auf mich ein."

„Malika hat das doch bestimmt unterbunden?" Zum ersten Mal, seit Odz sich zu Kesetiaan gesetzt hat, sieht er ihn direkt an und Sorge spiegelt sich in seinem Gesicht wider.

„Sie wollte, doch die Dorfbewohner hielten sie fest. Sie schrie und schrie, keiner achtete darauf. Ich weiß nicht mehr wie, aber irgendwie schaffte ich es, den vielen Händen zu entkommen. Ich bin gelaufen wie ein Wahnsinniger. Zurück in die Dunkelheit, zurück ins Labyrinth, wo ich dann Stunden lang geweint habe, weil ich dachte, dass Malika niemals zu mir zurückkommen würde. Aber sie kam wieder. Irgendwann war sie einfach da und umarmte mich. Danach habe ich das Labyrinth nicht mehr verlassen."

„Und doch bist du heute hier und siehst dir den Nachthimmel an. Reist gemeinsam mit einer Menschenfrau und sprichst mit mir altem Bäckerbär."

„Weil Malika mein Licht ist. Für sie würde ich alles tun. Ich musste sicher sein, dass es ihr gut geht. Hätte ich sie im Fliederdorf gefunden, mit einer neuen Familie, dann ... wäre es für mich in Ordnung gewesen. Ich hätte es akzeptiert. Aber nicht zu wissen, ob sie lebt oder vielleicht in Gefahr ist ... Ich musste nach ihr suchen. Auch wenn es wohl ein Fehler war."

„Hm ... Das denke ich nicht. Willst du einen Rat haben?" Stumm nickt Kesetiaan, aber er wagt es nicht, in die klugen Augen von Odz zu sehen. „Höre auf dein Herz, denn es kennt den richtigen Weg. Wärst du nicht losgezogen, hättest du Granny nicht kennengelernt und das wäre doch wirklich schade, nicht wahr? Und auch wir wären uns nicht begegnet. Vielleicht gibt es dort draußen noch mehr, für das es sich lohnt, im Licht zu bleiben. Selbst wenn das bedeutet, dass du hin und wieder verletzt wirst, ist das allemal besser, als allein in der Dunkelheit zu versinken." Sich selbst zunickend erhebt sich Odz langsam. „Ach ja, seit du wach bist, blüht Granny übrigens richtig auf."

Verwirrt sieht Kesetiaan den Schlangenbären an, sagt aber nichts. Der Themenwechsel kommt zu abrupt und er denkt noch immer über den Rat nach. Odz stört sich nicht daran und spricht einfach weiter.

„Nachdem wir euch fanden und sie aufwachte, hat sie Tag und Nacht an deinem Bett gesessen. Stundenlang hat sie dich darum gebeten, endlich aufzuwachen. Sie weigerte sich, zu essen und zu schlafen. Hat nicht mal zwei ganze Sätze mit uns gesprochen, so sehr war sie in Sorge um dich." Odz lehnt sich nahe an Kesetiaan heran und flüstert: „Wärst du nicht aufgewacht, wäre sie wohl daran zerbrochen. Malika ist nicht der einzige Mensch, dem du etwas bedeutest."

Damit entfernt sich der Schlangenbär wieder und kehrt zurück in das Innere des Hauses. Noch lange sitzt Kesetiaan auf der Veranda und denkt nach. Mit den ersten Sonnenstrahlen allerdings hält er es nicht mehr aus und steht kurzerhand auf.

Ziellos wandert er am Strand entlang. Der Sand fühlt sich seltsam und ungewohnt unter seinen Hufen an. Es fällt ihm schwer, darauf zu gehen, ohne ständig einzusinken. Da war Kesetiaan selbst der moosige Untergrund im Skógur lieber.

Die Umgebung entspricht erschreckend genau seinem Traum. Nur dass die Konturen nicht verwischen und das Licht natürlich wirkt. Das Einzige, was in seiner Traumwelt gefehlt hat, war das kleine Holzhaus, das sich direkt am Strand befindet. Es steht leicht schief, bietet aber genug Platz für eine ganze Horde Schlangenbären. Dennoch leben Arj und Odz nur zu zweit hier. Eine Weile betrachtet Kesetiaan das Haus. Dann lässt er seinen Blick und seine Gedanken schweifen.

Selbst von hier erscheint ihm die Felswand gigantisch und der Gipfel des Vulkans schier unerreichbar.

Kaum zu glauben, dass wir da erst vor wenigen Tagen oben waren, denkt er und schüttelt den Kopf dabei. Dann geht er weiter.

Er hat Malika zwar endlich gefunden, aber das Wiedersehen lief absolut nicht so, wie er es sich erhofft hat. Unzufrieden mit sich selbst kickt er Muscheln und Kiesel durch den Sand und sieht zu, wie sie von den Wellen verschluckt werden.

So sehr Kesetiaan es auch versucht, er kann nicht damit aufhören, an Malika und diesen unheimlichen Traum zu denken. Es macht ihn wahnsinnig, dass er nicht weiterkommt und alles, was er unternimmt, anscheinend sinnlos ist. Sein ganzes Leben schon fühlt er sich so nutz- und machtlos. Als wäre es sein Schicksal, dass er anderen immer nur Probleme bereitet, ohne selbst je etwas zu erreichen.

Von hinten nähern sich ihm träge Schritte, unter denen der Sand leise knirscht. Kesetiaan dreht sich nicht um, da er annimmt, es wäre Granny, die ihn zum Essen holt. Als sie auch nach einer Weile nichts sagt, sieht er auf und wendet sich ihr zu.

Vor ihm im Sand steht nicht die alte Frau und genauso wenig einer der beiden Schlangenbären. Er erkennt das Orakel wieder, dass ihn vor nicht allzu langer Zeit hinters Licht geführt und Granny in diese Welt gebracht hat. Wie Satya einfach nur dasteht und schweigt, entfacht Kesetiaans Zorn.

„Du! Du bist schuld an alledem! Deinetwegen ist Granny hier und ständig in Gefahr. Du wusstest das mit Malika, nicht wahr?!" Kesetiaan brüllt so laut, dass er sich für einen Moment vor sich selbst erschrickt. „Wie kann ich sie retten? Sag mir wie!"

„Gar nicht. Dafür ist es längst zu spät."

Satyas Gesicht wird wie bei ihrem ersten Treffen von einem dunklen Tuch verdeckt. Es ist Kesetiaan nicht möglich, herauszufinden, ob ihn der Wutausbruch amüsiert oder sogar langweilt. Zudem ist die

Stimme des Orakels derart monoton, dass er ihm am liebsten ins Gesicht schlagen würde. Da Kesetiaan jedoch nicht aus Versehen die zerstörerische Kraft in seinem Inneren aktivieren will, bleibt ihm nur, mit den Zähnen zu knirschen.

„Wozu das alles? Was war dein Plan? Du hast Granny hierhergeholt, hast gesagt, sie würde mir helfen, Malika zu finden.“

„Und das hat sie auch. Du hast sie gefunden.“

Ihm entgeht nicht, wie Satyas Hand bei der Antwort zuckt. Eine merkwürdige Reaktion, doch sie bringt Kesetiaan dazu weiterzureden.

„Nein, das habe ich nicht. Das war nicht Malika.“

Erneut zuckt die Hand und Satya beugt sich zu ihm vor. Dabei verrutscht das Tuch weit genug, um einen kleinen Teil seines Gesichts zu offenbaren. Die Augen des Mannes erstrahlen in einem klaren Violett und hinter der Iris wabert etwas Dunkles.

Seit Kesetiaan das Labyrinth verlassen hat, sind ihm viele Wesen begegnet und immer wieder hat er diesen Schatten in ihren Augen gesehen. Bei den Menschen im Fliederdorf und ebenso bei Malika. Selbst bei dem Raben im Wald sah er dieses merkwürdige Etwas.

„Armer Kesetiaan. Du glaubst immer noch, dass es so leicht wäre. Nichts passiert einfach so. Ich gab dir die Duuliye an die Seite, damit du den Weg findest. Nie habe ich behauptet, dass du Malika retten könntest.“

Satya hält inne und tritt an ihm vorbei. Er starrt hinaus aufs Meer, und als Kesetiaan seinem Blick folgt, bemerkt er den Ewalu am Horizont. Er ist so weit weg, dass nur seine Silhouette erkennbar ist. Ein Schauer lässt Kesetiaan erzittern und er ist über die große Distanz zu Xwedayê erleichtert.

Aber ist es ein Zufall, dass sich der Mondgott ausgerechnet jetzt zeigt, wo Satya hier ist?

„Weißt du, was ein Duuliye ist, Kesetiaan?“ Er schüttelt den Kopf und Satya spricht weiter. „Es heißt, Duuliye sind Weltenwanderer.

Hangaia wählt sie in schweren Zeiten an eigentlich unerreichbaren Orten aus, damit sie herkommen und helfen."

„Dann sind sie Helden?"

Trocken lacht der Mann auf und schüttelt amüsiert den Kopf.

„Keine Ahnung, woher du diese absurde Idee nimmst. Sie sind einfache Wanderer und ihre Aufgaben manchmal so klein, dass man sie beinahe als unbedeutend bezeichnen könnte."

Kesetiaan macht einen Schritt auf ihn zu.

„Wozu ist Granny dann hier?"

„Wer weiß. Vielleicht um einen Kuchen zu backen?"

„Der jemanden heilen kann?"

Satya lacht und wendet sich vom Horizont ab. Erneut erhascht er dabei einen Blick unter das Tuch. Irgendetwas an dem Gesicht darunter lässt Kesetiaan innehalten. Obwohl ein Lächeln auf den schmalen Lippen liegt, kommt es ihm so vor, als würde Satya große Schmerzen empfinden.

„Wohl eher einen, der besonders lecker ist."

„Das ist alles? Dafür hast du sie hergeholt? Für einen Kuchen?" Entrüstet verschränkt er seine Hände vor der Brust.

„Warum nicht? Ich kenne ihre Aufgabe nicht, genauso wenig wie sie selbst. Es könnte womöglich etwas noch Nichtigeres sein und dennoch so bedeutsam und wichtig, dass es Einfluss auf alles andere nimmt. Und wer weiß, vielleicht reicht das schon aus, um unser aller Schicksal zu verändern."

„Wie?"

„Indem sie einfach da ist."

Obwohl der Mann so spricht, als ginge ihn all das im Grunde nichts an, als wäre Granny ohne jede Bedeutung für ihn, spürt Kesetiaan, dass das nicht stimmt. Sie ist wichtig. Nicht nur für ihn. Satya hat sie mit seiner Hilfe hergeholt und ganz offensichtlich nicht, um ihren Kuchen zu essen.

Unbewusst hat sich das Orakel Kesetiaan gegenüber weit mehr geöffnet als geplant. Auch Satya bemerkt diesen Fehler und verzieht sein Gesicht zu einem freudlosen Lächeln.

„Wir sind uns ähnlicher, als du glaubst, Kesetiaan."

„Das bezweifle ich!", entgegnet er entrüstet. Das Letzte, was er möchte, ist, mit einer so zwielichtigen Person Gemeinsamkeiten zu haben.

Wieder lacht Satya auf und betrachtet Kesetiaan für einen Moment. Dann flüstert er: „So viel Schmerz und Einsamkeit musstest du erleiden, nachdem du aus den Armen deiner Mutter gerissen und in eine Welt gestoßen wurdest, die dich verachtet. Vermisst du sie manchmal, die Dunkelheit, in der du aufgewachsen bist?"

Erschrocken weiten sich Kesetiaans Augen und er fühlt sich in die endlosen Flure des Labyrinths zurückversetzt. Er spürt die Kälte auf seiner Haut kribbeln und hört die verzweifelten Schreie der Glücklosen, die dort ihr Ende fanden.

„Ich sagte ja, wir sind uns ähnlich", flüstert Satya. Er dreht sich um und seine Gestalt löst sich mit jedem Schritt weiter auf. Kurz bevor er ganz verschwindet, erkennt Kesetiaan den Schatten aus seinem Traum in ihm wieder.

Obwohl das Orakel ihn nicht mehr hören kann, spricht Kesetiaan mit fester Stimme: „Ich werde nicht zulassen, dass du Granny zu nahekommst. Ich werde es zu verhindern wissen, dass du ihr Leben gefährdest. Koste es, was es wolle!"

KAPITEL 17

Mit Liebe gebacken

„Kenny!"

So laut sie kann, schreit Granny durch den Wald. Die Omusajja ignorieren sie und drücken Kesetiaan gewaltsam zu Boden, während sie selbst außer Sichtweite verschleppt wird. Sie wehrt sich mit Händen und Füßen, schlägt und strampelt wie eine Wilde, doch die Wurzeln ziehen sich fester um ihren Körper. Sie entkommt ihnen nicht.

Verzweifelt stemmt sie sich dennoch immer wieder dagegen und tritt sogar einem ihrer Entführer mit Wucht ins Gesicht. Mit einem lauten Knacken zerbricht die Holzmaske und fällt zu Boden. Darunter kommt ein halb verwestes Antlitz zum Vorschein. Wurzeln winden sich um die Knochenreste und halten den Kiefer an Ort und Stelle. Maden hängen an den Hautfetzen.

Granny erschrickt ob des grausigen Anblicks und vergisst dabei, den Moment für ihre Flucht zu nutzen. Jäh wird sie zu Boden geworfen. Schmerzhaft kommt sie auf und landet auf etwas Spitzem.

Schmerz breitet sich an ihrer Hüfte aus und geschockt hält sie sich die blutende Wunde. Da bemerkt sie erst, wie die Waldmenschen einen Schritt zurücktreten und jemandem Platz machen.

Eine Frau tritt aus dem Nebel zwischen den Bäumen und kommt auf sie zu. Sie hat lange dunkelbraune Haare, die sich leicht wellen, und smaragdgrüne Augen. Ihr Körper wirkt zart und zerbrechlich. Fast wie eine Puppe. Granny geht davon aus, dass es sich bei ihr um Malika handelt, da sie durchaus eine Ähnlichkeit zwischen ihr und Kesetiaan erkennt. Weniger was das Aussehen, als vielmehr die Ausstrahlung angeht.

Eisig starrt die Frau auf Granny nieder und reicht ihr schließlich die Hand. Ein seltsames Gefühl macht sich in ihr breit.

Diese kalte Frau soll mit meinem herzlichen Kenny verwandt sein? Von ihr hat er so liebevoll gesprochen? Das kann ich nicht glauben ...

Das Misstrauen lässt Granny vorsichtig werden. Statt die Hand zu ergreifen, kommt sie von selbst auf die Beine, um dann erneut in diese kalten grünen Augen zu sehen. Auch in ihnen entdeckt sie einen Schatten, so seltsam und unheilvoll wie schon bei den Bewohnern vom Fliederdorf.

„Deine Aufgabe ist erfüllt", bemerkt Malika. „Du hast Kesetiaan zu mir gebracht und kannst nun gehen." Mit einem abschätzigen Blick wendet sie sich ab.

Granny versteht zwar ihre Worte, nicht aber den Sinn dahinter und greift deshalb nach ihrer Hand, um Malika zurückzuhalten.

„Was soll das heißen?"

„Das heißt, dass du nun überflüssig bist, aber ich bin so gütig und lasse dich leben."

Malika schüttelt die Hand mühelos ab. So leicht lässt sich Granny aber nicht abwimmeln. Wieder greift sie nach der zierlichen Frau. Diesmal so kräftig, wie es ihr möglich ist. Weiß treten ihre Knöchel hervor und sie kann Malikas dumpfen Puls wahrnehmen, der für einen Moment auszusetzen scheint. Unregelmäßig und wirr spürt sie das Pulsieren, das keinem nachvollziehbaren Rhythmus folgt.

„Du hast ihn allein gelassen und bringst Kenny mit deinen Handlungen in Gefahr! So etwas tut man seiner Familie doch nicht an", empört sich Granny und spürt, wie Malikas Puls schneller wird.

Die Frau wendet sich Granny zu, ihr Blick ist völlig leer. Nicht die kleinste Regung ist in ihrem Gesicht zu erkennen, keine Zuneigung für ihren Bruder oder gar die Panik, die sich in ihrem Puls widerspiegelt. Sie wirkt so emotionslos wie eine Wachspuppe.

„Es geht dich nichts an, wie ich mit meinem Bruder umgehe. Du bist nur hier, damit der Nichtsnutz sich nicht verläuft."

Dieses Mal reißt sie ihre Hand mit einem gewaltigen Ruck aus Grannys Umklammerung und wirft sie wieder zu Boden. Plump landet sie auf dem Hintern, ihr Blick jedoch bleibt an der braunhaarigen Frau hängen. Tief blickt sie in ihre Augen.

Es heißt, Augen seien ein Spiegel der Seele. Aber wenn das stimmt, dann ist Malikas Seele voller Schatten. Kann das wirklich Kesetiaans Schwester sein? Woher nur kommt all diese Dunkelheit?

Ein Krächzen erschallt von einem der Bäume und beim Aufsehen erkennt Granny einen pechschwarzen Raben. Er stößt sich von einem dürren Ast ab und landet geräuschlos neben ihr auf einem Stein. Während er sie mustert, befiehlt er krächzend: „Geh jetzt, Malika, und rede mit dem Stierdämon. Bring ihn zum Aufgeben oder töte ihn. Die alte Frau ist nun nicht mehr deine Angelegenheit."

Der Vogel wird von einem dichten schwarzen Nebel umhüllt. Seine Federn und Augen sind ohne jeden Glanz und wirken wie die eines toten Tieres. Unangenehm weht Granny ein intensiver Schwefelgeruch entgegen und sie verzieht das Gesicht.

Malikas Haltung ändert sich nach den Worten schlagartig und sie geht fort, ohne Zeit zu verlieren. Noch ehe Granny sie erneut zurückhalten kann, verschwindet die Gestalt der Frau zwischen den Bäumen. Die Omusajja folgen ihr und Granny bleibt mit dem Raben allein zurück. Schweigend betrachten sie einander.

Ihr fällt auf, dass sie sich weder vor dem Tier fürchtet, noch sich sonderlich darüber wundert, dass es sprechen kann. Das Einzige, was sie merkwürdig findet, ist, dass der Vogel anscheinend das Sagen hat.

Er ist es, der Malika Befehle erteilt. Ist er der Grund, weshalb sie verschwunden ist?, fragt sie sich und haucht: „Wer bist du?"

Der Rabe legt den Kopf schief und scheint zu überlegen.

„Ich bin niemand", antwortet er. „Aber ich will jemand sein. Das wirst du nicht verstehen, dennoch hat alles, was passiert, einen Grund."

„Dann gehört alles was bisher passiert ist zu deinen Machenschaften? Du hast Malika ..."

„Ich gab ihr nur, wonach sie sich gesehnt hat."

„Sie hat sich gewünscht, ihren Bruder zu quälen?"

„Ich sagte ja, du würdest es nicht verstehen. Ich habe sie aus ihrem qualvollen Leben befreit, in dem sie einzig für den Dämon existierte."

Verständnislos schüttelt Granny den Kopf und flüstert: „Du hast recht, das verstehe ich tatsächlich nicht. Immerhin haben sie schmerzliche Zeiten gerade deshalb überstanden, weil sie zu zweit waren."

Nach allem, was Kesetiaan mir erzählt hat, kann ich nicht glauben, dass Malika so ein Mensch ist. Dass sie es als qualvoll erachtet hat, sich um ihren Bruder zu kümmern. Aber warum verhält sie sich dann so? Was, wenn ... es eine Möglichkeit gibt, jemanden so zu manipulieren, dass er zu einer Marionette wird? Das würde Malikas Verhalten erklären und den Kontrast zu ihrem Inneren. Sie weiß, was vor sich geht, kommt aber nicht dagegen an.

Granny denkt gut darüber nach, ehe sie dem Raben schließlich entgegnet: „Hör auf, den Leuten deinen Willen aufzuzwingen und sie zu lenken. Lass Malika ihre Entscheidungen allein treffen und du wirst sehen, dass sie Kenny gar nichts tun möchte."

Der Vogel betrachtet sie voller Mitleid.

„Dafür ist es längst zu spät." Er krächzt und schüttelt sein Gefieder. „Du bist klug, alte Frau. Aber das reicht nicht. Zu lange arbeite ich schon darauf hin, dass diese Welt meine Existenz anerkennt, um nun aufzugeben. Ich habe Hangaia bereits erzürnt." Wieder krächzt er. „Schließlich habe ich sie um einen ihrer kostbaren Helden betrogen, als ich dich hierherrufen ließ. Doch sobald du deine Aufgabe erfüllt hast, wird sie dich zurückbringen."

Er spreizt seine Flügel und erhebt sich in die Lüfte. Einmal fliegt er um Granny herum und betrachtet sie von allen Seiten. Ehe er gänzlich zwischen den umstehenden Bäumen verschwindet, richtet er noch ein letztes Mal das Wort an Granny: „Es tut mir leid, dass ich dich mit hineingezogen habe. Ich hatte nie die Absicht, dich in Gefahr zu bringen. Aber mir blieb nichts anderes übrig."

Stille kehrt ein und der Wald wirkt wie verwaist. Ein Schauer kriecht Granny unter die Haut und sie schüttelt sich. Dabei wird sie sich der Schmerzen an ihrer Hüfte wieder bewusst und ebenso, dass es noch nicht zu Ende ist. Eilig erhebt sie sich und läuft in die Richtung, in die Malika zuvor verschwunden war. Sie muss Kesetiaan vor ihr erreichen und warnen.

„Du siehst so traurig aus", murmelt Arj und reißt Granny aus ihren Erinnerungen.

Obwohl die Erlebnisse im Wald schon ein paar Tage her sind, verfällt sie immer wieder in Tagträume. Dabei erlebt sie die Gespräche mit Malika und dem Raben erneut. Es dauert einen Moment, bis die Kälte des Skógur aus ihrem Körper weicht und die Ereignisse in den Hintergrund treten.

Gequält lächelt sie die Schlangenbärenfrau an und denkt zurück an ihr Gespräch mit Kesetiaan. Kurz nachdem er aufgewacht war, hat Granny ihm von ihrer Begegnung im Skógur erzählt.

„Ich bin mir nicht sicher und habe auch keine Beweise, aber es könnte sein, dass Malika das alles nicht freiwillig tut", äußerte sie ihre Vermutung. Kesetiaan hörte ihr nur schweigend zu. Er wagte es nicht, darauf zu hoffen, dass Malika wirklich noch zu retten ist. Aber sein

Herz pochte aufgeregt und sein Kopf suchte bereits nach einer Lösung, um sie aus der Kontrolle des Raben zu befreien.

Auch Granny schöpft Hoffnung, dennoch bleibt sie zurückhaltend. Mit diesem Gedanken antwortet sie Arj: „Ich mache mir nur Sorgen, das ist das Los einer Mutter."

Arj sieht durchs Fenster und denkt kurz über die Worte nach, ehe sie entgegnet: „Ihr habt beide eine schwere Last zu tragen."

Granny nickt und klatscht laut in die Hände. Dabei spürt sie die Wunde an ihrer Hüfte brennen. Obwohl die Schlangenbären sie verarztet haben, schmerzt sie immer noch und quält Granny.

„So, genug Trübsinn geblasen! Ich muss positiv denken. Malika ist schließlich nicht tot, nur etwas schwerer zu erreichen als erwartet. Es gibt noch Hoffnung."

Sich selbst zunickend bildet sich bereits eine Idee in ihrem Kopf, mit der sie Kesetiaan helfen kann. Er steckt in einem dunklen Loch und Granny kennt die perfekte Lösung, um ihn da wieder herauszuholen.

„Ich brauche deine Hilfe. Und deine Küche!", verkündet Granny freudestrahlend und sieht Arj mit neu erweckter Zuversicht an.

Lächelnd nickt die Schlangenbärenfrau und sie gehen gemeinsam in die Kochstube. Es ist ein Raum wie aus den Mittelalterdokus, die manchmal in Grannys altem Röhrenfernseher laufen. Ein Steinbackofen nimmt eine ganze Seite der Küche ein. Daneben steht ein morscher Holztisch, auf dem sich Schüsseln und Töpfe aus Lehm stapeln. An den Wänden hängen Kräuter, Knoblauch und getrocknete Früchte, die allesamt für ein unvergleichliches Duftbouquet sorgen.

Eine kleine Tür führt in einen weiteren Raum, der an eine Mischung aus Backstube und Vorratsraum erinnert. Überall stehen Krüge mit Lebensmitteln und in der Mitte des Zimmers befindet sich ein hüfthoher Steinquader, auf dem Mehlreste zu sehen sind.

Die Räume sind deutlich geräumiger als bei Granny zu Hause. Das erklärt sich dadurch, dass die Schlangenbären mehr Platz brauchen, um nicht überall hängen zu bleiben. Immerhin haben sie die Größe von ausgewachsenen Braunbären und dazu noch den langen Hals.

Da Granny nicht weiß, ob und was ihr in dieser Welt an Zutaten zur Verfügung steht, sagt sie zu Arj: „Ich möchte einen Kuchen backen, aber ich fürchte, ich habe keine Ahnung, was sich dafür eignet."

Dank ihren zahlreichen Unterhaltungen mit den Bäckerbären weiß sie bereits, dass es in dieser Welt keine Schokolade oder Rohrzucker gibt. Etwas ungünstig, doch davon lässt sich Granny nicht abhalten und vertraut stattdessen auf Arjs Wissen.

„Wenn das so ist, zeige ich dir, was ich normalerweise dafür verwende. Vielleicht kannst du damit ja etwas anfangen."

Arj geht direkt zu einem Regal im hinteren Teil der Backstube und deutet auf einen Bottich mit beigem Pulver. „Hier ist unser Mehl, Odz stellt es selbst her. Wir nehmen Nussfrüchte dafür her."

Sie hält Granny eine dieser Nüsse mit ihrer gespaltenen Zunge entgegen. Überrascht fällt ihr auf, dass es sich dabei um eine Mandel handelt. Sie ist zwar so groß wie ihre ganze Hand, aber ein Stück der Nuss probierend bestätigt sich Grannys Vermutung. Sie genießt den leicht süßlichen Geschmack, der sich in ihrem Mund entfaltet.

Dann deutet Arj auf eine Schüssel.

„Das ist Hirschhornsalz. Damit werden die Brote schön fluffig und das daneben sind Yulan-Eier. Yulan sind Blumenvögel, die während der Brutzeit im großen Tal leben. Die Eier sind süß und kristallisieren, wenn man sie öffnet."

„Kristallisierende Eier? Wie aufregend, das würde ich nur zu gerne sehen!"

Im Kopf geht Granny das Spezialrezept für ihren ganz besonderen Schokokuchen durch und überlegt, wie sie es an die Lebensmittel, die ihr zur Verfügung stehen, am besten anpasst. Sie wird zwar improvisieren müssen, doch ist sie zuversichtlich, dass es klappen wird. Das Wichtigste jedoch fehlt.

„Eine Sache brauche ich noch." Zum ersten Mal fällt Granny auf, dass sie nicht wirklich weiß, wie sie jemandem den Geschmack von Schokolade beschreiben soll, der nie welche gegessen hat. „Stell dir eine Frucht vor, die in ihrem rohen Zustand extrem bitter und herb ist – so sehr, dass man sie kaum essen kann. Wenn sie aber richtig verarbeitet wird, entfaltet sich ein reiches und vielfältiges Aroma. Sie wird süß, samtig und es entstehen komplexe Geschmacksnoten, die an Vanille, Nüsse und sogar fruchtige oder blumige Töne erinnern."

Mist, da habe ich im Grunde nur noch mehr Wörter gefunden, die ich erklären muss. Ob Arj weiß, wie Vanille schmeckt? Sollte ich ihr den Geschmack von weißer oder Zartbitterschokolade ebenfalls beschreiben?

Überlegend sieht sich die Schlangenbärenfrau in ihrer Stube um. Sie geht von einem Topf zum anderen und schaut hinein. Wirklich zufrieden wirkt sie dabei nicht.

Ein Kopf streckt sich durch die Tür und Odz macht mit einem Räuspern auf sich aufmerksam.

„Wie wäre es, wenn du das hier mal probierst?"

Er hält Granny eine Art Bohnenschote entgegen. Die Schote ist versehen mit seltsamen schwarzen und grünen Mustern, und als sie sie in die Hand nimmt, fühlen sich die marmorierten Stellen weich an.

Mit Odz' Erlaubnis öffnet Granny die Schote und entdeckt im Inneren viele kleine orange- und grünfarbene Kugeln, die sie an die Softairkugeln ihres Enkels erinnern. Sie pult sich eine heraus und steckt sie in den Mund. Sofort breitet sich ein intensiver schokoladiger Geschmack mit Karamellnote aus.

Begeistert seufzt sie auf und genießt den Luxus, endlich mal wieder etwas Süßes zu essen. Es erinnert sie an ihren Enkel, für den sie stets Süßkram zu Hause gebunkert hat. Hätte sie jetzt noch eine Packung Salzstangen und schwarzen Tee, wäre sie der glücklichste Mensch auf Erden.

„Genau so was hab ich gesucht! Wie heißt das?"

„Das sind Tiakarete-Bohnen, die haben wir damals vom Festland mitgenommen. Was macht ihr eigentlich?", fragt Odz und sieht zwischen seiner Frau und Granny hin und her. Während Arj es ihm erklärt, sammelt Granny alle Zutaten zusammen und legt sie auf dem Steinblock ab.

Dass sie keine Waage hat, macht ihr nichts aus; sie backt bereits so lange, dass sie im Gefühl hat, welche Mengen sie benötigt. Auch wenn sie in diesem Fall auf Arj vertrauen muss, da sie die Zutaten nicht kennt und nicht weiß, ob sie sich beim Backen so verhalten wie in ihrer Welt.

Die Schlangenbären helfen ihr tatkräftig. Odz verarbeitet frische Milch zu Butter und Arj feuert den Steinofen an. Granny mischt derweil das Nussmehl, das Hirschhornsalz und einen Schluck Milch zusammen. Dann mahlt sie in einem Mörser die Tiakarete-Bohnen zu Pulver und gibt sie dazu.

Danach sieht Granny skeptisch dabei zu, wie Arj mit einem großen Hammer auf die seltsamen Eier einschlägt und eilig die Schale entfernt.

„Schau gut hin, gleich kristallisieren sie", informiert Arj sie. Und tatsächlich verändert sich die Form des flüssigen Eiweiß; nach nur wenigen Sekunden sieht es aus wie ein Bergkristall mit goldenem Kern. Granny tippt mit dem Finger dagegen – es ist steinhart.

„Wow, das ist unglaublich. Wie funktioniert das?"

„Sie reagieren auf Sauerstoff. Kaum bricht die Schale, dauert es nur einen Moment und schon ist alles fest. Deshalb darf man auch nicht zimperlich sein. Steckt das Ei dann nämlich noch in der Schale, ist es nicht mehr zu gebrauchen."

Arj legt den Eikristall in eine große Lehmschüssel und stellt diese anschließend in den Steinofen. Dann erklärt sie weiter: „Die Hitze lässt die Kristalle wieder schmelzen. Danach dauert es mehrere Tage, bis sie sich erneut bilden. Die Eierschale jedoch würde den Schmelzvorgang verhindern."

„Stocken die Eier denn gar nicht?"

Arj schüttelt den Kopf.

„Nein, das kann nicht passieren. Sind sie aber erst mal flüssig und werden mit dem Hirschhornsalz vermischt, sind sie ein gutes Bindemittel. Du wirst sehen, sie werden sich toll in deinem Kuchen machen."

Granny lächelt und vertraut ihr. Sie nimmt die fertig aufgeschlagene Butter und rührt sie unter das Mehlgemisch.

Kaum hat sie alles zu einer glatten Masse geknetet, reicht Odz ihr die flüssigen Eier. Zwar verwirrt Granny die klebrige Konsistenz, aber sie gibt sie schulterzuckend zum Teig dazu. Weiterknetend bemerkt sie, dass dieser nun eher einem Keksteig ähnelt.

„Oje, ich fürchte, er ist zu fest geworden."

„Nein, nein, mach dir keine Sorgen", versichert Odz. „Das ist schon richtig so. Je fester er jetzt ist, desto weicher ist er nach dem Backen."

„Nun, wenn du das sagst, dann wird das wohl so stimmen."

Sicher ist Granny sich nicht, da es jeglicher Logik widerspricht. Andererseits gilt das auch für die verwendeten Zutaten. Noch mal mit der Schulter zuckend nimmt sie es hin und ist bereits auf das Ergebnis gespannt.

Gemeinsam legen die drei den Teig auf ein schweres Steinbrett und schieben es in den Ofen. Schon nach wenigen Minuten ist das ganze Haus von süßlichem Kuchenduft erfüllt.

Tief nimmt Granny den Geruch in sich auf und fühlt sich in ihr Zuhause zurückversetzt. Für einen Moment vergisst sie, wo sie ist, und denkt an ihre kleine Küche, von der aus sie die Wanderer beobachten kann. Der Frieden zaubert ihr ein Lächeln auf die Lippen und sie fühlt sich endlich wieder frisch und voller Tatendrang. Was so ein bisschen Normalität alles bewirkt, überrascht sie, doch im Grunde freut sie sich darüber.

Während sie darauf wartet, dass der Kuchen fertig wird, sieht Granny sich noch etwas in der Backstube um. All die Töpfe und Schüsseln mit ihren Inhalten faszinieren sie. Es kommt ihr vor wie eine Wunderwelt der Aromen und sie kann sich kaum davon abhalten, an jedem Topf zu schnuppern. Sie entdeckt sogar fluffige weiße Früchte, die nach dem Schälen wie Marshmallows aussehen und schmecken. So gerne würde sie die ihrem Enkel zeigen. Da dieser allerdings nicht hier ist, beschließt sie, dass Kenny nachher herhalten und sie probieren muss.

„Granny, dein Kuchen ist fertig", informiert Odz sie. „Ich werde mal den Jungen reinholen, dann können wir gleich zusammen essen." Odz hat die Wartezeit genutzt, um Fleisch und Gemüse für das Mittagessen anzubraten und im Nebenzimmer anzurichten.

Gemeinsam mit Arj holt Granny den Kuchen aus dem Ofen. Er wackelt fröhlich vor sich hin und erinnert sie an die Käsekuchen aus den japanischen Dokumentationen. Sie stellen das Gebäck zum Abkühlen auf den Steinblock und gehen in den Nebenraum.

Kenny sitzt bereits am Tisch und wirkt noch nachdenklicher als die letzten Tage. Er schweigt und isst fast schon apathisch sein Fleisch.

Was wohl passiert ist? Ich dachte, es würde ihm langsam besser gehen. Aber da habe ich mich anscheinend geirrt.

Granny hofft, dass ihr Kuchen die Stimmung retten kann.

Kaum ist der letzte Gemüsehappen verschlungen, meldet sie sich zu Wort und verkündet: „Ich habe eine Überraschung für dich, Kenny. Warte kurz."

Sie springt auf und eilt in die Küche davon. Lauwarm und fluffig steht der Schokokuchen bereit. Einzig die Glasur hat sie vergessen, nur so schnell fällt ihr keine Alternative ein.

„Das passt ausnahmsweise. Beim nächsten Mal gibt es aber einen Kuchen mit extra viel Glasur", murmelt sie und holt ein Küchenmesser und vier Schalen.

Sie schneidet ihn in großzügige Stücke. Auch von innen sieht er lecker aus und unterscheidet sich optisch kaum von den Kuchen, die sie sonst macht. Der Duft verspricht bereits einen wundervollen Geschmack.

Mit vor Stolz geschwellter Brust stellt Granny die Schalen auf dem Tisch ab und schiebt jedem eine zu. Erwartungsvoll betrachtet sie Kesetiaan, der verwundert das Gebäckstück mustert.

Tief atmet er den Geruch ein und Feuchtigkeit sammelt sich in seinen Augen. Seine Unterlippe fängt an zu beben und kaum hörbar haucht er: „Warum?"

Leidvoll sieht er zu Granny auf und lässt es zu, dass sie ihm sanft einige Tränen aus dem Fell wischt. Sie setzt sich neben ihn und flüstert zurück: „Weil Schokoladenkuchen die Macht hat, Wunden zu heilen, die wir Menschen nicht erreichen können." Sie greift nach seiner Hand und drückt sie leicht.

Kesetiaan nickt und löst ein Stück vom Kuchen ab, um ihn zu probieren. Während sich das Aroma in seinem Mund entfaltet, spricht Granny weiter.

„Wir haben das gemeinsam angefangen, also werden wir es auch genauso beenden."

Ihre aufrechte Haltung zeugt von Grannys Entschlossenheit.

Denn der Rabe hat etwas ganz Wesentliches nicht verstanden, das für Granny längst klar ist; Kesetiaan ist ein Teil ihrer Familie und für diese kämpft sie bis zum Ende. Selbst wenn dieses unvermeidbar ist und vielleicht kein Happy End birgt, sie wird diesen Weg auf jeden Fall weitergehen. Keiner – weder Kultisten, Waldzombies noch sprechende Raben oder andere Schreckensgestalten – kann sie davon abhalten.

Sie unterbindet Kesetiaans „Aber ..." mit einem sanften Lächeln.

„Ich lasse dich nicht im Stich, mein Kind, unter keinen Umständen!"

Damit ist die Sache für sie geklärt. Mit neuen Tränen in den Augen umarmt Kesetiaan sie fest und sie tätschelt seinen Rücken.

„Du bist wie ein Sohn für mich, ob nun blutsverwandt oder nicht. Ich würde für dich alles tun, genau wie für meine Kinder Elain und Thomas."

Granny ist dem Raben nicht böse, sondern dankbar. Dank ihm durfte sie Kesetiaan kennenlernen und kann ihm in diesen schweren Zeiten beistehen. Genau jetzt braucht er sie – mehr denn je.

Grannys Schokokuchen

Zutaten:
- 250 g Butter
- 175 g Zucker
- 1 Pck. Vanillezucker
- 4 Eier
- 300 g Mehl
- 4 TL Backpulver
- 30 g Kakaopulver
- 150 ml Milch
- 100 g Kuvertüre

Anleitung:

1. Heize den Ofen auf 160°C Umluft vor.
2. Gib die Butter in eine Rührschüssel und schlage sie mit Zucker, Vanillezucker und eine Prise Salz auf, bis alles schön geschmeidig ist.
3. Rühre als nächstes die Eier einzeln unter.
4. Vermische das Mehl mit Backpulver und Kakao und gib das ganze abwechselnd mit der Milch zur Buttermasse.
5. Zum Schluss schmelze die Kuvertüre im Wasserbad und verrühre sie mit dem Teig.
6. Fülle den Teig in eine gefettete Springform und stelle ihn für etwa 40 Minuten in den Ofen.

Tipp:

Mit Schokoglasur und geschlagener Sahne schmeckt der Kuchen direkt noch besser!

Portionen: 1 Kuchen mit ca. Ø 26 cm
Zeitaufwand: ca. 80 Minuten
Schwierigkeitsgrad: leicht

KAPITEL 18

Erinnerungen

Obwohl Kesetiaan nach dem gemeinsamen Essen früh zu Bett gegangen ist, kann er nicht schlafen. Stundenlang liegt er wach und lässt seine Gedanken schweifen.

Seit seinem Gespräch mit dem Orakel war Kesetiaan mehrfach am Strand, um nachzusehen, ob Xwedayê näherkommt. Immer wieder schweift sein Blick furchtsam zum Fenster.

Die Gestalt des gigantischen Gottes ist so weit entfernt, dass es ihm vorkommt, als würde sie mit dem Horizont verschmelzen. Das macht es für Kesetiaan leichter, ungestört nachzudenken. Er hat sich noch nicht entschieden, ob ihm nun der Gott oder das Orakel mehr Angst bereitet.

Bei allem, was passiert ist, ist ihm ein Gedanke gekommen, den er unbedingt klären möchte, ehe er erneut auf Malika trifft. Er beschließt, endlich seiner Vergangenheit auf den Grund zu gehen, und hofft, dass Granny die Idee ebenfalls für gut befindet und ihn begleitet.

Ohne auf die Morgensonne zu warten, springt Kesetiaan aus dem Bett und verlässt das Zimmer. Grannys Schlafzimmer liegt gegenüber von seinem. Vorsichtig klopft er an die Tür. Es dauert nicht lange, da wird sie geöffnet und Grannys verschlafenes Gesicht erscheint. Hinter ihr steht auf einem kleinen Tisch eine brennende Kerze und wirft gespenstische Schatten an die Wände.

„Kannst du nicht schlafen?", fragt sie sanft und ihre eigene Müdigkeit ist mit einem Mal wie weggeblasen.

Kesetiaan schüttelt den Kopf und verkündet: „Ich möchte zurück zum Labyrinth."

Erwartungsvoll sieht er sie an und wartet auf eine Regung. Während Granny über seine Worte nachdenkt, lässt sie ihn in ihr Zimmer eintreten und setzt sich auf das Bett. Er selbst bleibt stehen, da es keine weitere Sitzgelegenheit gibt.

„Warum möchtest du das tun?"

Darauf hat er gewartet. Seine Hände krampfen sich um den Stoff seiner Hose. Er sieht ihr direkt in die Augen.

„Ich habe dir ja schon mal gesagt, dass ich so gut wie nichts über meine Herkunft weiß. Nur das, was mir Malika erzählt hat. Aber sie hat ein Tagebuch zu den Ereignissen vor und nach unserer Flucht geführt. Ich bin mir sicher, dass es noch im Labyrinth liegt, und ich möchte es lesen. Vielleicht verstehe ich sie dann besser ... und mich selbst auch. Wenn es etwas gibt, womit ich sie retten kann, finde ich dort möglicherweise einen Hinweis darauf." Er atmet tief durch und sucht Grannys Blick. „Das hoffe ich jedenfalls."

Nachdenklich knetet sie sich die Hände und reibt sich über die Oberschenkel. Es tut Kesetiaan leid, dass sein Egoismus sie aus der heilen Welt, die sie bei den Schlangenbären gefunden haben, reißt. Aber er spürt, dass er gehen muss, und Granny lässt ihn nicht allein ziehen. Würde er sich davonschleichen, würde sie die Verfolgung aufnehmen und ihm den Hintern versohlen, sobald sie ihn einholt. Darauf ist er nicht gerade begierig und es würde sie beide nur unnötig in Gefahr bringen.

„Ich verstehe. Du scheinst dir das gut überlegt zu haben. Dann lass uns bei Tagesanbruch alles vorbereiten und gleich morgen losziehen."

„Danke", flüstert er erleichtert. Gerade als er sich umdreht, um das Zimmer zu verlassen, erhebt Granny noch mal das Wort.

„Warte bitte und setz dich zu mir."

Sie rutscht an den Rand des Bettes und macht Kesetiaan Platz. Etwas zögerlich lässt er sich nieder und betrachtet Granny von der Seite.

„Bevor wir das tun, erzähle ich dir eine Geschichte. Da wir zusammen reisen und ich dich längst als Teil meiner Familie betrachte, möchte ich, dass du weißt, wer ich bin."

„Das weiß ich. Du bist meine Granny, liebevoll und voller Güte. Du nimmst mich, wie ich bin, und gibst mir das Gefühl, besonders zu sein. Muss ich wirklich mehr wissen? Ist das nicht schon das Wichtigste?"

Granny lächelt, doch es erreicht ihre Augen nicht und sie wirkt traurig. Er sieht ihr an, dass es ihr viel bedeutet, sich Kesetiaan so zu öffnen. Und er freut sich über ihr Vertrauen.

„Meine Mama starb bei meiner Geburt. Das hinterließ ein riesiges Loch im Herzen meines Vaters. Es hat ihn unfähig gemacht, mich zu lieben. Besonders deshalb, weil ich ihr Ebenbild bin. Darum gab er mir auch ihren Namen – Greer."

„Das ist ein schöner Name. Was bedeutet er?", fragt Kesetiaan leise und empfindet kindliche Freude darüber, dass Granny ihm von sich erzählt. Gleichzeitig stimmt es ihn traurig, dass es wohl keine besonders fröhliche Geschichte ist. Es erinnert ihn an seine Kindheit mit Malika und das Wenige, was sie über ihre Eltern verraten hat.

Leicht schmunzelnd antwortet Granny: „Er bedeutet, die Wachsame' oder ,die Wächterin'. Apropos, welche Bedeutung hat eigentlich dein Name, Kenny?"

„Loyalität. Malika hat ihn mir gegeben."

„Da hat sie einen wirklich passenden Namen ausgewählt." Granny tätschelt Kesetiaans Oberschenkel und spricht weiter. „Mit dem Namen Greer habe ich mich nie wohl gefühlt. Es fühlte sich immer so an, als ginge es nicht um mich, sondern um meine Mutter. Selbst bei Menschen, die sie nie kennengelernt haben. Er gehört einfach nicht zu mir und deshalb nutze ich ihn auch nie. Stattdessen habe ich mir meistens andere Namen ausgedacht und genutzt."

„Warum erzählst du mir das?", fragt Kesetiaan zögerlich. Granny allerdings geht nicht auf die Frage ein und spricht einfach weiter.

„Obwohl das Verhältnis zu meinem Vater sehr schwer war, blieb ich bei ihm. Seine körperliche Verfassung war nicht gut und ich musste mich um ihn kümmern. Das war das erste Mal, dass ich das Glück eines anderen über das meine stellte und einen Traum aufgab. Ich wollte damals unbedingt das Dorf verlassen und in London Flugbegleiterin werden. Aber ich blieb und wurde Lehrerin."

„Entschuldige, aber ich weiß leider nicht, was das sein soll."

„Das macht doch nichts. Als Lehrerin habe ich Kinder unterrichtet und ihnen verschiedene Sachen beigebracht, besonders das Schreiben und Lesen. Aber ich wollte reisen und die Welt sehen. Als Flugbegleiterin arbeitet man in einer Art stählernem Vogel, der Menschen von einem Ort an einen anderen bringt, und das überall auf der Welt."

„So was geht? Das kann ich mir nicht mal vorstellen ..."

Granny lacht über seinen verwirrten Gesichtsausdruck und sagt: „Ich habe es wahrscheinlich auch schlecht erklärt. Da ich noch nie in einem dieser Metallvögel saß, kann ich dir auch leider nicht sagen, wie es sich anfühlt."

„Aber es war doch dein Traum! Warum hast du ihn nicht einfach später nachgeholt?"

„Weil es immer jemanden gab, der mich zurückhielt, und irgendwann war ich so daran gewöhnt, dass ich selbst zu meinem schwersten Anker wurde."

„Verstehe ... Und was wurde aus deinem Vater? Hat er sich wieder erholt?"

Traurig schüttelt Granny den Kopf.

„Nein. Er starb und ich blieb allein zurück. Zumindest für eine Weile. Dann traf ich Henry. Er hatte sich abseits der Wege in den Wäldern verlaufen und ich fand ihn beim Pilze sammeln. Als Dank führte er mich zum Essen aus. Sein Humor war absolut schrecklich und dennoch verstanden wir uns prächtig."

Granny kichert und versinkt für einen Moment in der Erinnerung. Sie dabei beobachtend bemerkt Kesetiaan, wie sich ihre Wangen leicht röten und sie gleich so viel lebensfroher wirkt. Dann schüttelt sie ihren Kopf und der Zauber verfliegt.

„Henry sollte eigentlich nur für ein paar Tage in dem kleinen Ort bleiben. Aber er blieb ganze 45 Jahre."

„Blieb er deinetwegen?"

„Ja. Wir haben nur wenige Monate nach unserem Kennenlernen geheiratet und Henry zog zu mir."

„Was habt ihr gemacht?"

Verständnislos starrt Kesetiaan sie an und Granny erklärt ihm, was es bedeutet, jemanden zu heiraten.

„Dann musst du ihn wirklich sehr geliebt haben, wenn du vorhattest, den Rest deines Lebens mit ihm gemeinsam zu verbringen."

Kesetiaan staunt darüber, dass es einen solchen Brauch bei den Menschen gibt. Er fragt sich, ob sich seine Eltern ebenfalls so geliebt haben wie Granny und Henry.

Breit grinsend stimmt Granny zu. „Das habe ich und ich wünschte, der Rest unseres Lebens hätte noch deutlich länger gedauert."

„Er starb?"

Sie nickt.

„Weißt du, Henry hat mein Leben auf den Kopf gestellt. Er hat mich so viel stärker gemacht, als ich es mir je erträumt hätte ..."

Beim Sprechen bricht ihre Stimme immer wieder. Es fällt ihr sichtlich schwer, dennoch quält sie sich durch die Worte. Sie macht eine lange Pause und wirkt dabei so verloren und allein, dass sich Kesetiaan nicht traut, irgendwas zu sagen. Stattdessen legt er ihr einen Arm um und drückt sie sanft an sich.

„Er starb. Als Ordnungshüter war er oft in gefährlichen Situationen. Nie ist ihm etwas zugestoßen, bis zu einem Tag im Winter, als der erste Schnee fiel. Es war ein Überfall auf ein Geschäft. Henry war durch Zufall gerade vor Ort und der Räuber hielt ein Kind als Geisel. Er hatte keine andere Wahl, als einzugreifen." Schwer schluckt Granny, um den Kloß in ihrem Hals zu vertreiben. Aber es will nicht so richtig klappen. Tränen fließen ihre Wangen hinab und sie bringt die Worte kaum über die Lippen. „Henry rettete dem Kind das Leben und bezahlte mit seinem eigenen dafür. Er ist ein Held."

Obwohl sie das sagt, sieht Kesetiaan ihr an, dass ihr die Heldensache wenig bedeutet. Das soll es nur einfacher und seinen Tod sinnvoller machen.

„Henry war der Mittelpunkt meines Lebens und ohne ihn schien ich keines mehr zu haben. Ich lebte nur noch für meine Kinder, um ihnen nicht direkt ein weiteres Elternteil zu nehmen. Doch dann brauchten sie mich nicht länger und ich blieb wieder zurück. Allein in dem großen Haus am Ende der Straße, die ins nichts führt."

Am liebsten würde Kesetiaan irgendwas Kluges entgegnen. Ihr sagen, dass alles gut wird, und ihr Mut machen. Aber ihm fallen keine passenden Worte ein. So bleiben beide stumm und lauschen dem Wind, der von draußen gegen das Fenster schlägt.

Erste Sonnenstrahlen kämpfen sich über den Horizont und lassen das Meer glitzern. In einem der anderen Zimmer regen sich die Schlangenbären. Gemächlich starten sie in den neuen Tag und wenig später verbreitet sich im Haus der himmlische Duft frischer Brötchen.

„Wir sollten anfangen, uns auf unsere Weiterreise vorzubereiten", flüstert Granny und befreit sich vorsichtig aus der Umarmung. Verstohlen wischt sie sich die Tränenspuren aus dem Gesicht und schenkt Kesetiaan ein liebevolles Lächeln.

Er erwidert es und steht langsam auf. Bevor er das Zimmer verlässt, dreht er sich noch mal zu Granny um.

„Nichts von dem, was du mir erzählt hast oder je erzählen wirst, ändert etwas daran, wie gern ich dich habe." Er wendet sich der Tür zu und hält bereits die Klinke in der Hand. „Ich wünschte, du wärst meine Mutter gewesen."

Dann öffnet Kesetiaan die Tür und eilt hinaus. Deshalb entgeht ihm fast Grannys Antwort.

„Das wünschte ich auch."

Da Kesetiaan nichts zum Einpacken hat, macht er sich nach dem Frühstück auf den Weg zum Strand. Dort hat er etwas vorbereitet, das er Granny vor der gemeinsamen Abreise schenken möchte. Ein Dankeschön dafür, dass sie ihn nicht im Stich lässt.

Voller Stolz betrachtet er den Gehstock, den er in den letzten Tagen zurecht geschnitzt hat. Dank Odz hat er gutes Holz gefunden, das leicht zu bearbeiten war. Kesetiaan hat sogar versucht, kleine Blumenmuster in den Stock einzuschnitzen, die meisten sind allerdings unidentifizierbar. Als Kind hat er sowas öfter gemacht, aber als seine Hände immer größer wurden, fielen ihm diese Kleinigkeiten schwer und er ließ es sein.

Der Stock ist robust und sollte auch dann nicht zerbrechen, wenn Granny sich damit gegen Feinde zur Wehr setzen muss. Kesetiaan hat es extra getestet und wie ein Wahnsinniger auf Steine eingedroschen. Neben dem Praxistest war es auch sehr nützlich dabei, seine Wut und Hilflosigkeit abzumildern.

Den Stock nun in seinem Zimmer versteckend macht er sich auf den Weg in die Küche, um Odz dabei zu helfen, ihren Proviant vorzubereiten.

„Sag mal, Kesetiaan, kennst du eigentlich den Klippenpfad?", fragt Odz, während er einen Jutebeutel aus der Vorratskammer holt.

„Nein, hör ich zum ersten Mal. Ist der wichtig?"

„Auf jeden Fall. Er kann euch die Reise deutlich vereinfachen. Nicht weit von hier ist ein Pfad, der direkt an den Klippen entlang bis zum nördlichen Ende der Insel führt. Bis zur Sichelmondspitze also. Von da aus ist es nur noch ein kurzer Marsch zum Fliederdorf."

„Echt? Das heißt, wir müssen nicht noch mal durch den Vulkan gehen?", hakt Kesetiaan begeistert nach. Sein Bedürfnis danach, erneut diese Eishölle zu betreten, liegt weit unter dem Gefrierpunkt.

„Den solltet ihr generell meiden. Er ist eine Todesfalle und die Kälte ist nicht einmal das Schlimmste. Es könnte sein, dass er bald ausbricht."

„Seid ihr hier dann nicht in Gefahr?"

„Natürlich, aber wir machen uns da keine großen Gedanken. Wenn es so weit ist, fliehen wir und bis dahin leben wir einfach unser Leben weiter. Solange wir unter dem Schutz von Xwedayê stehen, ist alles gut."

„Schon wieder dieser Gott ..."

Genervt rollt Kesetiaan mit den Augen und steckt etwas zu energisch die frischen Brote in den Beutel. Odz beobachtet ihn dabei amüsiert und entgegnet schließlich: „Was auch immer Xwedayês Aufgabe ist, ich glaube kaum, dass sie dem entspricht, was man sich hier auf der Insel erzählt. Er hat noch nie jemanden angegriffen, auch dann nicht, wenn versucht wurde, ihn zu provozieren. Deshalb glaube ich fest daran, dass er uns beschützt."

„Vor was denn?"

„Wer weiß. Es gibt einige Gefahren und wir wissen noch lange nicht so viel über unsere Welt Hangaia, wie wir oft glauben."

„Den Namen habe ich schon gehört."

„Natürlich hast du das, jeder kennt ihn. Er ist bereits bei unserer Geburt ein Teil von uns, ebenso wie Hangaias Liebe. Wenn du ganz still bist, kannst du manchmal sogar den Herzschlag der Welt hören."

Am nächsten Morgen wecken Arj und Odz sie frühzeitig. Gemeinsam treten sie vor die Hütte und die beiden helfen ihnen, das Gepäck aufzuschnallen. Da Granny nicht schwer schleppen kann, dient Kesetiaan als Packesel für das Essen. Etwas anderes haben sie ohnehin nicht.

Bevor sie sich verabschieden, hält Kesetiaan Granny den Gehstock hin und verkündet stolz: „Hier, den habe ich für dich gemacht."

Wie ein kleiner Junge wartet er auf ihre Reaktion. Aufgeregt tänzelt sein Schwanz über den Boden und seine Ohren zucken, während Granny seine Schnitzereien bewundert.

„Das ist ja lieb von dir. Vielen Dank! Ich freue mich sehr darüber."

Sie geht ein paar Schritte, um den Stock auszuprobieren, und freut sich direkt noch mehr. Er hat genau die richtige Größe und wird ihr auf der Wanderung viel Kraft und Mühe ersparen. Besonders da sie einen ordentlichen Weg vor sich haben. Überglücklich umarmt sie Kesetiaan und gibt ihm einen Kuss auf die Wange.

„Das ist wirklich ein wundervolles Geschenk! Ich werde es in Ehren halten." Dann wendet sie sich zu den Schlangenbären um und verabschiedet sich. „Vielen Dank für das leckere Essen und die schönen Gespräche. Ich wünsche euch alles Gute für die Zukunft."

„Und wir euch Erfolg auf eurer Reise. Wir werden immer an euch denken und solltet ihr Hunger bekommen, schaut bei uns vorbei", verkündet Arj und verdrückt sich die aufsteigenden Tränen. Obwohl es in der Hütte langsam eng wurde, haben sich die beiden Schlangenbären kein einziges Mal beschwert. Mehr als einmal haben sie angeboten, dass Granny und Kesetiaan gerne noch länger bleiben können. Sie verstehen aber, dass sie weiterziehen müssen.

Höflich verabschiedet sich auch Kesetiaan von ihnen.

„Danke für eure Hilfe und Gastfreundschaft. Wenn alles vorbei ist, komme ich euch besuchen und stelle euch meine Schwester vor."

Granny umarmt die beiden Schlangenbären, dann gehen sie los in Richtung des Klippenpfades. Aufgeregt zucken Kesetiaans Ohren bei dem Gedanken, bald wieder zu Hause zu sein. Er ist seltsamerweise froh darüber. Die Zeit, seit er das Labyrinth verlassen hat, fühlt sich für ihn an, als wären bereits Jahre vergangen. Nie hätte er gedacht, diesen Ort mal zu vermissen, und dennoch wird ihm klar, dass es trotz der endlosen Dunkelheit sein Zuhause ist.

Dieses Mal wandern sie nicht stumm nebeneinanderher. Während ihre Füße vom leichten Wellengang umschmeichelt werden und die Klippe neben ihnen in den Himmel ragt, greift Kesetiaan das Gespräch zu Grannys Vergangenheit auf.

„Würdest du mir mehr über deine Kinder erzählen? Und von dem Enkel, den du erwähnt hast?"

„Ich habe dich wohl neugierig gemacht, was?", hakt Granny nach und kichert leise. Anschließend macht sie ein nachdenkliches Gesicht. „Hm ... Wo fange ich nur an?"

„Wie viele Kinder hast du denn?"

„Drei. Das sind Thomas, Elain und mein Sternenkind."

Verwirrt fragt Kesetiaan nach: „Was ist das?"

„So werden unter anderem Kinder bezeichnet, die bereits starben, bevor sie geboren wurden."

Erschrocken bleibt Kesetiaan stehen und starrt Granny an.

Sie richtet ihren Blick zum Himmel und erklärt: „Nachdem Henry und ich geheiratet hatten, wollten wir direkt Kinder kriegen. Aber es hat ganz lange nicht geklappt und als ich dann schwanger wurde ... da starb mein Baby kurz vor der Geburt."

Wehmütig erinnert sie sich an diese schwere Zeit. Aus der Freude, endlich Mutter zu werden, wurde ihr größter Albtraum. Lange litt sie nach der Fehlgeburt unter schlimmen Depressionen und Schlaflosigkeit. Jede Nacht saß sie im Garten oder wanderte ziellos durch den Wald, starrte zu den Sternen hinauf und machte sich schreckliche Vorwürfe.

„Das ... tut mir leid. Ich ..."

Kesetiaan fehlen die passenden Worte. Granny schenkt ihm ein melancholisches Lächeln, ehe sie weiter dem Pfad entlang der Klippen folgen.

„Ohne Henry hätte ich diese Zeit wohl nicht überstanden. Aber er war stets an meiner Seite, hat mich nie aufgegeben. Wir hatten einander und das hat uns stark gemacht. Schließlich haben wir es erneut versucht und neun Monate später wurde ein gesunder, kleiner Junge geboren – Thomas."

Granny erinnert sich nur zu gut an Thomas' runzliges Gesicht und daran, wie überglücklich sie war, als sie ihn endlich in den Armen hielt. Dieser Moment war ihr jede Sekunde des Schmerzes wert und sie betrachtet diese Erinnerung als einen ihrer kostbarsten Schätze.

„Danach wurde es leichter. Ich lebte und liebte wieder in vollen Zügen. Dabei war es egal, ob Thomas den ganzen Tag quengelte oder sich kichernd die volle Windel vom Hintern riss." Lachend muss Granny ihre Geschichte unterbrechen. Tränen stehen ihr in den Augen, doch keine der Trauer.

„Ich wünschte, ich hätte solche Erinnerungen. Ob es Malika mit mir auch so erging, als sie mich aufzog?"

„Wenn wir sie gerettet haben, solltest du sie danach fragen. Ich bin mir sicher, sie hat eine Menge Geschichten zu erzählen."

Glücklich strahlt Kesetiaan sie an und fragt nach einer Weile: „Und deine Tochter? Elain, richtig?"

„Ja, das ist ihr Name. Sie kam zwei Jahre später zur Welt und war ein wahrer Engel. Es war eine wundervolle Zeit. Henry und ich waren überglücklich, dass wir den beiden dabei zusehen durften, wie aus den kleinen Engelchen Erwachsene wurden."

„Was ist aus den beiden geworden?"

Grannys Blick wandert auf den Sand unter ihren Schuhen und sie kickt ein paar der Muscheln ins Meer. Mit einem leisen Platschen versinken sie.

Während sie antwortet, legt sich ein trauriger Schatten über ihr Gemüt. „Thomas hat recht schnell eine eigene Familie gegründet. Elain hingegen ist mit ihrem Job verheiratet. Sie ist immer nur am Arbeiten und macht nie etwas, das ihr Freude bereitet. Deshalb habe ich auch so Angst, dass sie einsam ist."

„Sie hat doch ihre Familie, da muss sie nicht einsam sein."

„Nur lebt Elain wirklich sehr weit weg. Ich müsste mit einem der Metallvögel viele Meilen über das Meer fliegen, um zu ihr zu kommen. Aber ich hatte nie den Mut dazu."

„Obwohl es dein Traum war, die Welt zu sehen?"

„Dumm, oder? Da hätte ich die perfekte Ausrede, um endlich zu reisen, und dann traue ich mich nicht. Ich befürchte auch, dass Elain mich gar nicht sehen will. Wir haben schon lange keine gute Beziehung mehr zueinander ... Ich kann mich nicht mal erinnern, wann wir das letzte Mal normal miteinander gesprochen haben."

Bitter stößt ihr der Gedanke auf, wie sie und Henry sich deshalb vor vielen Jahren gestritten haben. Am Ende flog er über Weihnachten allein nach New York, um Elain zu besuchen. Granny blieb zurück. Sie schämte sich bitterlich für ihre Furcht vor dem Fliegen und der Konfrontation mit ihrer Tochter. Sie versprach immer wieder, dass sie beim nächsten Mal mitkommt. Doch bis heute saß sie in keinem einzigen Flugzeug.

KAPITEL 19

An Fäden hängend

„Und dann ist da noch Keith. Er ist Thomas' Sohn und er sieht dir wirklich ähnlich, deshalb passt der Spitzname Kenny auch so gut."

Schmunzelnd knufft Granny Kesetiaan in die Seite und lacht über seinen überraschten Blick. „Er ist ein wahres Goldstück und kümmert sich ganz liebevoll um seine Oma. Und als Dank für seine vielen Besuche füttere ich ihn mit sämtlichen Süßspeisen, die ich in meiner kleinen Küche gebacken bekomme." Über ihren Wortwitz lachend bleibt sie stehen und wendet sich Kesetiaan zu. „Und nun gehörst du auch zu meiner Familie."

„Ist es seltsam, dass ich deine Kinder beneide? Dass ich gerne den Platz mit deinem Enkel, der mir so ähnlich sieht, tauschen möchte? Ich wünschte, ich wäre auch im Kreis einer großen Familie aufgewachsen. Mit dir im Licht statt einsam in der Dunkelheit."

Granny hebt ihre Hand und streicht über Kesetiaans Wange. Ihr Blick ist voller Liebe. Sie entgegnet: „Das ist es nicht. Dennoch denke ich, dass es nicht ganz wahr ist. Du liebst Malika. Und auch wenn es gerade schwer ist, sie dir wehgetan hat und alles hoffnungslos erscheint, so ist sie trotzdem der wichtigste Mensch in deinem Herzen. Würdest du die Zeit mit ihr wirklich aufgeben wollen?"

Energisch schüttelt Kesetiaan den Kopf.

„Nein, das will ich nicht."

Zufrieden über die Antwort tätschelt sie ihm die Wange.

Sie gehen weiter und gelangen wenig später ans Ende der Klippen. Ein neuer Pfad macht sich auf und führt sie zu einer steinernen Treppe. Sie steigen sie empor und finden sich umgeben von unzähligen Fliederfeldern wieder.

„Sieh mal, Granny, dort hinten."

Sie folgt seinem Fingerzeig und erkennt in der Ferne das Fliederdorf. Nicht weit daneben befindet sich der Berg, in welchem Kesetiaan aufgewachsen ist.

„Malika hat alles getan, um mir eine schöne Kindheit zu bieten. Nur immer wenn sie fort war, um im Dorf zu arbeiten, blieb kaum mehr als ein Schatten dieser Fröhlichkeit übrig."

„Niemand ist perfekt und wir machen Fehler. Ich bin mir sicher, dass Malika nicht wusste, dass du so empfindest. Sie wollte nur dein Bestes, ohne zu wissen, was das ist."

Eine Weile stehen sie schweigend da und betrachten den Flieder, der sich leicht im Wind wiegt. Dunkle Wolken ziehen am Himmel auf und verdecken die Sonne. Der Fliederduft, den Granny anfangs als angenehm empfand, lässt sie nun erschaudern.

Großzügig umgehen sie das Fliederdorf und machen sich direkt auf den Weg zu den Bergen, in denen sich das Labyrinth befindet. Granny hält gut durch, dennoch müssen sie unterwegs mehrere Pausen einlegen, da Kesetiaan sie aufgrund des Gepäcks nicht tragen kann.

Erst am späten Nachmittag erreichen sie schließlich ihr Ziel. Bewundernd bleibt Granny vor der Treppe stehen, die sich durch die Felsen windet. Im Gegensatz zum Vulkan ist hier alles grün überwuchert. Moos, Blumen und allerhand Sträucher wachsen an jeder nur erdenklichen Stelle. Einzig die Steinstufen sind beinahe unnatürlich sauber.

Grannys Blick folgt den Stufen, doch kann sie noch nicht erkennen, wohin sie führen.

„Bist du bereit?", fragt Kesetiaan und wirkt dabei unsicher, welche Antwort ihm lieber ist. Lächelnd ergreift Granny seine Hand und sie steigen gemeinsam die Treppe hinauf.

Es dauert eine gefühlte Ewigkeit, ehe sie endlich in der Ferne das Eingangstor zum Labyrinth erkennen. Es kommt Granny bekannt vor. Gerade weil sie schon immer von Griechenland begeistert war und nicht selten Dokumentationen über das Land gesehen hat, erkennt sie die wundervolle Architektur auf den ersten Blick. Das Tor könnte auch das eines griechischen Tempels sein mit seinem spitzen Dach, den Säulen und den Fresken, die Bilder einer vergangenen Zeit zeigen.

Das Einzige, was sie schade findet, ist, dass das Monument aus schwarzem Stein gemeißelt wurde und dadurch düster und ungemütlich wirkt.

Gab es nicht diesen einen Mythos? Mit einem Stier und einem Labyrinth? ... ach, wenn ich mich nur besser erinnern könnte, denkt Granny verzweifelt und schüttelt den Kopf.

Dadurch bemerkt sie zu spät, wie Kesetiaan auf einmal losläuft. Er nimmt bei jedem Schritt gleich mehrere Stufen und hastet bis zum Ende der Treppe. Dort angekommen bleibt er stocksteif stehen.

„Kenny?"

Verwundert eilt Granny ihm, so schnell es ihre müden Beine erlauben, hinterher. Auch sie bleibt wie vom Donner gerührt stehen und reißt die Augen auf.

Vor dem Tor befindet sich ein großes Plateau, das aus vielen kleinen, glatten Steinen besteht. Links von der Treppe erkennt Granny am Rande der Plattform mindestens zwanzig der Menschen aus dem Fliederdorf, darunter Halqua und Ravine. Allesamt sind sie mit Harken und Sicheln bewaffnet und starren teilnahmslos vor sich hin. Auf der gegenüberliegenden Seite stehen ebenso viele Omusajja. Auch sie halten Waffen in ihren Händen und tragen einen ausdruckslosen Blick.

Das ungute Gefühl in Granny verstärkt sich.

„Eine Falle", flüstert sie atemlos und erschrickt, als alle Köpfe gleichzeitig in ihre Richtung schwenken. Ein Schauer läuft ihr den Rücken runter.

Auch Kesetiaan ist schockiert und begreift nur langsam, dass sie erneut mit Anlauf einem Hinterhalt zum Opfer gefallen sind. Vielleicht war das Orakel deshalb am Strand, um herauszufinden, was Kesetiaan und Granny als Nächstes vorhaben.

Da tritt Malika ins Licht.

Sie befand sich bis eben im Inneren des Labyrinths und bleibt nun vor dem Tor stehen. Auch dieses Mal wabert ein schwarzer Schatten um sie herum. Sie hält ein Schwert in der Hand, dessen Klinge über den Boden scharrt. Kesetiaan weiß genau, worauf das hinausläuft. Er wünscht sich nur, er könnte es irgendwie verhindern. Deshalb wollte er im Labyrinth mehr erfahren, in der Hoffnung, Malika zu retten, bevor er dazu gezwungen wäre, sie zu bekämpfen. Stattdessen fängt sie ihn ab, als wüsste sie genau, was er vorhat.

Im Grunde ist ihm seit dem Moment im Wald bereits klar, dass es darauf hinausläuft, dass er sich mit Malika auf Leben und Tod duellieren muss. Die Worte der Sciathán kommen ihm wieder in den Sinn.

Wenn das Ende unvermeidbar ist, will ich dennoch alles geben, um jene zu beschützen, die ich liebe.

Er legt die Tasche ab und tritt einen Schritt vor.

„Kenny, bitte pass auf dich auf", flüstert Granny ihm zu. Er weiß, dass sie ihn am liebsten davon abhalten würde. Doch sie tut es nicht und dafür ist er ihr dankbar. Ihre Angst würde ihn daran hindern, das Richtige zu tun, selbst wenn das bedeutet, dass er sterben muss. Er hat einen Entschluss gefasst und wird Malika retten, egal zu welchem Preis.

Durchdringend sieht Malika ihn an.

„Du bist also endlich gekommen. Warum hast du dir so viel Zeit gelassen?"

„Ich habe gehofft, einen Weg zu finden, dich besser zu verstehen, ehe wir uns wiedersehen."

Ein seltsamer Laut entkommt ihr, etwas zwischen Kichern und Verschlucken. Ihr Gesicht bleibt dabei regungslos und Kesetiaan kann nicht einschätzen, ob sie ihn gerade auslacht.

Sie setzt sich in Bewegung und murmelt: „Welch sinnloses Unterfangen, aber das ist im Grunde nur ein Sinnbild deiner ganzen Existenz. Etwas anderes habe ich also nicht von dir erwartet."

Er ignoriert die verletzenden Worte und kommt ihr langsam entgegen, bis sie sich in der Mitte des Platzes gegenüberstehen. Dabei wagt er es nicht, in die Gesichter der Umstehenden zu sehen. Es macht ihm Angst, in diese Leere zu blicken und sich am Ende selbst darin zu erkennen.

Wie in Zeitlupe bringt Malika ihr Schwert zum Schwingen. Sie reißt es durch die Luft und nur knapp an Kesetiaan vorbei. Er hechtet zur Seite. Wieder und wieder greift sie an, und obwohl sie ungeheuer schnell ist, wirken ihre Bewegungen hölzern und ungelenk.

Er erinnert sich, dass Cikatro sie als ‚an Fäden hängend' bezeichnete, und Kesetiaan gibt ihm recht. Ihm ist klar, dass die echte Malika niemals so schlecht kämpfen würde. Sie ist eine Kriegerin und hat ihm alles beigebracht, was er heute an Selbstverteidigung kann. Grannys Verdacht, dass Malika kontrolliert wird, macht immer mehr Sinn und würde auch erklären, warum sie so schwerfällig kämpft.

Ist das wirklich Malika? Ihre Worte und Taten ... Stammen sie von jemand anderem? Jemandem, der sie wie eine Marionette tanzen lässt. Oder hat sie ihr wahres Selbst so gut vor mir verborgen?

Abgelenkt durch seine Überlegungen schafft es Kesetiaan nicht, dem nächsten Angriff auszuweichen, und er wird von einem Schwertstreich getroffen. Blut sickert aus einer Wunde an seinem Arm und er bleibt wie erstarrt stehen. Erneut holt Malika weit aus und zielt direkt auf seine Kehle.

Einen Augenblick lang friert die Zeit für ihn ein und Kesetiaan versucht, diese wenigen Sekunden zu nutzen, um diese ganzen Rätsel ein für alle Mal zu lösen. Niemand kennt Malika so wie er. Also ist auch nur er allein in der Lage, herauszufinden, was geschehen ist.

Sie verschwindet von einer Sekunde auf die andere und befehligt aus heiterem Himmel die Omusajja, mit dem Ziel, mich zu fangen. Wozu? Wenn es ihr nur darum geht, hätte Malika einfach nach Hause kommen können. Ich war doch längst ihr Gefangener. Warum also der weite Weg bis in den Skógur? Sie sagte, jemand ist an meiner Macht interessiert. Eine Macht, die erst ausgebrochen ist, als Granny beinahe gestorben wäre. Die Stimme auf dem Gipfel, die meine Wut nährte, um Grannys Leben zu retten, und das Orakel, das sie überhaupt erst in diese Welt gebracht hat. Die Gestalt, die mir im Traum begegnet ist, und das Gefühl, gerade gegen eine leere Puppe zu kämpfen. Über allem liegt eine Dunkelheit, ein Schatten. Nein, nicht einer, sondern der Schatten!

Eine Erkenntnis steigt in Kesetiaan auf und endlich passen alle Puzzlestücke zusammen. Sein Kopf bewegt sich nur wenige Zentimeter nach hinten und die surrende Klinge verfehlt ihn knapp. Den Luftzug und die Kälte des Eisens spürt er dennoch. Einen Schritt zurückspringend entfernt er sich aus Malikas direkter Reichweite.

„Ich weiß es jetzt!", brüllt er laut genug, dass man ihn selbst im Tal noch hören dürfte. „Du bist nicht Malika."

„Das hatten wir schon. Kämpf entweder oder stirb, die Zeit für dein Geschwafel ist längst vorbei."

Sie stürmt leicht gebückt auf ihn zu und greift Kesetiaan mit einer schnellen Salve unzähliger Hiebe an. Jedem davon versucht er auszuweichen. Sein Fokus liegt längst nicht mehr auf dem Kampf, denn er hat endlich wirklich was zu sagen.

„Du bist die Stimme, der Rabe, das Orakel und vor allem bist du der Schatten in den Seelen der Menschen. Die Dunkelheit hinter ihren Augen und der Grund für ihren Schmerz."

Gerade so schafft es Kesetiaan, sich vor dem nächsten Schlag zu ducken. In dem Angriff lag deutlich mehr Kraft als zuvor, doch eine von Malikas Händen hat dabei gezuckt. Eine bekannte Geste aus einem anderen Gespräch, die seinen Verdacht weiter bestärkt.

„Aus irgendeinem Grund musstest du dafür sorgen, dass ich in den Skógur gehe. Malika war der Köder, aber du wusstest, allein hätte ich den Weg niemals gefunden."

Aus dem Weg hechtend stößt er versehentlich gegen Ravine. Der Mann fällt wie ein Stein um und bleibt regungslos liegen. Die umstehenden Menschen reagieren ebenso wenig darauf wie Ravine selbst.

Kesetiaan gerät jedoch ins Stolpern und Malika gelingt es erneut, ihn zu verletzen. Mühelos durchtrennt sie sein Hemd und das Fleisch darunter. Schmerz durchzuckt seine Seite und er drückt leicht panisch mit der Hand drauf.

Ihm fehlt allerdings die Zeit, um irgendetwas gegen den Blutfluss zu unternehmen, denn Malika holt übergangslos zum nächsten Hieb aus. Er benutzt die bloße Hand, um das Schwert im Schlag zu stoppen. Wie Feuer frisst es sich in seine Handfläche und die Finger, die es umklammern. Erst am Knochen stoppt es knirschend und Schmerz versucht, seinen Verstand zu überwältigen.

Er lässt es nicht zu und stemmt sich mit aller Kraft dagegen. Tief ein- und ausatmend nähert er sich ihrem Gesicht, ehe er mit gepresster Stimme weiterspricht.

„Deshalb hast du Granny hergeholt. Du sagtest selbst, Duuliye finden ihren Weg immer, und in dem Fall auch meinen. Sie durfte auf dem Gipfel nicht sterben, da ich mein Ziel noch nicht erreicht hatte. Darum hast du dich eingemischt und den Portalstein platziert, damit wir wieder runterkommen."

Malika zieht das Schwert zurück und springt zum Zentrum des Plateaus. Schwerfällig tropft sein Blut von der Klinge. Sie hat keinen Blick dafür. Ihre Augen erstrahlen in dem dunkelsten Schwarz, das er je gesehen hat, und ihr Gesicht ist vor Wut entstellt. Kesetiaan ist sich derweil absolut sicher, dass es nicht ihre Wut ist, sondern Satyas.

„Unterwegs hat sich diese Kraft in mir aktiviert, auf die du es abgesehen hast, und als dein Plan im Wald scheiterte, hast du mich am Strand aufgesucht, um meine Schritte erneut zu lenken."

Ihr verkniffener Mund formt sich zu einem Lächeln. Der wabernde Schatten um sie herum wird größer und fängt an zu pulsieren.

„Du glaubst, du hättest irgendetwas verstanden? Nichts weißt du! Nichts verstehst du. Dummer, kleiner Kesetiaan. Sagte ich nicht bereits, dass es nicht so einfach ist?"

Noch immer spricht er mit Malikas Stimme, doch Satya beendet endlich sein Versteckspiel. Er ist der Schatten hinter ihren Augen und in ihrer Seele. Er verbirgt sich feige und lenkt die Bewohner der Insel wie Spielfiguren.

Kesetiaan hat seine Illusion durchbrochen und sieht zum ersten Mal, seit das Spiel angefangen hat, klar und deutlich, was vor sich geht. So vieles ergibt auf einmal Sinn und dennoch ist er machtlos.

Noch immer steht er seiner Schwester gegenüber und beiden ist bewusst, dass Kesetiaan sie nicht verletzen wird. Satya lacht auf. Sein Amüsement erreicht Malikas Augen nicht und bietet einen schauderhaften Anblick.

„Was denn? Dachtest du, dass sich etwas ändert? Es reicht nicht aus, dass du weißt, was ich getan habe."

Kesetiaan muss Satya leider zustimmen. Er hat gehofft, dass des Rätsels Lösung etwas ändern würde, aber das tut es nicht. Die Situation steht weiterhin gegen ihn. Je länger sie kämpfen und je öfter er Malika immer nur ausweicht, desto größer die Chance, dass sie ihn irgendwann kritisch trifft. Und er kann nicht einfach angreifen, wenn er ihr damit Schaden zufügt. Das letzte was Kesetiaan möchte, ist ihr zu schaden, auch wenn er darunter leiden muss.

Was soll ich jetzt tun? Wenn ich sterbe und Malika dadurch geholfen wäre, würde ich es tun. Nur ich zweifle daran, dass der Kerl sie gehen lässt. Ich verstehe nicht, warum er mich nicht selbst tötet, sondern alles dafür tut, dass es durch Malikas Hand geschieht ...

„Stell dich mir, Mistkerl, und kämpf mit deinem eigenen Körper!"

Lachend hebt Malika das Schwert und greift Kesetiaan wieder an. Ihre Schläge und Hiebe werden schneller und das Ausweichen ist fast unmöglich. Dann bleibt sie mit einem Mal stehen und lässt es zu, dass Kesetiaan Abstand zwischen sie bringt.

„Was verflucht soll ich machen?!", schreit er verzweifelt und sieht entsetzt dabei zu, wie sie das Schwert plötzlich nach ihm wirft. Wie ein Pfeil schießt es durch die Luft und direkt auf Kesetiaan zu. Er schafft es gerade noch rechtzeitig, seinen Kopf zur Seite zu drehen. Aber es ist so knapp, dass die Klinge nur Millimeter entfernt an seiner Schnauze vorbeifliegt.

Abgeschnittenes Fell fliegt vor seinen Augen durch die Luft und für einen Moment fehlt ihm der Atem. Sein Blick richtet sich blitzschnell wieder auf seine Schwester. Erstarrt steht sie in der Mitte des Plateaus und sieht ihn einfach nur an. Ihre Augen sind vor Schreck aufgerissen und so grün wie er sie in Erinnerung hat. Die Dunkelheit um sie herum ist verschwunden.

„Kesetiaan? Was habe ich ...?"

Verwirrung spiegelt sich in ihrem Blick und Kesetiaan lässt sich davon ablenken. Zu spät bemerkt er eine Bewegung neben sich und schafft es nicht mehr zurückzuweichen.

Eine eiskalte Masse legt sich um ihn und hüllt seinen gesamten Körper ein. Alles um ihn herum wird dunkel. Er kann fühlen, wie sie in ihn sickert, schwerfällig und zäh wie Sirup. Seine Hände und Beine werden taub, auch seine Verletzungen spürt er nicht länger. Aus der

Kälte wird eine unbändige Hitze, die ihn zu verzehren scheint. Er hat das Gefühl, sein ganzer Leib fängt an zu schmelzen.

Und plötzlich nimmt er gar nichts mehr wahr. Die Welt um ihn herum ist in endlose Dunkelheit und Stille gehüllt. Beides erfüllt den gesamten Raum und schottet ihn von allem ab.

Ein Licht erscheint.

Ohne Kesetiaans Zutun schwebt er darauf zu und ein großes Fenster taucht vor ihm auf. Als er hindurchsieht, erkennt er sich selbst, wie er auf dem Plateau steht. Der Schatten sickert weiterhin in seinen Körper und wird langsam kleiner. Tatenlos muss er dabei zusehen, wie Satya in ihm verschwindet, und als sich die Augen des Stierdämons öffnen, sind es nicht länger Kesetiaans.

Seine Iriden sind violett und die Augäpfel haben sich tiefschwarz gefärbt.

Im selben Moment schießen schwere Ketten aus der Dunkelheit und schlingen sich um seine Arme und Beine. Wie ein Wilder versucht Kesetiaan, gegen die Fesseln anzukämpfen, aber sie geben keinen Millimeter nach. Stattdessen legt sich eine weitere Kette um seinen Hals und zwingt ihn in die Knie. Fassungslos starrt er durch das Fenster. Nur langsam begreift er, was passiert ist.

Da erklingt Satyas Stimme in der Dunkelheit.

„Sag, Kesetiaan, wie fühlt es sich an, ein Gefangener im eigenen Körper zu sein? Ist es nicht faszinierend, dass du nun nicht mehr wirklich existierst und dennoch dabei zusehen kannst, welchen Schrecken dein Körper auslöst?" Sein Lachen hallt in der Endlosigkeit wider und scheint immer aufs Neue angefacht zu werden. Eine nie enden wollende Symphonie der Qual. „Sieh zu, wie ich mit deinen Händen vernichte, was du so unbedingt mit ihnen schützen wolltest."

KAPITEL 20

Verloren

Wie versteinert steht Granny immer noch auf der letzten Treppenstufe und sieht dem Kampf zwischen Kesetiaan und Malika zu. Gefangen in ihrer Untätigkeit stehen ihr Tränen in den Augen und ihre Sicht verschwimmt. Jeder Hieb löst in ihr eine ungeheure Angst aus.

Immer wenn Malika ausholt, hält Granny die Luft an und betet zu allen Göttern, dass sie nicht treffen möge. Sie erträgt es nicht, dabei zuzusehen, wie Kesetiaans Blut sein Hemd durchnässt, und erst recht nicht, wie er dennoch stoisch weitermacht.

Am liebsten würde sie schreien, allen den Hintern versohlen und sie auf die stille Treppe schicken. Aber ihr sind die Hände gebunden. Diesen Kampf kann und darf sie Kesetiaan nicht abnehmen. Das ist eine Sache zwischen ihm und Malika. Dennoch macht es sie wahnsinnig und sie überlegt fieberhaft, wie sie ihrem Freund helfen kann.

Achtzig Jahre! So lange lebe ich schon und trotzdem hat mich nichts auf einen solchen Moment vorbereitet. Was soll ich nur tun? Kann ich denn überhaupt nichts machen?

Und dann ist alles innerhalb weniger Sekunden vorbei und eine erschreckende Stille legt sich über das Plateau. Granny sieht völlig geschockt dabei zu, wie der Schatten in Kesetiaan eindringt und er sich verändert. Seine Augen, seine Haltung und selbst seine Ausstrahlung wandeln sich. Es wirkt so, als wäre er auf einmal ein gänzlich anderer.

Da Granny das Gespräch zwischen Kesetiaan und dem Wesen namens Satya nicht entgangen ist, nimmt sie an, dass er nun die Kontrolle über ihn hat. Während sich der Schatten um ihren Freund verdunkelt, hat sich der Schleier um Malika herum vollständig aufgelöst.

Granny bekommt nicht die Zeit, sich um die Frau zu sorgen, denn auf einmal fallen die Omusajja zu Boden und bleiben regungslos liegen. Der Schatten hat sich aus ihnen zurückgezogen. Davon befreit sind sie so weit vom Wald entfernt nicht mehr als die Leichen Gefallener.

Auch die starren Gesichter der Dorfbewohner verändern sich. Sie füllen sich mit Leben und verwirrt sehen sie sich auf dem Plateau um. Es dauert nur wenige Augenblicke, ehe sie die Leichen entdecken und Chaos unter ihnen ausbricht. Grannys Meinung nach hätten sie sich dafür keinen schlechteren Moment aussuchen können.

„Was soll das hier?"

„Welcher Teufel ist für die Toten verantwortlich?"

„Sag mal einer, was hier los ist!"

Sie schreien wild durcheinander, ohne auf eine Antwort zu warten, und suchen nach einem Schuldigen. Dabei entdecken sie Granny und Malika, die sich beide noch nicht gerührt haben.

Ehe jemand die Frauen für das Chaos verantwortlich machen kann, entdeckt Halqua Kesetiaan am Rande der Plattform.

„Das ist mit Sicherheit die Schuld des Dämons! Seinetwegen hat uns Xwedayê verflucht und unsere Gedanken manipuliert." Er dreht sich zu den anderen Dorfbewohnern und predigt: „Unser Gott ist zu Recht erzürnt! Wir haben ihn schwer enttäuscht, weil wir die Opferung nicht zu Ende gebracht haben. Nur wenn wir den Stierdämon töten, kann uns vergeben werden. Sein Leben für das unsere!"

Wie von Sinnen stimmen ihm die Leute zu und stürmen mit erhobenen Waffen in Kesetiaans Richtung. Der Einzige, der an Ort und Stelle bleibt, ist Ravine. Er sitzt auf dem Boden und blickt seinen Freunden verwirrt hinterher.

„Halt, tut das nicht!", ruft Granny.

Zu spät. Satya bemerkt die Menschen und fängt an zu lächeln. Er greift nach dem Mana, das in Kesetiaans Körper schlummert, und bringt es vollständig zum Erwachen.

Ein gigantisches Beben geht durch den Berg und lässt ihn erzittern. Steine krachen von oben herab und stürzen auf das Plateau, das dadurch aufbricht. Spalten durchziehen den Boden und lassen jene, die nicht schnell genug davonkommen, in die Tiefe fallen. Erneut erbebt der Berg und spitze Felsen schießen empor, um weitere Dorfbewohner aufzuspießen.

Es ist ein einziges Massaker und in nur wenigen Sekunden werden die Menschen auf die Hälfte reduziert. Granny hat Glück und steht weit genug entfernt, sodass die Spalten nicht bis zu ihr reichen. Dennoch erzittert sie unter dem Beben und Bilder von Krieg und Elend tauchen vor ihrem inneren Auge auf.

Allein die Vorstellung, dieses Wesen nutzt Kesetiaans Kräfte, um noch mehr Leute anzugreifen ... Welchen Schaden könnte es verursachen? Wie viele Unschuldige würde es da mitreinziehen?

Granny versucht, sich nicht vorzustellen, wie eine Welt aussehen würde, in der solche Kräfte missbraucht werden.

Sie fühlt sich von dem Ausmaß der Gewalt wie erschlagen, trotzdem weiß Granny, dass ihr keine Zeit bleibt, um ihren Schock ausgerechnet hier und jetzt zu verarbeiten.

Sie richtet ihre Aufmerksamkeit auf Malika, die immer noch orientierungslos im Zentrum des Platzes steht. So schnell sie ihre Beine tragen, eilt Granny auf die junge Frau zu. Mehr stolpernd als laufend, bahnt sie sich ihren Weg über das Plateau. In dem Moment, in dem sie bei Malika ankommt, ertönt erneut ein Krachen und eine der Felsspalten bricht weit genug auf, um einen nahen Berg zu spalten.

„Lauf!", schreit Granny der Frau zu, und als hätte es nur dieses eine Wort gebraucht, damit Malika zur Besinnung findet, regt sie sich endlich.

Sie laufen los, merken aber schnell, dass sie nicht weit kommen. Vom Berg fliehen können sie längst nicht mehr, da die Treppe durch die Erschütterungen in sich zusammengestürzt ist. Und andere Pfade zurück ins Tal gibt es nicht.

Gehetzt sieht sich Granny um, findet jedoch keinen Ausweg. Zumal sie auch nicht ohne Kesetiaan gehen möchte. Allerdings wird ihr langsam klar, dass ihr keine andere Wahl bleibt. Dazu reicht ein einziger Blick in seine violetten Augen.

„Wir müssen ins Labyrinth! Dort sind wir sicher", ruft Malika.

Nicht nur Granny hört es und Satyas Mächte richten sich auf die beiden Frauen. Mit einem lauten Knall landet ein Felsbrocken neben ihnen und erschlägt einen der Dorfbewohner. Blut spritzt und Granny wird schlecht. Nur schwer kann sie sich davon abhalten zu würgen. Der Anblick des zerquetschten Menschen wird sie noch bis in ihre Träume verfolgen.

Ein unangenehmes Lachen schallt über den Platz.

Satya steht inmitten der Leichen und die wenigen, die noch am Leben sind, versuchen, sich unauffällig aus seiner Reichweite zu bewegen. Sie peilen den Eingang zum Labyrinth an und hoffen, ungesehen hineinzugelangen.

„Wollt ihr etwa schon gehen? Und das, wo der Spaß gerade erst anfängt! Wirklich enttäuschend."

Satya stampft fest mit dem Huf auf und ein weiterer Fels schießt aus dem Boden empor, fliegt durch die Luft und schlägt unweit von Granny in einen anderen Felsen ein. Staub und Dreck wirbeln umher und verschlechtern die Sichtverhältnisse zusehends. Zu allem Überfluss legt sich ein unheimlicher Schleier über den Platz und verdunkelt die Sonne.

In diesem Moment wird Granny klar, dass Satya keine weiteren Marionetten benötigt. Er hat sein Ziel erreicht. Jeder Anwesende ist unnötig geworden und kann entsorgt werden.

Dennoch ist es ihr ein Rätsel, weshalb er Granny nicht direkt angreift. Wenn er wollte, hätte er bereits mehrfach die Chance gehabt, sie mit einem der Steine zu erschlagen. Schließlich ist sie nicht halb so wendig wie Kesetiaan und könnte im Leben nicht rechtzeitig ausweichen. Doch er tut es nicht.

Stattdessen wirft er immer an ihr vorbei.

Sich auf die Lippe beißend überlegt Granny fieberhaft, was sie jetzt unternehmen soll. Wenn sie und Malika einfach in das Labyrinth laufen, werden die Menschen hier zweifellos sterben. Mit deren Tod hat Satya offensichtlich kein Problem.

Sie kann das jedoch nicht mit ihrem Gewissen vereinbaren. Gerade jetzt, da jede Sekunde zählt, versteht sie Henrys Handeln vor zwanzig Jahren umso besser, als er sein Leben gab, um ein anderes zu retten. Sie hätte genau das Gleiche getan wie er. Nur kann sie sich nicht vor das Kind stellen, das sie so unbedingt schützen möchte.

Aber sie kann verhindern, dass noch mehr Unschuldige durch seine Hand sterben. Ohne ihren Blick von Satya abzuwenden, spricht sie leise, sodass nur Malika sie hört. „Ich verschaffe uns Zeit. Sorg dafür, dass die Überlebenden ins Labyrinth kommen."

„Das ist unmöglich! Ich kann ni–"

„Mach es! Du bist es deinem Bruder schuldig."

Damit beendet Granny die in ihren Augen völlig sinnlose und deplatzierte Diskussion. Sie macht einige Schritte auf Kesetiaan zu und schlägt fest mit ihrem Stock auf den Boden auf. Mit düsterer Miene starrt Granny den Schatten an. Sie hat seine volle Aufmerksamkeit. Mit beiden Händen stützt sie sich auf und fühlt sich so autoritär wie seit ihrer Zeit als Lehrerin nicht mehr. Dass sie sich vor lauter Angst am liebsten verkriechen würde, lässt sie sich nicht anmerken.

„Was auch immer du mit deinen Taten versuchst zu erreichen, es wird dir nicht gelingen. Denn wer nur Leid und Zerstörung verursacht, der wird zwangsläufig in sein eigenes Verderben rennen."

„Du glaubst, mich zu kennen, altes Weib? Du hast ja keine Ahnung, zu was ich fähig bin. Ich werde den Xwedayê bezwingen und zu jemandem werden, den man fürchten muss."

Höhnisch verzieht sich das lieb gewonnene Gesicht und spuckt Töne aus, die wohl an ein Lachen erinnern sollen.

In diesem Moment darf Granny sich ihre Gefühle nicht ansehen lassen. Den lähmenden Schmerz, den sie gerade fühlt, muss sie ausblenden. Sonst trifft sie fehlgeleitete Entscheidungen, wählt die falschen Worte und weitere Menschen werden darunter leiden.

„Mag sein. Aber ich habe Augen im Kopf, und wenn ich dich ansehe, sehe ich nichts, was man fürchten müsste. Nur Einsamkeit."

Er zuckt zusammen. Nicht leicht oder gar unterschwellig; sein ganzer Körper zuckt einmal kräftig, als hätte sie ihm in die Magengrube geschlagen, und irgendwie hat sie das wohl auch.

„Du weißt nicht das Geringste!", schreit er qualvoll auf. Die Contenance, die er sich bisher eisern bewahrt hat, fängt an zu bröckeln. Seine Augen schreien förmlich vor Schmerz auf. Ihren eigenen runterschluckend schlägt sie erneut mit dem Gehstock auf und bringt den Schatten zum Schweigen.

Unterbewusst reagiert er auf ihre Autorität und Granny bemerkt, dass Kesetiaan und Satya einiges gemeinsam haben. Sie sind Kinder, die auf sich allein gestellt sind und versuchen, in einer Welt der Grausamkeit zu überleben. Die Angst vor der Einsamkeit und der Wunsch, jemand zu werden, den man nur schwerlich ignorieren oder vergessen kann, ist Satya über eine lange Zeit antrainiert worden und deutlich ins Gesicht geschrieben.

Während Kesetiaan seine Schwester und später auch Granny an seiner Seite hat, war er vermutlich immer allein. Er wurde im Stich gelassen und man hat ihm etwas fundamental Wichtiges weggenommen.

Granny spürt es und sieht es ganz deutlich in seinem Blick. Und da ist noch etwas ... Ein seltsames Gefühl der Verbundenheit beschleicht sie und Granny hat das Bedürfnis, den Schatten in den Arm zu nehmen. Ihn zu trösten. Sie kann sich nicht erklären, woher das Gefühl kommt und wie sie es einzusortieren hat.

Den Kopf schüttelnd erkennt Granny aus dem Augenwinkel, dass Malika ihrer Aufgabe nachkommt. Sie hilft gerade Ravine auf die Beine, der sich auf ihre Anweisung hin Kesetiaans Tasche schnappt und zum Torbogen humpelt.

Ein paar Menschen haben es bereits ins Labyrinth geschafft, aber längst nicht alle. Sie brauchen noch mehr Zeit, und da Satya seine gesamte Aufmerksamkeit auf Granny gerichtet hält, muss sie weitermachen. Sie beschließt die Taktik zu ändern.

„Du hast absolut recht, ich weiß nichts, und dennoch verstehe ich dein und Kesetiaans Schmerz nur zu gut. Weil ich eine Mutter bin, die einst ihr Kind verloren hat. So wie ihr eure Mütter verloren habt, nicht wahr?"

Seine Augen verdunkeln sich weiter.

Mittlerweile spiegelt sich Granny in ihnen und sieht sich selbst dabei zu, wie sie versucht, Zeit zu schinden. Sie wirkt abgekämpft und müde. Ihr Kleid ist stellenweise zerrissen und steht vor Dreck. Jeden Tag, den sie bereits in dieser Welt ist, sieht man ihr deutlich an. Dazu kommen die vielen Jahre, die sie ohnehin schon auf dem Buckel hat. Noch nie zuvor hat sie sich so alt und müde gefühlt wie in diesem Augenblick.

Und dennoch entdeckt sie unter dem ganzen Schmutz eine unglaublich starke Frau, die sich nicht von Zweifeln zurückhalten lässt. Die fest für jene Personen einsteht, die sie über alles liebt. Etwas, das genau hier und jetzt wichtiger denn je ist. Tief durchatmend festigt sie ihren Blick erneut.

„Schatten."

Ihre Stimme ist leise und Satya muss sich anstrengen, um sie verstehen zu können. Es kommt ihr sogar so vor, als würden die Geräusche um sie herum verstummen. Als würde der Berg selbst die Luft anhalten, damit Grannys Worte ihr Ziel erreichen.

„Nichts von alldem hier wird dich glücklich machen oder gar zu jemandem, der gesehen wird. Du wirst unerkannt in der Bedeutungslosigkeit deiner überflüssigen Existenz versinken."

Sie erzittert und starrt ihm dennoch unbeugsam in die Augen. Der Schmerz dahinter ist beinahe greifbar und Granny spürt, wie sehr sie ihn verletzt hat. Ihre Worte sind wie scharfe Messer, die sie ihm direkt ins Herz sticht, wohl wissend, was sie damit in ihm auslöst.

„Nimm das zurück!", brüllt er auf und ein Sturm erhebt sich. Erst verwirbelt er nur den Staub, dann reißt er Steinbrocken und die leblosen Körper in die Höhe. Wild wirbeln sie über das Plateau und richten weitere Zerstörung an.

Der Wind peitscht scharf wie eine Klinge auf den Berg ein. Auch Satya wird davon getroffen. Tief schneiden die Böen in sein Fleisch, was er kaum zu bemerken scheint.

Granny bleibt völlig ungerührt an ihrem Platz stehen und hält den Blickkontakt aufrecht. Die Drohgebärde ist eindeutig und dennoch ist sie sich zu einhundert Prozent sicher, dass kein Stein sie je treffen wird. Denn Satya will sie nicht verletzen.

Aber sie hat ihn verletzt und da er vermutlich nie gelernt hat, mit seinen Emotionen umzugehen, wird er laut und schlägt wie ein kleines Kind um sich. So wie Granny es erwartet hat. Ihr ist bewusst, dass es nicht nett ist, seine Wunden aufzureißen. Ein anderer Weg, um zu ihm durchzudringen und um Kesetiaan zu retten, fällt ihr im Augenblick nicht ein. Ihr fester Blick verändert sich und wird flehend. Sie flüstert: „Bitte, Kind, lass mich dir helfen."

Doch das Getöse ist zu laut und der Schatten steckt zu tief im Tunnelblick fest. Seine Reaktion ist viel heftiger als gut für ihn ist. Er lässt sich so sehr von seinen Emotionen überrollen, dass er die Kontrolle darüber verliert.

Bei einem Kleinkind wäre das kein Problem, aber die Mächte, mit denen er hantiert, sind zu zerstörerisch für einen solch labilen Geist.

Aufschreiend lässt er den Sturm schließlich explodieren und das Mana fließt unkontrollierbar aus ihm heraus. Es befeuert den Sturm, bis aus ihm ein Tornado wird, der alles vernichtet, was ihm in den Weg kommt.

Satyas Gesicht verzerrt sich voller Entsetzen. Zu spät bemerkt er, dass einer der herumgeschleuderten Felsen jäh seine Flugbahn ändert und direkt auf Granny zusteuert.

Sie sieht noch, wie sich die Pranken ihres Jungen verzweifelt nach ihr ausstrecken, ehe der Blickkontakt durch das steinerne Wurfgeschoss unterbunden wird.

„Granny!"

Ich wartete. So lange, bis ich spüren konnte, dass Kesetiaans Mana kurz vor dem Bersten stand. Es dauerte nicht mehr lange, bis es benutzt werden müsste, ehe es seinen Körper zerreißen würde.

Es war der perfekte Zeitpunkt, um mir Malika zu holen. Sie erfüllte die Bedingungen für meine Kontrolle schon seit ihrer Kindheit. Der Schmerz war zu einer bekannten Konstante in ihrem Leben geworden und der Wunsch, ihren Bruder zu beschützen, vereinnahmte ihre gesamte Existenz.

Ich wusste, wenn ich in ihren Kopf eindrang, würde ich spüren, was sie spürte. Ich war darauf vorbereitet.

Dennoch hatte ich ihr Leid unterschätzt und es ließ mich fast wahnsinnig werden, ihr Leben als Zeitraffer zu sehen.

Zuvor hatte ich Neid empfunden, doch nun gesellte sich Mitleid dazu?

Ich verstand es nicht. Was an ihrer Vergangenheit war anders? Ich hatte so viele Wesen übernommen, so viel Leid und Schmerz gesehen. Etwas an Malikas Kindheit schmerzte mich. War es, weil sie ihre Mutter verloren hatte?

Fühlte ich mich ihr etwa verbunden?

Ich wollte abbrechen, dem Schmerz und den Bildern entkommen. Aber ich musste durchhalten und bleiben. Ich drang tiefer ein und schließlich konnte ich die Kontrolle übernehmen. Und zum ersten Mal tat es mir leid, dass ich jemandem die Entscheidungsgewalt über seinen Körper entriss. Ich sperrte ihren Geist weg, verbarg ihn in der Dunkelheit ihres Bewusstseins und ließ Malika dabei zusehen, wie ich sie als Köder nutzte.

KAPITEL 21

Das Labyrinth

Bewegungsunfähig sieht Granny den Felsen rasant näherkommen.

Da greift plötzlich jemand nach ihrer Hand und reißt sie zurück. Ihre Schulter knackt laut und schmerzhaft. Doch der Schmerz ist so schnell vergessen, wie er aufgetreten ist. Der Felsen schlägt nur wenige Meter neben ihr in den Boden ein und hinterlässt eine große Staubwolke. Adrenalin peitscht durch Grannys Adern und zum ersten Mal hat sie wirklich Angst vor Kesetiaans Kraft.

Malika zerrt sie, ohne zu zögern zum Labyrintheingang und sie rennt auch dann noch, als sie längst von der Dunkelheit umschlossen werden. Schemenhaft erkennt Granny einige Dorfbewohner, die sich Schutz suchend an eine Wand drängen. Nicht mehr als eine Handvoll haben überlebt.

Nur Sekunden später stürzt ein weiterer Felsen gegen die Säulen und lässt sie zusammenbrechen. Erschrocken dreht sich Granny um. Der Eingang verschließt sich unter dem Schutt, bis kein Licht mehr hindurchdringt. Durch das Beben losgelöst stürzen weitere Steine herab. Die Überlebenden schreien auf und versuchen verzweifelt, nicht von dem Schutt getroffen zu werden, bis plötzlich alles still wird.

Nur noch die Atemgeräusche erfüllen die Dunkelheit und langsam lichtet sich der Staub. Keiner rührt sich, alle starren in Richtung des verschütteten Eingangs und warten.

Erst nach einer Weile löst sich die verkrampfte Hand, die Grannys Arm umschlossen hält. Ihr ist es gar nicht aufgefallen und der Schmerz ist bei dem Stress untergegangen.

„Wartet kurz, ich mache Licht", flüstert Malika. Sie entfernt sich von Granny. Ihre Schritte hallen von den Mauern wider und scheinen bis in die Unendlichkeit getragen zu werden. Kaum verklingen sie, entzünden sich Fackeln an den Wänden. Eine nach der anderen glimmt auf und fängt wie von selbst an zu brennen. Sie beleuchten den gesamten Eingangsbereich und verlieren sich in den verwinkelten Gängen hinter ihnen. Das warme Licht wirkt beruhigend und lässt die Anwesenden aufatmen.

Nur Granny atmet weiterhin schnell. Ihre Brust zieht sich immer wieder schmerzhaft zusammen und lässt sie schwanken. Sie lehnt sich an eine Wand; versucht, ihr wild rasendes Herz zu beruhigen und den Schock zu verarbeiten. Nur sehr langsam sickert die Angst in ihren Geist und sie beginnt zu zittern.

Sie dachte, sie könnte Kesetiaan zurückholen. Irgendwie. Sie hat gehofft, Worte würden reichen, um den Schatten aufzuhalten. Aber sie hat sich bitterlich geirrt und deshalb fast ihr Leben verloren.

Wenn Malika sie nicht rechtzeitig aus dem Weg gezogen hätte, wäre sie jetzt Erdbeermarmelade. Doch es ist nicht die Angst vor dem Tode, die Granny gerade zum Hyperventilieren bringt. Es ist viel mehr die Furcht, die dem Schatten in diesem Augenblick im Gesicht stand.

Wollte er mich in dieser letzten Sekunde etwa retten? War das wirklich der Schatten oder Kenny? Oder gar beide?

Sie schüttelt den Kopf und beschließt, dass gerade nicht der richtige Zeitpunkt für diese Gedanken ist. Mühsam zwingt sie ihr Herz zur Ruhe. Sich von der Wand abstoßend besieht sich Granny die neue Situation. Von den vierzig Personen, die sich anfangs auf dem Plateau befanden, haben knapp sieben überlebt; inklusive Malika, Halqua, Ravine und ihr selbst.

Einer der Dorfbewohner tritt an Granny heran und verbeugt sich. „Danke. Wir hätten es ohne die Ablenkung niemals geschafft."

Abwinkend legt sie ihm eine Hand auf die Schulter und wendet sich dann an alle. „Hört mir bitte mal eben zu."

Schnell gehört ihr die gesamte Aufmerksamkeit. Doch nicht jeder ist ihr wohlgesonnen. Halqua tritt vor und lässt seiner Wut freien Lauf.

„Du! Nur deinetwegen lebt der Dämon noch. Hätten wir ihn unserem Gott, Xwedayê, geopfert, dann wäre all das nie passiert."

Granny schenkt ihm nicht mehr als einen genervten Blick und wendet sich an die anderen vier Dorfbewohner. „Zuallererst müssen wir die Verwundeten versorgen und dann einen Weg hier raus finden. Das ist deutlich einfacher, wenn wir zusammenarbeiten. Sind wir draußen, kann jeder wieder seiner Wege gehen."

„Aus dem Labyrinth gibt es kein Entkommen. Es ist eine Todesfalle", heult einer der Dörfler. Die anderen stimmen ihm zu.

Ravine flüstert: „Es ist verflucht und alle, die reingehen, sterben."

Nicht auf ihn achtend betrachtet Granny die junge Frau, die etwas abseits steht. Malika hat eine ungesunde Farbe im Gesicht, die von dem flackernden Licht unterstrichen wird. Ihr Blick ist abwesend und sie starrt die Wand an, ohne dabei auch nur die geringste Regung zu zeigen.

„Kümmert euch erst mal um die schlimmsten Verletzungen. Verbindet die Wunden und macht euch bereit zum Aufbruch", verkündet Granny und stellt sich anschließend zu Malika.

Obwohl die junge Frau ihr Leben gerettet hat, ist sich Granny nicht sicher, inwieweit sie ihr bereits vertrauen kann. Sollte der Schatten noch immer die Fäden ziehen, will sie lieber vorsichtig sein. Deshalb hält sie einen gesunden Abstand und fragt zögerlich: „Wie geht es dir? Fühlst du dich ... besser?"

Für einen Moment zieht sich Malikas Stirn in Falten, dann antwortet sie aufgebracht: „Wenn du wissen willst, ob ich noch das Bedürfnis verspüre, meinen Bruder mit einem Schwert aufzuspießen, dann nein, das tue ich nicht."

„Deine Wut an mir auszulassen, wird dir nicht helfen."

„Du tust so weise, alte Frau, aber was weißt du schon?"

„Eine beliebte Frage, wie mir scheint. Ich weiß genug, um mir Sorgen zu machen, und zu wenig, um zu wissen weshalb."

Ein herablassender Blick trifft Granny aus den schönen grünen Augen, die Kesetiaans zum Verwechseln ähnlich sehen. Dann fällt Malikas Wut in sich zusammen. Reumütig streicht sie sich über das Gesicht und schüttelt den Kopf. Wild fliegen ihre Locken durch die Luft und umschmeicheln das puppenhafte Antlitz.

„Es tut mir leid."

Granny nickt und streicht ihr über den Arm.

„Ich weiß. Es wird alles gut."

„Wie?"

Die Antwort darauf kennt Granny noch nicht und schweigt.

Nach einer Weile richtet sich Malika wieder auf. Ihr Blick ist voller Selbstbewusstsein.

„Ich kann uns durch das Labyrinth führen", verkündet sie laut genug, dass alle sie hören. Erst reagiert niemand drauf, bis Halqua wieder anfängt rumzubrüllen. Da kein Wort verständlich rüberkommt, schlägt Granny mit ihrem Stock auf den Boden auf und sorgt für Ruhe.

Sie zuckt zusammen.

Ein unfassbarer Schmerz durchzieht ihre rechte Schulter und den Arm. Als Malika sie aus der Schussbahn gezogen hat, hat sie ihn sich schwerer verletzt, als angenommen. Granny beißt die Zähne zusammen und versucht, die Qualen auszublenden.

„Was auch immer deine Beschwerden sind, spar sie dir, Tattergreis. Wir sitzen alle im selben Boot und Malika ist die Einzige, die sich hier auskennt. Wenn du und deine Leute also heil wieder rauskommen wollt, bleibt euch keine große Wahl, als ihr zu folgen."

„Du verstehst nicht", widerspricht Halqua. „Ihretwegen ist dieser Ort eine Todesfalle! Bevor sie und das Blag hier ankamen, gab es kein Labyrinth. Es war ein normaler Berg. Aufgrund ihrer Vergehen ist der Mond erzürnt und hat sie und das Monster hier eingesperrt. Die Fallen existieren einzig, um sie daran zu hindern zu fliehen. Deshalb hat die Dunkelheit sie auch zuerst befallen!"

Verzweifelt beißt sich Malika auf die Lippen und wendet den Blick ab. Granny jedoch starrt den Mann nieder, bis er ganz klein vor ihr erscheint. „Ihr wurdet ebenfalls kontrolliert, auch euch hat die Dunkelheit gelenkt. Deshalb seid ihr jetzt schließlich hier und nicht im Fliederdorf. Ihr könnt das als Strafe der Götter ansehen, aber Fakt ist, dass eure Herzen voller Schatten sind. Weshalb also haltet ihr euch für weniger schuldig?", raunt sie. Dann schüttelt sie den Kopf. „Euch trifft alle die gleiche Schuld. Und von irgendwelchen Märchen will ich nichts wissen. Darüber zu diskutieren, bringt uns schlicht nicht weiter. Wenn also keiner eine bessere Idee hat, schlage ich vor, dass wir uns auf den Weg machen."

Ihr Blick macht deutlich, dass niemand gezwungen ist, sie zu begleiten. Etwas, das einige schwer schlucken lässt. Der Gedanke, allein zurückzubleiben, erscheint ihnen offenbar furchtbarer, als Granny zu vertrauen.

Ravine tritt zu den beiden Frauen und fragt: „Gibt es denn wirklich einen Weg hinaus?"

Malika nickt. Statt ihm direkt zu antworten, geht sie auf einen der Gänge zu und bückt sich. Sie hebt eine dünne Schnur auf und zeigt sie dem Rest. „Sie führt bis tief ins Innere des Labyrinths, vorbei an den Gruben und Fallen. Dort leben Kesetiaan und ich. In der Nähe gibt es ein großes Tor, von dem ich mir sicher bin, dass sich dahinter ein weiterer Ausgang befindet."

„Du bist dir sicher?"

„Ja, jedoch habe ich nie nachgesehen."

Zweifelnde Blicke werden ausgetauscht. Schließlich stimmen alle zu. Wenn auch zaghaft stehen die Männer auf und machen sich bereit.

Malika und Granny gehen schweigend vor.

Dabei bekommt Granny endlich die Gelegenheit, über die vergangenen Minuten und Stunden nachzudenken. Wirklich weit kommt sie nicht, denn alles in ihr dreht sich um diesen letzten Blick des Schattens. Granny hat das Gefühl, dass sie noch immer nicht genug versteht. Dass ihr eine fundamental wichtige Information fehlt, um vollständig zu begreifen, warum das alles passiert. Und sie befürchtet, dass nur mehr Schreckliches geschehen wird, solange sie nicht herausfindet, was hinter alldem steckt.

Ich lag mit meiner Äußerung wohl richtig, dass er mich hergeholt hat, weil wir uns ähneln. Und auch mit Kesetiaan gibt es einige Schnittpunkte. Familie ... Geht es ihm vielleicht darum, von seiner Mutter gesehen zu werden? Ich frage mich, wer sie wohl ist und was das alles mit dem Mondgott zu tun hat.

Je nachdem wann er vorhat, seine Pläne umzusetzen, kann die Zeit, die Granny hier im Labyrinth verschwendet, über unzählige Leben entscheiden. Doch selbst wenn sie einen Weg nach draußen finden, wo sollte sie anfangen, Kesetiaan und den Schatten zu suchen?

Sie wendet sich zu Malika um und betrachtet ihr Gesicht im Schein der Fackeln. Ehe sie ein Gespräch beginnen kann, bemerkt sie, wie sich die Gänge verändern. Die Wände werden zerklüfteter und dreckiger. Am Boden liegen Waffen und Rüstungen, manche sind so eingestaubt, dass sie wohl aus einem anderen Jahrhundert stammen. Blutflecken kleben an allen möglichen Stellen, die meisten sind schon verblasst und zu einem Teil der Wände und Gegenstände geworden.

Je weiter sie kommen, desto unliebsamer werden die Gänge, bis sie in eine Art Gewölbe gelangen. Es ist wohnlich eingerichtet und wirkt ganz anders als der Rest des Labyrinths. In der Mitte des Raumes finden sich ein großer Tisch und eine Bank aus Stein. Dahinter ein Regal, welches voller Bücher ist. Granny erkennt eine Feuerstelle, an der sich zwei Schlaflager befinden. Sie wurden sorgfältig mit getrocknetem Heu und Decken aufgebaut. Es liegen einige Spielsachen aus Holz auf dem Boden und ein paar Schwerter und Äxte hängen an einer Wand. Es ist alles sehr minimalistisch, steckt aber voller Liebe; das spürt Granny und bei einem Blick zu Malika erkennt sie es auch in ihrem Gesicht.

Als sich Halqua laut tönend auf der Bank niederlässt und dabei ein Holzpferd vom Tisch reißt, wirkt es so, als würde Malika Qualen leiden. Ihre Lippen verziehen sich und sie ballt ihre Hände zu Fäusten.

„Hey, ein bisschen mehr Respekt, wenn ich bitten darf", faucht Granny den Mann an und hebt das Pferd auf. Dabei fällt ihr Blick auf zarte Schnitzereien im Holz.

„Kesetiaan hat es gemacht", flüstert Malika hinter ihr. Sie vermeidet den Blickkontakt und sieht stattdessen zu Boden. Granny hält ihr das Spielzeug hin und lächelt sanft.

Auch die restlichen Männer machen es sich im Raum bequem und verhalten sich deutlich gesitteter. Ravine packt einige Lebensmittel aus Kesetiaans Tasche aus und verteilt sie.

Granny wundert sich etwas darüber, dass sich alle auf eine Pause einstellen, schließlich sind sie noch lange nicht am Ziel angekommen. Die Strecke, die sie bisher hinter sich gebracht haben, rechtfertigt den Halt in ihren Augen ebenfalls nicht.

Sie spürt zwar jeden Muskel schreien und würde sich am liebsten für mehrere Tage hinlegen. Nur Zeit hat sie keine, schließlich braucht Kesetiaan ihre Hilfe.

Doch als Granny bemerkt, wie erschöpft die Dorfbewohner aussehen, lässt sie es auf sich beruhen. Auch ihr tut eine Pause gut, vor allem da sie spürt, wie der Schmerz in ihrem Arm schlimmer wird. Es fällt ihr schwer, es sich nicht länger anmerken zu lassen. Granny wollte die Gruppe mit ihrer Verletzung eigentlich nicht ausbremsen, aber jetzt wendet sie sich Hilfe suchend an Ravine.

Zwar weiß sie nicht, wie versiert der junge Mann in medizinischen Angelegenheiten ist, aber von den Dorfbewohnern ist er ihr am sympathischsten. Das ist für Granny Grund genug.

„Könntest du dir bitte mal meinen Arm ansehen? Ich habe ihn mir vorhin, glaube ich, ausgerenkt."

Überrascht sieht er Granny an und nickt. Vorsichtig tastet er ihre Schulter und den Oberarm ab. Die Zähne zusammenbeißend lässt sie die schmerzhafte Tortur über sich ergehen.

„Ich kann hier keine Delle oder Unebenheiten spüren. Du hast ihn dir vermutlich nur stark gezerrt. Wenn du ihn ruhig hältst, lassen die Schmerzen bald wieder nach."

Ravine wirkt bei seiner Diagnose sehr zuversichtlich und klingt so, als wüsste er, wovon er spricht. Das beruhigt Granny.

„Vielen Dank! Dann ruhe ich mich am besten auch etwas aus."

Sie nutzt diese Gelegenheit, um sich endlich mit Malika zu unterhalten. Die Frau hat sich auf eines der Schlaflager gesetzt und hält noch immer das Spielzeug in ihren Händen. Mit einem melancholischen Blick betrachtet sie es und lässt einen Finger über die Muster gleiten. Ihre Lippen beben.

Granny geht zu ihr und setzt sich vorsichtig neben sie.

„Weißt du, wir sind hergekommen, weil Kenny mehr über eure Vergangenheit wissen wollte. Er dachte, dich auf diese Weise retten zu können."

„Du sprichst von meinem Tagebuch, nicht wahr?"

Ihr Tonfall macht Granny nervös. Sie hatte nicht vor, das Gespräch direkt mit einem schwierigen Thema anzufangen. Aber noch kann sie Malika nicht richtig einschätzen und weiß nicht, was sie wütend macht. Zur Bestätigung nickt Granny einfach und kassiert einen kalten Blick dafür. Malika dreht sich zur Seite und streckt sich zu einer Kiste, die Granny bisher nicht aufgefallen ist. Sie zieht sie zu sich und holt etwas daraus hervor.

„Lies es meinetwegen. Ich glaube aber nicht, dass es dir irgendwas nützt."

Verwirrt davon, dass Malika ihr Tagebuch so einfach aus der Hand gibt, nimmt Granny es entgegen und betrachtet es. Ob man es wirklich Buch nennen kann, bezweifelt sie allerdings. Im Grunde sind es nur viele lose Seiten in sämtlichen Farbtönen zwischen Weiß und Grau. Zusammengehalten werden sie von einem Stück Leder, das kaum groß genug ist, um die Menge an Papier zu halten. Vermutlich wurde deshalb auch eine dicke Schnur drumherum gewickelt, damit nichts rausfällt.

Obwohl Granny gerne liest, verspürt sie im Augenblick wenig Lust, sich durch Malikas Tagebuch zu quälen. Zumal ihr beim vorsichtigen Öffnen auffällt, dass sie die Schrift nicht lesen kann. Die Zeichen ähneln denen, die sie auf dem Tor in ihrem Garten gesehen hat.

Sie denkt kurz nach, um eine Lösung für gleich zwei Probleme zu finden; eines davon ist Malikas Misstrauen.

„Danke, das ist lieb von dir", fängt sie an und gibt ihr das Buch zurück, „aber warum erzählst du mir nicht von dir und Kesetiaan?"

Überrascht blinzelt Malika. „Ich?"

Voller Überzeugung nickt Granny und erhält einen zweifelnden Blick.

„Weil du mir ohnehin nicht glauben würdest. Nicht nach allem, was ich ... Ich hätte dich im Wald beinahe umgebracht. Warum solltest du mir überhaupt zuhören?"

Ein sanftes Lächeln breitet sich in Grannys Gesicht aus und liebevoll sagt sie: „Das ist ganz einfach: Weil du es eben nicht getan hast und Kenny dich liebt. Mehr Gründe brauche ich nicht."

Malikas grüne Augen weiten sich und in diesem Moment ähnelt sie ihrem Bruder so sehr, dass es Granny schmerzt. Sie nimmt die junge Frau in den Arm und streicht ihr über den Rücken; genau so, wie sie es vor gar nicht langer Zeit bei Kesetiaan getan hat.

Zögerlich erwidert Malika die Umarmung und drückt das Gesicht nah an Grannys Hals. Tief atmet sie ihren Geruch ein und wird langsam ruhiger. Beiden ist bewusst, dass sie beobachtet werden, doch davon lassen sie sich nicht stören.

Erst als Halqua nach einer Weile auf sie zukommt, trennen sie sich voneinander.

„Wir gehen jetzt weiter", sagt er bestimmt und signalisiert, dass er keinen Schritt weichen wird, bis die Frauen seiner Anweisung folgen. Genervt rollt Granny mit den Augen, aber schließlich gibt sie nach. Je schneller sie das Labyrinth verlassen, desto schneller wird sie diesen unangenehmen Mann los.

Auch Malika nickt stumm und flüstert Granny zu: „Ich erzähle es dir später, wenn wir unter uns sind."

Sie steht auf und steckt das Holzpferd in eine Tasche ihres Kleides. Dann reicht sie Granny die Hand, um ihr beim Aufstehen zu helfen.

Wieder gehen die beiden Frauen vor und die Dorfbewohner folgen ihnen. Malika führt sie ein Stück den Gang zurück, den sie gekommen sind, um dann in einen anderen Pfad einzubiegen. Bereits nach wenigen Metern endet der Weg an einer großen Mauer aus aufgeschichteten Steinen. Zielgenau geht Malika auf die Wand zu.

Halqua wettert direkt los, noch ehe alle zum Stehen kommen.

„Und was jetzt? Du sollst uns rausführen und nicht in Sackgassen! Ich wusste es, du führst uns in die Irre."

Malika dreht sich zu ihm, schnalzt mit der Zunge und schlägt mit der Hand auf einen der Steine, der ungewöhnlich hervorragt. Nun wieder passgenau in der Wand sitzend, geht ein Beben durch den Gang. Während Malika einen Schritt zurücktritt und Grannys Hand nimmt, wandert ein Riss durch die Mauer vor ihnen und trennt sie in zwei Hälften. Wie durch einen Mechanismus geführt, wandern sie zur Seite und eröffnen einen freien Weg. Staunende Laute erfüllen die Höhle.

Auch Granny kann sich ein verblüfftes „Oh!" nicht verkneifen.

Im ersten Moment ist nichts zu erkennen außer purer Dunkelheit. Dann entzünden sich wie von Geisterhand, unzählige Fackeln an den Wänden. Der Gang erinnert an den Eingangsbereich und ist frei von herumliegenden Gegenständen und Blut. Er wirkt neuwertiger. Fast so, als wäre der Teil erst später angebaut worden.

Zielsicher führt Malika die Gruppe weiter. Nach einer Weile stehen sie erneut an einer solchen Wand und das ganze Spiel wiederholt sich. Nur, dass dieses Mal zwei Gänge vor ihnen liegen.

„Wo sollen wir lang?", fragt Halqua atemlos.

Granny bemerkt erst jetzt, dass auch er bei dem Kampf verletzt wurde. Die Anstrengung ermüdet ihn sichtlich und sie schämt sich, dass es ihr nicht früher aufgefallen ist. Der Mann hat einfach eine Art an sich, die sie direkt auf hundertachtzig bringt, sodass sie ihn gar nicht genauer angesehen hat. Sie wundert sich darüber, dass sein Charakter eine komplette Wende hingelegt hat. War er bei ihrem Kennenlernen noch ruhig und unnahbar, sogar irgendwie geheimnisvoll, ist er nun laut und toxisch.

Ob das am Schatten lag? Wie sehr kann er den Charakter desjenigen ändern, den er übernommen hat? Bleibt nur der Schatten übrig oder ist es vielleicht sogar eine Mischung aus beiden Wesenheiten?

Malika schüttelt zur Antwort auf Halquas Frage mit dem Kopf. „Ich weiß es nicht, so weit bin ich nie gegangen."

Daraufhin beschwert er sich direkt wieder lautstark und brüllt: „Willst du uns etwa in die Irre führen, Hexe?"

„Sie führt uns in den Tod!", stimmen ihm die anderen verängstigt zu. Nur Ravine hält sich raus und sieht abwartend zu Granny. Gerade als sie wieder für Ruhe sorgen will, schlägt Malika mit voller Kraft gegen die Wand.

„Seid still! Wenn ihr meint, es besser zu wissen, dann geht euren eigenen Weg. Oder ihr hört endlich auf, euch zu beschweren. Ich will hier auch raus! Irgendwo da draußen ist mein Bruder und braucht dringend Hilfe. Das Letzte, was ich da gebrauchen kann, ist, hier mit euch zu sterben."

Während die Dorfbewohner kleinlaut zustimmen und verstummen, ist es weiterhin Halqua, der sie mit seinem wütenden Blick malträtiert. Und als Malika den rechten Weg auswählt, um weiterzugehen, setzt er sich ab und stolziert nach links.

„Lasst ihn. Idioten kann man nicht aufhalten, nur Glück wünschen, dass sie nicht allzu schmerzhaft draufgehen", flüstert Ravine und sieht seinem Dorfvorsteher enttäuscht hinterher.

Obgleich Granny nicht wohl dabei ist, muss sie ihm zustimmen. Nun nur noch zu sechst gehen sie weiter durch die endlosen Gänge.

Granny erinnert sich an ihr Gespräch mit Kesetiaan und daran, wie er von diesem Ort gesprochen hat. Von der Dunkelheit, die einfach kein Ende nehmen will, und dem Gefühl, darin zu versinken – irgendwann selbst ein Teil von ihr zu werden. Es schmerzt sie zutiefst.

Niemand sollte so leben müssen. Sich ein Leben lang in der Dunkelheit verstecken … Wie sehr er darunter gelitten haben muss, denkt Granny und fragt: „Warum, Malika?"

Die braunhaarige Frau sieht stur gerade aus. Erst nach einer Weile haucht sie: „Ich wollte ihn beschützen."

Granny nickt. Es ist die Antwort, die sie bereits erwartet hat.

„Bitte, hör dir die ganze Geschichte an, bevor du urteilst. Ich will, dass du es verstehst."

Wieder nickt Granny und versucht, die bitteren Gedanken loszuwerden, die Malika bereits jetzt verurteilen wollen.

KAPITEL 22

Eine Lösung finden

Viele weitere Stunden vergehen in den verwinkelten Höhlen. Nach unzähligen Verzweigungen und Sackgassen entdecken sie tatsächlich das Licht am Ende des Tunnels. Mit neuer Hoffnung steuern sie darauf zu und stehen wenig später endlich wieder im Tageslicht.

Granny schließt die Augen aufgrund der plötzlichen Helligkeit. Die Stille des Labyrinths wird von einem fernen Vogelgezwitscher abgelöst. Ein Blick in den Himmel und die Felsen, die um sie herum aufragen, reicht um zu wissen, wo sie sich befinden. Beim Umsehen entdeckt sie den kleinen See und einen Mann, der langsamen Schrittes auf sie zukommt.

„Granny, bist du das?"

Cikatros Gesicht wiederzusehen, erfüllt Granny mit einer unglaublichen Freude. Mit Tränen in den Augen fällt sie dem Freund in die Arme. Verwirrt fängt er sie auf und versucht, aus ihrer gefühlvollen Reaktion und ihrem plötzlichen Auftauchen schlau zu werden.

Auch der Rest ihrer Reisegemeinschaft ist froh, den Höhlen endlich entkommen zu sein. Sie lassen sich in den Kreis des Dorfes führen. Während die Wunden von Ravine und den anderen drei Dorfbewohnern des Fliederdorfes versorgt werden, setzen sich Granny und Malika auf ein paar Kisten. Sie starren stumpf vor sich hin und halten Händchen.

Nur unterbewusst bekommen Granny mit, wie die vier Überlebenden danach vom Platz geführt und in einer Hütte untergebracht werden. Sie vertraut darauf, dass man sich gut um sie kümmern wird.

Erst nach einer ganzen Weile nähert sich Faaru und legt Malika eine Decke über. Dann besieht sie sich Grannys Arm. Vorsichtig schneidet sie den Ärmel mit einem Messer ab und tastet die Schulter ab. Genau wie auch schon Ravine kommt sie zu dem Schluss, dass der Arm nur gezerrt ist. Erleichtert seufzt sie auf und holt eine Muschel hervor, in der sich eine Art Paste befindet.

Großzügig verteilt sie die graue Creme auf der Haut und Granny spürt, wie diese Stellen anfangen zu kribbeln. Nur wenig später lässt der Schmerz langsam nach.

„Vielen Dank", flüstert sie.

Mit einem Lächeln wickelt Faaru sie nun ebenfalls in eine warme Decke. Sie geht vor Granny in die Hocke, streicht ihr wirre Strähnen aus dem Gesicht und betrachtet sie.

„Ist schon okay, Kind, ich bin in Ordnung", murmelt Granny leise und zieht die Decke enger um sich. Faaru nickt und geht los, um etwas warme Milch für alle zu besorgen.

Granny indessen fühlt sich gar nicht gut. Ihr Arm tut zwar nicht länger weh, dafür holen sie die Stunden im Labyrinth und das schmerzliche Gefühl, versagt zu haben, ein. Sie ist nicht in Ordnung und wäre sie jetzt allein, würde sie vermutlich zusammenbrechen. Weinen und schreien, bis sie keine Kraft mehr übrig hat. Doch so sitzt sie mitten in Lerako, umgeben von Menschen, die zu rücksichtsvoll sind, um direkt zu fragen, was passiert ist. Zu fragen, wo Kesetiaan abgeblieben ist. Aber nicht unauffällig genug, damit sie das Tuscheln nicht bemerkt.

Schließlich ist es Cikatro, der seine Leute zur Seite scheucht und den Platz räumen lässt, bis nur noch er, Malika und Granny am Feuer sitzen. Er setzt sich gegenüber von ihnen auf eine Kiste und betrachtet die beiden Frauen über das Lagerfeuer hinweg.

„Wie ich sehe, hast du es geschafft, Malika zu retten", sagt er betont nüchtern. Auch er meidet die offensichtliche Frage. Das bemerkt Granny und es stört sie auf einmal, dass Cikatro versucht, nicht über Kesetiaan zu sprechen.

Sie beißt sich auf die Lippen. Fest drückt sie Malikas Hand und wendet sich ihr zu. Die betrübten grünen Augen scheinen auf etwas zu warten, das nur Granny ihr noch geben kann.

Hoffnung.

„Wir werden Kesetiaan retten", flüstert sie.

Stumm nickt Malika und Tränen rinnen ihr aus den Augenwinkeln. Sie versucht gar nicht erst, sie aufzuhalten. Stattdessen lehnt sie sich erschöpft an Granny und legt den Kopf auf ihrer Schulter ab.

Langsam und leise fängt Granny an, Cikatro auf den neuesten Stand zu bringen. Sie erzählt ihm alles, was seit ihrem Abschied vor dem Skógur passiert ist.

„Ein Schatten sagst du? Seltsam ... Ich habe schon gegen einige Wesen gekämpft. Aber von einer Kreatur, wie du sie beschreibst, höre ich zum ersten Mal." Ratlosigkeit schwingt in Cikatros Worten mit und es scheint ihm unangenehm zu sein, dass er keine Antworten für sie hat. „Aber ich glaube, dass ich zumindest weiß, weshalb er es auf Kesetiaan abgesehen hat."

„Wirklich?"

Cikatro nickt und erklärt: „Jede Rasse hat bestimmte Fähigkeiten, über die nur sie verfügt, und bei Dämonen ist das die Affinität zum Mana. Sie können damit die vier Elemente beeinflussen und nach ihren Wünschen einsetzen. Zudem stammen die Stierdämonen ursprünglich aus einer anderen Welt, was sie noch mächtiger macht."

„Deshalb die Stürme?"

„Ja. Es ist eine furchterregende Kraft und in den falschen Händen kann sie viel Unheil anrichten. Kesetiaan muss unheimlich mächtig sein, wenn er ganze Stürme erschaffen kann. Deshalb wundert es mich nicht, dass dieser Schatten Interesse daran hat, sich diese Kräfte zu eigen zu machen." Einen Moment schweigt er und überlegt, ob er weitersprechen soll.

„Bitte, sag mir, was du noch weißt."

„Das wird dir nicht gefallen. Mana ist eine Kraft, die nicht einfach so genutzt werden kann. Sie hat einen Preis. Für jeden Sturm, den Kesetiaan beschwört, zahlt er einen Blutpreis. Sein Körper wird zerfetzt, von innen und außen. Auch wenn die Selbstheilungskräfte von Dämonen deutlich besser sind als die der Menschen, sollte er die Grenzen überschreiten, kann ihn das sein Leben kosten."

Schwer schluckt Granny und streicht über die Hand der mittlerweile schlafenden Malika. Sie flüstert: „Danke, dass du mir das erzählt hast und ebenso für deine Hilfe zuvor."

„Du solltest schlafen gehen."

Granny stimmt ihm zu. Während Cikatro Malika auf die Arme nimmt und sie in die Hütte trägt, folgt Granny ihm langsam. Ihr Kopf ist völlig leer und ihr Herz schmerzt ganz schrecklich.

Dunkelheit umfängt Granny, kaum dass sie eingeschlafen ist, aber seltsamerweise keine, die ihr unangenehm ist. Es fühlt sich an, wie aufwachen oder nach Hause kommen. Als hätte die Dunkelheit nur auf sie gewartet. Darauf, dass sie endlich erscheint und ihr Licht mitbringt.

Von ihr selbst geht ein Leuchten aus, das in stetem Rhythmus durch den Raum fließt. Dadurch werden die Wände und Möbel für einen kurzen Augenblick beleuchtet, nur um dann wieder mit der Schwärze zu verschmelzen. So erkennt Granny, dass sie sich in einem Zimmer befindet. Vor einem kleinen Fenster stehen ein Tisch und zwei Stühle. Ansonsten ist der Raum leer.

Mit jedem Leuchten hält die Helligkeit etwas länger an und auf einmal scheint es ihr so, als verschwände die Dunkelheit gänzlich. Granny ist klar, dass das nicht stimmt, denn Schatten und Licht koexistieren miteinander. Es gibt sie nicht ohne ihr Gegenstück und selbst in dem kleinen Raum befinden sich überall dunkle Stellen.

Deshalb wundert sie sich auch nicht sonderlich, als sich jäh ein solcher Schatten aus einer Ecke herauswagt. Ohne sie zu beachten, wandert die Gestalt auf einen der Stühle zu und setzt sich. Bewegungslos starrt das Wesen durch das Fenster.

Granny nimmt ihm gegenüber Platz und sieht ebenfalls hindurch. Dahinter ist nichts zu entdecken, sie blickt nur auf eine kalte Backsteinmauer. Deshalb wendet sie ihren Blick zum Schatten und betrachtet ihn.

Jedes Mal, wenn sie glaubt, in seinen Konturen eine menschliche Form zu erkennen, wandelt sie sich. Sie verzerrt sich, bis sie anderen Wesen gleicht. Monstern und Dämonen. Und je mehr sie sich auf ihn fokussiert, desto mehr verschwimmt er vor ihren Augen, ähnlich einer Fata Morgana. Was wohl seine wirkliche Gestalt darstellt?

Auch er wendet sich ihr zu.

„Glaubst du, jemand wie ich hat eine Daseinsberechtigung?"

Wie bei der Sciathán erklingt seine Stimme nur in ihrem Kopf. Dieses Mal jedoch ist es deutlich weniger schmerzhaft und Granny kann sich auf die Frage konzentrieren. Sie versucht, darauf zu antworten, aber aus ihrem Mund kommt kein Ton.

Nicht einmal ein Krächzen bringt sie über die Lippen.

„Ich habe nie darum gebeten, so zu sein", spricht er weiter und geht nicht auf ihr Schweigen ein. *„Deshalb habe ich immer wieder gefragt, weshalb ich so erschaffen wurde. Habe die Mutter allen Seins darum angebettelt, mir zu sagen, warum ich so bin. Warum ich nicht so sein durfte wie alle anderen. Nie habe ich eine Antwort erhalten und ihr Schweigen verhöhnte mich."*

Erneut wandert sein Blick aus dem Fenster und es kommt Granny so vor, als würde er tatsächlich etwas dahinter erkennen. Etwas, das ihn unendlich traurig stimmt. Sie wünschte, sie würde es ebenfalls sehen. Dann würde sie vielleicht verstehen, woher sein Schmerz kommt oder wonach er sich so sehr sehnt.

„Ich bin nicht das Orakel Satya und auch kein Rabe, nicht der gottesfürchtige Halqua oder die verlorene Prinzessin Malika. Ich bin ein Kind ohne Mutter und ein Licht, das nicht entzündet werden kann. Ich bin nichts und selbst dieses Wort ist noch zu viel für mich."

Granny kommt der Gedanke, dass er sich nichts sehnlicher wünscht, als eine dieser Personen zu sein. Irgendjemand zu sein. Und hat sie nicht auch schon auf dem Plateau bemerkt, dass dieses Wesen im Grunde nur wahnsinnig einsam ist? Er möchte, dass seine Stimme gehört wird, und hat Angst davor, vergessen zu werden. Das macht ihn eigentlich sogar sehr menschlich. Eine Aussage bleibt ihr besonders im Gedächtnis.

Ein Licht? Warum habe ich das Gefühl, dass das wichtig ist? Als wüsste ich die Antwort zu all seinen Fragen und kann sie nur noch nicht zuordnen.

Granny verzieht ihr Gesicht. In ihrem Alter ist es normal, dass man sich nicht mehr alles merken kann. Aber so sehr wie in diesem Moment, hat es sie nie zuvor gestört. Die Antwort liegt ihr quasi auf der Zunge und ist dennoch unerreichbar fern.

„Habe ich es nicht verdient, jemand zu sein? Mit einem Leib und einem Namen – wie jeder andere auch."

Sie stimmt ihm zu. Natürlich hat er das und Granny würde es ihm am liebsten sagen. Nur ist sie noch immer dazu verdammt, seinen Worten stumm zu lauschen.

Wehmut breitet sich in Grannys Herz aus und der Wunsch, das Wesen zu retten, das ihr so einsam und voller Schmerz erscheint, wird immer größer.

Was ist das nur? Woher kommt das Bedürfnis, ihn in meine Arme zu schließen?

Sie versucht, mit ihrer Hand nach der seinen zu greifen. Im gleichen Moment stürzt die Dunkelheit auf sie ein und verschlingt sie mit einer unglaublichen Vehemenz. Granny schafft es nicht, ihn zu erreichen. Der Schatten sieht ihr traurig dabei zu, wie sie immer weiter verschwindet, und bleibt schließlich allein zurück.

Mit Tränen in den Augen wacht Granny mitten in der Nacht auf und starrt an die Decke der Hütte. Sie weiß nicht, ob sie geträumt hat oder tatsächlich mit dem Schatten an diesem wundersamen Ort war. Im Grunde ist das auch nicht wichtig.

Sie steht auf und verlässt die Hütte. Ihr Blick gleitet wie von selbst zum Mond. Für einen Moment überlegt sie, zu den Göttern zu beten. Aber sie verwirft den Gedanken ebenso schnell, wie er gekommen ist.

„Ist alles in Ordnung?" Cikatro stellt sich zu ihr und sie nickt. „Was hast du vor?"

Ein schmerzhaftes Lächeln breitet sich auf ihren Lippen aus und sie deutet auf den Mond. Leise, fast so, als würde sie ein Geheimnis verraten, flüstert sie: „Ich glaube, dass der Schatten kein Feind ist. Er hat sich in der Dunkelheit verlaufen und findet den Weg allein nicht mehr zurück."

Auch wenn Cikatro nicht versteht, worüber sie spricht, nickt er. „Sag mir, was du brauchst. Lerako steht dir zur Seite."

„Ich danke dir." Sie greift nach seiner Hand und drückt sie. Granny weiß, dass seine Hilfe nicht selbstverständlich ist. Zumal er sie nicht zum ersten Mal anbietet, obwohl sie sich kaum kennen.

„Sag mir bitte, wie ich mich dafür erkenntlich zeigen kann", bittet sie ihn. Er schüttelt den Kopf. Als nur wenige Augenblicke später

Malika ihre Hütte verlässt, glimmt sein gesundes Auge auf. Sein Blick folgt der Braunhaarigen auf ihrem Weg zu ihnen.

Kichernd stupst Granny Cikatro mit dem Ellbogen in die Seite und flüstert: „Ich könnte ein gutes Wort für dich einlegen. Aber vielleicht reicht es auch bereits, dass du dabei hilfst, ihren Bruder zu retten."

„Bruder?", fragt er verwirrt und sieht tatsächlich so aus, als hätte er keine Ahnung, wovon Granny spricht.

„Ja, Kesetiaan. Das weißt du doch schon die ganze Zeit."

Blinzelnd reibt sich Cikatro über den Nacken. „Ich ... Keine Ahnung, hab's wohl irgendwie ausgeblendet. Sind die beiden wirklich Geschwister? Ist sie dann auch ..." Ehe er seinen Satz beenden kann, steht Malika vor ihm und blitzt ihn grimmig an.

„Was bin ich? Ein Monster?" Sie verschränkt die Arme herausfordernd. „Wir haben dieselbe Mutter. Beantwortet das deine Frage?" Ohne auf eine Antwort zu warten, wendet sie ihren Blick ab und sieht Granny an. Sofort entspannen sich ihre Gesichtszüge und sie lächelt sogar. „Ich wollte mich noch bei dir bedanken. Du hast dich die ganze Zeit um Kesetiaan gekümmert, als ich nicht in der Lage dazu war. Danke!"

„Nicht doch. Das habe ich gern getan und jetzt helfe ich dir."

Cikatro steigt auf den Themenwechsel ein und fragt erneut: „Was werden wir tun?"

„Da kann ich vielleicht helfen." Schlendernd nähert sich Ascun von der Seite und stellt sich zu den dreien. „Ein Sturm hat sich über die Schale bewegt und auf den Weg zur unteren Sichel gemacht. Unsere Wachen sind sich sicher, dass sie Kesetiaan darin erkennen konnten." Dabei sieht er mitleidig zu Granny.

„Dann ist er unterwegs zur Hafenstadt", ergänzt Cikatro und runzelt die Stirn.

„Ein Hafen?", fragt Malika nach. „Ich wusste nicht einmal, dass die Insel einen hat."

„Ja, nicht weit von hier befindet sich die untere Spitze der Mondsichel. Es ist der niedrigste Punkt am äußeren Rand der Insel, deswegen wurde dort eine Stadt mit Hafen erbaut."

„Und warum würden Kesetiaan oder der Schatten ausgerechnet dorthin wollen?"

„Solltest du das nicht am ehesten wissen? Schließlich ist er dein Bruder."

Betreten blickt Malika zur Seite und Cikatro murmelt eine Entschuldigung. Da meint Granny: „Der Schatten sprach davon, sich dem Mondgott entgegenstellen zu wollen. Ist er vielleicht ein Grund, um in die Hafenstadt zu reisen?"

„Es ist auf jeden Fall eine Möglichkeit."

Wenn es so ist, muss ich ihn davon abhalten. Ihn von dem Gott fernhalten, bevor ein Unglück passiert. Aber wie soll ich Kesetiaan und den Schatten voneinander trennen?

„Solange der Schatten die Kontrolle über Kennys Körper hat, können wir ihn nicht aufhalten. Kennt ihr denn keine Möglichkeit, um ihn da rauszubekommen? Ein Staubsauger wird dafür vermutlich nicht ausreichen."

„Ein was?"

Drei verwirrte Blicke treffen auf Granny und trotz der abstrusen Situation bringt es sie herzlich zum Lachen. Ihr kommen sogar die Tränen und es dauert eine ganze Weile, ehe sie sich wieder beruhigt. Mit Schnappatmung wiederholt sie ihre Frage, dieses Mal, ohne den Staubsauger zu erwähnen.

„Hm … Solange wir nicht wissen, was für ein Wesen dieser Schatten ist, wird es schwer herauszufinden, wie seine Kräfte funktionieren."

Cikatro wendet seinen Blick zu Ascun, der allerdings zuckt nur mit den Schultern. An Granny gewandt sagt er: „Es gibt neben Dämonen und Menschen noch viele weitere Kreaturen in dieser Welt. Götter, Zwerge, Chimären, Wesen aus Mythen und Legenden. Doch eines, das sich die Körper anderer so zu eigen machen kann und ihren Verstand unterdrückt ... von solch einem Monster habe ich noch nie gehört. Es kann sein, dass er der Einzige seiner Art ist und nur er selbst weiß, wie seine Kräfte funktionieren."

Betrübt blicken alle ins Feuer und sehen den Flammen dabei zu, wie sie wilde Tänze aufführen. Da tippt jemand von hinten auf Grannys Schulter. Beim Aufsehen blickt sie direkt in das freundliche Gesicht von Faaru. Die junge Frau gestikuliert verschiedene Zeichen und Ascun übersetzt sie: „Ich möchte dir ein Märchen erzählen, das mir mein Vater einst mitgab."

Faaru setzt sich neben Granny, und während sie mit ihr Blickkontakt hält, erzählt sie besagte Geschichte in Zeichensprache.

„Ich bin in der Hafenstadt aufgewachsen. Dort gibt es die Legende, dass Dayax vor langer Zeit das Ebenbild des Mondes war. Der Meeresspiegel stieg eines Tages immer weiter an und die Insel versank in den Fluten. Einzig der Vulkangipfel blieb oberhalb des Meeres. Zu jener Zeit soll etwas aus dem Vulkan entstiegen sein – ein mächtiges Wesen, das ins Wasser fiel und im Meer verschwand. Ab da senkte sich das Meerwasser und Stück für Stück wurde die Insel wieder sichtbar."

„Ohne die nette Geschichte unterbrechen zu wollen, aber worauf willst du hinaus, Faaru?", fragt Cikatro genervt.

„Lass sie doch einfach fertig erzählen."

Malika wirft ihm einen bösen Blick zu und gibt Faaru das Zeichen weiterzumachen. Schüchtern lächelnd kommt sie der Aufforderung nach.

„Als das Wasser tief genug lag und sich die Schale bildete, kam das Wesen zurück und bezeichnete sich als die Herrin der Vanduo. Sie hat erlaubt, dass Menschen auf der Insel siedeln, und sich fortan aus allem herausgehalten. Nur wenige wissen, dass sie überhaupt existiert, und noch weniger sind sich im Klaren darüber, wie mächtig sie ist."

Wieder wendet sich Faaru zu Granny.

Ihre Lippen bewegen sich lautlos und trotzdem hat Granny das Gefühl, ganz genau zu verstehen, was sie zu sagen versucht.Wie automatisiert spricht sie aus, wozu Faaru nicht in der Lage ist.

„Wenn jemand weiß, wie der Schatten zu besiegen ist, dann die Herrin der Vanduo."

„Ist das wahr?", fragt Malika und wirkt auf einmal voller Hoffnung. Doch damit ist sie die Einzige in der Runde. Ascun kratzt sich am Kopf und vermeidet jeden Blickkontakt. Cikatro starrt mit solch kalten Augen ins Feuer, als wolle er es auf diese Weise zum Erlöschen bringen. Faaru hält Grannys Hände und den Blick gesenkt.

Nur Granny sitzt hocherhobenen Hauptes da.

„So wie ihr reagiert, ist diese Herrin wohl keine sonderlich nette Person. Aber das ist mir einerlei. Ich will mit ihr sprechen und zumindest alles versuchen. Das bin ich Kenny schuldig, nachdem er mir so oft in den letzten Tagen geholfen hat."

Sie tätschelt Faarus Hände und erhebt sich. Vor Cikatro bleibt sie stehen und der Blick aus seinem eisblauen Auge trifft auf ihren. Für eine ganze Weile starren sie sich an und schweigen. Granny gehen derweil unzählige Gedanken durch den Kopf, keiner davon bleibt länger als nötig.

„Ich will Kenny helfen und ich weiß, dass hier außer Malika und mir niemand eine Verbindung zu ihm hat. Obwohl du eure Hilfe angeboten hast, bitte ich dich, noch mal gut darüber nachzudenken. Es sind bereits Menschen gestorben und der Schatten ist weiterhin dabei, seinen Weg mit Leichen zu pflastern. Wir können eure Hilfe gut gebrauchen, sollte aber nur der geringste Zweifel bestehen, dann lehn bitte ab."

Ascun entgegnet direkt: „Natürlich helf–"

Rüde wird er von Cikatro unterbrochen.

„Du hast recht. In allen Belangen. Im Nachhinein waren meine Worte zu voreilig ausgesprochen und ich habe etwas angeboten, das ich eigentlich nicht bereit bin zu geben. Diese Leute hier haben genug durchgemacht, um für jemanden in einen Kampf zu ziehen, den sie nicht einmal wirklich kennen. Und sich mit der Meereshexe anzulegen, um einen Titanen vor einem Schatten zu retten … Es ist ein absolut irrwitziger Plan, der bereits jetzt zum Scheitern verurteilt ist."

Cikatro steht auf und tritt einen Schritt von Granny zurück. Etwas an seinen Gesichtszügen wird weich und freundlich. Überrascht bemerkt Granny diese Veränderung und wagt zu hoffen.

„Und deshalb wird Ascun meine Aufgaben als Anführer Lerakos übernehmen und ich selbst werde dich und Malika auf dieser Reise in unser aller Untergang begleiten."

„Was?" Fassungslos schießt Ascun in die Höhe. „Warte, Cikatro, das kannst du nicht machen! Das ist …"

„Irrsinn? Ja, aber immer noch besser, als das ganze Dorf in Gefahr zu bringen, und ich weiß, dass es in deinen Händen gut aufgehoben ist."

„Aber …", versucht es Ascun erneut. Dann rollt er mit den Augen und setzt sich wieder hin. „In Ordnung. Allerdings übernehme ich den Posten nur vorübergehend. Wenn du zurückkommst, ist es wieder deiner."

Lachend klopft Cikatro seinem Freund auf die Schulter.

„Einverstanden!"

Langsam beruhigen sich alle und sie setzen sich wieder hin. Faaru geht los, um neues Holz für das Lagerfeuer zu holen. Granny blickt ihr hinterher.

Ob das ausreicht? Was, wenn diese Herrin nicht helfen kann oder will? Was sollen wir dann tun?

Als hätte Malika ihre Sorgen gehört, stellt sie eben diese Fragen in die Runde.

„Dann finden wir einen neuen Weg. Es gibt immer einen", flüstert Granny und schließt die Augen. „Wir gehen einen Schritt nach dem anderen und am Ende wird alles gut."

„Doch für jetzt reicht es. Du solltest dich noch etwas hinlegen, Granny, und du ebenfalls, Malika. Ihr werdet die Energie brauchen. Ich kümmere mich um die Vorbereitungen für unsere Reise, damit wir so bald wie möglich loskönnen."

Obwohl Granny sich kurz bevormundet fühlt, gibt sie Cikatro schließlich recht. Sie ist hundemüde und es fällt ihr immer schwerer, die Augen offen zu halten. Malika hilft ihr auf die Beine und zurück in ihr Nachtlager. Sie machen es sich auf den weichen Fellen gemütlich, und ehe Granny sich versieht, versinkt sie erneut in der Dunkelheit.

Ich brachte Malika fort.

Weit genug, damit Kesetiaan sie suchen musste, aber nah genug, dass er sie auch finden konnte. Doch er brauchte ganze vier Nächte, um den Schritt aus dem Labyrinth zu wagen und loszugehen. Und ich wurde ungeduldig.

Ich wollte es endlich beenden!

Also nutzte ich meine Kräfte, um ihn an einen Ort der Magie zu bringen. Ich ließ ihn einen Duuliye, einen Helden aus einer anderen Welt, beschwören. Denn ich wusste, dass sie ihren Weg immer fanden.

Mir war klar, dass ich spätestens jetzt Hangaias Zorn heraufbeschworen hatte. Ich hatte sie um einen ihrer Helden betrogen, nun konnte sie mich nicht länger ignorieren.

Der Duuliye würde Kesetiaan den Weg zeigen, ohne dass ich ihn ständig lenken musste. Es reichte, wenn ich ihm an den wichtigsten Punkten einen Schubs gab.

Nur ... etwas an der alten Frau, die auftauchte, kam mir vertraut vor. Ich spürte Wärme und Liebe, wenn ich sie ansah. Empfindungen, die ich seit meiner Geburt in dieser Welt nicht mehr verspürt hatte.

Ich beobachtete sie, blieb in ihrer Nähe, um herauszufinden, woher dieses Gefühl kam. Und als sie im Fliederdorf nächtigte, drang ich in ihre Erinnerungen ein. Nur vorsichtig, damit sie mich nicht bemerkte, sah ich mir ihre Vergangenheit an. Sah darin gleichermaßen Liebe und Schmerz. Und etwas in mir sehnte sich danach, ein Teil ihres Lebens zu sein.

KAPITEL 23

Die Prinzessin und der Dämon

Nach einem ausgiebigen Frühstück wandert Granny unruhig durch Lerako. Sie versucht, sich dabei ausschließlich auf die Umgebung zu konzentrieren und nicht zu viel über das Kommende nachzudenken – klappen tut es allerdings nicht. Statt den schönen Häusern und den duftenden Blumen sieht sie überall nur Schatten und hat den Geruch von Schwefel in der Nase.

„Granny."

Sich nach der Stimme umsehend entdeckt sie Malika, die ein Stück entfernt an einer Hauswand lehnt. Sie hat ihr ausgewaschenes braunes Kleid gegen ein dunkelblaues Hemd und eine schwarze Hose getauscht. Das Oberteil ist im gleichen Stil gehalten wie das, das auch Kesetiaan schon bekommen hat. Nur hat Malika die Schnüre zu einer Schleife gebunden. Ihre Haare trägt sie zu einem geflochtenen Zopf, der auf ihrer Schulter liegt, und um ihren Hals hängt die Kieselsteinkette.

Malika stößt sich von der Wand ab und kommt auf sie zu. Die junge Frau hat dunkle Augenringe und wirkt noch blasser als die Tage zuvor. Sie sieht aus, als würde sie jeden Moment zusammenbrechen.

„Kind, hast du auch nur eine Sekunde geschlafen?"

Malika schüttelt den Kopf und senkt ihren Blick zu Boden.

„Ich kann nicht. Nicht, solange Kesetiaan in Gefahr ist."

Ein trauriges Lächeln ziert Grannys Gesicht. Sie versteht Malika nur zu gut und würde sich ihr Körper den Schlaf nicht mit Gewalt holen, hätte sie auch kein Auge zugetan.

„Lass uns ein Stück gehen", schlägt sie vor und hakt sich bei Malika unter, um sie etwas zu stützen.

Schweigend wandern sie über die Pfade des Dorfes und gelangen schließlich zum See. Sie setzen sich in das Gras am Ufer und starren auf das klare Wasser. Die Sonne steht genau über ihnen und spiegelt sich in der Wasseroberfläche, ebenso die Felsen, die sich wie eine schützende Hand um sie herum aufrichten. Das Schilf wiegt sich im leichten Wind und außer den entfernten Geräuschen aus dem Dorf ist es vollkommen still. Weder Vogelgezwitscher noch das Summen von Insekten erklingt. Granny empfindet die Ruhe beinahe als heilsam.

Die dunklen Gedanken und bösen Vorahnungen treten in den Hintergrund und zum ersten Mal seit den Erlebnissen vor dem Labyrinth schafft sie es, tief durchzuatmen. Sie hält die Luft kurz an und pustet sie geräuschvoll wieder aus. Danach fühlt sie sich wie befreit. Eine Last fällt von ihren Schultern und der Schmerz in ihr wird erträglicher.

„Würdest du es mir jetzt erzählen?"

Sie greift nach Malikas kalter Hand und versucht, ihr damit den so dringend benötigten Halt zu geben. Ganz deutlich spürt Granny ihr Zittern. Es dauert eine Weile, in der Malika immer wieder den Mund öffnet und doch kein Laut herauskommt. Sie schließt ihre Augen und macht es Granny gleich. Tief ein- und ausatmend beruhigt sich ihr rasendes Herz und leise wispernd erzählt sie, wie alles vor dreiundzwanzig Jahren anfing.

„Ich war damals sieben Jahre alt. Meine Eltern waren die Königin und der König eines kleinen Reiches, dessen Namen ich längst vergessen habe. Vater war ein kalter Mann, den ich nur zu offiziellen Anlässen zu Gesicht bekam. Obwohl ich die erste Prinzessin und Thronfolgerin war, hat er mir keinerlei Beachtung geschenkt. Anders meine

Mutter. Sie war so voller Liebe, aber auch so einsam. Im Schloss haben wir es beide selten lange ausgehalten und waren stattdessen oft in der Stadt." Tief durchatmend legt Malika ihre zweite Hand auf die von Granny und hält sich an ihr fest. „Aber Mutter ging immer öfter ohne mich, heimlich. So, dass Vater und seine Ritter nichts bemerkten. Einmal folgte ich ihr. Ich wollte das Rätsel unbedingt lösen und dachte ... Keine Ahnung ..."

„Hast du es gelöst?"

Traurig nickt Malika. „Ich fand sie in den Armen eines Mannes. Er war einer der Stierdämonen aus der Stadt und ich kannte ihn sogar, weil er oft mit mir gespielt hat. Seine Rasse war bei uns hoch angesehen, da sie das Reich schon vor so einigen Gefahren beschützt hatten. Selbst in dem Alter verstand ich, was es bedeutete, dass Mutter sich ihm so zuwandte, und wusste, dass mir nur zwei Möglichkeiten blieben. Entweder ich schweige und nehme das Geheimnis eines Tages mit ins Grab oder ich berichte dem König davon."

„Du hast es ihm nicht erzählt. Sonst wären wir heute wohl beide nicht hier."

„Nein, ich hatte zu große Angst vor ihm. Da Mutter und Vater in getrennten Zimmern schliefen, bin ich in jener Nacht zu ihr gegangen, um sie zu fragen, ob sie den Mann liebt."

Die Augen schließend erinnert sich Malika an das warme Zimmer ihrer Mutter und das entsetzte Gesicht nach ihrer Frage. In den Armen der Königin liegend hatten sie in jener Nacht viele Stunden geschwiegen, ehe sie eine Antwort bekam.

„Sie sagte ja und ich versprach, es für mich zu behalten."

Die Wärme ihrer Mutter vermissend lehnt sich Malika näher an Granny heran. Eine Träne löst sich aus ihrem Augenwinkel und tropft unbeachtet in ihren Schoß.

„Das ging eine ganze Weile gut, bis Mutter an einem heißen Sommertag plötzlich zusammenbrach. Als ich zu ihr wollte, versperrte man mir den Weg auf Geheiß des Königs. Doch ich ließ mich nicht aufhalten und schlich durch Geheimgänge. Dabei erhaschte ich ein Gespräch zwischen meinem Vater und der Heilerin." Malikas Griff wird fester.

„Sie war schwanger", flüstert Granny und befürchtet bereits das Schlimmste.

„Ja. Und jeder wusste, dass der König keine Kinder mehr bekommen konnte. Er wurde kurz nach meiner Geburt vergiftet und verlor dabei sein Zeugungsvermögen."

„Hat er ..."

„Er schäumte vor Wut und hat Mutter furchtbar geschlagen. Man hat es im ganzen Schloss gehört. Es dauerte eine Ewigkeit und ich war nur einen Raum entfernt. Aber ich hatte eine solche Angst, dass ich wie erstarrt in dem Geheimgang lag, weinte und bei jedem Schlag und jedem Schrei zusammenzuckte. Selbst als er irgendwann ging, konnte ich mich noch stundenlang nicht rühren." Weitere Tränen laufen ihre Wangen hinab und zeichnen die Spuren alter Verzweiflung nach. „Als ich endlich bei ihr war, lag sie blutend und schwer atmend auf dem Bett. Ich wischte das Blut aus ihrem Gesicht und versuchte, mich um ihre zahlreichen Wunden zu kümmern."

„Du bist ein gutes Kind", flüstert Granny, nicht ahnend, dass sie die gleichen Worte benutzt wie damals die Königin. Ein wohliges Gefühl macht sich in Malika breit.

„Sie schwebte danach wochenlang zwischen Leben und Tod, hielt aber durch. Wahrscheinlich, weil der König ihr keinen weiteren Besuch abstattete. Er verbot es auch allen anderen. Kein Heiler durfte zu ihr und mir wurde es ebenfalls untersagt. Ich bekam sogar eine Amme an die Seite gestellt, damit ich mich nicht davonschleiche."

„Was für ein Ungeheuer! Wie kann er ihr den Umgang mit ihrem Kind verbieten? Und ohne Heiler ..."

„Mutter war unfassbar stark. Sie hat es allein geschafft, und als das Schreien des Neugeborenen durch das Schloss hallte, sammelten sich die Menschen in ihrem Zimmer. Ich versteckte mich wieder in einem der Geheimgänge, von dem aus ich in den Raum sah, ohne selbst gesehen zu werden. Nie werde ich vergessen, mit wie viel Verachtung Vater das Baby betrachtet hat ... und seine Worte."

Als Granny merkt, wie schwer es Malika fällt, an dieser Stelle weiterzusprechen, drückt sie ihre Hand und flüstert sanft: „Du musst seine Worte nicht wiederholen."

Dennoch tut Malika genau das.

„Wäre es wenigstens ein Mensch, stattdessen gebärst du ein Scheusal." Sie schüttelt sich in dem Versuch, die Verachtung ihres Vaters loszuwerden. „Er hat noch am selben Tag befohlen, einen Scheiterhaufen im Schlosshof errichten zu lassen." Ein Schluchzer entrinnt ihrer Kehle und weitere machen ihr das Sprechen schwer. „Ich wollte ihr helfen. Dachte, wir könnten gemeinsam fliehen und irgendwo glücklich leben. Aber sie nahmen sie direkt mit. Nahmen sie mir einfach so weg. Nur das kleine wimmernde Bündel lag noch auf dem Bett, und als ich die Stofflagen zur Seite schob, sah ich in ein felliges Gesicht mit großer Schnauze und seltsamen Ohren. Im ersten Moment machte es mir Angst, aber dann ...“

Ein Lächeln liegt auf Malikas Lippen. Die Tränen versiegen für eine Weile, während sie sich an den Anblick ihres kleinen Bruders erinnert. „Er hörte auf zu weinen und öffnete die Augen. Sie waren so groß und strahlten in der gleichen Farbe wie meine eigenen und die unserer Mutter. Da wusste ich, dass ich niemals zulassen würde, dass ihm etwas passiert."

Sie erinnert sich noch gut daran, wie sich ein kleines Ärmchen aus dem Stoff schob und nach ihrem Finger griff. Wie das Baby anfing, zu glucksen und zu strahlen, als hätte es genau gewusst, was sie dachte.

„Ich hörte Schritte auf dem Flur und wusste, dass der König nicht nur Mutter töten würde, sondern auch ihr Kind. Mir war klar, dass ich ihr nicht helfen konnte. Vater hätte mich ebenfalls umbringen lassen, schließlich bedeutete ich ihm nichts. Aber meinen Bruder ... den hielt ich bereits in den Armen."

Malika schließt die Augen und sieht sich selbst. Wie sie in dem großen Zimmer stand. Die Wärme, die vom Baby ausging, und die näher kommenden Schritte auf dem Flur. So schnell sie konnte, wickelte sie ihren Bruder fest in Laken ein und band ihn sich auf den Rücken. In der Stadt hatte sie oft gesehen, wie Frauen ihre Kinder auf diese Art trugen und nebenbei arbeiteten. Da es mehr schlecht als recht funktionierte, schlang sie eine weitere Lage um ihren Bruder und ihre Hüften.

Die Schritte waren mittlerweile vor der Tür angekommen, doch Malika ließ sich davon nicht aus der Ruhe bringen. Sie wusste, würde sie in Panik verfallen, wäre das sein Ende und ihres vermutlich auch. Ihr Vater hatte bei Verrätern noch nie Gnade walten lassen und würde nicht ausgerechnet bei ihr damit anfangen.

Völlig ruhig ging sie auf die Fenster zu und kletterte hinaus auf den Vorsprung. Er war gerade breit genug, dass sie darauf gehen konnte. Schritt für Schritt schob sie sich an der Wand entlang und es gelang ihr, ungesehen bis zu einem Fenster zu kommen, das in eine Abstellkammer führte. Sie sprang hinein und schlich aus der Tür hinaus auf den Flur. Allerhand Umwege und Geheimwege nutzend schaffte sie es, den Bewohnern des Schlosses aus dem Weg zu gehen.

„Malika?"

Aus ihren Erinnerungen gerissen öffnet sie ihre Augen und blickt in die von Granny. Sie schluckt und versucht, den Kloß in ihrem Hals loszuwerden. Schließlich spricht sie mit belegter Stimme weiter. „Wir schafften es aus dem Schloss heraus und bis zum schlosseigenen Anlegesteg, wo ich eines der Boote losmachte."

Ihre Mutter war darin einmal mit ihr ein Stück aufs Meer hinausgefahren. Sie wollte ihr das Schloss in seiner vollen Pracht zeigen. Ein unglaublicher Anblick.Glücklicherweise hatte Malika dem Bootsjungen neugierig zugesehen und wusste, wie sie den Knoten aufbekam.

„Ich paddelte zum ersten Mal und es verlangte mir alles ab, dennoch machte ich immer weiter, bis ich das Schloss in der Dunkelheit kaum mehr ausmachen konnte."

Wieder versinkt Malika in der Erinnerung an die schlimmste Nacht ihres Lebens. Sie betrachtete die Schemen ihres Zuhauses eine Weile, bis daneben ein Feuer entzündet wurde. Schreie hallten bis zu ihr und sie fing an zu weinen. Sie wusste genau, wer dort so entsetzlich schrie. Die Schuld zerfraß sie, immerhin hatte sie ihre Mutter im Stich gelassen. Als ihr Bruder wimmerte, band sie ihn sich vom Rücken und nahm ihn in den Arm.

„Ich wusste, dass ich das Richtige getan hatte. Mutter wäre stolz gewesen, da war ich mir sicher. Sie hat ihr Leben für das seine gegeben und sie hätte das Gleiche auch für mich gemacht."

Malikas Stimme ist so leise, dass Granny näher rutschen muss, um sie zu verstehen. Mittlerweile sitzen sie so eng umschlungen da, dass kein Blatt mehr zwischen sie passen würde. Die Wärme gibt beiden Halt und Malikas Zittern klingt mit den grausamen Erinnerungen langsam ab.

Sie ließ alles zurück. Ihre Heimat, ihren Titel. Sie nahm nicht einmal ein Erinnerungsstück an ihre Mutter mit. Alles, was Malika blieb, war das Kind der Liebe.

Tagelang paddelte sie mit dem kleinen Boot und ohne Lebensmittel. Das Baby brüllte vor Hunger und sie konnte nichts dagegen tun. Es laugte sie aus, und als endlich eine Insel in Sicht kam, verstummten die Schreie abrupt.

„Wir fanden nach vielen Tagen Land und ich dachte, alles würde gut werden. Und wenn nicht, dann würde ich dort wenigstens etwas zu essen finden, damit mein Bruder nicht verhungert. Aber niemand wollte mir helfen. ‚Nimm das Monster und verschwinde!', riefen sie und scheuchten mich mit dem Besen fort. Ich flehte und bettelte um sein Leben." Wieder verschleiern Tränen Malikas Blick und ihr Herz fängt von Neuem an zu schmerzen. Es zieht sich zusammen und hinterlässt ein dumpfes Gefühl.

„Man trat und schlug nach mir. Ein Mann griff in mein Haar und warf mich gewaltsam aus dem Dorf. Dort blieb ich mit meinem Bruder in den Armen liegen. Immer wieder flüsterte ich und bat um Hilfe. Mir ging die Kraft aus und ich fiel irgendwann in Ohnmacht."

Sanft streicht Granny über Malikas Rücken und wispert beruhigende Worte. „Du bist so unfassbar stark! Du hast ihn beschützt, ich bin so stolz auf dich."

Stumme Tränen vergießend pausiert Malika die Geschichte. Die beiden sitzen viele Stunden lang am See und halten einander einfach fest. Die Sonne verschwindet hinter den Felsen und mit ihr die Wärme. Ein kalter Luftzug streicht über das Schilf und bringt die Frauen zum Frösteln. Ein paar Mal hören sie, wie sich Schritte nähern, doch niemand spricht sie an. Und sie sehen auch nicht auf, um zu prüfen, wer etwas von ihnen will.

Als sich die ersten Sterne am Firmament sichtbar machen, löst sich Malika ein Stück aus der Umarmung. Ihr Blick richtet sich zum Himmel und sie erzählt weiter.

„Ich wachte viele Stunden später in einer Hütte auf. Eine Frau hat uns gefunden und mitgenommen. Sie gab uns zu essen und wir durften ein paar Tage bleiben. Sie sagte aber auch, dass es an diesem Ort keinen Platz gäbe, an dem ein Kind wie er aufwachsen könnte. Also mussten wir wieder mit dem Boot weiter. Unterwegs erzählte ich meinem Bruder all die Märchen, die mir Mutter anvertraut hatte. Von den Prinzen und Prinzessinnen, Drachen und fremden Welten. Gerade als mir die Geschichten ausgingen, entdeckte ich am Horizont eine weitere Insel."

Sie folgte der Küste und kam irgendwann an einer Höhle an, die gut verborgen lag. Das Boot hineinsteuernd machte sich Unsicherheit in ihr breit und selbst jetzt noch erfasst sie ein kalter Schauer, wenn sie sich daran zurückerinnert. Sie war zu weit gekommen, um aufzugeben oder umzukehren, und so drang sie tiefer in den Berg ein.

„Als das letzte Licht von außen verglimmte, erwachte die Höhle zum Leben. Das Wasser fing an, grün zu leuchten, und zeichnete wilde Muster an die Wände. Tief unter uns wiegten sich Gräser, die das seltsame Licht abzusondern schienen. Ich griff ins Wasser und brachte die Musterungen in Bewegung. Das ließ meinen Bruder glucksen. Fröhlich lag er im Boot und streckte die Arme nach den Mustern über ihm aus. Ich nahm ihn auf den Arm und gemeinsam betrachteten wir die Lichter und Schatten an den Wänden. Es war wunderschön."

Sie fanden den Weg in eine Grotte und von dort aus in ein scheinbar unendliches Höhlennetzwerk. Es dauerte Tage, bis Malika endlich wieder die Sonne erblickte.

„Das war der Moment, in dem ich beschloss dortzubleiben. Ich wusste, dass es schwer werden würde. War mir aber sicher, an diesem Ort könnte ich ihn beschützen. Im Fliederdorf verdiente ich Geld, um Essen und Spielsachen zu kaufen. Man gab mir einfache Aufgaben und meistens hat man mir dabei geholfen. Dafür bin ich bis heute dankbar, sonst hätte ich es wohl nicht geschafft, mich noch um Kesetiaan zu kümmern. Und ihn alles zu lehren, was ich wusste – genau so, wie es Mutter auch getan hätte."

Malika steht auf und geht näher an den See heran, bis ihre Füße in das kalte Wasser eintauchen. Dann dreht sie sich halb zu Granny um, die langsam auf die Beine kommt. Der Blick aus den grünen Augen ist dabei völlig klar und scheint förmlich zu strahlen.

„Ich habe geschworen, Kesetiaan zu beschützen, Granny, und wenn ich dafür gegen die Götter selbst aufbegehren muss, werde ich alles tun, damit er irgendwann ein friedliches und glückliches Leben führen kann."

Granny sieht Malika förmlich an, wie die Dunkelheit aus ihrem Inneren weicht und ein Licht der Hoffnung entflammt. Für einige

Sekunden schließt Granny die Augen. Sie denkt an die letzten Tage und an ihr bisheriges Leben. Sie denkt an Kesetiaan, der sich immer wieder vor sie stellte, und an den Schatten, der so angsterfüllt aussah, als er sie in Gefahr brachte. Und schließlich erinnert sie sich auch an Henry, der starb, um jemanden zu beschützen.

Obwohl sie gerne so hoffnungsvoll wäre wie Malika, will die Dunkelheit nicht aus Granny weichen. Sie klammert sich mit eisernem Griff an ihr Herz und lässt sie das Schlimmste befürchten.

Was ist der Preis für das Leben derer, die wir schützen wollen? Ist es am Ende unser eigenes Leben, welches wir geben müssen? Ein weiterer Verlust, der nur mehr Schmerz auslösen wird? Wann wird dieser Kreislauf durchbrochen?

Ihre Gedanken für sich behaltend setzt Granny ein Lächeln auf, welches ihre Augen nicht zu erreichen vermag. Dennoch reicht es aus, um Malika für den Moment glücklich zu machen.

Sie haben über alles geredet, jedes Wort wurde gesprochen und nun müssen Taten folgen.

KAPITEL 24

Im Feuerschein

„Granny, Malika, darf ich eben stören?" Ascun steht einige Schritte entfernt und wartet, bis sich beide zu ihm umdrehen, ehe er weiterspricht. „Es ist für eure Abreise alles vorbereitet. Deshalb möchten wir uns heute Nacht mit einem großen Fest von euch verabschieden. Wenn ihr so weit seid, kommt bitte auf den Dorfplatz."

Mit einem zaghaften Lächeln verabschiedet er sich und geht zurück ins Dorf. Nach einem kurzen Blickwechsel zwischen Granny und Malika schließen sie schnell zu ihm auf. Schon von Weitem hören sie, wie die Dorfbewohner plaudern und lachen.

Auf dem Platz wurde ein großes Lagerfeuer entzündet. Die Wärme strahlt so sehr, dass Granny allein beim Anblick anfängt zu schwitzen. Nur dank des kühlen Luftzugs, der zwischen den Häusern hindurchweht, bleibt es erträglich.

Um das Feuer herum stehen die Bewohner Lerakos sowie die Überlebenden aus dem Labyrinth. Ravine steht neben Ascun und es sieht so aus, als würden sie sich gut verstehen. Seine Verletzungen wurden sorgfältig behandelt und Granny freut sich darüber, dass es ihm sichtlich besser geht.

Auch Faaru entdeckt sie schnell. Die junge Frau ist wie immer fleißig und versorgt alle mit alkoholischen Getränken. Bei Granny und Malika angekommen schenkt sie den beiden ein strahlendes Lächeln und drückt ihnen je einen Becher in die Hand. Sofort schmiegt sich der süßliche Duft von Milch in Grannys Nase und sie atmet ihn genießend ein. Sie ist froh, dass Faaru ihr nicht ebenfalls Alkohol gereicht hat, dafür ist Granny nicht in der richtigen Stimmung. Und wenn sie schon keinen Earl Grey trinken kann, dann ist warme Milch noch ihre liebste Alternative.

Nachdem alle mit Getränken versorgt wurden, betritt Cikatro den Platz und stellt sich vor das große Feuer. Er macht mit beiden Armen eine ausladende Geste und Stille kehrt unmittelbar ein.

„Meine Freunde", beginnt er zu sprechen. Seine Stimme ist so dunkel und rau, dass sie förmlich nachvibriert. „Seit vielen Jahren befinden wir uns auf der Insel Dayax. Einst gestrandet, nachdem wir einen aussichtslosen Kampf geführt haben. Schwer verwundet und ohne Schiff, mit dem wir unsere Reise hätten fortsetzen können. Wir waren Ausgestoßene, die nie einen sicheren Hafen hatten, und auch hier wurden wir mit Argwohn und Hass begrüßt."

Undeutliches Gemurmel erschallt aus den Reihen. Wütende Stimmen werden lauter und böse Blicke treffen auf die vier Bewohner des Fliederdorfs. Granny sieht, wie sich Ravines Haltung verändert. Er duckt sich und geht in eine verteidigende Pose. Seine Augen zucken nervös im Schein des Feuers umher und er scheint alle Personen gleichzeitig beobachten zu wollen. Grannys Blick verdunkelt sich und sie ist kurz davor, sich schützend vor den jungen Mann zu stellen.

Doch noch ehe irgendjemand etwas Voreiliges tun kann, erhebt Cikatro wieder die Stimme und bringt das Gemurmel zum Schweigen.

„Aber das ist Vergangenheit! Genauso wie unsere Zeit auf den Meeren Hangaias ist auch der Hass längst vorbei." Mit ernstem Blick betrachtet er seine Leute. Sein hellblaues Auge wirkt, als würde es von innen heraus leuchten, während das weiße den Anschein macht, als wäre es von den Flammen verzehrt worden, nur um in einem saftig orangen Farbton zu erstrahlen. „Dies ist die letzte Nacht, in der wir so beisammen sind. Morgen beginnt ein Kampf, dessen Ende entweder auch das unsere ist oder der Anfang eines neuen Zeitalters." Er bleibt an Granny hängen und starrt sie lange an, ehe seine Züge weicher werden. „Ganze dreizehn Jahre ist es nun her, dass mein geliebtes Schiff, die Girach'a, gesunken ist. Damals habe ich geschworen, mich bei Xwedayê zu revanchieren. Darum bin ich dankbar dafür, dass Granny, Kesetiaan und Malika ihren Weg zu uns gefunden haben. Dank ihnen wird sich etwas auf der Insel verändern und vielleicht können wir endlich die täglichen Gefechte mit der Sciathán beenden. Kämpfe, die doch nur dazu dienten, das Unvermeidbare aufzuschieben – unser Vergeltungsschlag gegen Xwedayê."

Granny zuckt unmerklich zusammen. Wieder dieses Wort und die damit verbundene Machtlosigkeit.

Ist das Schicksal wirklich unvermeidbar?

Fest klammert sich Granny an den Becher in ihren Händen und starrt in die Flammen hinter Cikatro. Für einen Moment schweifen ihre Gedanken ab und sie nimmt die Rede und die Menschen um sich herum nur noch als undeutliches Hintergrundrauschen wahr. Überraschend fühlt sie eine Präsenz neben sich. Granny dreht sich nicht zu ihm um, auch dann nicht, als seine Stimme in ihrem Kopf erklingt.

„Du fürchtest dich, alte Frau. Aber nicht vor mir, nicht vor dem, was ich tue und wozu ich Kesetiaans Macht nutzen könnte."

Sanft und doch bestimmend frisst sich die Stimme des Schattens in Grannys Bewusstsein und wird zu dem einzigen Geräusch, das sie noch klar wahrnimmt. Sie antwortet ihm nicht. Starrt nur weiter in die Flammen, die spielerisch im Nachtwind zucken. Knackendes Holz und Funken, die sich auf den Weg in den Himmel machen. Sie konzentriert sich voll und ganz auf das Licht, um nicht wieder der Dunkelheit zu verfallen.

„Ich habe in dein Innerstes geblickt und kenne deine Furcht. Ich weiß, dass du voller Angst bist, jemanden zu verlieren, den du liebst.

Doch ich verstehe nicht, warum der Dämon dazugehört. Du kennst ihn kaum."

In seiner Stimme schwingt etwas mit, ein Zögern und Abwägen. Ein Gefühl erfasst Granny, das jedoch nicht ihr eigenes ist – Eifersucht.

Der Schatten wartet.

Da Granny ihm nicht antwortet, bahnt sich ein Knurren in ihre Gedanken. Plötzlich stellt er sich vor sie und ihre Augen weiten sich erschrocken.

„Warum würdest du einem Monster den Vorzug geben? Liebst du ihn mehr als deine eigenen Kinder?", fragt die Erscheinung ihres Sohnes. Thomas' Gesicht ist emotionslos und kalt. Fast so, als könnte ihn die Wärme des Feuers nicht erreichen. Seine Stimme klingt verzerrt, wie durch einen Filter gepresst.

Granny fühlt einen Stich in ihrem Herzen. Ihr ist klar, dass der Schatten mit ihr spielt und sie mit dieser Erscheinung quält. Dass er im Grunde nur das nutzt, was sie ihm selbst an Waffen gibt. Die Angst, ihren Sohn zu enttäuschen, weil sie seit ihrer Ankunft in dieser Welt keine Sekunde genutzt hat, um heimzukommen. Und doch …

„Weißt du, Thomas und ich hatten immer eine besondere Beziehung zueinander. Er war schon als Kind gnadenlos mit mir, hat gesagt, wovor andere sich fürchten würden. Und ich war stets stolz darauf, einen Sohn wie ihn zu haben. Deshalb weiß ich auch, dass er solche Worte nicht wählt, um mich zu verletzen." Tief holt Granny Luft und blickt ihrem Kind direkt in die braunen Augen. „Er tut es, um mir zu zeigen, wie groß seine eigene Angst ist. Aber Thomas muss sich nicht fürchten, denn ich werde nach Hause kommen, sobald ich mich um dich und Kesetiaan gekümmert habe. Also warte auf mich, mein geliebtes Kind, damit ich dich bald wieder in meine Arme schließen kann."

Stockend weiten sich Thomas' Augen. Ganz langsam löst sich die Gestalt auf und wird wieder zu einem schattenhaften Umriss. Eine Weile starren sich Granny und der Schatten einfach nur gegenseitig an. Dann legt er den Kopf schief und flüstert: *„Du kannst mich nicht retten. Es ist zu spät, dafür bin ich zu weit gegangen."*

Granny nickt und schließt die Augen. Dann wispert sie: „Ich werde es trotzdem versuchen!" Und als sie die Augen wieder öffnet, ist der Schatten verschwunden.

Langsam kehren die Geräusche zu ihr zurück und sie verspürt Wehmut. Ihr Herz zieht sich schmerzhaft zusammen und ihre Augen brennen. Doch sie lässt den Schmerz nicht zu. Sie schluckt ihn runter und fixiert Cikatro, der mittlerweile das Ende seiner Rede einleitet. Von ihrem Gespräch mit dem Schatten scheint keiner etwas mitbekommen zu haben.

„Deshalb lasst uns heute Nacht feiern und morgen so leben, als wäre es der Rest unseres Lebens." Faaru hält Cikatro einen Becher hin. Er greift beherzt danach und prostet in die Menge. „Heute ist das Ende und morgen ein Neubeginn. Was auch immer er mit sich bringt, wir machen das Beste draus. Gemeinsam!"

Jubel bricht aus. Die Männer und Frauen scharen sich um Cikatro, um sich zu verabschieden. Auch Granny und Malika werden mit unzähligen Wünschen bedacht. Nach einer Weile gehen die Menschen dazu über, zu trinken und zu feiern.

Während sich Malika an Faaru hängt und die beiden anfangen, um das Feuer herumzutanzen, bleibt Granny abseits stehen. Sie will keine Spielverderberin sein, nur feiern lag ihr noch nie und gerade jetzt ist ihr weit weniger danach als ohnehin schon. Deshalb setzt sie sich auf eine Kiste am Rande des Platzes und sieht dabei zu, wie die anderen ihren Spaß haben.

Für eine ganze Weile ist sie mit den Gedanken bei ihrer Familie und beim Schatten. Selbst wenn sie nun dem echten Thomas gegenüberstehen würde, hat Granny längst den Entschluss gefasst, dieses Abenteuer bis zum Ende durchzustehen. Für einen Rückzug ist sie zu weit gekommen.

Henry wäre sauer auf mich, wenn ich jetzt aufgebe und die Kinder im Stich lasse. Nein, ich bleibe dabei! Ich werde alles geben, um beide zu retten, und dann sicher zu Thomas und Elain zurückkehren.

„Darf ich mich setzen?"

Granny schaut verwirrt auf und blickt in das Gesicht von Ravine. Sie braucht einen Moment, ehe sie wieder im Hier und Jetzt ankommt, und blinzelt einige Male. Ein Stück zur Seite rutschend lächelt sie den blonden Mann an und klopft auf den freigewordenen Platz. Vorsichtig setzt sich Ravine neben sie und knetet nervös seine Finger.

„Kann ich dir irgendwie helfen, mein Lieber?", fragt Granny und versucht, ihn damit zum Reden zu ermuntern.

„Ich wollte mich entschuldigen, für das letztens im Dorf. Und danke sagen für … alles."

Granny antwortet nicht darauf. Sie tätschelt einfach seinen Oberschenkel, um zu zeigen, dass die Sache vergeben und vergessen ist.

„Du willst ihn retten, oder?"

Überrascht sieht sie ihn an. Sein Blick hat sich mit einem Mal verändert und Ravine wirkt voller Tatendrang. „Ja, das will und werde ich."

„Weißt du, ich würde meine Leute auch gerne retten. Wir sind alle so voller Angst, dass wir uns schon seit Jahren isolieren und jeden an unseren Gott opfern, der unbequem ist. Nicht nur Kesetiaan, sondern auch den Menschen hier in Lerako haben wir Schreckliches angetan."

„Und warum änderst du es dann nicht einfach?"

Die Zweifel stehen ihm ins Gesicht geschrieben und Ravine seufzt schwer. Wieder tätschelt Granny seinen Oberschenkel und sagt: „Jeden Tag können wir dutzende Entscheidungen treffen und damit ändern, wer wir sind und wie wir anderen gegenüber auftreten. Es gibt also keinen Grund, warum du alte Fehler wiederholen solltest. Schlaf darüber und triff morgen eine neue Entscheidung. Du wirst überrascht sein, was das bewirken kann."

Ravine ballt die Fäuste und beißt sich auf die Lippen.

„In Ordnung. Ich verspreche, dass ich mein Bestes geben werde."

Ein leichtes Lächeln schleicht sich auf Grannys Lippen. Der Ehrgeiz imponiert ihr und sie spürt bei ihm den gleichen Enthusiasmus und die Hoffnung wie schon bei Malika.

„Sehr gut! Dann vertraue ich darauf, dass du dir Mühe geben wirst."

„Das werde ich!"

Mit einem fröhlichen Lachen springt er von der Kiste und gesellt sich wieder zu Ascun. Granny beobachtet ihn noch eine Weile und ist froh zu sehen, dass er nicht länger voller Hass betrachtet wird. Der Moment während der Ansprache hat ihr Sorgen bereitet und gezeigt, dass selbst die guten Leute in Lerako eine Dunkelheit in sich tragen.

Man mag sie von außen nicht sehen, doch Granny hat sie entdeckt und es kommt ihr fast so vor, als würde sie die Schatten nun an jeder Ecke entdecken.

Früh am nächsten Morgen macht sich Granny auf den Weg zu ihren Reisebegleitern. Bevor sie den Dorfplatz erreicht, begegnet sie Ravine und den drei namenlosen Bewohnern aus dem Fliederdorf. Mittlerweile schämt sich Granny beinahe, dass sie nie nach den Namen der Männer gefragt hat. Doch es jetzt noch zu tun, wäre ihr peinlich. Also wirft sie den dreien nur ein zaghaftes Lächeln zu und konzentriert sich dann auf Ravine.

„Wir machen uns jetzt auf den Weg. Ascun hat mir Lebensmittel mitgegeben und wir bekommen sogar Pferde."

„Das ist sehr freundlich von ihm. Ich hoffe, du hast dich anständig bedankt." Granny schenkt ihm ein schalkhaftes Grinsen, das er erwidert. „Wie lange werdet ihr zurück brauchen?"

„Mit den Pferden nur etwa einen halben Tag. Die Insel ist klein und ich kenne Pfade, über die wir schnell vorankommen."

„So wie der durch den Eisvulkan?"

„Durch? Es gibt keinen Weg hinein."

„Hä?" Verwirrt blinzelt Granny und sieht Ravine durch zusammengekniffene Augen an. „Als wir die Brücke überquert hatten, gab es nur einen Weg nach oben und einen in den Vulkan hinein. Weil du gesagt hast, dass wir hinuntermüssen, sind wir reingegangen."

„Von einem solchen Weg weiß ich nichts. Wenn wir diese Route nehmen, dann gehen wir immer über die Steintreppe, die runter zur Schale führt."

„Es gab keine solche Treppe. Sonst wäre ich die deutlich lieber gegangen als durch diese eisige Hölle."

Sich verarscht vorkommend beendet Granny das Thema mit einem energischen Handwink. Dann seufzt sie und entschuldigt sich.

„Es tut mir leid, nimm das bitte nicht persönlich. Die letzten Tage fordern auch von mir ihren Tribut und meine Nerven sind etwas angespannt. Jetzt zu hören, dass wir möglicherweise einen Weg übersehen haben und ich deshalb fast erfroren wäre ... Das entspannt mich nicht gerade."

Ravine nickt nur und sieht kurz zu seinen Begleitern. Er holt einmal tief Luft und hält Granny seine Hand hin. Verwundert betrachtet sie diese und wartet auf eine Erklärung.

„Ich werde mein Versprechen halten. Bitte, wenn du Kesetiaan gerettet hast, dann kommt ins Fliederdorf, damit ich mich bei ihm entschuldigen und das Verhalten meiner Leute wiedergutmachen kann."

Nur langsam bildet sich auf Grannys Lippen ein Lächeln. Schließlich nimmt sie Ravines Hand in ihre und hält sie fest. Sie spürt sein leichtes Zittern und wärmt seine kalten Fingerspitzen.

„Das werden wir." Ihr Lächeln wird breiter und doch erreicht es ihre Augen nicht, aus denen sich erste Tränen lösen. Sie wispert: „Ich werde alles tun, damit wir am Ende bei einem Abendessen darüber lachen können."

Ravine schluckt schwer und entzieht sich ihren Händen. Er verbeugt sich und eilt dann zu seinen Männern. Rasch steigen sie auf die bereitgestellten Pferde auf, und ehe sich Granny versieht, verlassen sie das Dorf.

Grannys Vertrauen in den jungen Mann hält sich in Grenzen, trotzdem wünscht sie sich sehnlichst, dass Ravine zu seinem Wort steht. Sie will, dass er sein Versprechen einhält und sie davon überzeugt, dass er mehr ist als ein unhöflicher Rabauke. Dass er ein gutes Herz hat.

Kaum ist Ravine aus ihrem Sichtfeld verschwunden, macht sich Granny auf den Weg zum Dorfplatz. Bereits von Weitem sieht sie Cikatro und Ascun, die sich unterhalten. Der Anführer trägt wieder seine graue Rüstung, die er schon beim Kampf gegen die Sciathán getragen hat. An seiner Hüfte hängen ein Schwert und mehrere kleine Lederbeutel. Nur den Helm hat er nicht auf.

„Halt hier alles am Laufen und tu nichts, was ich nicht auch tun würde", spricht Cikatro zu seinem Freund und hebt mahnend den Finger hoch.

Lachend antwortet Ascun: „Was denn, du gibst mir einen Freibrief?"

„Du weißt, was ich meine."

Beide lachen und klopfen sich auf die Schultern. Sie tauschen einen intensiven Blick miteinander aus, ehe Ascun beinahe flehend wispert: „Mach keine Dummheiten. Ich will dich nicht an die Götter verlieren, Bruder."

„Ich werde nicht sterben. Sorge dich also nicht zu sehr um mich."

Wenig überzeugt nickt Ascun und wendet sich ab. Er kontrolliert ein letztes Mal die beiden Pferde und das Gepäck. Die Gurte festzurrend wirkt er verloren und fehl am Platz.

Währenddessen kommt Faaru hinzu und umarmt Cikatro einmal fest, um ihm dann die Faust gegen die Brust zu drücken. Ihr Blick ist aussagekräftiger als jedes Wort.

„Pass mir auf Ascun auf, er wird deine Unterstützung brauchen."

Mit Tränen in den Augen nickt Faaru. Ein letztes Mal umarmt sie Cikatro und verschwindet dann zusammen mit Ascun in einem der Häuser. Während Cikatro den beiden hinterherblickt, bemerkt er Granny und nähert sich ihr.

„Sie ist mir in all den Jahren zu einer Schwester geworden und Ascun zu einem Bruder. Wenn auch nicht blutsverwandt, sind alle hier Teil meiner Familie. Sie zu verlassen, fällt mir schwer."

„Ich weiß es zu schätzen und ich hoffe, dass wir alle wieder heil nach Hause kommen."

„Du weißt, wo meines ist. Ich frage mich, wo ist deines?"

Granny schmunzelt und betrachtet den Mann.

Cikatro wirkt in ihren Augen wie ein ungeschliffener Diamant. So roh und kantig, dass man schnell vergisst, wie strahlend er ist. Obwohl er aussieht, als würde er auf das Leben anderer nichts geben, ist genau das das Wichtigste für ihn.

Von seiner Sorge gerührt sagt Granny: „Ich lebe in einem kleinen Haus am Ende einer Straße. Aber mein wahres Zuhause ist immer dort, wo auch meine Familie ist. Bei meiner Tochter, meinem Sohn und meinem Enkel. Und wenn ich darf, würde ich es gerne um Kesetiaan und Malika erweitern. Doch dafür müssen wir sie vorher retten."

Erst beim Sprechen wird Granny klar, wie wahr ihre Worte sind. Ihr Leben lang hat sie sich in der kleinen, schiefen Hütte verkrochen und das Wichtigste aus den Augen verloren.

Wenn ich zurückkomme, muss ich das ändern. Ich habe Elain schon so lange nicht mehr gesehen. Was würde ich dafür geben, sie jetzt in den Arm nehmen zu können. Oder Thomas, mit dem ich mich in letzter Zeit nur noch gezankt habe. Ich vermisse die beiden so sehr.

Sich eine Träne aus dem Augenwinkel wischend flüstert Granny: „Lass uns das beenden und dann nach Hause zurückkehren."

„Ja, das ist eine gute Idee."

Sie unterhalten sich noch eine Weile über Belangloses, bis Malika zu ihnen tritt. Ohne große Worte zu verlieren, machen sie sich bereit zum Aufbruch. Cikatro hilft Granny dabei, hinter Malika auf dem Pferd Platz zu nehmen, ehe er sich elegant auf sein eigenes schwingt.

Sich an der jungen Frau festhaltend bemerkt Granny ein leichtes Zittern, das durch deren Körper geht. So leise, dass nur Malika sie hören kann, flüstert sie: „Verliere nicht den Mut. Solange wir zusammen sind, wird am Ende ganz bestimmt alles gut werden."

Malikas Hände verkrampfen sich um die Zügel. Sie nickt und ein vorsichtiges Lächeln macht sich auf ihren Lippen breit. Langsam folgen sie Cikatro aus dem Dorf hinaus.

Einen letzten Blick wirft Granny noch zurück. Hinter ihnen schiebt sich die Sonne gerade über die hohen Felsen und spendet den Bewohnern Lerakos ihre sanfte Wärme. Sie alle sind gekommen, um sich zu verabschieden, und winken den dreien nach. Tränen stehen einigen in den Augen, doch sie bleiben still.

Kein Wort des Abschieds, kein Lebewohl. Solange sie überleben, wird es auch ein Wiedersehen geben.

Zorn brandete in mir auf. Ich war so wütend wie nie zuvor. Doch dieses Mal nicht auf Hangaia, sondern auf mich selbst. Ich hatte die Menschen unterschätzt und ihre grenzenlose Sturheit. Obwohl ich fast das gesamte Fliederdorf unter meiner Kontrolle hatte, gelang es Halqua, sich daraus zu befreien. Statt Kesetiaan weiter ins Tal zu schicken, hatte er versucht, ihn zu töten.

Hatte ich mich mit der Anzahl an Menschen, die ich gleichzeitig kontrollierte, übernommen? Ich hatte meine Kräfte nie zuvor so ausgereizt und hätte damit fast alles aufs Spiel gesetzt.

Dieser dumme Mensch war so kurz davor, meine jahrelang sorgfältig ausgearbeiteten Pläne zunichtezumachen. Zur Strafe legte ich seinen Geist in Ketten und machte ihn zu einer Marionette der Dunkelheit. Nie wieder würde er auch nur einen einzigen klaren Gedanken fassen und bei der ersten Gelegenheit einen Weg einschlagen, der ihn für immer vom Licht abschneiden würde.

Ich war dankbar, dass Granny die Menschen davon abhalten konnte, Kesetiaan zu opfern. Es war zu früh für ihn zu sterben, seine Kräfte waren noch nicht erwacht und er somit nutzlos für mich.

Mit ihrer Tat schürte Granny meine Neugierde. Erneut tauchte ich in ihren Geist ein. Sah den Mann namens Henry und konnte ihren Schmerz spüren. Sie bettelte um Hilfe. Und ich hatte das Bedürfnis, mich zu entschuldigen.

KAPITEL 25

Entzweigerissen

Eine ganze Weile reiten Malika, Cikatro und Granny stumm durch das große Tal. Vom Himmel strahlt die Mittagssonne und spendet ihr wärmendes Licht; hinter ihnen sind allerdings dunkle Wolken zu erkennen, die sich in der Ferne bedrohlich über den Vulkan schieben.

Malika vernimmt ein leises Donnern und fängt an zu frösteln. Der Geruch von Regen liegt in der Luft und ein kalter Wind schleicht über die weite Flur. Er wiegt das Gras sanft hin und her. Tief einatmend nimmt sie den Duft in sich auf. Noch ehe sie wieder entspannt ausatmen kann, mischt sich ein lautes Flügelschlagen in die Kulisse ein.

„Passt auf!", ruft Cikatro und sein Pferd bäumt sich wiehernd auf.

Mit einem gewaltigen Knall landet etwas Großes unweit von der Gruppe auf dem Boden. Ihre Augen weit öffnend erblickt Malika eine Staubwolke, in der sich eine Silhouette bewegt.

Sie spürt, wie Granny sich hinter ihr verspannt und die Arme fester um ihre Taille legt.

Cikatro lenkt sein Pferd so, dass er direkt zwischen den Frauen und dem Monster stehen bleibt. Er zieht sein Schwert und richtet es der Staubwolke entgegen, die quälend langsam zum Erliegen kommt. Die leuchtend gelben Augen sind das Erste, was sie erblicken, dann folgt der Rest des schauderhaften Gesichts und des monströsen Körpers.

„Ich werde die Sciathán ablenken, reitet ihr vor."

Ohne auf eine Antwort zu warten, gibt Cikatro dem Pferd die Sporen und galoppiert auf die Sciathán zu.

Statt seinem Befehl zu folgen, starrt Malika ihm starr nach. Ihre Hände krampfen sich wieder an den Zügeln fest und sie beißt sich auf die Unterlippe. Gerade als Cikatro zum ersten Schlag ausholt, dreht sich Malika zu Granny um und verkündet: „Ich werde ihm helfen! Steig bitte ab, zu zweit sind wir zu schwer. Das Pferd muss schnell und wendig sein, damit ich etwas gegen das Monster ausrichten kann."

„Ich glaube nicht, dass sie unser Feind ist", gibt Granny zu bedenken. Malika sieht ihr an, dass sie noch etwas sagen möchte, sie aber irgendwas daran hindert. Ängstlich blicken sich die braunen Augen um und beobachten abwechselnd das Monster und Cikatro.

Ehe sie zu einer Entscheidung findet, erlöst Malika Granny, indem sie entgegnet: „Das ist egal. Sie steht im Moment zwischen uns und meinem Bruder. Der Kampf hat längst angefangen und ich kann nicht zulassen, dass Cikatro stirbt. Ohne ihn stehen unsere Chancen deutlich schlechter, wenn wir uns dem Schatten erst mal entgegenstellen."

Sie kann sehen, wie es in Grannys Kopf rattert. Auch Malika würde diesem Kampf gerne entgehen. Nur befürchtet sie, dass sie ohne Cikatro nicht einmal den Weg zur Hafenstadt finden würden. Und da ist noch ein Gefühl, tief in ihrem Inneren. Ein seltsamer Drang, der sie dazu antreibt, sich in den Kampf zu stürzen. Ein Pulsieren in ihrer Magengegend, das förmlich danach schreit, in dieser Herausforderung freigelassen zu werden.

Malika schüttelt den Kopf, um sich von diesen seltsamen Gedanken und Gefühlen zu befreien. Dabei bemerkt sie erst, dass Granny bereits vom Pferd gestiegen ist, als sie nach ihrer Hand greift. Vorsichtig zieht sie an Malika. Sie beugt sich der alten Frau entgegen, um ihr in die Augen blicken zu können.

Leise flüstert Granny: „Hilf ihm, aber pass auf dich auf. Bitte!"

Ihr Blick wandert immer wieder kurz zu der Sciathán.

Das Wesen bäumt sich auf und schlägt seine Flügel mit aller Kraft auf den Boden. Dieser bricht an einigen Stellen auf und Cikatros Pferd kann nur knapp ausweichen. Das Beben hallt bis zu den Frauen nach und lässt Granny schwanken.

Malika lächelt ihr zu und nickt schließlich.

„Vertrau mir, ich bin stärker, als ich aussehe."

Sie löst ihre Hand aus Grannys und reitet los. Das Pferd scheint mit jedem Schritt schneller zu werden, bis es Malika so vorkommt, als würde es über die Ebene fliegen.

Mit einer beeindruckenden Geschwindigkeit kommt sie auf Cikatro zu. Doch ehe sie ihn erreicht, schlägt der Schwanz der Sciathán bereits neben ihr in den Boden ein. Das Beben reißt Malika fast aus dem Sattel und nur mit viel Mühe schafft sie es, nicht vom Pferd zu fallen.

„Was machst du denn? Ich sagte, ihr sollt fliehen!"

„Ich kann kämpfen!"

Wutentbrannt reißt Cikatro an den Zügeln seines Pferdes und reitet auf Malika zu, die den raschen Angriffen der Sciathán ausweicht.

„Mir egal, ob du kämpfen kannst. Ohne Waffe bist du nutzlos."

Sie beißt sich auf die Lippe, und auch wenn sie es nie laut zugeben würde, aber Cikatro hat recht. Keine Sekunde hat sie an den Gedanken verschwendet, wie genau sie helfen soll.

Die Sciathán schlägt weiter mit ihrem Schwanz nach Malika, während sie gleichzeitig mit ihren Flügeln versucht, Cikatro vom Pferd zu fegen. Obwohl sie so groß ist, sind ihre Bewegungen rasant und zielgerichtet. Die Masse ihres Leibes allein sorgt dafür, dass der Boden bebt und ein einzelner Treffer Malikas Tod bedeuten könnte.

Davon ungerührt schwingt Cikatro sein Schwert laut brüllend und rammt es der Kreatur immer wieder tief ins Fleisch. Zahlreiche Federn verteilen sich auf dem Boden und Blut tropft aus den Wunden. Je öfter er trifft, desto seltener schlägt ihr Schwanz nach Malika. Die Sciathán richtet ihre Aufmerksamkeit auf die größere Gefahr.

Ihr Pferd zum Stillstand zwingend nimmt sich Malika die wertvollen Sekunden, ehe sich das Monster wieder an sie erinnert. Auf der Suche nach einer Waffe oder einer Möglichkeit, um irgendwie helfen zu können, schaut sie sich um. Im Tal gibt es kaum etwas anderes als Gras und Blumen. Doch Bäume und Felsen würden Malika auch nicht weiterhelfen; würde sie mit einem Ast auf das Ungetüm eintrommeln, wäre damit wohl niemandem geholfen.

Ihr Blick gleitet fort vom Kampf, den Cikatro weiter allein ausfechtet. Nur wenige Meter entfernt entdeckt sie etwas – Ruinen.

„Vielleicht …?", fragt sie sich, und ehe sie den Gedanken weiter ausführt, reitet sie bereits auf die verfallenen Gebäude zu. Beim Näherkommen sieht sie, dass es sich dabei um ein verlassenes Dorf handelt.

Sie springt vom Pferd ab und rennt die letzten Meter zu Fuß, ehe sie über eine hüfthohe Steinmauer, Schutt und morsche Bretter klettert. Während Cikatro weiterkämpft und die Schläge der Sciathán selbst hier noch den Boden erzittern lassen, durchsucht Malika eilig die verfallenen Häuser. Das wenige, was sie findet, eignet sich allerdings nicht zum Kämpfen.

Das Dorf ist schon lange verlassen und das, was übrig ist, hat sich die Natur bereits zurückgeholt. Überall wuchert Moos, hat Möbel, Häuser und sogar Leichen verschlungen und unter sich begraben. Das Dorf stinkt nach Tod und Krankheit, weshalb sich Malika eine Hand vor das Gesicht hält. So hofft sie, nichts Gefährliches einzuatmen. Sie spürt förmlich, wie durch jeden ihrer Schritte das Moos auf ihre Anwesenheit reagiert. Lautlos lösen sich Sporen.

Aus ihrer Zeit im Skógur weiß Malika, wie mächtig die Natur sein kann. Es würde sie nicht wundern, wenn das Dorf einst durch giftige Sporen verseucht und dahingerottet wurde. Sie selbst hat diese Waffe schon genutzt, um einige von Cikatros Männern zu töten, die sich in den Wald gewagt haben. Obwohl sie zu der Zeit unter dem Einfluss des Schattens stand, waren es ihre eigenen Taten, weshalb Malika gar nicht erst versucht, sich zu rechtfertigen. Weder vor sich selbst noch vor anderen. Sich wieder auf den Grund ihres Besuchs zurückbesinnend stöhnt sie frustriert auf.

„Schüsseln, Töpfe und Kleider. Warum finde ich nur nutzlosen Schrott? War das hier etwa kein Bauerndorf? Wo sind die Hacken und Sicheln, die Hämmer und Äxte? Wenn alle durch die Sporen gestorben sind, werden sie kaum ihre Werkzeuge vorher versteckt haben."

Verzweifelt tritt Malika gegen eine der noch stehenden Hauswände, die daraufhin unter lautem Krachen in sich zusammenbricht. Dadurch wirbelt nicht nur Staub auf, sondern auch Sporen. Es sind so viele, dass sie für das bloße Auge erkennbar sind. Wie eine orangene Wolke erheben sie sich und Malika geht instinktiv einige Schritte davon weg.

„Verflucht, wenn ich mich nicht beeile ... dann könnte ich hier ebenfalls sterben. Ich muss zurück zu Granny."

Malika ballt ihre Hände zu Fäusten. Sie hasst es, doch ohne Waffe bleibt ihr nichts anderes übrig, als Cikatros Befehl nachzukommen. Sie muss zusammen mit Granny fliehen und den Mann zurücklassen. Wieder beißt sie sich auf die Lippe, diesmal so fest, dass sie Blut schmecken kann. Der Gedanke, jemanden zurückzulassen, macht sie rasend. Es fühlt sich an, als hätte sie versagt.

„Ich schulde ihm doch was dafür, dass ich seine Männer im Skógur umgebracht habe und er in diese ganze Sache mit reingezogen wurde."

„Das klingt nach einer Schuld, der du unbedingt nachkommen solltest."

Hinter Malika erklingt eine weibliche Stimme. Sie ist dunkel und so rau, als würde sie nur selten benutzt werden. Voller Schrecken dreht sie sich um und nimmt reflexartig eine Kampfpose ein. Nur steht da niemand.

„Aus welchem Grunde bist du dann hier und nicht an seiner Seite?", fragt die Stimme dieses Mal aus einer anderen Richtung. Malika folgt dem Klang, kann aber immer noch niemanden entdecken. Sie geht einige Schritte rückwärts, um einen besseren Überblick zu bekommen. Dabei vergisst sie, dass sich genau dort die Sporenwolke befindet. Als es ihr auffällt, ist es bereits zu spät und sie atmet vor Schreck tief ein. Sofort macht sich ein ungeheurer Schmerz in ihrem Mund und im Rachenraum breit. Es brennt wie Feuer und zwingt sich ihren Hals hinab bis zum Magen.

Hustend geht Malika zu Boden. Wie eine Ertrinkende greift sie nach ihrer Kehle. Die Sporen verbreiten sich rasend schnell und befallen ihre Lunge und andere Organe. Das Atmen wird immer schwerer und ihr Blick verschwimmt. Ihr Körper giert nach Sauerstoff, doch mit jedem Atemzug bekommt Malika nur mehr Sporen in den Mund, wodurch der Schmerz verstärkt wird.

„Stirbst du wegen solch einer jämmerlichen Kleinigkeit? Ohne etwas in deinem Leben bewirkt zu haben? Ohne deine Schuld beglichen zu haben?"

Ein eiskalter Atemhauch trifft auf Malikas Nacken und lässt sie erschaudern. Ihr Körper fängt an zu zittern und sie greift sich ans Genick. Die Stelle ist nicht nur kalt, sondern von einer hauchdünnen Eisschicht umhüllt. Das Eis wandert über ihre Finger und breitet sich immer weiter aus, bis es ihren gesamten Körper überzieht. Während sich Malikas Inneres anfühlt, als würde es brennen, erfriert sie zusätzlich von außen.

Ich will nicht sterben.

Wie in einer Endlosschleife wiederholen sich diese Worte immer wieder in ihrem Kopf. Ihr Blickfeld verschwimmt und ein taubes Gefühl breitet sich in ihr aus.

Kesetiaan, Granny, Cikatro ... Ich darf nicht ... Wenn ich sterbe, dann kann ich sie nicht ... beschützen.

Nur langsam sickern diese Gedanken in ihr Bewusstsein ein und Malika kämpft, um es nicht zu verlieren. Sie klammert sich mit aller

Kraft an die Bilder in ihrem Geiste, die Gesichter derer, die sie beschützen will. Am Rande nimmt sie wahr, wie sich ein paar Füße in ihr Blickfeld schieben. Eine groß gewachsene Gestalt taucht nur wenige Zentimeter vor ihr auf. Mühsam zwingt Malika sich, den Kopf zu heben und der Frau ins Gesicht zu sehen.

Sie hat lange tiefschwarze Haare und einen dunklen Hautton, der bei jeder Bewegung leicht bläulich schimmert. Ihr Körper wird von einer Rüstung aus unzähligen dunkelblauen Schuppen geziert. Selbst ihre Unterarme stecken in geschuppten Schienen. Zusätzlich bedeckt sie ihre Schultern und den Kragen mit einem eleganten Schulterschutz. Dazu trägt sie große Tropfenohrringe aus Gold.

Obwohl sie lächelt, blicken ihre leuchtend roten Augen erzürnt auf Malika herab. Erneut fröstelt es sie. Von der Fremden geht eine unbändige Kälte aus, die auf dem Boden und auf Gegenständen um sie herum Eisblumen hinterlässt. Ebensolche, wie sich auch auf Malikas Körper ausbreiten.

„Hast du Angst?", fragt die Fremde und ihre Lippen verziehen sich zu einem hämischen Lächeln. Ihre Augen blitzen auf und irgendwas daran lässt die Furcht aus Malika weichen.

Sie bekommt kaum Luft. Dennoch nimmt sie alle Kraft zusammen, um zu erwidern: „Habe ich denn einen Grund dazu?"

Leise lacht die Fremde und hebt eine Hand, um hauchzart über Malikas Wange zu streichen. Es fühlt sich an, als würde sie dabei eine Klinge aus Eis führen. Trotz dem, dass die Haut nicht verletzt wird, hallt ein brennender Schmerz nach. Und je mehr er verblasst, desto leichter fällt es Malika zu atmen.

Verwundert registriert sie, wie das Brennen in ihrem Körper abklingt und nach einigen Minuten ganz verschwunden ist. Auch das Eis auf ihrer Haut schmilzt und tropft auf den Boden.

„Eine gute Antwort. Dafür belohne ich dich mit dem Leben ... Oder ist es eine Bestrafung?"

Die Frau entfernt sich ein Stück und lässt Malika die Zeit und den Raum, um wieder zu Atem zu kommen. Da ihr klar ist, dass Cikatro noch immer um sein Leben kämpft, zwingt sie sich, so schnell sie kann, zum Aufstehen. Tapfer stellt sich Malika vor die Frau.

„Ich danke euch, aber bitte verratet mir, wer ihr seid und warum ihr mir geholfen habt."

Ein schalkhaftes Lächeln macht sich im Gesicht der Fremden breit und sie erwidert: „Ich hörte, dass du auf dem Weg zu mir bist, und da ich nicht jeden empfange, wollte ich mir zuvor ein Bild von dir machen. Bis jetzt bin ich wenig angetan von deiner Stärke. Aus einem so leichten Kampf zu fliehen, ist wirklich erbärmlich, und das nur, um anschließend durch lächerliche Sporen zu ersticken."

„Ich bin nicht geflohen!" In Malika kocht der Zorn auf. Sie weiß nicht mal, wer diese Person ist, und wird trotzdem von ihr kritisiert. Sie bäumt sich auf und entgegnet wütend: „Ohne Waffe kann ich nichts ausrichten, nur deshalb bin ich hier. Sobald ich etwas finde, kehre ich zum Kampf zurück."

„Hm ..."

Die Frau beobachtet Malika und ergötzt sich an der Wut, die in den grünen Augen aufblitzt. Sie leckt sich genüsslich über die Lippen.

„Nun, wenn das alles ist, dann gebe ich dir eine Waffe."

Sie greift nach einem am Boden liegenden Stock, hält ihn vor ihr Gesicht und haucht ihn an. Eine eisige Wolke kommt aus ihrem Mund und verschwindet in dem Holzstück. Noch während sie es von sich weghält, verändert sich die Struktur. Das Eis breitet sich aus, beginnt zu wachsen und nur einen Moment später hält sie Malika eine doppelseitige Streitaxt entgegen.

Die Klingen wirken wie aus Eis geschlagen. Sie sind glasklar und im Zusammenspiel mit dem Sonnenlicht haben sie den Effekt eines Prismas. Das Auge der Axt besteht aus glanzlosem schwarzen Metall, das so wirkt, als ginge es übergangslos in den Holzschaft über.

„Nimm sie und erschlage damit die Sciathán. Wenn dir das gelingt, werde ich dich am Ufer der Schale erwarten. Nur so wird dir eine Audienz bei der Herrin der Vanduo gestattet."

Ohne Zögern greift Malika nach der Axt und sieht dabei zu, wie sich die Gestalt der Fremden im Wind auflöst. Kurz ist sie verwirrt, ehe sie beschließt, sich später darum zu kümmern. Dann, wenn sie dieser Frau erneut begegnet.

Probehalber schwingt sie die Streitaxt durch die Luft. Mühelos spaltet sie damit eine Steinmauer. Eiskristalle breiten sich von der getroffenen Stelle aus und überziehen nach nur wenigen Sekunden die gesamte Mauer. Die Axt ist so leicht wie eine Feder und gleichzeitig weiß Malika, dass sie einen enormen Schaden anrichtet, wenn sie trifft.

So schnell sie kann, klettert sie aus den Ruinen und eilt zu ihrem Pferd. Dabei bemerkt sie, wie ihr das Atmen immer noch schwerfällt. Die wenigen Laufmeter lassen ihre Lunge wieder brennen und sie beinahe das Gleichgewicht verlieren. Dennoch eilt Malika voran.

Sie steigt auf das Pferd und reitet mit der Axt in der Hand zu Cikatro zurück. Sie sieht ihm seine Erschöpfung bereits aus der Ferne an. Sein Rappe ist träge und kaum mehr in der Lage, den Angriffen auszuweichen.

Aber auch die Sciathán wirkt angeschlagen und ihre Bewegungen zähflüssiger. Blut sammelt sich um die beiden herum in Pfützen und dennoch scheint sich keiner darum zu kümmern. Sie sind in ihrem Kampf gefangen und er endet erst, wenn einer flieht oder stirbt.

Die Axt schwingend hält Malika direkt auf die Sciathán zu.

Voll auf Cikatro fokussiert bemerkt das Monster die herannahende Gefahr zu spät. Es greift zum wiederholten Mal mit seinem Flügel nach dem Mann. Kurz bevor er Cikatro erreicht, schlägt Malika ihn ab.

Mit einem lauten Krachen landet die Gliedmaße auf dem Boden. Blut spritzt aus der offenen Wunde und tränkt das Grasland in kräftiges Rot. Eiskristalle breiten sich auf dem Körper der Sciathán aus.

Wie in Schockstarre bleibt sie stehen und bewegt sich keinen Millimeter mehr, während sie auf ihren Flügel starrt.

„Wo hast du diese Axt her?", ruft Cikatro und erlaubt es seinem Pferd, für einen Moment zu verschnaufen.

„Wie wäre es mit: Danke, dass ich dir den Arsch gerettet habe?"

„Dafür ist es zu früh. Sie erholt sich gleich und dann geht es weiter. Glaub mir, du solltest die Sciathán nicht unterschätzen. Im Gegensatz zu ihr kehren wir nicht von den Toten zurück."

Verwirrt betrachtet Malika das Wesen, das sich noch immer nicht rührt. Wieder macht sich das merkwürdige Gefühl in ihr breit; der Drang danach, es zu erschlagen.

„Du spürst es auch, nicht wahr?", fragt Cikatro auf einmal. „Dieses Gefühl. Den Druck. Den Wunsch, ihr den Kopf abzuschlagen. Der kommt von ihr. Die Sciathán will sterben und ich gebe mein Möglichstes, ihr diesen Wunsch zu erfüllen."

Er hebt sein Schwert und deutet damit auf das Monster. Malika folgt dem Wink, gerade rechtzeitig, um zu sehen, wie es sich wieder regt. Die Augen leuchten gefährlich auf und mit einer unfassbaren Geschwindigkeit bewegt sich die Sciathán auf sie zu.

Malika und Cikatro weichen in unterschiedliche Richtungen aus. In stummem Einverständnis haben sie beschlossen, den Kampf gemeinsam zu Ende zu bringen. Sie umrunden das Monster und greifen von vorne und hinten gleichermaßen an. Während sich Cikatro auf den verbliebenen Flügel fokussiert, schlägt Malika auf den Schwanz ein.

Dieses Mal lässt sich die Sciathán allerdings nicht darauf ein. Sie wehrt Cikatros Schläge nur notdürftig ab und greift Malika dafür mit aller Kraft an. Sie knallt ihren Schwanz immer wieder auf den Boden und verfehlt die junge Frau nur knapp.

Obwohl Malika nicht selbst rennen muss, zehrt das ungewohnte Reiten an ihren Kräften. Mit jeder Minute fällt ihr das Atmen schwerer und der Schmerz in ihrem Körper brandet erneut auf. Ihr Pferd wird langsamer und ihre Schläge treffen nicht mehr. Der Wunsch, sich auszuruhen und zu schlafen, zerrt an Malika.

Wieder schlägt die Sciathán nach ihr. Dieses Mal zieht das Monster seinen Schwanz über den Boden und reißt das Pferd von den Beinen. Als wäre es nicht mehr als das Holzpferd ihres Bruders, fliegt das Tier durch die Luft und Malika mit ihm. Alles um sie herum dreht sich.

„Malika!"

Sie hört Cikatros Schrei und spürt Sekunden später, wie ihr Körper auf dem Boden aufschlägt. Gerade so schafft sie es, sich abzurollen, und bleibt dabei unglücklich mit dem Arm an einem spitzen Stein hängen, der ihren Oberarm aufreißt. Schmerz schießt durch ihren Leib und Blut sickert aus einer langen Wunde. Malikas Blick flackert und fokussiert sich erst, als sie ihr Pferd entdeckt.

Die Sciathán hat es noch in der Luft aufgefangen und hält es wie eine Schlange mit ihrem Schwanz fest umgriffen. Das Tier windet sich und wiehert qualvoll auf.

„Wir müssen hier weg."

Von hinten legt sich eine Hand auf Malikas Schulter und sie zuckt vor Schreck zurück. Cikatro hat den Moment der Ablenkung genutzt, um sich ihr zu nähern. Schnell bindet er ein Stück Stoff um ihre Wunde und zieht sie dann auf die Füße.

„Das war's, wir haben alles gegeben. Mehr ist im Augenblick nicht drin. Wir müssen einsehen, dass es zu zweit nicht möglich ist, sie zu besiegen."

„Aber ...", entgegnet Malika und wird durch ein schauderhaftes Geräusch unterbrochen. Leblos fällt ihr Pferd zu Boden und bleibt dort in einer immer größer werdenden Blutlache liegen. Die Sciathán richtet ihre Aufmerksamkeit wieder vollständig auf Malika und Cikatro.

„Lauf!"

Er zieht Malika schwungvoll hinter sich her. Cikatros Pferd steht nur wenige Meter entfernt und kaum haben sie es erreicht, schwingt er sich auf den Sattel. Nach Malikas gesundem Arm greifend hilft er ihr hoch. Das Tier anfeuernd galoppieren sie in Richtung der Schale.

„Warte, wir müssen Granny holen!"

„Und wie sollen wir das machen? Indem wir die Sciathán zu ihr locken?!"

Schwer schluckend dreht sich Malika um, doch hinter ihnen ist weder Granny noch die Sciathán zu sehen.

Das Tal wirkt schlagartig wie ausgestorben.

KAPITEL 26

Sternenhimmel der Erinnerung

Wieder zum Zusehen verdammt steht Granny weit entfernt von dem Kampfgeschehen. Mit wild klopfendem Herzen beobachtet sie Cikatro und Malika, die sich in diesen aussichtslosen und in ihren Augen dummen Kampf stürzen.

Ihr ist klar, dass sie die beiden nicht davon abhalten kann. Sie sind so stur wie Granny selbst und Kinder müssen Fehler machen dürfen. Nur ist eine Auseinandersetzung auf Leben und Tod nicht der geeignete Platz dafür. Zumal Granny auch weiterhin der Überzeugung ist, dass die Sciathán kein Feind ist. Sie weiß nur nicht, woher diese Auffassung kommt. Es ist ein Gefühl, das sie hat, seit das Wesen zum ersten Mal mit ihr gesprochen hat.

„Was soll ich nur tun?", flüstert sie und bleibt so weit vom Kampf entfernt völlig unbeachtet. Niemand hört ihre Worte und sie verhallen ebenso wie der Donner, der dem Tal immer näher kommt. Konzentriert zählt Granny die Zeit zwischen den Donnerschlägen mit.

„Dreiundzwanzig, vierundzwanzig, fünfundzwanzig ..."

Sie senkt ihre Augenlider und mit jeder verstrichenen Sekunde kehrt die Ruhe zu ihr zurück. Ihr Herzschlag normalisiert sich und plötzlich kommt ihr eine Idee. Tief in sich hineinlauschend versucht Granny die seltsame Verbindung wiederzufinden, die zwischen ihr und der Sciathán besteht.

Sie sucht nach dem Gefühl, das jedes Wort des Monsters in ihr ausgelöst hat. Nach dem Kopfschmerz, den die Stimme in Granny gesät und zum Explodieren gebracht hat.

Wie in einer endlosen Schleife wiederholen sich dabei die Worte der Sciathán: *„Das Schicksal ist unvermeidbar."*

Und mit einem Mal hat Granny nicht mehr das Gefühl, einem Echo zu lauschen. Sich auf die Verbindung konzentrierend spricht sie in Gedanken: *„Woher willst du wissen, ob das Schicksal unvermeidbar ist? Warum glaubst du, dass ich nichts mehr daran ändern kann?"*

Zuerst antwortet ihr nur Stille und sie kann hören, wie sich Hufgetrappel vom Kampfplatz entfernt. Cikatro brüllt wüste Beschimpfungen und immer wieder ertönt der Klang des Schwertes, das auf Schuppen und Fleisch trifft. Da Granny Malika nicht hören kann, befürchtet sie das Schlimmste und faltet ihre Hände zu einem stummen Gebet.

„Bitte tu den beiden nichts!"

„Das habe nicht ich zu entscheiden", entgegnet die Stimme der Sciathán. Überrascht, dass das Wesen auch noch etwas anderes sagen kann, klammert sich Granny an den Hoffnungsschimmer.

„Dann hör auf zu kämpfen", fleht sie. Ihre Hände fangen an zu schmerzen, so sehr presst sie diese zusammen.

„Das ist nicht möglich."

„Erklär mir warum!"

Lange schweigt die Kreatur und Granny glaubt schon, dass die Verbindung abgebrochen ist. Erschrocken keucht sie auf, als statt Worte plötzlich Bilder ihren Geist fluten.

Sie sieht die Sciathán, wie sie auf der Schulter des Mondgottes sitzt. Der unheimliche Zug ist aus ihrem Gesicht gewichen und sie wirkt beinahe wie eine einfache junge Frau.

„Er ist für mich das, was du für den Stierdämon bist", erklärt die Sciathán, ehe das Bild wechselt. Nun erblickt Granny den Sternenhimmel. Er ist so unendlich weit und strahlend schön. Die vielen Lichter

lassen die Dunkelheit weichen und eine wohlige Wärme macht sich in ihr breit.

„Ich bin mit der Welt verbunden. Kenne ihr Schicksal und das aller Wesen, die auf ihr existieren. Zumindest so weit, wie mein eigenes Leben reicht." Zögerlich dringt die Stimme zu Granny vor. Fast so, als würde es der Sciathán schwerfallen, die Worte auszusprechen. *„Deshalb sammle ich die Seelen Verstorbener und bringe sie in den Himmel. Damit sie ihr Leuchten nicht verlieren und die noch ungewisse Dunkelheit erhellen."* Wieder wechselt das Bild und zeigt dieses Mal die Insel von oben. Granny kommt sich bei dem Anblick so klein und unbedeutend vor. *„Es dauert nicht mehr lange, bis die Ereignisse, die vor tausend Jahren anfingen, ihr Ende nehmen. Bis das Schicksal seinen Tribut fordern wird. Der Stierdämon wird fallen und nichts und niemand kann etwas daran ändern. Denn er muss zum hellsten Stern am Nachthimmel werden und uns leiten, wenn die Dunkelheit über Hangaia hereinbricht."*

„Aber noch ist das Ende nicht geschrieben", entgegnet Granny mit fester Stimme. Es macht ihr Angst, dass die Sciathán von Kesetiaans Tod spricht, als wäre er bereits in Stein gemeißelt. Als wäre es Notwendig, damit ein noch schlimmeres Schicksal abgewendet werden kann.

„Doch, das ist es."

Ein kräftiger Ruck durchfährt Grannys Körper. Etwas umschließt sie sanft und sie verliert den Boden unter den Füßen. In der Ferne kann sie Hufgetrappel hören, es entfernt sich rasant und verstummt schließlich. Sie will die Augen öffnen, um zu sehen, was vor sich geht, doch sie kann nicht. Ihre Lider sind schwer wie Blei, und was auch immer sie festhält, ist angenehm warm.

„Lass dich fallen, ich fange dich auf."

Ein letztes Mal hört sie die Stimme der Sciathán, ehe ihr Bewusstsein schwindet. Granny hat das Gefühl, auf Wolken zu liegen. Langsam schwebt sie dahin und gleitet durch Raum und Zeit. Eine Melodie aus

Kindertagen begleitet sie dabei und es kommt ihr so vor, als läge sie in den Armen ihres Geliebten. Sie genießt die Geborgenheit und für eine Weile gelingt es ihr, alles um sich herum auszublenden. Einzig die Liebe zu Henry erfüllt sie und schenkt ihr Trost.

„Wach auf", flüstert ihr jemand sanft ins Ohr. Langsam folgt Granny der Aufforderung. Sie fühlt sich, als hätte sie stundenlang geschlafen. Irgendwas sagt ihr allerdings, dass nur wenige Minuten vergangen sind. Die Augen langsam öffnend erkennt sie, dass sie auf dem Schoß der Sciathán ruht. Ein Flügel liegt sanft auf ihrem Leib und spendet Wärme.

„Was ...", fragt Granny verwundert und sieht sich dabei um. Außer dem Sternenhimmel über ihnen kann sie nichts entdecken. Alles um sie herum ist schrecklich düster. Es ist eine seltsame Form von Dunkelheit, die Granny den Anschein vermittelt, sie wäre in einem Raum mit schwarzen Tapeten; nur ohne dass man die Wände je erreichen würde. Sich selbst und die Sciathán kann sie jedoch klar erkennen.

„Wir sind in einem Raum jenseits von allem. Hier existiere nur ich. Jedes Mal, wenn ich sterbe, kehre ich hierher zurück und warte, bis ich meinen Körper zurückerlange."

Zum ersten Mal kann Granny die Stimme der Sciathán so hören wie andere Menschen auch. Sie klingt deutlich freundlicher und sanfter als in ihrem Kopf.

„Und weshalb bin ich hier?"

„Weil ich dir zeigen will, warum du machtlos gegen das Schicksal bist. Hier in diesem Raum kann ich dir die Erinnerungen der Welt vorführen."

Ohne auf eine Erwiderung von Granny zu warten, greift das Wesen in Richtung des Himmels. Obwohl es allein durch die Entfernung unmöglich sein müsste, schafft sie es, einen Stern zu erhaschen und zu sich herabzuziehen.

„Dies ist der Stern des Schattens. Berühr ihn."

Fest schluckend hebt Granny eine Hand. Sie zögert und fühlt sich schlecht bei dem Gedanken, in die Privatsphäre anderer einzudringen und herumzuschnüffeln.

Andererseits ist er ein Wesen, das in den Köpfen der Menschen herumspukt. Er weiß mit Sicherheit bereits alles über mich, sollte ich dann wirklich zögern, für Chancengleichheit zu sorgen?

Geduldig wartet die Sciathán ab und lässt Granny ihre Entscheidung abwägen.

Es vergeht eine ganze Weile, ehe Granny nach dem Stern greift. Er fühlt sich seltsam kühl an und ein unwohles Gefühl macht sich in ihr breit. Ein Schauer rinnt ihr über den Nacken und ein Druck legt sich auf ihr Herz. Der Stern löst sich langsam auf und hinterlässt ein dumpfes Pochen in ihren Fingerspitzen.

Langsam verändert sich ihre Umgebung. Aus den schwarzen Wänden wird ein Wald oder vielmehr wirkt es wie eine Leinwand, auf die Bäume und Wurzeln gemalt wurden. Granny steht auf, um sich das genauer anzusehen.

Kaum hat sie sich auf die Beine gehievt, verdunkelt sich der Raum, als würde jemand das Licht dimmen. Sie war zwar nur ein einziges Mal in einem Kino und das vor mehr als vierzig Jahren, trotzdem hat sie das Gefühl, sich jetzt in einem zu befinden. Nur dass die Leinwand einmal komplett um sie herum gespannt wurde.

Ein Pulsieren erfasst den Wald und das Geräusch eines Herzschlages dringt an Grannys Ohren. Schritte folgen, lösen ein leises Rascheln aus. Eine schattenhafte Gestalt löst sich aus der Schwärze und wandert anscheinend ziellos zwischen den Bäumen umher.

„Hier hat alles angefangen. Damals, vor tausend Jahren, als das Wesen, das du Schatten nennst, sich von der Dunkelheit abgespalten hat."

Die Sciathán richtet sich leicht auf und deutet auf einen leuchtenden Punkt im Wald, der sich schnell ausbreitet. Aus dem Licht kommen lodernde Flammen, die anfangen, die Bäume zu verzehren.

Schreie erklingen, nur um Sekunden später zu verhallen.

„Bitte …", fleht jemand und stirbt, ehe er sein Ersuchen vortragen kann. Grässlich erklingt das Geräusch, wie er an seinem eigenen Blut erstickt, wie er zu Boden geht und schließlich keine Laute mehr von sich gibt.

Obwohl Granny nur die Flammen sieht und die Menschen in der Dunkelheit vor ihr verborgen sind, spürt sie den Schmerz förmlich. Die Geräusche sind so klar und deutlich, dass sich die Bilder dazu ganz von selbst vor ihr inneres Auge schieben. Die ersten Tränen lösen sich aus ihren Augenwinkeln und sie kommt nicht umhin, sich zu fragen, ob sie den Schatten wirklich retten kann und will.

„Er hat auf der Suche nach Antworten alles ausgelöscht, was sich auf seinem Weg befand."

„Welche Fragen hat er gestellt und wem?"

Schluckend versucht sich Granny auf die Worte der Sciathán zu konzentrieren und die verzweifelten Schreie in den Hintergrund zu verbannen.

„Er wollte von der Mutter allen Lebens wissen, weshalb sie ihn in die Kälte verstieß. Weshalb sie ihn allein zurückließ und dabei weder einen Leib noch einen Namen für ihn übrig hatte." Die Sciathán blickt in den Sternenhimmel und wispert: „Anfangs hat er flehend darum gebeten, doch über die Jahre wurde er immer verbitterter. Er forderte Hangaia dazu auf, ihn nicht länger zu ignorieren, jedoch reagierte Mutter weiterhin nicht."

Das Feuer auf der Leinwand wird größer, doch statt des Waldes verzehrt es nun ein Dorf. Überall liegen Leichen, verbrannt und verstümmelt. Ein Werk, das nicht allein von den Flammen herrührt. Inmitten der Zerstörung steht der Schatten, dessen Gestalt sich langsam verändert. Er gleicht dem Mann, der vor ihm auf dem Boden liegt, wie ein Ei dem anderen.

Granny sieht ihm die Freude an, die Erleichterung darüber, endlich einen eigenen Körper zu haben. Dabei zusehend, wie er seinen Leib vorsichtig erkundet, bekommt sie Mitleid mit ihm. Mit zittrigen Fingerspitzen gleitet er über sein Gesicht. Er erinnert sie an ein Kind, das zum ersten Mal ein Geburtstagsgeschenk erhält. Doch die Euphorie schwindet so schnell, wie sie kam. Ein einzelner Blick in einen spiegelnden See und der Zorn lässt seinen Körper erzittern.

„Er dachte, er hätte einen Leib erhalten. Seinen Leib. Stattdessen fand er heraus, zu was er fähig ist. Er kann die Gestalten derer stehlen, die er tötet, und die Körper der Lebenden kontrollieren."

Der Schatten streift weiter ziellos durch die Wälder. Die Leichen auf seinem Weg stapeln sich rasant und er wechselt sein Aussehen wie andere ihre Kleidung.

„Schnell lernte er, unter welchen Voraussetzungen er diese Fähigkeit anwenden kann. Die erste ist, dass das Wesen, das er übernehmen oder dessen Gestalt er stehlen will, über ein Bewusstsein für das eigene Ich verfügt. Außerdem ist eine gewisse Grundintelligenz notwendig."

Sich von dem Schauspiel auf der Leinwand abwendend blickt Granny zu der Sciathán auf und wartet darauf, dass sie weiterspricht.

„Es ist essenziell, dass das Wesen schmerzhafte Erfahrungen gesammelt hat. Je größer der körperliche oder seelische Schmerz, desto leichter gelingt die Übernahme. Dafür wurde der Schatten zu einem Meister der Illusionen und spielt mit der Wahrnehmung seiner Opfer. Lässt sie von jenen töten, die sie am meisten lieben. Die dritte Voraussetzung verlangt, dass das Wesen bereit sein muss, sein eigenes Leben für ein anderes zu geben."

„Also verbreitet er deshalb überall Leid? Er stiehlt das Aussehen von Menschen und Monstern, weil ihm ein eigener Körper verwehrt wurde." Enttäuscht schüttelt Granny den Kopf. Sie kann nicht fassen, dass eine derartige Kreatur existiert. Noch mehr schmerzt es sie, dass diese Welt so grausam zu dem Schatten war. „Ich verstehe, warum er Hangaia so hasst. Wie konnte sie ihm nur ein solches Schicksal aufbürden? Das hat keiner verdient. So viel Leid und Einsamkeit und sogar eine Fähigkeit, die ihn dazu zwingt, noch mehr davon zu verbreiten ... Ist es da wirklich verwunderlich, dass er anderen ständig Schmerz zufügt? Er kennt schließlich nichts anderes."

Die Sciathán antwortet nicht darauf.

Lange starren beide einfach in den Himmel, während der Schatten diesen einsamen Pfad durch den Wald weitergeht. Sternschnuppen erleuchten die Nacht und Granny folgt ihnen mit ihrem Blick. So schön sie auch aussehen, es lässt sie im Augenblick völlig kalt. Zu groß ist das Leid, von dem sie eben erfahren hat.

Es rechtfertigt seine Taten nicht, aber ich kann ihn verstehen. Wenn er tausend Jahre lang allein durch die Welt gewandelt ist und immer nur von negativen Gefühlen umgeben war, wie kann man dann erwarten, dass er zu einem liebevollen Wesen heranwächst?

Tief in Gedanken versunken versucht Granny, zu verstehen, wie es so weit kommen konnte. Dabei erinnert sie sich an Kesetiaans Worte.

„Ich wünschte, du wärst meine Mutter gewesen."

Ein seltsames Gefühl regt sich in Granny. Zuneigung flutet ihr Herz und bringt es aufgeregt zum Hüpfen. Gleichzeitig ist da eine Kälte, die durch ihre Adern fließt und sie erzittern lässt. Wieder sieht sie in den Himmel und muss dabei an ihr Sternenkind denken. Sie streicht mit den Händen über ihre Oberarme, um die Kälte zu vertreiben. Granny schließt ihre Augen und denkt zurück an die Zeit ihrer ersten Schwangerschaft. An die Liebe und Wärme, die sie ihrem Kind in jeder Sekunde geschenkt hat. Und an den Schmerz und die furchtbare Einsamkeit, als es starb.

Wieso denke ich ausgerechnet jetzt daran? Liegt das am Schicksal des Schattens? Oder an Kesetiaans Worten? Wenn ich könnte, hätte ich ihnen gerne eine bessere Kindheit gegeben ... es zumindest versucht. Sie haben es verdient, genau wie jedes andere Kind auch, von einer Mutter geliebt zu werden.

Granny schüttelt ihren Kopf, um die Gedanken loszuwerden. Das nimmt die Sciathán zum Anlass, um weiterzusprechen.

„Es gibt noch eine letzte Voraussetzung, die ihn dazu zwingt, die Momente größten Schmerzes erneut zu durchleben. Sowohl seine eigenen als auch die der Person, die er kontrollieren oder deren Gestalt er annehmen will."

Tief durchatmend versucht Granny, ihrer aufkeimenden Wut keinen Platz zu lassen. Es brodelt in ihr und Fassungslosigkeit macht sich in ihr breit. Das Verhalten und die Spielchen des Schattens ergeben nun endlich Sinn. Granny beginnt diese grausame Welt dafür zu verfluchen.

„Und was hat das alles mit dem Schicksal zu tun, von dem du behauptest, ich könne es nicht ändern?" Schwer presst sie die Worte heraus und blitzt die Sciathán dabei mit ihren Augen an.

„Sein Weg war von Anfang an festgelegt. Ich wusste immer, dass er eines Tages auf diese Insel kommen würde. Ebenso die Geschwister Kesetiaan und Malika. Ihre Schicksale sind miteinander verwoben. Dein Aufenthalt in dieser Welt ist ein Zeugnis lang vergangener Taten. Du kannst das Ende nicht aufhalten. Allein dass du hier bist, zeigt bereits, dass alles genau so abläuft, wie es vorgesehen ist."

„Du kennst das Schicksal und tust nichts dagegen?"

„Es ist nicht meine Aufgabe, es zu ändern. Ich beobachte und folge meinem eigenen vorherbestimmten Pfad."

Grannys Hände zittern und ihr Körper krümmt sich. Sie beißt sich auf die Lippe und spürt, wie heiße Tränen über ihre Wangen rinnen. Sie denkt an die letzten Tage. An Kesetiaan, Malika und an all die Menschen, die kontrolliert wurden, weil ihr Leid so groß war und sie dennoch bereit waren, jemanden mit ihrem Leben zu beschützen. Die Wut, die sie auf die Bewohner im Fliederdorf und die Wesen im Skógur hatte, richtet sich nun voll und ganz auf Hangaia.

„Diese Menschen und Kreaturen sind also ahnungslose Figuren in einem Spiel, das die Welt lenkt? Leid und Tod nur ein Nebeneffekt, den das Schicksal eben fordert? Für was? Was ist es wert, so mit dem Leben anderer umzugehen?"

Ihre Beherrschung bröckelt und mit jedem Satz wird Granny lauter, bis sie die Sciathán schließlich anbrüllt. Den Schmerz, den sie dabei empfindet, kann sie nicht länger verbergen. Die Tränen fließen weiter und benetzen ihr grünes Kleid. Zitternd umschlingt sie sich selbst. Eine unangenehme Kälte kriecht ihr unter die Haut.

Lange starrt Granny in die sechs gelb leuchtenden Augen, doch die Sciathán bleibt stumm. Sich wieder der Leinwand zuwendend erkennt Granny, dass der Schatten zu einer neuen Etappe seiner schmerzhaften Reise gelangt.

Er begegnet einem Orakel; ein Mann, der in komplizierten Rätseln spricht. Was sich der Schatten von dieser Begegnung verspricht, kann Granny nicht deuten, aber sein Gewaltausbruch zeigt deutlich, dass er nicht bekommt, wonach er sucht.

Erst als wieder Blut fließt und die Leinwand darin zu ertrinken scheint, spricht die Sciathán weiter.

„Das Orakel Satya war wie ich mit der Welt verbunden und er hatte Zugriff auf Wissen, das gefährlich ist. Es war notwendig, dass der Schatten seine Gestalt stahl und damit die Erinnerungen des Orakels erhielt. Er musste erzürnt werden. Satya wusste, nur so würde dieses Wesen seinen Weg auf die Insel Dayax finden – zum Xwedayê."

„Sagtest du nicht, er sei für dich Familie? Der Schatten will ihn zu Fall bringen, warum hilfst du ihm durch dein Nichtstun dabei? Du solltest ihn aufhalten und den Mondgott schützen."

„Das ist nicht meine Aufgabe. Im Gegenteil, ich darf mich dem Schatten nicht in den Weg stellen."

„Aber ...", versucht es Granny erneut und unterbricht sich selbst, als Kesetiaan und Malika auf der Leinwand auftauchen. Langsam geht sie auf die beiden zu und schluckt schwer.

„Kesetiaan hat die Macht, die der Schatten benötigt. Doch da er behütet aufgewachsen ist, konnte er den Dämon nicht so einfach übernehmen. Dafür war Malika anfällig und er nutzte sie, um ihren Bruder aus der sicheren Dunkelheit hervorzulocken. Unterwegs entdeckte Kesetiaan seine Kräfte und erfuhr, was Schmerz ist. Durch dich an seiner Seite hatte er zudem jemanden, den er beschützen wollte."

„Und damit waren alle Voraussetzungen erfüllt."

„Ja. Dennoch haben es die Inselbewohner und du ihm nicht gerade leicht gemacht. Als Halqua sich entschied, Kesetiaan zu opfern, brachte er die Pläne durcheinander, die euch ins Tal führen sollten. Des Schattens Eingriff in deinen Schmerz, was fast dafür gesorgt hat, dass Kesetiaan von der Brücke fiel, störte euren Weg ebenfalls. Und die Gemeinsamkeiten, die ihn mit Kesetiaan verbanden, brachten den Schatten dazu, sein Leben verschonen zu wollen."

Nur zu gut erinnert sich Granny an die vergangenen Ereignisse und hat das Gefühl, sie etwas besser zu verstehen. Die Bilder auf der Leinwand verblassen und die undurchdringliche Dunkelheit kehrt zurück.

Ein kalter Schauer lässt Granny erzittern. Sie fühlt sich schrecklich erschöpft und ausgelaugt. Ihre Glieder sind schwer und sie fängt an zu schwanken. Sanft legen sich die Flügel der Sciathán um sie und sie wird an die Brust der Kreatur gebettet.

„Wie geht es weiter?", flüstert Granny leise, nicht sicher, ob sie die Antwort hören will.

„Ich bringe dich zur Hafenstadt Merakete. Dort wirst du den Schatten und Kesetiaan finden und kannst dich vielleicht verabschieden, bevor alles endet."

Eine Weile starrt Granny mit leerem Blick vor sich hin. Ihr Atem gleicht sich dem der Sciathán an und erst jetzt wird ihr bewusst, dass sie kein Monster ist. Zumindest nicht nach ihrer eigenen Definition. Sie ist nicht bösartig.

„Bitte verrate mir, welches Schicksal uns erwartet."

Obwohl Granny den Gedanken, die Zukunft zu kennen, nicht leiden kann und es ihr Angst macht, fragt sie danach. Denn es kommt ihr so vor, als würde sie gegen Windmühlen kämpfen.

Vielleicht kann ich das Schicksal ändern, wenn ich es kenne.

Sie wirft der Sciathán einen flehenden Blick zu. Statt zu antworten, deutet das Wesen mit einem Flügel auf die Leinwand. Aus der Dunkelheit formt sich langsam die Gestalt des Xwedayê. Vor ihm befindet sich eine kleine Stadt mit Hafen. Wie ein wild gewordenes Monster schlägt er auf den Ort ein und zertrümmert alles, was sich ihm in den Weg stellt.

„Der Schatten überschätzt seine Kraft, weshalb er versuchen wird, den Geist des Xwedayê zu übernehmen. Sie reicht allerdings nicht aus. Stattdessen löst er damit einen uralten Mechanismus aus, der dem Schutz der Welt dient. Xwedayê wird erwachen und wüten, bis alles, was er als Bedrohung wahrnimmt, vernichtet ist."

Die Bilder verändern sich. Der Mondgott ist fort und die Insel vollständig zertrümmert. Nicht nur die Hafenstadt, auch das Fliederdorf wurde dem Erdboden gleichgemacht. Die Felsen über Lerako sind auf den Ort herabgebrochen und haben ihn begraben. Der Skógur wurde niedergewalzt und selbst vom Vulkan ist nichts mehr übrig.

Bei dem Anblick kommen Granny erneut die Tränen.

„So viele Tote ...", flüstert sie und hält sich schockiert die Hände vors Gesicht.

„Das ist das Schicksal der Insel Dayax."

„Nein, das kann nicht ... das darf nicht sein. Wie kannst du nur akzeptieren, dass alle sterben werden?"

„Weil das Schicksal unvermeidbar ist. Nichts, was du tust, wird etwas daran ändern. Der Schatten und Kesetiaan werden unweigerlich sterben, die Insel wird mit samt ihrer Bewohner untergehen und all die Opfer erwachen als Sterne am Nachthimmel."

Gerade als Granny darauf antworten will, spürt sie wieder diese bleierne Müdigkeit. Sie stemmt sich mit aller Kraft gegen die Dunkelheit, doch es dauert nicht lange und sie schläft ein.

Die Sciathán beobachtet Granny dabei und hält sie weiterhin sanft mit ihren Flügeln fest. Mit einem rastlosen Blick starrt sie in den Himmel. Die Sternschnuppen fliegen an ihr vorbei und für einen Moment zweifelt sie an ihrem vorherbestimmten Weg.

„Sag, Mutter, wenn es wirklich Grannys Schicksal ist, rein gar nichts ausrichten zu können, weshalb ist sie überhaupt in diese Welt gekommen? Warum hast du sie hergebracht?"

Leise verhallen die Worte der Sciathán in der Endlosigkeit. Sie erwartet nicht, dass Hangaia auf ihre Frage reagiert. Dennoch wünscht sie sich Gewissheit. Während sie weiter in den Himmel starrt, verheilen die Wunden, die sie sich im Kampf gegen Cikatro und Malika zugezogen hat. Dabei wacht der Mond wie jede Nacht über sie.

Mit den ersten Sonnenstrahlen erhebt sich die Sciathán. Sie hält Granny fest in ihren Armen und verlässt den Ort zwischen Raum und Zeit.

Ich wartete auf dem Gipfel des Vulkans. Mir war klar, dass die Magie im Inneren sie in die Irre führen und dass sie am Ende hier oben herauskommen würden. Ich hatte extra ein magisches Portal platziert, um ihr Vorankommen zu beschleunigen. Und als Kesetiaan endlich ankam, war ich schockiert. Granny war mehr tot als lebendig. Alles in mir schrie auf. Sie durfte nicht sterben! Nicht, bevor ich mein Ziel nicht erreicht hatte. Nicht, bevor ich nicht herausgefunden hatte, was uns verband. Denn da war etwas zwischen uns, diese Wärme konnte kein Zufall sein. Ich wusste, wie Mana funktionierte und wie Kesetiaan es einsetzen konnte. Es störte mich, dass ich ihn dabei anleiten musste, doch mit meinen eigenen Fähigkeiten konnte ich ihr Leben nicht retten. Die rohe Kraft Kesetiaans hatte meine Erwartungen bei Weitem übertroffen. Er war in der Lage, innerhalb von Sekunden einen Sturm zu entfesseln, der problemlos ein ganzes Reich hätte auslöschen können. Unkontrolliert stellte er wahrlich eine Gefahr dar und ich war mir sicher, seine Macht war der eines Gottes ebenbürtig. Nun musste ich sie mir nur noch holen.

KAPITEL 27

Die Herrin der Vanduo

Vom Pferd springend schreit Malika mit aller Kraft: „Granny! Wo bist du? Bitte antworte mir!"

So schnell sie kann, rennt sie zu der Stelle, an der sie die Frau zurückgelassen hat. Cikatro versucht, sie davon abzuhalten, doch Malika entreißt sich seinem Griff und wirft ihm einen wütenden Blick zu. Verzweifelt schreit sie immer wieder Grannys Namen und sucht die Talebene nach ihr ab.

„Sie ist nicht hier."

„Was glaubst du, weshalb ich sie suche?!", entgegnet Malika gereizt. „Granny, sag etwas, wenn du mich hören kannst!"

Weiter über die Ebene rennend dreht sie sich immer wieder um die eigene Achse und schreit nach Granny. Panik macht sich in Malika breit und die ersten Tränen brennen in ihren Augen. Sie kann sie nicht finden und nicht einmal den kleinsten Hinweis auf Grannys Verbleib entdecken. Das Tal ist wie ausgestorben. Nichts deutet darauf hin, dass sie bis eben noch gegen die Sciathán gekämpft haben. Das Monster, sein Blut, die Federn und selbst das tote Pferd sind verschwunden.

Abrupt bleibt Malika stehen. Sie schwankt und hebt die Hände, um ihr Gesicht abzuschirmen. Tränen laufen ihre Wangen hinab.

„Oh Gott, ich darf sie nicht verlieren. Ich darf nicht zulassen, dass ihr was passiert. Sie bedeutet Kesetiaan so viel! Was soll ich nur tun?"

Eine Hand legt sich auf Malikas Schulter und drückt leicht zu. Sie sieht auf und erkennt Cikatro neben sich.

„Granny kommt klar. Als Duuliye ist ihr Weg einfach ein anderer als unserer. Aber ich bin mir sicher, dass sich unsere Pfade wieder kreuzen, sobald die Zeit dafür gekommen ist."

„Was soll das bedeuten?", fragt Malika verunsichert. Dennoch verspürt sie Erleichterung; denn wenn sie Cikatro richtig versteht, geht es Granny gut, und das ist alles, was für sie zählt.

„Das bedeutet, dass wir weitermüssen. Lass uns wie geplant vorgehen und die Vanduo um eine Möglichkeit bitten, den Schatten zu besiegen. Danach gehen wir zur Hafenstadt Merakete."

„Und du bist sicher, dass Granny lebt?"

Cikatro nickt und etwas in seinen Augen beruhigt Malika.

Schweren Herzens stimmt sie seinem Vorschlag zu und wischt sich die Tränen aus dem Gesicht. Sie atmet tief ein und aus und versucht, ihr schmerzendes Herz zu beruhigen. Die Erschöpfung greift nach ihr und der rasselnde Atem macht ihr zu schaffen.

„Setz dich auf den Boden, damit ich mir deine Verletzung ansehen kann", fordert Cikatro sie auf. Ihm ist nicht entgangen, dass Malika am Ende ihrer Kräfte ist, aber auch zu stolz, um ihm gegenüber Schwäche zuzulassen.

„Es geht mir gut, lass uns weitergehen."

Sie dreht sich von ihm weg und schwankt dabei gefährlich. Damit bestätigt sie Cikatros Annahmen nur. Seine Hand zuckt bereits nach vorn, um Malika aufzuhalten, doch er beherrscht sich. Sie gegen ihren Willen anzufassen, wird es nur schwerer machen, ihr zu helfen. Ihm ist nicht entgangen, dass die junge Frau jedes Mal zusammen fährt, wenn er sie ungefragt berührt.

„In dieser Verfassung bist du nutzlos. Du kannst kaum gerade stehen, geschweige denn kämpfen. Ich versuche, mich dir nicht aufzudrängen, deshalb komm mir ein Stück weit entgegen. Dein Bruder und

Granny brauchen dich, aber glaubst du sie würden wollen, dass du dich dabei selbst gefährdest?"

Malika bleibt stehen und ein Kloß bildet sich in ihrem Hals. Sie hasst es, dass Cikatro recht hat. Sie hat gegen die Sciathán schon nicht ihre ganze Kraft aufbringen können, weil sie durch die Giftsporen geschwächt ist. Wenn sie sich keine Pause nimmt, wird sie beim nächsten Kampf nur eine Last darstellen. Sich auf die Lippe beißend lässt sie sich an Ort und Stelle auf den Boden plumpsen und hält ihm ihren verletzten Arm hin.

Als Cikatro nicht direkt darauf reagiert, mault sie: „Was ist? Kümmerst du dich jetzt um meine Wunde oder nicht?"

Ihr Gesicht wird knallrot.

Cikatro verkneift sich ein Lachen, dennoch ziert seine Lippen ein Grinsen, als er sich neben sie ins Gras setzt und vorsichtig ihren Arm ergreift. Er löst das Tuch, das er zuvor notdürftig drumgewickelt hat, und registriert erleichtert, dass die Blutung in der Zwischenzeit gestoppt hat.

„Und was willst du da jetzt machen?", fragt Malika. Sie vermeidet es, Cikatro direkt anzusehen. Er greift in eine der Taschen an seiner Hüfte und zieht eine leuchtend weiße Muschel hervor.

„Als wir noch im Tal lebten, sind wir oft runter zur Schale und haben Muscheln gesammelt. Man sagt, dass besonders die weißen in der Lage sind, die natürlichen Heilkräfte von Menschen zu verstärken. Deshalb haben wir eine Salbe aus ihnen hergestellt." Zur Demonstration klappt er die Muschel auf und zeigt Malika die graue Paste im Inneren.

„Und dann habt ihr sie wieder in Muscheln gefüllt? Wie barbarisch."

Lachend tunkt Cikatro einen Finger in die Salbe und verteilt sie vorsichtig auf der Wunde.

„Das fühlt sich komisch an", bemerkt Malika.

„Ja, anfangs kribbelt es etwas. Nach einer Weile wird sich die Stelle taub anfühlen, aber bei der Größe dürfte die Wunde bis heute Abend verheilt sein. Ob eine Narbe übrig bleibt, kann ich dir allerdings nicht sagen."

Mit der Schulter zuckend starrt Malika schweigend zu den Dorfruinen. Sie versucht, dabei die rauen Hände zu ignorieren, die weiterhin sanft die Salbe verteilen. Erst als Cikatro die Muschel wieder wegpackt und gerade aufstehen will, fragt sie: „Das Dorf dort drüben, war das eures?"

Sie nickt in Richtung der Ruinen und Cikatro folgt ihrem Wink.

„Ja, das war es. Ist aber bestimmt schon zehn Jahre her. Es wirkt zwar nicht so, doch es war mal ein Ort voller Leben."

„Wegen der Giftsporen?"

Verwundert sieht Cikatro zu Malika.

„Woher weißt du davon?"

„Ich bin während des Kampfes hingelaufen, um eine Waffe zu suchen. Da habe ich sie entdeckt." Dabei lässt Malika geflissentlich aus, dass sie die Sporen eingeatmet hat und fast daran gestorben wäre. Ebenso ihre Begegnung mit der seltsamen Frau behält sie für sich.

„Verstehe." Einen Moment schweigt Cikatro, dann zuckt er mit den Schultern und sagt er: „Ich nehme an, es ist ein offenes Geheimnis, dass wir uns auf Dayax nicht gerade beliebt gemacht haben. Nicht als wir uns hier niedergelassen haben und noch weniger, als wir damit anfingen, die Sciathán anzugreifen. Ist uns aber erst aufgefallen, nachdem wir im Fliederdorf einige Lebensmittel besorgt hatten und sich diese als verseucht herausstellten. Die Sporen haben nicht lange gebraucht, um einen Großteil meiner Leute umzubringen und im ganzen Dorf Wurzeln zu schlagen. Sie sind auch der Grund, warum der Ort bereits jetzt so aussieht, als wäre er vor Jahrhunderten zerstört worden. Die Sporen haben sich selbst in den Gebäuden eingenistet und sie frühzeitig marode gemacht."

Er spricht betont monoton, dennoch kann Malika den Schmerz in seiner Stimme hören. Sie erinnert sich daran, wie respektlos sie sich

in dem alten Dorf verhalten hat. Sie hat sogar eine der Mauern einge-
treten. Aus Scham wendet sie ihren Blick ab und steht auf. In der Ferne
hört sie es donnern. Sie sieht in den Himmel und bemerkt, dass das
Unwetter die Vulkanspitze bereits vollständig in dicke Gewitterwolken
eingehüllt hat. Es dauert nicht mehr lange, bis es sie erreichen wird.

„Gehen wir, ich habe mich genug ausgeruht."

Sie flüstert nur, aber da es im Tal so still ist, kann Cikatro sie deutlich hören. Er pfeift einmal und sein Pferd kommt zu ihnen getrottet.
Nach dem Zaumzeug greifend streicht er über das Fell am Hals und
sieht dann zu Malika.

Statt auf ihn zu achten, sucht sie das Tal erneut mit ihrem Blick ab.

„Malika ...", fängt Cikatro an, da eilt sie bereits davon. Verwirrt
schaut er ihr nach, erkennt dann aber ihr Ziel – die Axt. Sie vom Boden aufhebend versichert sich Malika, dass die Waffe noch zu gebrauchen ist. Zufrieden macht sie sich auf den Rückweg und steuert auf
das Pferd zu.

Sie kramt in einer der Satteltaschen und zieht ein Seil heraus.
Stumm sieht Cikatro ihr dabei zu, wie sie versucht, die Axt an der Tasche zu befestigen, und ist fasziniert von den wirren Knoten, die sie
bindet. Einen Moment hadert er mit sich, ob er etwas dazu sagen soll.
Er möchte sie nicht belehren oder ihr das Gefühl geben, er würde sie
bevormunden. Sie ist eine starke Frau und das bewundert er. Aber als
alter Seefahrer hält er es dann doch nicht aus, nichts zu sagen.

„Die halten nicht."

In der Bewegung innehaltend schaut sie grimmig zu Cikatro. Sie
ist kurz davor, ihn wieder anzufauchen. Doch stattdessen atmet sie einmal tief durch, geht einen Schritt zurück und sagt: „Dann zeig mir,
wie ich es richtig mache."

„Gerne."

Er löst ihre laschen Knoten und nimmt die Axt runter. Dann holt er
ein Stück Leinenstoff aus der Satteltasche, das er um die Klinge wickelt.

„Bevor du sie befestigt, musst du die Axt so abdecken, dass sie weder für das Pferd noch für den Reiter eine Gefahr darstellt."

Er schließt die Tasche wieder und vergewissert sich, dass sie fest am Sattel befestigt ist. Anschließend führt er das Seil durch zwei Satteltaschenringe.

„Zuerst bindet man einen Überhandknoten, indem das Ende des Seils um den stehenden Part gewunden wird." Malika tritt näher heran und sieht interessiert dabei zu, wie Cikatro seine Worte umsetzt. „Der lose Teil wird noch mal durch das Auge gelegt und dann ziehst du leicht an beiden Enden des Seiles. Siehst du hier die äußeren und inneren Törns?" Er deutet auf die entsprechenden Stellen und Malika nickt. „Du nimmst die Äußeren und überlappst sie so, dass sie eine Schlaufe bilden. Nun wird der Axtschaft dazwischen geschoben und der Knoten fest zugezogen." Cikatro macht es ihr vor und hält ihr anschließend die beiden Seilenden entgegen. „Den Sicherungsknoten machst du."

Mit einem Leuchten in den Augen greift sich Malika das Seil und macht sich daran, die gezeigten Schritte zu wiederholen. Stolz zieht sie die Enden auseinander und rüttelt an der Axt, die felsenfest in den Seilen hängt.

„Woher weißt du, wie so was geht?", fragt Malika und prüft ihr Werk noch mal.

„Von der Seefahrt, da lernt man recht schnell, wie gute Knoten geknüpft werden." Erneut streicht er über den Pferdehals und sagt dann: „Steig auf, ich führe das Pferd."

„Behandle mich nicht ständig wie eine Prinzessin", meckert Malika, kommt der Aufforderung aber trotzdem nach. Elegant schwingt sie sich auf den Sattel und macht es sich darauf bequem. Als Cikatro losgehen will, murmelt sie: „Es geht deutlich schneller, wenn du ebenfalls aufsteigst."

Überrascht schaut er zu ihr hoch, um sich zu vergewissern, dass er sich nicht verhört hat. Starr blickt sie ihm in die Augen.

„Im Ernst, wir sind schneller, wenn du aufsteigst. Ich will auch irgendwann ankommen."

Über ihr Verhalten schmunzelnd steigt Cikatro vor Malika auf das Pferd und bringt es in den Trab. Schweigend reiten sie durch das Tal, dieses Mal bleibt es dabei ruhig, bis auf das nahende Unwetter.

Bald entdecken sie in der Ferne die Schale und steuern direkt darauf zu. Staunend sieht Malika dem glitzernden Wasser entgegen.

Vom Pferd steigend versinkt Malika mit ihren Füßen im Sand. Es fühlt sich an wie eine Ewigkeit, seit sie zum letzten Mal an einem Strand stand. Die Augen genussvoll schließend atmet sie die kühle und nach Salz riechende Brise ein. Nicht weit entfernt kreischen Möwen. Wellen brechen lautstark gegen Felsen. Das Rauschen ist beruhigend und lässt Malika die Angst und Dunkelheit der letzten Tage fast vergessen.

„Wir müssen näher ans Wasser herangehen."

Beinahe flüsternd macht Cikatro auf sich aufmerksam und bringt Malika damit zurück in die Realität. Zusammen gehen sie die wenigen Schritte, bis ihre Füße von den klaren Wellen umspült werden.

„Herrin der Vanduo, höre uns an!" Seine kraftvolle Stimme an das Wasser richtend sucht Cikatro nach den Bewohnern der Schale. „Wir erbitten eure Hilfe, um den Schatten, der Dayax heimsucht, zu besiegen."

Die darauffolgende Stille wirkt erdrückend. Malika sieht zu Cikatro und wartet darauf, dass ihm noch etwas einfällt, um die Vanduo herauszulocken. Dabei fällt ihr Blick auf das Pferd und die Axt, die an ihm befestigt ist. Sie erinnert sich wieder an die Worte der seltsame Frau.

„Nimm sie und erschlage damit die Sciathán. Wenn dir das gelingt, werde ich dich am Ufer der Schale erwarten. Nur so wird dir eine Audienz bei der Herrin der Vanduo gestattet."

„Verflucht!"

Malika stampft verärgert auf. Das Wasser spritzt zu allen Seiten und benetzt ihre Kleidung. Stirnrunzelnd sieht Cikatro ihr dabei zu, wie sie die Fäuste ballt und weitere Flüche hervorbringt.

Ihn ignorierend geht sie bis zu den Knien ins Wasser und ruft: „Ich habe doch versucht, sie zu erschlagen. Zählt das denn gar nicht? Die Zeit meines Bruders läuft ab, ich kann sie nicht damit verschwenden, darauf zu warten, dass die Sciathán irgendwann zurückkommt." Wieder folgt Stille. „Ihr habt mein Leben gerettet, nun flehe ich Euch an, gebt mir die Chance, das Gleiche für Kesetiaan zu tun."

Malikas Stimme bricht. Tränen bilden sich in ihren Augenwinkeln und tropfen hinab ins Meer. „Ich flehe Euch an, Herrin der Vanduo, sagt mir, was ich tun muss."

Eine Hand greift nach Malika und zieht sie zurück an den Strand. Gerade als sie Cikatro anmaulen will, sieht sie, dass das Wasser anfängt zu blubbern. Unzählige leuchtende Fische schwimmen auf sie zu. Die Wellen ändern ihre Richtung und lassen das Meer aufbrechen. Ein Pfad erscheint, der vom Fischschwarm in ein mystisches blaues Licht eingehüllt wird.

Mit großen Augen sieht Malika der Frau entgegen, die elegant aus dem Wasser tritt. Bei jedem Schritt gefriert der Boden unter ihren Füßen, bis der gesamte Pfad und die Wellen, die ihn bilden, zu Eis erstarrt sind.

„Schwach", flüstert die Frau und kneift zornig ihre Augen zusammen. „Jämmerlich und weinerlich. Ich weiß, wie viel Potenzial und Stärke in dir schlummert, und trotzdem zeigst du mir bisher nur deine erbärmlichen Seiten."

Schwer schluckend tritt Malika einen Schritt zurück. Sie spürt die Kälte und die Wut. Beides schickt ihr einen Schauer über den Rücken und sie erzittert.

KAPITEL 28

Beweise dich

„Seid Ihr die Herrin der Vanduo?"

Cikatro fühlt sich nicht wohl dabei, sich einzumischen, dennoch hält er es für klug dazwischenzugehen. Er lenkt die Aufmerksamkeit der Fremden auf sich und versucht sich nicht anmerkenzulassen, dass sie ihm ebenfalls Angst bereitet. Der Blick aus den blutroten Augen lässt ihn erschaudern und die Frau rümpft die Nase.

„Ich kenne dich. Deine Menschen waren vor einigen Jahren oft am Strand. Du bist stark und bekämpfst die Sciathán, nicht wahr?"

„Ja, das tue ich."

Ihre Lippen verziehen sich zu einem Lächeln und sie hebt ihren Kopf, um auf ihn herabzublicken, was bei ihrer Größe nicht schwer ist. Sie misst mit Sicherheit zweieinhalb Meter.

„Mein Name ist Zenatria. Ich bin die Herrin der Vanduo und eine Tochter Hangaias."

Ein kalter Schauer lässt Cikatro erzittern.

Mit Freude nimmt Zenatria seine Reaktion wahr und sieht wieder zu Malika.

„Da du meine Prüfung nicht bestanden hast, sollte ich dich abweisen. Aber ich habe gute Laune, also will ich nicht so sein." Sie geht auf die beiden zu und dreht eine Runde um Malika, betrachtet sie ausgiebig von allen Seiten. „Ich gebe dir eine neue Prüfung. Bestehst du sie, werde ich dir helfen. Aber ich warne dich gleich; du wirst mehr brauchen als nur meinen Rat, um dein Schicksal zu erfüllen und seines abzuwenden."

Schwungvoll dreht sich Malika zu Zenatria um, die hinter ihr zum Stillstand kommt.

„Was muss ich tun?"

Mit einem unheimlichen Lächeln räkelt sich die Frau und deutet aufs Meer. Wieder erscheinen die leuchtenden Fische, die hinter dem Eis schwimmen.

„Besiege meinen Krieger. Ob ihr es gemeinsam oder einzeln macht, ist mir egal. Beweist, dass ihr es wert seid, mit mir zu sprechen."

Mit einem geräuschvollen Krachen zersplittert das Eis und eine Kreatur entsteigt dem Wasser. Das Wesen hat dunkelblaue Haut, die über einen humanoiden Körper gespannt ist. Es wirkt so, als seien Rüstungsteile mit dem Fleisch an seinen Armen und Schultern verschmolzen. An den Knien und unterhalb des Brustkorbs fehlt Haut und man sieht direkt die Knochen, die golden schimmern. An jeder Hand hat es drei spindeldürre Finger, die in Krallen enden. Sein Kopf ähnelt einem Tiefseefisch mit zwei großen Hörnern und einem Maul voller spitzer Zähne. Leuchtend rote Augen blicken Malika und Cikatro entgegen und die Kreatur geht in Angriffsstellung.

„Ein Vanduo", flüstert Cikatro und zieht sein Schwert. „Bleib hinter mir, ich ..."

„Einen Dreck wirst du. Ich muss nicht beschützt werden, also hör auf, dich so zu verhalten, als wäre ich ein schwaches Prinzesschen. Das ist mein Kampf, nicht deiner!"

Rüde unterbricht Malika ihn und rennt zum Pferd. Ihren Knoten lösend befreit sie die Axt und richtet sie auf den Vanduo. Die Kreatur blickt zu Zenatria und wartet auf ihren Befehl.

„Töte sie nicht, aber wenn du absichtlich verlierst, verfüttere ich dich an die Omusajja."

Laut brüllend antwortet der Vanduo und stürmt auf Malika zu. Er holt mit seiner Klaue aus und zielt auf ihren Kopf. Sie schafft es gerade rechtzeitig auszuweichen, und spürt den Luftzug an ihrem Gesicht vorbeiziehen. Mit großen Augen beißt sie die Zähne zusammen, dann reißt sie die Axt in die Höhe. Mühelos greift der Vanduo nach der Klinge und hält sie mit der bloßen Hand auf.

„Was zum ...", fragt Malika verwirrt und zieht an der Axt. Er löst seinen Griff ruckartig, wodurch sie zurückstolpert und im Sand landet.

„Ist das alles, was du zu bieten hast?"

Zenatrias Stimme schallt über den Strand. Ihre Enttäuschung ist deutlich herauszuhören. Malika kämpft sich wieder auf die Beine und stürmt auf den Vanduo zu. Ihr ist klar, dass sie mit reiner Körperkraft nicht weiterkommt. Also holt sie weit aus und täuscht an, mit der Axt zuzuschlagen. Kaum ist die Klinge auf der richtigen Höhe, lässt sie den Schaft los. Während die Kreatur der fliegenden Axt ausweicht, schreit Malika: „Dein Schwert!"

Cikatro folgt ihrer Aufforderung und wirft ihr sein Schwert zu.

Sie fängt es und geht in einer fließenden Bewegung zum Angriff über. Rasend schnell gleitet die Klinge durch die Luft und zielt direkt auf den Fischkrieger, dem keine Zeit zum Ausweichen bleibt.

„Das reicht!", befiehlt Zenatria. Malikas Schwert stoppt nur Millimeter von der Kehle des Vanduos entfernt. Eiskristalle bilden sich an der Klinge und dem Hals der Kreatur. Sie scheinen ihn zu schützen.

„Du bist talentiert, wenn auch unreif. Mit etwas Training wird aus dir eine anständige Kriegerin."

Das Schwert senkend stellt sich Malika aufrecht hin. Sie blickt ihrem Gegner ins Gesicht und reicht ihm die Hand.

„Ein guter Kampf."

Zuerst ist der Vanduo verwirrt und legt den Kopf schief, dann ergreift er ihre Hand. Sie fühlt sich schleimig und kalt an. Malika ist zwar angeekelt, versucht, es sich aber aus Respekt nicht anmerken zu lassen.

Zenatria tritt vor und befiehlt: „Geh, um alles Weitere kümmere ich mich."

Der Vanduo lässt Malikas Hand los, verbeugt sich vor seiner Herrin und springt durch das Loch im Eis zurück ins Meer. Zusammen mit ihm verschwinden auch die leuchtenden Fische.

Mit lautlosen Schritten wandert Zenatria über den Sand und hebt die Axt auf.

„Du hast dir das Recht erworben, mit mir zu sprechen, sehr gut. Ich bin froh, dass du meine Erwartungen nun doch erfüllst."

Unsicher, was sie tun soll, verlagert Malika ihr Gewicht von einem Fuß auf den anderen. Ihre Finger wandern nervös über den Schwertgriff. Mit großen Augen sieht sie dabei zu, wie Zenatria auf sie zukommt.

„Gib mir das Schwert", fordert sie und hält Malika stattdessen die Axt entgegen. „Die Eisaxt ist eine Belohnung und zusätzlich erhältst du meinen Segen. Du wirst ihn brauchen, um in deinem nächsten Kampf eine Chance zu haben."

Zenatria beugt sich hinab und platziert ihre Lippen auf Malikas Stirn. Überrascht reißt sie die Augen auf und starrt verwirrt auf die Brust der Herrin der Vanduo. Der Kuss fühlt sich zwar zart an, aber auch so eisig, dass Malika ein kalter Schauer über den Rücken rinnt. Sie spürt ein Kribbeln, das von der Berührung ausgeht und ihren gesamten Körper einnimmt. Kaum lösen sich die Lippen Zenatrias von Malikas Stirn, ebbt das Gefühl wieder ab.

Einen Moment lang sehen sich die beiden Frauen tief in die Augen, ehe Zenatria sich umdreht. Sie geht zielstrebig auf Cikatro zu, der dem Ganzen verwirrt zugesehen hat. Kurz vor ihm bleibt sie stehen und hält ihm das Schwert mit beiden Händen entgegen.

„Auch deine Stärke imponiert mir. So viele Jahre sind vergangen, seit du gestrandet bist, und doch hast du noch immer einen unerschütterlichen Kampfgeist. Nichts, was auf dieser Insel geschieht, entzieht sich meinem Blick. Deshalb weiß ich, dass du dein Leben dem Schutz deiner Leute gewidmet hast." Während sie spricht, verändert sich das Schwert in ihren Händen. Eisblumen wandern über die Klinge und verwandeln es in klares Eis. „Die Sciathán zu bekämpfen, ist mutig, sie zu besiegen, beeindruckend. Deshalb mache ich auch dir ein Geschenk und überreiche dir meinen Segen."

Sie wartet, bis Cikatro nach dem Schwert greift und es zurück in die Scheide steckt. Anschließend beugt sie sich zu ihm hinab. Ihre Lippen treffen auf seine Stirn und auch in seinem Körper macht sich ein Kribbeln breit.

Sich wieder entfernend stellt sich Zenatria so hin, dass sie die beiden gut im Blick hat. „Nun denn, ihr kamt her, um mich etwas zu fragen, nicht wahr?"

Malika nickt. „Was muss ich tun, um meinen Bruder und den Schatten voneinander zu trennen?"

„Es geht nicht darum, was du machen sollst. Sondern um das, was du dabei empfindest."

Verwirrung spiegelt sich in Malikas Blick und sie sieht fragend zu Cikatro. Auch er kann mit dem Hinweis nichts anfangen.

Noch ehe Malika nachfragen kann, spricht Zenatria bereits weiter. „Das Wesen, das du Schatten nennst, ist keines von Hangaias Kindern. Es ist genau wie die alte Frau, mit der ihr reist, nur ein Besucher." Langsam wandert sie über den Sand. Sie streift um Malika und Cikatro herum und spricht weiter. „Vor tausend Jahren befand sich die Welt in großer Gefahr. Deshalb rief Hangaia einen Duuliye und er wurde ausgewählt. Dabei ist etwas schiefgegangen und nur sein Geist hat den Übertritt geschafft, während sein Körper in der anderen Welt zurückblieb. Dadurch verlor er die Bindung zu seiner Heimat und konnte keine neue zu Hangaia aufbauen."

„Und was hat das mit Kesetiaan zu tun? Oder damit, wie ich meinen Bruder retten kann?"

„Alles hat damit zu tun." Stehenbleibend richtet Zenatria ihren Blick aus roten Augen direkt auf Malika. „Denn Liebe ist der Schlüssel."

Blinzelnd versucht Malika, die Worte zu begreifen. Sie geht sie mehrmals in Gedanken durch, doch egal wie sie sie auch betrachtet – sie ergeben keinen Sinn.

„Soll das ein Scherz sein? Für so eine dämliche Antwort hätte ich mir den Kampf sparen können", entgegnet sie aufgebracht.

„Wie meint Ihr das?", fragt Cikatro nach und wirft Malika für ihr respektloses Verhalten einen bösen Blick zu. Zenatria schenkt ihm ein Lächeln und streckt ihnen ihre offene Handfläche entgegen. Schneekristalle bilden sich in der Luft und fallen auf sie herab, bis sie sich zu einem kleinen Haufen auftürmen. Sie haucht hinein und der Schnee wird vom Wind fortgetragen. Zurück bleibt eine Phiole, die keine zwei Zentimeter groß ist.

„Dies will ich euch mitgeben, um euch bei eurem Vorhaben zu unterstützen. Das Glas haben die Vanduo aus Muscheln und Perlen angefertigt. Es ist bruchsicher und in der Lage, selbst Formloses in sich zu versiegeln."

Vorsichtig greift Malika danach. Entgegen ihrer Vermutung ist das Glas warm. Es schimmert silbern und ist so leicht wie eine Feder.

„Und was hat das mit Liebe zu tun?"

Sie sieht Zenatria an und folgt ihr, als die Frau Anstalten macht, zurück zum Meerespfad zu gehen.

„Wie gesagt, sie ist der Schlüssel. Mehr verrate ich dir nicht. Das ist die Strafe dafür, dass du die Sciathán nicht erschlagen hast. Aber ich bin mir sicher, dass du es herausfinden wirst."

Zurück ins Meer stolzierend fängt das Eis hinter ihr an zu schmelzen. Bevor die Wellen sie verschlucken, dreht sie sich ein letztes Mal zu Malika und Cikatro um.

„Hört auf meine Worte, Sterbliche, denn sie sind wichtig für das Fortbestehen dieser Welt. Es gibt drei meiner Sorte. Ich bin das Eis, das Hangaia zusammenhält. Meine Schwester Ciemeyra ist die Dunkelheit, in der sich die Wahrheit verbirgt, und mein Bruder Yaratilis ist die Erde, aus der jedes Leben geboren wird. Wir sind weder gut noch böse. Unser einziges Ziel ist es, das Feuer zu ersticken, das tief in dieser Welt schwelt und danach trachtet, alles Leben auszulöschen."

Die Wassermassen umschließen Zenatrias Gestalt und nur einen Augenblick später sieht der Strand aus, als wäre nie etwas geschehen. Tief durchatmend starrt Malika ins Wasser und versucht, die Worte zu begreifen, die noch immer bedeutungsschwanger in der Luft hängen. Dann wird sie sich des zarten Gewichts in ihrer Hand bewusst. Sie betrachtet die Flasche, mit der sie hoffentlich in der Lage ist, ihren Bruder zu retten.

„Malika", spricht Cikatro sie an und stellt sich vor sie. „Lass uns gehen. Der Weg nach Merakete ist weit, und je früher wir losreiten, desto besser. Schließlich wissen wir nicht, wann der Schatten zuschlägt."

Sie nickt und lässt ihren Blick schweifen, ohne etwas wahrzunehmen. Weder das Meer, der Strand noch die Möwen schaffen es zurück in ihr Bewusstsein. Alles verkommt zu einem Hintergrundrauschen und verschwimmt.

Was mache ich, wenn es nicht klappt? Wenn Zenatria recht behält und ich zu schwach bin, um den Schatten zu besiegen? Ich darf nicht versagen. Für Kesetiaan, für Granny und für Mutter muss ich es einfach schaffen. Aber ...

„Wird das reichen?" Ihr Blick festigt sich und sie starrt Cikatro an. Die Wärme, die sie in seinen Augen erblickt, lässt ihren Bauch kribbeln. Tränen verschleiern ihre Sicht. „Wir wissen gar nicht, was wir tun müssen. Haben nur eine Flasche bekommen und kryptische Rätsel. Wie sollen wir damit ...?"

Vorsichtig hebt Cikatro eine Hand und wischt Malika die Tränen von den Wangen. Dann streicht er ihr über den Kopf und flüstert: „Wenn es jemand schaffen kann, bist das du. Selbst nach Jahrzehnten auf dem Meer bist du die erste Frau, die mich derart beeindruckt. Deine Stärke, dein Mut, deine Leidenschaft und die Liebe für deinen Bruder machen dich einzigartig und lassen dich förmlich erstrahlen. Ich zweifle keine Sekunde daran, dass du siegreich sein wirst."

Ihre Lippen beben, weitere Tränen folgen. Ihr fehlen die Worte. Gegen den Kloß in ihrem Hals ankämpfend tritt sie von Cikatro zurück und wischt sich die feuchten Spuren aus dem Gesicht. Sie atmet tief durch, nickt sich selbst zu und wendet sich erst dann wieder zu ihrem Begleiter um.

„Danke, wirklich. Ich weiß, dass ich nicht einfach bin, und trotzdem bist du immer noch hier. Hilfst mir, baust mich auf und bringst mir sogar bei, wie man Knoten knüpft."

Malika schafft es zu lächeln und boxt Cikatro freundschaftlich gegen den Arm.

Er lacht, verbeugt sich leicht und sagt: „Es ist mir eine Ehre."

Dann löst er eine der Taschen an seiner Hüfte und reicht sie Malika. Sie nimmt sie entgegen und verstaut die Phiole der Vanduo darin. Erneut ergreift sie das Wort und sieht Cikatro dabei tief in die Augen.

„Es ist schon sehr lange her, dass ich mich auf jemanden anderen als Kesetiaan verlassen konnte. Es gab all die Zeit nur uns beide. Und nun ... Auch wenn der Schatten es sicher nicht beabsichtigt hat, so hat er doch dafür gesorgt, dass sich meine kleine Welt öffnet. Dank ihm bin ich Granny begegnet und Faaru."

Und dir, denkt Malika, wagt es aber nicht, diese beiden Worte auszusprechen. Stattdessen wendet sie sich ab und befestigt ihre Axt wieder am Pferdesattel.

„Lass uns losreiten."

KAPITEL 29

Erinnere dich ...

Durch ein kräftiges Rütteln erwacht Granny aus ihrem unfreiwilligen Schlummer. Sie liegt auf dem Boden und spürt bei jeder Bewegung, wie ihre alten Muskeln und Knochen anfangen zu ächzen. Langsam setzt sie sich auf und entdeckt die Sciathán, die ihre Flügel über Granny ausgebreitet hat, um sie vor dem Regen zu schützen.

Sie befinden sich auf einer kleinen Anhöhe und beim Umsehen entdeckt Granny nicht weit entfernt die Hafenstadt, die sie aus der Zukunftsvision kennt. Noch ist sie nicht zerstört. Die Häuser gleichen vom Aufbau und Aussehen denen im Fliederdorf. Nur die Blumenkränze und Kübel voller Flieder fehlen.

Das Gewitter hat den Ort mittlerweile erreicht und endloser Regen ergießt sich über Merakete. Hohe Wellen treffen auf den Hafen und bringen die dort vertäuten Schiffe zum Schwanken. Kein Mensch ist draußen, die Stadt ist mucksmäuschenstill.

„Wie viel Zeit haben wir, bis die Hafenstadt zerstört wird?", fragt sie und schaut zur Sciathán auf. Mit dem Fischschwanz deutet sie aufs Meer hinaus und Granny stockt der Atem.

Unweit des Hafens sieht sie den Mondgott zum ersten Mal in seiner tatsächlichen Gestalt. Xwedayê steht still da. Sein Kopf verschwindet zur Hälfte über den Wolken und seine Beine stecken bis zu den Knien unter Wasser. Meterhohe Wellen brechen sich an ihm und werden zurückgeworfen. Die rote Kugel in seiner Brust leuchtet im Takt von Grannys Herzschlag und lässt sie erschaudern.

„Das Schicksal ist unvermeidbar."

Die Stimme hallt in Grannys Kopf wider und sie wendet ihren Blick von dem Gott ab. Sie lässt ihn über die Hausdächer schweifen und entdeckt endlich, wonach sie die ganze Zeit verzweifelt gesucht hat.

Auf dem Dach eines runden Turmes steht Kesetiaan. Er starrt genau wie sie eben zum Xwedayê empor. Das Gewitter bauscht sich um Kesetiaan herum auf und macht ihn zu seinem Zentrum. Blitze schlagen in den Boden ein und die starken Winde reißen Dachschindeln ab. Kisten werden durch die Straßen geschleudert und zerbersten dabei. Ein dichter schwarzer Nebel umhüllt Kesetiaans Körper und macht deutlich, dass er noch immer vom Schatten kontrolliert wird.

„Ich muss zu ihm", flüstert Granny erstickt und läuft los, als sich die Sciathán in ihren Weg stellt. Sie starrt direkt in die unheimlichen gelben Augen und empfindet trotzdem keinen Funken Angst. Zu viel hat sich zwischen den beiden verändert und Granny versteht, dass die Sciathán nur ihrer Aufgabe gerecht werden will.

„Das Schicksal ist unvermeidbar."

„Das sagtest du bereits. Lass mich durch."

Die Sciathán weicht nicht zur Seite. Granny wird von dem starken Regen völlig durchnässt, während sie sich mit der Kreatur ein Blickduell liefert. Sie ist nicht bereit aufzugeben; nicht jetzt, da Kesetiaan zum Greifen nahe ist.

„Das Schicksal ist unvermeidbar", wiederholt sich die Sciathán. Die Worte hallen in Granny nach und dieses Mal treffen sie einen wunden Punkt. Wieder und wieder dieser Satz, der ihr nichts bringt außer Kopfschmerzen. Sie kennt das Schicksal der Insel, sie hat das Ende gesehen und dennoch ... Die Wut, die sich in den letzten Tagen in Granny aufgestaut hat, explodiert förmlich. Zornig blitzen ihre Augen auf und sie starrt das Wesen mit wütender Miene direkt an.

„Unvermeidbar, unvermeidbar ... Wie oft willst du das noch wiederholen? Glaubst du, ich habe dich beim ersten Mal nicht verstanden? Oder hältst du mich für derart senil?" Tief holt sie Luft, ehe sie ihre Stimme hebt, sodass man sie sogar in der Stadt hören dürfte. „Dachtest du wirklich, dass es mich davon abhält, alles zu versuchen, nur weil du es immer wieder sagst? Ich bin ein Mensch, ich bin Schottin und alt bin ich auch noch. Meine Sturheit kennt also keine Grenzen. Ich werde jede Chance nutzen, um zu verhindern, dass eine Zukunft eintritt, wie du sie mir gezeigt hast. Selbst wenn es mich das Leben kostet! Ich werde Kesetiaan und den Schatten retten. Und du kannst mir jetzt entweder dabei helfen oder du gehst mir aus dem Weg!"

Mit einer Bestimmtheit, die sie von sich selbst nicht kennt, starrt Granny die Sciathán an. Ihr ganzer Körper bebt und ihr Hals schmerzt von der lauten Ansprache. Doch sie meint jedes Wort so, wie sie es gesagt hat, und steht dazu. Sie wird alles geben, um ihre Kinder und diese Insel zu retten.

Granny mag nicht wissen, wie man mit einem Schwert kämpft, und nicht gegen die Mächte eines Gottes ankommen, dennoch glaubt sie fest daran, dass sie etwas bewirken kann. Und sei es auf den ersten Blick auch noch so unbedeutend, kann doch selbst der Flügelschlag eines Schmetterlings einen Sturm entfachen. Warum also sollte ihre Liebe nicht dazu ausreichen, die Dunkelheit dieser Welt zu erhellen?

Die Sciathán setzt zu einer Antwort an, da werden beide von einem lauten Knall abgelenkt. Kesetiaan hat sich mit einer gewaltigen Wucht von dem Turmdach abgestoßen und hinterlässt eine Ruine. Mit einer unglaublichen Geschwindigkeit fliegt er auf den Xwedayê zu. Mit einem Schwert in der einen Hand und einem Feuerball in der anderen beginnt er den Kampf gegen den Ewalu.

„Oh nein."

Granny sackt das Herz in die Hose. Sie sieht wieder die Bilder vor ihrem geistigen Auge ablaufen, in denen der Mondgott auf die Stadt einschlägt, und weiß, dass Unzählige sterben werden, wenn sie nichts dagegen unternimmt.

„Geh mir aus dem Weg", verlangt sie von der Sciathán mit Nachdruck und dieses Mal tritt das Wesen tatsächlich zur Seite.

„*Was hast du vor?*", fragt die Stimme in ihrem Kopf.

„Zuerst werde ich die Stadt evakuieren und dann versohl ich meinen fehlgeleiteten Kindern den Hintern."

Granny schenkt ihr ein Lächeln und rennt los.

Im Ort angekommen fängt sie direkt damit an, Krach zu machen. Sie hämmert gegen jede Tür und jedes Fenster, das sie finden kann.

„Ihr müsst fliehen, die Stadt wird angegriffen! Lauft, so schnell ihr könnt! Bringt euch in Sicherheit."

Erste Köpfe strecken sich gelangweilt durch leicht geöffnete Türen, gesellen sich zu den Menschen, die durch den zerstörten Turm bereits aufgeschreckt wurden. Sie sehen sich nach den Angreifern um, doch weil sie niemanden entdecken, wenden sie sich wieder ab.

Schnell greift sich Granny einen Topf und einen Stock, um noch mehr Krach zu machen.

„Was soll denn das?"

„Ist die verrückt?"

„Es ist doch niemand da!"

Die Menschen beschweren sich lautstark, aber Granny lässt sich davon nicht entmutigen. Sie deutet mit dem Stock aufs Meer und ruft: „Jemand greift den Mondgott an und er wird den Kampf hierherbringen. Wenn ihr also nicht allesamt unter euren Häusern zerquetscht oder von den Wellen verschluckt werden wollt, dann lauft!"

Aufgeschreckte Blicke folgen ihrem Wink und sie sehen in der Ferne, wie Kesetiaan mit seinem Schwert auf den Mondgott einsticht. Um ihn herum fliegen mehrere Feuerbälle, die auf die Stellen zielen, die er zuvor mit der Klinge getroffen hat.

„Nur Schwachköpfe legen sich mit dem Xwedayê an."

Eine Frau mit wachen Augen kommt auf Granny zu. Sie trägt eine blaue Schärpe über ihrem braunen Kleid und hat eine unglaublich selbstbewusste Ausstrahlung.

„Das mag sein. Schwachkopf oder nicht. Das ändert nichts daran, dass euch hier Gefahr droht."

Die Frau kneift die Augen zusammen. „Ich habe hier das Sagen. Also nenne mir deinen Namen und einen guten Grund, warum diese Menschen fliehen sollten. Meine Stadt lasse ich nicht ohne Weiteres im Stich!"

„Kindchen, ich bin diejenige, die versucht, euch den Allerwertesten zu retten. Wenn das Spektakel am Himmel nicht genügt, um euch wachzurütteln, dann wird vielleicht der erste Verlust deutlich machen, wie ernst es ist."

Damit drückt sie der Frau den Topf in die Hand und dreht sich um. So schnell sie ihre Füße tragen, rennt Granny weiter zum Hafen. Sie ist sich sicher, dass das Leben der Bewohner von Merakete in fähigen Händen liegt.

Und tatsächlich: Es dauert nur wenige Herzschläge und sie kann hören, wie jemand lautstark auf den Topf trommelt. Die Stimme der Frau erschallt und übertönt den prasselnden Regen.

„Ihr habt sie gehört. Weckt schnell alle auf und verlasst die Stadt. Wir flüchten ins Landesinnere!"

Zufrieden konzentriert sich Granny ebenfalls darauf, den Ort zu verlassen, wenn auch in eine andere Richtung. Obwohl ihr Atem nur noch stoßweise geht und ihre Beine brennen, als würde flüssiges Feuer hindurchfließen, läuft sie weiter. Schweiß perlt ihr von der Stirn und der kalte Wind bringt sie zum Frösteln. Dennoch ist ihr so heiß wie noch nie zuvor. Sie stoppt erst am Ende eines Steges, von dem aus sie den perfekten Blick auf Xwedayê hat.

„Kenny!", schreit sie gegen das Unwetter an, in der Hoffnung, er würde ihre Stimme vernehmen.

Keiner reagiert.

„Kesetiaan, bitte!"

Er kann mich nicht hören. Der Regen und das Meer sind zu laut, er ist zu weit weg und ich weiß nicht mal, ob Kesetiaan mich überhaupt wahrnehmen kann. Können meine Worte ihn erreichen? Oder ist nur noch der Schatten da?

„Was mach ich denn jetzt?", flüstert Granny verzweifelt und sieht sich um. Ihre Lippen zusammenpressend und sich jede Angst verbietend, springt sie in eines der Fischerboote. Sie spürt den starken Wellengang und ihr wird davon schlecht. Dennoch löst sie die Seile vom Steg und greift sich ein Paddel, um sich damit abzustoßen. Die Wellen jedoch schmettern das Boot direkt zurück und Granny verliert den Halt.

Mit einem schrillen Aufschrei fällt sie ins Wasser. Es ist eiskalt und brennt in ihren Augen. Sie versucht, gegen die Wassermassen anzukämpfen und aufzutauchen, aber sie hat längst die Orientierung verloren und wird zu einem Spielball des Meeres. Gewaltsam wird sie von den Wellen gegen den Steg geschlagen. Schmerz explodiert in ihrem Rücken und sie atmet reflexartig Wasser ein. Die Luft geht ihr aus, ebenso die Kraft. Ihre Glieder fühlen sich an wie in Zement gegossen und Granny spürt, wie die Bewusstlosigkeit nach ihr greift.

Da legt sich etwas Warmes um sie.

„Wie willst du das Schicksal ändern, wenn du hier bereits stirbst?"

Mit einem kräftigen Ruck wird sie aus dem Wasser gehoben. Hustend befreit Granny ihre Lunge von dem salzigen Nass und füllt sie mit dem so dringend benötigten Sauerstoff. Ihr Sichtfeld flackert und dennoch erkennt sie schemenhaft die roten Federn der Sciathán vor sich. Fahrig lässt sie ihre Hände über den Schwanz gleiten, der sie fest umschlossen hält und vor dem tückischen Meer bewahrt.

„Du willst da hoch?", fragt die Sciathán und zeigt mit ihrem Flügel auf Xwedayê. Granny nickt. Tränen brennen in ihren Augen und sie klammert sich an das Wesen.

„Ich flehe dich an, bitte hilf mir. Ich muss zu ihm."

Grannys Stimme ist nicht mehr als ein Wispern. Ihr Hals schmerzt bei jedem Wort. Sie weiß sich nicht anders zu helfen, als die Sciathán anzubetteln. Mut und Tatendrang allein reichen nicht aus, um die Distanz zu verringern, die sich zwischen ihr und Kesetiaan befindet.

Sie ist nur eine alte Frau, die weder über das Wasser laufen, noch fliegen kann. Sie ist keine Heldin mit Superkräften oder irgendwelchen anderen Mächten, mit denen sie ihre Kinder beschützen kann. Granny ist einfach nur eine Mutter, die versucht, das Unmögliche möglich zu machen, indem sie andere mit aller Kraft liebt.

„Auch wenn du das Schicksal nicht verändern willst, bitte, lass es mich wenigstens versuchen."

Die Sciathán wendet ihren Blick ab und starrt hinauf zu Xwedayê. Träge schließen sich ihre Augenlider und sie zieht Granny näher an sich heran.

„Das Schicksal ist unvermeidbar", flüstert es in ihren Gedanken und Grannys Herz schmerzt. Weitere Tränen folgen und sie kann sich nicht davon abhalten aufzuschluchzen. Hilflosigkeit überkommt sie.

„Du musst dich gut festhalten."

Überrascht sieht Granny auf und blickt direkt in die gelben Augen. Tränen lösen sich aus ihnen und der aufgerissene Mund bebt. Zum ersten Mal zeigt die Sciathán, dass sie kein gefühlloses Wesen ist. Der Wunsch, den Xwedayê zu beschützen, und die Aufgabe, das Schicksal nicht zu behindern, quälen sie schon sehr lange.

Den Kloß in ihrem Hals runterschluckend fragt Granny: „Du hilfst mir?"

Statt zu antworten, lässt die Sciathán sie auf den Steg runter und setzt sich mit dem Rücken zu Granny gerichtet vor sie hin. Sich an Kesetiaans Geste erinnernd wartet sie dieses Mal nicht auf eine zweite Aufforderung und steigt auf.

„Greif meine Federn und halte dich an mir fest."

Granny folgt der Anweisung. Die Federn sind weich und fast samtig. Eine unverkennbare Wärme geht von ihnen aus und sie hat das Gefühl, als würden sie pulsieren. Fest klammert sie sich in das Federkleid und schlingt ihre Beine um den Torso. Schon spürt sie, wie die Muskeln unter ihr in Bewegung kommen, wie sie sich anspannen und wieder lösen. Dann geht ein gewaltiger Ruck durch die Sciathán und sie stößt sich vom Steg ab. Ihre Flügel schlagen mit unglaublicher Kraft und Geschwindigkeit durch die Luft.

Tief durchatmend sieht Granny dem Xwedayê und Kesetiaan entgegen. Sie wischt sich die Tränen aus dem Gesicht und flüstert: „Ich werde euch retten! Wartet nur noch ein kleines bisschen. Gleich bin ich bei euch."

KAPITEL 30

Kesetiaan und der Schatten

Um ihn herum ist alles stockfinster. Er hat längst aufgegeben, sich gegen die Ketten zu wehren, zu schreien und zu kämpfen. Stattdessen sitzt er apathisch da und starrt auf den Boden. Noch immer hallt das Lachen des Schattens durch den endlosen Raum, in dem er Kesetiaan gefangen hält.

Schmerz lässt ihn erbeben und die Ketten klirren. Sein Herz zieht sich zusammen und erste Tränen sammeln sich in seinen Augen. Immer wieder ballt er seine Hände zu Fäusten, doch er kann seinen Hass und die Wut auf nichts und niemanden richten.

Er ist allein in der Dunkelheit. Satya hat das Fenster nach außen verschlossen und verwehrt Kesetiaan damit jede Außenwahrnehmung. Obwohl sich sein Körper bewegt und Leid verbreitet, kann er nichts dagegen tun, sich nicht widersetzen oder ihn aufhalten. Er schafft es nicht, die Kontrolle über seinen Körper zurückzuerlangen.

In Endlosschleife wiederholen sich die Bilder in seinem Kopf, wie er Granny umgebracht hat. Wie er sie unter dem Schutt des Labyrinths begraben hat. Gemeinsam mit Malika.

„Wäre ich nur nie geboren worden", wispert er in die Dunkelheit. Seine Worte fühlen sich unendlich fremd an, fast so, als seien es die eines anderen. Lethargisch wandert Kesetiaans Blick durch den Raum. Er erinnert ihn an das Labyrinth. Genauso kalt und leer.

Ohne jeden Hoffnungsschimmer.

„War es das? Ist das alles, was ich mit meinem Leben erreichen konnte?" Kesetiaan richtet sich auf, soweit es die Ketten zulassen. Seine Schultern beben und er schreit: „Ist das alles, wofür meine Existenz gut war? Für Leid und Schmerz?!"

Schritte erklingen. Langsam nähert sich jemand und Kesetiaan erblickt die Gestalt des Orakels. Abschätzig sieht es ihn an.

„Wirklich? Du zeigst dich mir in dieser falschen Hülle?"

„Sie ist so gut wie jede andere, die ich besitze." Nicht weit von Kesetiaan entfernt bleibt er stehen und betrachtet den Stierdämon ausdruckslos. „Es ist immer wieder erschreckend, wie viel wir gemeinsam haben", flüstert er nach einer Weile.

„Nein, das haben wir ganz bestimmt nicht. Ich mag vielleicht aussehen wie ein Monster, aber du bist eines."

Humorlos lacht der Schatten auf.

„Dem kann ich nicht widersprechen. Genau wie du dir nicht ausgesucht hast, so auszusehen, hatte ich kein Mitspracherecht bei meiner eigenen Gestalt. Ich sähe lieber wie ein Monster aus, als ohne Körper durch diese Welt zu wandeln. Und was meine Art angeht, musst du dich bei Hangaia beschweren. Mit ihrer starrsinnigen Arroganz zwingt sie mich dazu, so zu handeln." Er geht einige Schritte und spricht weiter. „Wir sind Kinder der Dunkelheit, Kesetiaan, die vor der Welt verborgen und dann schutzlos in sie hineingestoßen wurden. Wir sind kein Teil von ihr. Niemand wollte uns und dennoch existieren wir. Alles, was ich mir wünsche, ist, dass Hangaia meine Existenz anerkennt. Schließlich ist sie unser aller Mutter, nicht wahr?"

„Und was habe ich damit zu tun? Oder Malika und Granny? Warum machst du das nicht mit der Welt selbst aus und lässt den Rest von uns in Ruhe?"

Kesetiaan ist sauer und macht keinen Hehl daraus. Wütend blafft er den Schatten an, während er wieder an den Ketten zerrt.

„Das habe ich versucht. Glaub mir, das habe ich."

Er geht auf die Stelle zu, an der sich zuvor das Fenster nach außen befand. Den imaginären Rahmen mit den Fingern nachfahrend brechen kleine Stücke der Dunkelheit ab. Sie landen lautlos auf dem Boden und geben den Blick auf das Meer frei. Es stürmt und etliche Blitze zucken durch den Himmel, erhellen damit die Hafenstadt.

Kesetiaan richtet sich auf, um besser sehen zu können, und entdeckt den Xwedayê.

„Du willst ihn angreifen?"

„Wir tun es gemeinsam, kleiner Dämon. Genau in diesem Augenblick benutze ich deinen Körper, um den Mondgott zu stürzen. Ich kann an zahlreichen Orten und in unzähligen Gedanken gleichzeitig existieren. Das ist der einzige Vorteil, wenn man aus nicht mehr als Rauch und Schatten besteht."

Wie ein Pfeil zischt Kesetiaans Körper durch die Luft und kommt dem Mondgott gefährlich schnell näher. Er holt weit aus und schlägt mit einem Schwert zu. Die Klinge trifft, aber sie schafft es nicht, durch die lederne Haut zu dringen. Sich abstoßend landet er auf einer kleinen schwarzen Wolke. Um ihn herum pulsieren eine Handvoll Feuerbälle und einer nach dem anderen fliegen sie auf den Mondgott zu.

Mit weit aufgerissenen Augen sieht Kesetiaan dabei zu, wie sich sein Körper entgegen seines Willens bewegt. Immer wieder springt er von der Wolke ab, um auf den Xwedayê einzuschlagen, doch kein einziger Angriff zeigt Wirkung.

Der Schatten knirscht hörbar mit den Zähnen. Obwohl Kesetiaan Satyas Gesicht unter dem schwarzen Tuch nur erahnen kann, spricht sein eigenes, das er durch das Fenster erblicken kann, Bände. Ein Lachen entkommt ihm, als er bemerkt, dass es dem gestaltlosen Wesen nicht möglich ist, seine Gefühle aus Kesetiaans Ausdruck fernzuhalten. Er sieht in seinem eigenen Gesicht einen vor Wut verzerrten Blick, gefletschte Zähne und Zornesfalten.

Sein Lachen erzürnt den Schatten noch mehr.

„Schweig still!", brüllt Satya in die Finsternis und gleichzeitig in den Sturm hinaus.

„Einen Dreck werde ich tun! Wenn du meinst, meinen Körper für deine Pläne missbrauchen zu dürfen, dann werde ich dir eben den Spaß daran verderben."

Wieder lacht Kesetiaan auf und nimmt mit Genugtuung wahr, wie der Schatten noch wütender wird. Schneller, als ihm lieb ist, fasst sich das Wesen und verschließt das Fenster.

„Dann wirst du in der Dunkelheit versauern, bis dein Geist völlig verkümmert ist. Solange du in diesem Raum bist, bist du von deinem Körper abgeschnitten. Es gibt für dich kein Entkommen, denn allein mein Wille kann dich freigeben."

„Warte ..." Gerade als sich der Schatten abwendet, um zu gehen, wechselt Kesetiaan seinen Tonfall. Fast flehend flüstert er: „Wenn wir uns so ähnlich sind, wie du sagst, dann verstehe ich nicht, warum du anderen wehtust. Ist das denn wirklich alles, was dich ausmacht?"

Satya bleibt abrupt stehen und wendet sich verwundert um. Dabei flattert das Tuch und lässt Kesetiaan einen Blick auf das Wesen dahinter werfen. Auf dessen Schmerz. Mitleid regt sich in ihm, gepaart mit einem weiteren Gefühl, das er nicht zu benennen weiß. Kesetiaan schüttelt seinen Kopf.

„Du hast unrecht. Wir sind keine Kinder der Dunkelheit. Wir haben uns nur verlaufen. Aber wir können den Weg wiederfinden und zurück ins Licht gehen."

„Tu nicht so, als wüsstest du, wovon du sprichst."

„Dann erklär es mir." Fest richtet Kesetiaan seinen Blick auf den Schatten, ehe er seine Worte mit Nachdruck wiederholt. „Erklär es mir endlich, statt deine hohlen Phrasen immer zu wiederholen."

Satya dreht sich um und geht. Doch bereits nach wenigen Schritten stockt er und atmet tief ein, nur um zurückzueilen. Er legt seine Hand sanft auf Kesetiaans Kopf ab und teilt seine Erinnerungen. Jeden Moment seines Seins überträgt er und lässt Kesetiaan an seinem Leben, an seinem Leid, teilhaben. An jedem Moment, seit seiner Geburt bis zum heutigen Tage.

Nach einer gefühlten Ewigkeit entfernt sich der Schatten wieder und Kesetiaan fällt in sich zusammen. Alles in ihm schreit vor Schmerz und Einsamkeit auf. Der Wunsch, geliebt und in den Arm genommen zu werden, macht ihm das Atmen schwer. Wie ein Steinbrocken legt er sich auf seine Brust und drückt zu. Sein Herz zieht sich zusammen.

Das, was er all die Zeit über in sich gesammelt hat, ... ist kein Zorn. Ist das, was ich gerade fühle, Satyas Schmerz? Er hasst Hangaia nicht, er liebt sie. Sieht in ihr eine Mutter, wie ich in Granny eine sehe. Aber Granny hätte ihn niemals so leiden lassen. Wie kann Hangaia nicht eingreifen? Ihn davon befreien? Er leidet so sehr, dass alles in ihm zu brennen scheint. Ein Feuer, das nun auch mich verzehrt.

„So, wie ich deine Vergangenheit kenne, kennst du nun die meine. Ich kenne jeden Gedanken, den du je gedacht hast, und jedes Gefühl, dass du gespürt hast. Und du kennst all meine Gedanken und Gefühle. Wir sind gleich. Verstehst du es jetzt?"

Ohne auf eine Antwort zu warten, verschwindet der Schatten im nichts und Kesetiaan bleibt zurück. Dieses Mal kommt es ihm weniger beängstigend vor. Es erscheint bedeutungslos im Angesicht des Schmerzes, der nun ein Teil von ihm ist.

Ein Stück Finsternis blättert vom Fenster ab und zeigt ihm einen einzelnen Hoffnungsschimmer. Wie gebannt starrt er hindurch und sieht dabei zu, wie sich sein Körper vergeblich mit dem Xwedayê anlegt. Wie der Schatten Kesetiaans Leib nutzt, um immer wieder anzugreifen. Der Gott scheint sich nicht im Geringsten um ihn zu scheren und ignoriert die Angriffe. Er steht da, als wäre er eine leere Hülle.

Während Kesetiaan darüber nachdenkt, dringt ein Geräusch an seine Ohren. Es klingt wie eine Stimme, so verzerrt und undeutlich, dass er die Worte dahinter nicht verstehen kann. Ein Schmerz durchzieht seinen Kopf und er hat das Gefühl, etwas würde aus ihm herausbrechen wollen. Sein Blick verschleiert sich. Dagegen anblinzelnd sieht er auf einmal, wie sich rote Adern durch den Raum ziehen. Sie gehen von Kesetiaan aus und winden sich über den gesamten Boden, die Wände und die Decke. Sie lassen selbst das Fenster nicht aus.

Ein Schauer rinnt Kesetiaan den Nacken hinab und er spürt, wie jemand nach seinem Bewusstsein greift. Etwas legt sich um ihn, die Ketten zerspringen und doch kann er sich nicht rühren.

Das Atmen fällt ihm schwer. Das Glas des Fensters bekommt Risse. Sein Blick folgt den haarfeinen Linien, die langsam in die Adern übergehen. Die Dunkelheit zerspringt zusammen mit dem Fensterglas und hüllt Kesetiaan in ein pulsierendes rotes Leuchten ein. Endlich kann er wieder sehen, was draußen vor sich geht.

Angst umhüllt ihn wie eine zweite Haut und lässt ihn erzittern. Obwohl der Raum, in dem Kesetiaan gefangen ist, Risse bekommen hat, ist er noch immer nicht frei. Sein Körper bewegt sich draußen weiterhin ohne sein Zutun. Da wird ihm klar, dass nicht der Schatten derjenige ist, der gerade versucht, seinen Geist zu zerschmettern.

Von außerhalb vernimmt er Geräusche und Stimmen. Eine davon würde er unter tausenden wiedererkennen. Tränen tropfen auf den Boden und ihm fällt ein Stein vom Herzen. Es lässt ihn den Schmerz ertragen und gegen das rote Leuchten ankämpfen.

„Kesetiaan!"

Granny lebt.

Der Schatten ignoriert Grannys Ruf. Seine Aufmerksamkeit gilt einzig Xwedayê. So bekommt er auch nichts von dem Angriff auf Kesetiaans Geist mit.

Schäumend vor Wut richtet er dieses Mal statt des Schwerts Worte an die gigantische Gottheit.

„Ich weiß, dass du über ein Bewusstsein verfügst, und nach all den Jahrhunderten, die du existierst, ist es unmöglich, dass du noch nie gelitten hast. Die Frage, die bleibt, ist, ob du bereit wärst, dein Leben für ein anderes zu geben? Ich lasse es drauf ankommen."

Seine Augen leuchten violett auf. Schwarzer Nebel löst sich von Kesetiaans Körper und vermischt sich mit der Wolke, auf der er steht. Sie wird größer und die Blitze, die vom Himmel zucken, werden von ihr aufgesogen. Die Flammenkugeln werden dunkler, bis sie tiefschwarz sind und so groß wie Häuser.

„Ich bin der namenlose Schatten, der die Welt in Dunkelheit hüllt. Ich bin der Schmerz und das Leid, das Hangaias Kinder durchleben müssen. Nun werde ich deinen Geist in Ketten legen, Xwedayê, und deinen Leib zu dem meinen machen, um die Welt unter unserer Kraft erzittern zu lassen."

Die schwarzen Flammen schießen auf den Mondgott zu, mit der roten Kugel als Ziel. Gleichzeitig setzt sich die Wolke in Bewegung, um über das Gewitter zu fliegen. Auge in Auge mit Xwedayê verharrt der Schatten für wenige Sekunden, ehe er sein Schwert erhebt und abspringt. In unmenschlichem Tempo fliegt er auf den Gott zu.

Etwas unter ihm explodiert. Annehmend, dass die Flammen getroffen haben, grinst der Schatten. Er holt aus und sein Schwert trifft auf das Geweih, in dem sich der Nachthimmel spiegelt. Das Horn splittert und der dunkle Nebel dringt in die offene Stelle ein.

Kesetiaan sieht durch das Fenster, wie alles für mehrere Sekunden stillsteht. Er hält den Atem an. Die unsichtbaren Schlingen ziehen sich fester um ihn zusammen. Der Raum um ihn herum explodiert in unzähligen Farben. Eine gigantische Schockwelle wandert durch seinen Geist und seinen Leib. Voller Schmerz schreien der Schatten und Kesetiaan gleichzeitig auf. Das Blut in ihren Adern wird kochend heiß und frisst sich seinen Weg durch Knochen und Fleisch. Große Blasen bilden sich auf der Haut und platzen unter dem enormen Druck auf. Kesetiaan windet sich in der Umklammerung und kämpft damit, das Bewusstsein nicht zu verlieren. Er sieht, wie es Satya genauso ergeht.

Der Raum öffnet sich und wird von Licht durchflutet. Zuerst glaubt Kesetiaan, dass er die Kontrolle über seinen Körper zurückerhält. Dann aber wird ihm klar, dass sich sein Geist mit dem des Schattens verbindet. Die Grenzen zwischen Kesetiaan und Satya schwinden langsam. Inmitten des unendlichen Schmerzes synchronisieren sich ihre Herzen und Gedanken.

Nur zögerlich reagiert Kesetiaans Körper; hin- und hergerissen aufgrund der Befehle zweier Geister, die schwerfällig Einklang finden. Mit aller Kraft klammert sich der Schatten weiterhin an das Schwert, das im Geweih von Xwedayê steckt, während Kesetiaan verzweifelt nach Granny sucht.

Sowohl der Nebel als auch die Gewitterwolken um sie herum sind verschwunden. Das klare blaue Meer liegt still unter ihnen. Unmenschliche Schmerzen peitschen durch ihren Leib und machen es Kesetiaan und dem Schatten fast unmöglich, auch nur einen klaren Gedanken zu fassen. Sie verstehen nicht, was vor sich geht; was schiefgegangen ist.

Zahllose wirre Bänder schlingen sich um ihren Leib und drücken so fest zu, dass ihre Knochen brechen. Beiden wird in diesem Moment klar, dass der Schatten einen fatalen Fehler begangen hat, als er versucht hat, Xwedayê zu übernehmen.

Tiefrote Augen starren in die von Kesetiaan und eine markerschütternde Stimme erklingt in den Geistern der beiden. Blut tropft aus Kesetiaans Ohren und die Worte verbleiben wie ein endloses Echo.

„Ich bin das Ende von Himmel und Erde. Blut wird fließen und die Meere füllen, bis der Mond in ihnen ertrinkt. Dayax ist der Anfang, mit dem der Untergang beginnt."

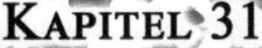

KAPITEL 31

... Licht und Schatten sind eins

Sie kommen dem Schatten, Kesetiaan und Xwedayê immer näher. Granny hat in der Zwischenzeit aufgegeben, nach ihrem Jungen zu rufen, denn das Festhalten an der Sciathán benötigt ihre gesamte Aufmerksamkeit. Die weichen Federn machen es schwer, den Halt nicht zu verlieren, und ihre nassen Hände rutschen immer wieder ab.

Ich schaffe das. Ich muss jetzt unbedingt durchhalten!

Ihr inneres Mantra wiederholend schließt sie die Augen und konzentriert sich. Sie will den Schatten aufhalten und ihn und Kesetiaan retten. Er ist nach all der Zeit so festgefahren, dass es schwer wird, ihn jetzt noch zu erreichen. Aber Granny hat das Gefühl, dass sie die richtigen Worte finden wird. Tief in ihrem Inneren spürt sie die Gewissheit, dass ihre Liebe bei ihm ankommen wird.

„Wir sind gleich da", informiert die Sciathán sie. Granny öffnet ihre Augen gerade rechtzeitig, um zu sehen, wie sich die Haltung des Schattens ändert. Der Nebel um ihn herum wird dichter, die Wolke, auf der er steht, immer größer und die Flammenkugeln tiefschwarz. Er sagt etwas, doch Granny kann die Worte nicht verstehen.

„Es dauert nicht mehr lange, dann wird der Plan des Schattens scheitern und Xwedayê erwacht."

Die Warnung lässt Granny vor Angst erzittern. Sie ruft ihr die Zerstörung in Erinnerung, die dieser Gott verursachen kann und wird.

„Kesetiaan!", schreit sie so laut sie kann. „Bitte hör auf!"

Er reagiert nicht. Obwohl sie ihm so nahe ist, reicht es noch immer nicht aus.

Liegt es daran, dass ich den falschen Namen nutze? Wenn ich nach dem Schatten rufe, dann schenkt er mir vielleicht Gehör. Nur ... wird er mir zuhören, wenn ich ihn weiterhin als Schatten bezeichne?

Ein seltsames Gefühl macht sich in Granny breit und ihr ist so, als läge ihr ein Name auf der Zunge.

Sein Name.

Aus irgendeinem Grund muss sie ausgerechnet jetzt an den Moment denken, als sie mit Kesetiaan durch das magische Tor ging. An die Stimme darin und ihre Worte ...

„Erinnere dich – Licht und Schatten sind eins."

Ehe sie diesem Gedanken weiter folgen kann, fliegen die gigantischen schwarzen Flammen los und steuern auf die Brust des Mondgottes zu. Zeitgleich durchbricht der Schatten die Wolkendecke und verschwindet aus ihrem Sichtfeld.

Innerhalb eines Sekundenbruchteils fällt Granny eine Entscheidung und sie betet, dass es die richtige ist. Dass sie damit das Schicksal ändern und unnötiges Leid verhindern kann.

Wenn das Feuer nicht trifft, wacht der Gott vielleicht nicht auf. Es ist ein Versuch wert.

„Wir müssen verhindern, dass die Flammen treffen", ruft Granny und deutet auf die rote Kugel. Die Sciathán nickt. Sie legt einen Zahn zu und fliegt wie ein Pfeil durch die Luft.

Grannys Herz schreit gequält auf und sie kann nur beten, dass sie noch die Chance bekommt, ihre Worte an die beiden Kinder zu richten, ehe alles endet.

„Ich kann die Flammen stoppen, doch sie würden dich in Fetzen reißen. Wenn ich 'Jetzt' rufe, lass dich fallen."

„Ich vertraue dir."

Granny schließt ihre Augen. Sie spürt, wie der Wind an ihr vorbeipfeift, und kann hören, wie das Meer unter ihnen tobt. Kräftig schlagen die Flügel der Sciathán und lassen Grannys Körper erbeben. Sie wartet auf ihr Zeichen.

„Jetzt!"

Ohne zu zögern, entspannt Granny ihren Griff. Die Federn gleiten ihr aus den Händen und sie rutscht vom Rücken der Sciathán. Mit dem Kopf voran nähert sie sich in erschreckendem Tempo dem tosenden Meer. Ihr Herz schlägt jedoch völlig ruhig.

Eine Explosion ertönt und Granny öffnet ihre Augen.

Die Sciathán hat die Kugel rechtzeitig erreicht und die Feuerbälle mit ihrem eigenen Körper abgefangen. Ihr ganzer Leib ist in schwarze Flammen gehüllt und ihr Kampfschrei gellt über das Meer. Trotz der Schmerzen ist das nichts, was sie von ihrem Weg abbringt; schließlich ist die Sciathán es gewohnt, schwer verletzt und sogar getötet zu werden. Sie lässt sich die körperlichen Qualen nicht anmerken und stiert unbeugsam in den Himmel. Dann dreht sie sich um und versichert sich, dass Xwedayê unversehrt geblieben ist. Zufrieden stürzt sie sich in die Tiefe, um Granny aufzufangen.

Ein Dröhnen erklingt, dem eine mächtige Schockwelle folgt. Sie erhascht die Gewitterwolken und lässt sie von einer Sekunde zur nächsten vom Himmel verschwinden. Das Meer wird von Xwedayê weggedrückt und meterhohe Wellen treffen auf die Hafenstadt. Die Schiffe werden aufs Land gehoben und Häuser niedergerissen. Alles versinkt in den Fluten.

Es dauert nur einen Augenblick, ehe die gesamte Stadt vollständig zerstört wird und im Meer verschwindet.

Granny wird ebenfalls von der Schockwelle erfasst. Erschrocken schreit sie auf. Sie wird mitgerissen und wirbelt durch die Luft. Himmel, Land und Meer vermischen sich in einen Einheitsbrei aus wirbelnden Farben und sie fühlt sich wieder wie unter Wasser. Doch dieses

Mal kann sie atmen. Jeder Orientierung beraubt sucht sie verzweifelt nach den roten Farbtupfern.

Sie wird kommen!

All ihre Hoffnung in das Vertrauen setzend, das sie der Sciathán schenkt, sucht sie die Umgebung weiter ab. Unerschrocken breitet sie ihre Arme aus und dreht sich dadurch endlich nicht mehr unkontrolliert in der Luft.Alle viere von sich gestreckt fällt sie immer tiefer.

Granny sieht das Meer näher auf sich zukommen und beißt sich auf die Unterlippe.

Schade, dass mir niemand gesagt hat, dass ich heute Fallschirmspringen übe, dann hätte ich einen mitgebracht.

Über ihren Galgenhumor schmunzelnd atmet Granny tief durch, ehe sie lauthals lacht.

Sie hört, wie Flügel im Wind schlagen. Granny atmet auf und im selben Moment schiebt sich der Rücken der Sciathán in ihr Blickfeld. So schnell sie kann, greift Granny nach den roten Federn und zieht sich an den großen Körper heran. Kaum hat sie Halt gefunden, reißt die Sciathán ihren Kopf hoch und entkommt um Haaresbreite dem Aufprall auf der Wasseroberfläche. Ohne Zeit zu verschwenden, peitscht sie kräftig mit ihren Flügeln und fliegt zurück in den Himmel.

„Ist alles in Ordnung?", fragt Granny besorgt.

Der ganze Körper der Sciathán ist übersät von Brandwunden und Blasen. Blut tropft von ihren Federn und ihr linker Flügel ist an einigen Stellen bis auf den Knochen runtergebrannt.

„Ich lebe, alles andere ist zweitrangig."

Granny entgeht nicht, wie angestrengt die Stimme in ihrem Kopf widerhallt. Aber sie belässt es dabei. Sie haben schließlich keine andere Wahl, als trotzdem weiterzumachen.

Den Blick in den Himmel richtend sieht Granny, wie Xwedayê Kesetiaan mit seinen Handbändern festhält. Ihre Bemühungen haben nichts gebracht. Der Mondgott ist erwacht.

„Können wir ihn noch aufhalten?"

„*Ich weiß es nicht.*"

Die Antwort überrascht Granny und gleichzeitig hat sie sie befürchtet. Es macht ihr Angst, dass selbst die Sciathán ratlos ist.

„Wenn er Kenny als Bedrohung wahrnimmt, hilft es vielleicht, ihn aus seiner Reichweite zu entfernen. Möglicherweise beruhigt sich der Mondgott dann wieder."

Stille folgt. Verwundert wendet Granny ihren Blick zur Sciathán, die sich ihr ebenfalls zuwendet. Ihr Gesicht wirkt schrecklich angestrengt, aber auch entschlossen. Granny kommt nicht umhin, sie für diese Bestimmtheit zu bewundern.

„*Überlass Xwedayê mir. Ich sorge dafür, dass er lange genug abgelenkt ist, damit du an den Schatten rankommst. Versuch, ihn von hier fortzubringen.*"

Zuerst will Granny widersprechen. Sorgen machen sich in ihr breit und sie fürchtet um das Leben ihrer neu gewonnenen Freundin. Aber ihr ist klar, dass es nicht anders geht. Zumindest nicht, wenn sie sich weiter gegen das Schicksal stellen wollen.

„In Ordnung, nur versprich mir, dass du überleben wirst."

„*Ich bin unsterblich.*"

Sich auf die Lippe beißend nimmt Granny die Antwort hin. Sie befürchtet, dass solche Worte in einer Welt wie dieser nicht allzu viel Wert haben und Unsterblichkeit so vergänglich ist wie alles andere auch. Sie kann nur weiter hoffen und die Götter um Gnade bitten.

„*Die schwarzen Wolken sind mit Kesetiaans Mana gefüllt, du kannst auf ihnen stehen. Bereite dich darauf vor abzuspringen.*"

In den Himmel sehend entdeckt Granny sehr schnell, wovon die Sciathán spricht. Die Wolkendecke wirkt seltsam unnatürlich, ganz anders als das Gewitter zuvor. Darauf zu springen, klingt weniger verrückt als der Rest, den sie heute schon getan hat. Sie verspürt keine Angst mehr, nur Hoffnung und Vertrauen.

Kurz bevor sie oberhalb der Wolke fliegen, drückt Granny ihr Gesicht in die Federn der Sciathán und flüstert: „Ich danke dir für alles."

Dann springt sie ab. Erstaunlich sanft landet sie auf den Wolken und sieht dabei zu, wie die Sciathán noch höher steigt. Ihre Federn verändern die Farbe und werden silbern. Sie glänzen leicht metallisch in der aufgehenden Sonne und Granny kommt nicht umhin, es als wunderschön zu empfinden.

Die Sciathán hält auf die wirren Bänder zu, die dem Xwedayê als Hände dienen, und fliegt durch jene, die dabei sind, Kesetiaan zu zerquetschen. Mühelos gleiten ihre silbernen Schwingen durch das Fleisch des Mondgottes und trennen es vom Rest seines Körpers ab. Sie kann hören, wie der Stierdämon aufatmet, als der Druck nachlässt.

Ihn mit ihrem Schwanz aus der Luft haschend wirft sie ihn zur Wolkendecke, damit Granny sich um ihn kümmern kann.

Sich zu Xwedayê umdrehend blickt sie in seine flammend roten Augen. Obwohl er unbeteiligt wirkt, weiß sie, dass ihn ihr Angriff nicht kaltlässt. Denn niemand kennt den Mondgott so, wie sie es tut.

Schmerz spiegelt sich in ihrer Haltung wider.

„Ich will das nicht tun. Dich zu bekämpfen, ist nicht mein Schicksal. Deshalb bin ich nicht an deiner Seite geblieben."

„Dein Schicksal?"

Zum ersten Mal, seit sie ihm auf seinen unergründlichen Wegen folgt, vernimmt die Sciathán seine Stimme. Immerzu hat er geschwiegen, während sie auf seiner Schulter saß. Sie hat ihm Geschichten über das Leben erzählt und von den Menschen. Vom Himmel, den Sternen und ihrem eigenen Wunsch nach dem Tod. Doch nie hat er geantwortet. Und obwohl es stets eine einseitige Beziehung zwischen ihnen war, bedeutet ihr der Xwedayê mehr als ihr eigenes Leben.

Er ist ihre Familie und kommt für sie dem am nächsten, was die Menschen als Vaterfigur bezeichnen würden.

Schwer schluckt die Sciathán, als der Xwedayê seinen Blick direkt auf sie richtet und sagt: *„Du hast kein Schicksal und nun, da ich erwacht bin, wird Hangaia untergehen."*

„Seid ihr, die Ewalu, denn nicht hier, um sie zu beschützen?!"

Verwirrt von seinen Worten kreischt sie auf. Nach allem, was sie über diese Welt weiß, sind die acht wahren Götter, die als Ewalu bezeichnet werden, der letzte Schutzwall. Weltenwächter, deren einziger Zweck der Schutz Hangaias ist.

Sie dachte all die Zeit, sie würden durch die Meere wandeln, um die Welt im Notfall retten zu können. Sollte sie sich etwa so sehr geirrt haben?

„Wir schützen Hangaia vor sich selbst."

„Was?"

„Dein Blick in die Zukunft ist beschränkt. Meiner hingegen reicht bis in die Unendlichkeit. Dort finden sich Eis, Dunkelheit und Erde, die gegen das Feuer im Inneren der Welt kämpfen. Wenn sie fallen, wird Hangaia den Verstand verlieren und sich selbst vernichten. Die Ewalu sollen genau das verhindern und jene Leben auslöschen, die für das Feuer verantwortlich sind."

„Das ..."

Ihr fehlen die Worte. Bevor sie Granny kennenlernte, war das unvermeidbare Schicksal der Insel alles, was für sie Bedeutung hatte. Ihr war immer klar, dass Dayax eines Tages untergehen und die Bewohner sterben würden. Es war ihr gleich, weil sie dachte, es würde aus einem guten Grund geschehen. Doch nun ...

„Das darf nicht passieren."

Der Xwedayê richtet seine Handbänder auf sie und versucht, sie aus der Luft zu fischen. Es gelingt der Sciathán, ihm auszuweichen, und sie fliegt immer höher und höher. Ihre Flügel schlagen schneller als je zuvor und sie nutzt komplizierte und gefährliche Manöver, um den Fingern zu entgehen.

„Ich muss ihn nur ablenken", flüstert sie sich selbst zu. *„Aber was, wenn er nicht wieder in den Stillstand zurückkehrt? Was, wenn es zu spät ist und der Schatten das Ende der Insel bereits besiegelt hat? Wenn Xwedayê wütet, bis jedes Leben ausgelöscht wurde … Ist das wirklich unser aller Schicksal?"*

Beim Ausweichen erhascht die Sciathán einen Blick auf den Eisvulkan und ihr kommt eine Idee, ein letzter möglicher Ausweg. Ein trauriger Zug legt sich auf ihr Gesicht.

„Ich hätte es gerne versprochen, Granny. Doch womöglich war der Grund, warum ich so lange überlebt habe, der, dass ich nie etwas hatte, für das es sich zu sterben lohnte."

In diesem Moment wird die Sciathán von den Handbändern getroffen. Kräftig schlagen sie ihr in die Seite und schleudern sie meilenweit durch die Luft. Mit einem gewaltigen Knall prallt sie gegen die Berge am anderen Ende der Insel. Schwer kämpft sie damit, bei Bewusstsein zu bleiben, doch die Dunkelheit holt sie ein.

Kesetiaans Körper landet geräuschlos auf der Wolke.

So schnell sie kann, eilt Granny an seine Seite. Geschockt bemerkt sie die zahlreichen Wunden. Überall ist seine Haut verbrannt, aufgeplatzt und Blut fließt in Massen. Seine Arme stehen im falschen Winkel ab und Knochen blitzen hervor.

Granny zittert.

Der Anblick lässt ihr das Blut in den Adern gefrieren. Schwach erinnert sie sich an Kesetiaans Worte, dass seine Wunden schneller heilen als die von Menschen. Sie bezweifelt allerdings, dass bei diesem Grad der Verletzungen überhaupt noch was machbar ist, dennoch versucht sie, optimistisch zu bleiben. Auch deshalb, weil sie den Gedanken nicht erträgt, Kesetiaan zu verlieren.

Als er seine Augenlider flatternd öffnet, erblickt Granny violette Iriden. In ihnen erkennt sie endlosen Schmerz, körperlich wie seelisch. Vorsichtig hebt sie eine Hand und streichelt über seinen Kopf. Ihr ist klar, dass das möglicherweise ihre letzte Chance ist, um mit dem Schatten zu sprechen.

„Ich weiß nicht, ob Kesetiaan mich auch hören kann, aber ich habe eine Ewigkeit darüber nachgedacht, was ich euch sagen will. Hört mir jetzt gut zu, denn mir ist etwas wirklich Wichtiges wieder eingefallen und es tut mir unendlich leid, dass ich dafür so lange gebraucht habe." Ein Schluchzen entkommt ihren Lippen. Zitternd ballt sie ihre Fäuste und Tränen benetzen ihre Wangen. „Licht und Schatten sind eins."

Verwirrung spiegelt sich in den violetten Augen und Granny kann es ihm nicht verdenken. Ohne den Hinweis der mysteriösen Stimme würde sie noch immer mit einem Brett vor dem Kopf herumrennen. Sie schämt sich, dass sie es nicht früher erkannt hat.

„Ich kenne deinen Namen", flüstert sie und streicht ihm über die Wange. „Ich selbst gab ihn dir, Solas."

Obwohl sie in Kesetiaans Gesicht blickt, weiß sie, dass die Tränen in seinen Augenwinkeln vom Schatten stammen. Sanft wischt Granny sie zur Seite und sieht ihrem Sohn in die Augen.

„Was soll das bedeuten?", fragt er mühsam. Seine Lippen beben und sein ganzer Körper zittert. Wild zuckt sein Blick über Granny und er versucht, ihre Worte einzuordnen, während der Schmerz seinen Leib noch immer lähmt.

„Du hast meine Erinnerungen doch gesehen, nicht wahr? Vor vielen Jahren war ich schwanger und ich verlor mein Kind kurz vor der Geburt. Trotzdem gab ich ihm einen Namen – Solas, was Licht bedeutet. Das warst du." Sie beugt sich hinab und drückt einen hauchzarten Kuss auf seine Stirn. Sie wagt es nicht, ihn mehr zu berühren, aus

Angst, ihn weiter zu verletzen. „Ich würde es nicht ertragen, Kesetiaan und dich zu verlieren. Es würde mich umbringen. Deshalb bitte ich dich, hör auf mit deinem Rachefeldzug."

„Ich ..." Schwer keuchend kämpft er sich in eine sitzende Position und umarmt Granny. Seine Arme schlingen sich um ihren Körper und er vergräbt sein Gesicht in ihrer Halsbeuge. Sie kann spüren, wie sehr er sich nach dieser Berührung gesehnt hat. So sehr, dass er die Schmerzen dabei, ohne zu zögern, in Kauf nimmt.

„Endlich darf ich dich in den Arm schließen. Ich habe so lange darauf warten müssen, mein Sternenkind."

Schluchzer antworten ihr und seine Hände krallen sich fester in ihr Kleid. Blut und Tränen sickern in den Stoff. Vorsichtig löst er sich von Granny und schiebt sie ein kleines Stück von sich, um ihr besser in die Augen sehen zu können.

Mit seiner Hand fährt er über ihre Wange.

„Es tut ..."

Ehe er seinen Satz beenden kann, wandert sein Blick zur Seite. Er reißt die Augen weit auf und die Irisfarbe fängt an zu flackern. Violett, Schwarz und Grün kämpfen um die Vorherrschaft.

Er greift nach Granny und schmerzhaft bohren sich seine Hände in ihre Oberarme. Er schleudert sie zur Seite und sie landet am Rande der Wolke. Das alles passiert so schnell, dass Granny nicht begreift, was vor sich geht.

Im gleichen Moment, in dem sie zu ihrem Sohn aufsieht, durchstoßen die Finger Xwedayês seinen Körper.

„Solas! Kesetiaan!"

Granny kann ihren Augen nicht trauen.

Ihr wird gleichzeitig heiß und kalt, sämtliche Farbe weicht ihr aus dem Gesicht. Blut spritzt und landet auf ihrer Wange, auf der nur Sekunden zuvor die Finger ihres Sohnes lagen. Ihr Herz schlägt so laut, dass es alles andere übertönt. Ihr Hals fühlt sich an, als würde sie schreien, doch sie hört nichts. Tränen fließen aus ihren Augen und lassen ihren Blick verschwimmen.

Sie versucht, nach ihrem Kind zu greifen. Ihre Hände zittern wie Espenlaub. Sie sind zu kurz, um ihn zu erreichen, und Granny fasst ins Nichts.

Alles um sie herum zerfällt.

Die Wolke gibt nach und sie stürzt gemeinsam mit Kesetiaans Körper in die endlose Tiefe.

So viel Schmerz.

Xwedayês Geist greift die unseren an und zerstört uns von innen heraus. Wie Stromschläge peitscht sein Zorn durch uns. Er zerreißt die Grenzen zwischen Solas und Kesetiaan. Erinnerungen verschwimmen und mischen sich neu zusammen, bis selbst wir nicht mehr wissen, an welcher Stelle der eine aufhört und der andere anfängt.

Er verschlingt uns.

Unser Leib wird taub und unsere Gedanken versinken in endlosem Chaos.

So viele sind durch unsere Hände gestorben, doch zum ersten Mal spüren wir, wie es sich anfühlt. Die Dunkelheit greift nach uns und Kälte macht sich breit. Sehnsucht beherrscht unsere Gedanken und Angst.

Sterben wir nun? Ist es ... vorbei?

Es wird sie traurig machen. Granny wird sauer auf uns sein. Wir müssen ... noch etwas länger ... durchhalten.

Mama ...

KAPITEL 32

Verblasstes Licht

Das Pferd zur Höchstleistung antreibend fliegen Cikatro und Malika förmlich über den hellen Sandstrand. Angespannt atmet sie die Seeluft ein und versucht noch immer, aus Zenatrias kryptischen Worten schlau zu werden. Es stört sie, dass sie ihrem Bruder zwar näher kommt, aber weiterhin nicht weiß, wie sie ihm helfen soll.

Ob sich Kesetiaan auch so hilflos gefühlt hat, als er an meiner Stelle war?

Malika seufzt lautlos auf. Sie schaut auf und erkennt am Horizont die Hafenstadt. Hausdächer schieben sich Stück für Stück über die Hügel und machen den Blick frei für den friedlichen Ort.

Der Weg nach Merakete hat sie mehrere Stunden gekostet, in denen sie von dem Sturm eingeholt wurden. In Massen ergießt sich der Regen auf die Insel und durchnässt Malikas Kleidung. Vorsichtig greift sie nach der Tasche mit der Phiole und schließt für einen Moment die Augen. Kalt rinnen ihr die Regentropfen über das Gesicht und lassen sie erschaudern.

Dann vernimmt sie ein Geräusch. Nur sehr leise und durch den Regen gedämpft erklingen Stimmen.

„Hörst du das?", fragt Malika. Sie öffnet ihre Augen und sieht sich suchend um. Cikatro horcht auf, doch er nimmt nur das Pfeifen des Windes, das rauschende Meer, das Hufgetrappel und das Schnaufen seines Pferdes wahr. Er lenkt es ins Landesinnere und lässt es langsamer werden. Dann endlich hört auch Cikatro aufgeregte Wortfetzen.

„Ich glaube, das kommt von dem Hügel dort."

Er deutet in die Richtung und reitet direkt auf die Stimmen zu. Sie erreichen einen hoch gelegenen Platz nahe der Hafenstadt, auf dem sich eine Schar Menschen versammelt hat. Noch während sie absteigen, nähern sich ihnen die Leute.

„Was machst du denn hier, Cikatro?"

Eine Frau mit Schärpe kommt auf sie zu. Ihre Züge sind hart und ihr Blick wirkt verunsichert und misstrauisch.

„Nura ... Die Frage könnte ich ebenfalls stellen." An Malika gewandt sagt er: „Das ist Nura, die Lehnsherrin von Merakete."

„Ich bin ...", fängt Malika an, wird aber direkt durch eine rüde Handgeste der Frau unterbrochen. Ein abschätziger Blick trifft sie, ehe Nura ihre Aufmerksamkeit auf Cikatro richtet.

„Mir egal, wer sie ist. Hast du was damit zu tun, dass der Xwedayê angegriffen wird? Und mit der alten Hexe, die meine Stadt in Aufruhr versetzt hat?"

Aufatmend sehen sich Cikatro und Malika an.

Granny lebt!, denken beide und folgen Nuras Wink.

Wie ein gigantisches Mahnmal steht der Xwedayê im Hafen. Aus der Entfernung und durch das Wetter lässt sich nur schwer erkennen, was gerade vor sich geht. Sie entdecken einzig farbige Punkte, die durch die Luft fliegen.

„Wir müssen da hin, schnell!"

Malika tritt angespannt mit dem Fuß auf und zögert. Obwohl alles in ihr danach schreit, zu ihrem Bruder zu eilen, verspürt sie Angst im Angesichte der mächtigen Gottheit.

Eine Explosion ertönt und die Augen aufreißend sehen die Anwesenden hoch zum Xwedayê. Flammen sammeln sich vor seiner Brust und etwas stürzt in Richtung Meer.

„Die Sciathán", flüstert Cikatro und greift nach seinem Schwert.

Nur Sekunden später werden sie von einer gewaltigen Schockwelle erhascht. Viele der Stadtbewohner werden vom Boden gerissen und einige Meter durch die Luft geschleudert. Auch Malika wird zurückgeworfen und prallt gegen Cikatro, den sie mit sich auf die Erde reißt. Sie werden ein Stück zurück zum Strand getrieben, ehe der Druck nachlässt.

„Alles in Ordnung?"

Malika nickt und steht schnell auf. Gerade rechtzeitig, um noch zu sehen, wie die Hafenstadt von gigantischen Wellen verschlungen wird. Gnadenlos schlagen sie gegen die Häuser und reißen alles mit sich. Nur wenige Gebäude bleiben stehen, verschwinden allerdings fast vollständig unter Wasser.

„Wie konnte das ... In nur einer Sekunde wurde eine ganze Stadt versenkt", murmelt Malika. Sie ist geschockt vom Ausmaß der Zerstörung und weiß nicht einmal, was sie ausgelöst hat. Sich die vom Regen durchtränkten Haarsträhnen aus dem Gesicht wischend erkennt sie, dass nur eine einzige Wolke am Himmel übrig geblieben ist.

„Da ist er."

Cikatro folgt ihrem Blick. Auch wenn er Kesetiaan bei der Entfernung nicht erkennen kann, nickt er. Er steigt auf das Pferd auf und zieht Malika hinter sich.

„Wartet, das ist Wahnsinn!", ruft Nura ihnen nach. Die beiden ignorieren sie und reiten auf die Hafenstadt zu. Je näher sie kommen, desto deutlicher erkennen sie die Gestalten in der Ferne. Die Sciathán, die den Angriffen des Xwedayê ausweicht, und Granny, die zusammen mit Kesetiaan auf der Wolke sitzt.

Sie sehen, wie der Mondgott auf einmal seine Zielrichtung ändert und die unzähligen Bänder seiner Arme direkt auf die schwarze Wolke zusteuern.

„Nein!"

Malika starrt voller Entsetzen auf Kesetiaan und Granny, die in die Tiefe stürzen. Rasend schnell kommen sie dem Meer entgegen. Sie ist machtlos.

Es bringt nichts, dass das Pferd förmlich zu fliegen scheint und seine Hufe den Boden kaum mehr berühren. Obwohl das Tier alles gibt, reicht es nicht aus. Malika und Cikatro sind zu weit entfernt, um noch irgendwas ausrichten zu können. Trotz ihrer Mühen sind sie zu langsam, zu spät. Sie kann die beiden nicht retten.

In Malikas Augen brennen die Tränen. Ihr Herz schmerzt und sie kann kaum atmen.

Bitte, fleht sie in Gedanken, *so darf ich ihn nicht verlieren!*

„Dann flieg!", ertönt eine Stimme in ihrem Kopf. Ein blau schimmerndes Licht legt sich auf Malikas Haut. Eine Leichtigkeit begleitet es und sie hat das Gefühl, als würde jede physische Last von ihr abfallen. *„Nutze meinen Segen und flieg."*

„Zenatria ...", flüstert Malika. Sie ballt ihre Hände zu Fäusten und greift mit beiden Händen, nach der Hoffnung, die Zenatria ihr gerade bietet. „Halt an!"

„Was?"

Verwundert sieht Cikatro zu ihr und trifft auf ihren fest entschlossenen Blick. Ohne weiter zu fragen, bringt er das Pferd zum Stillstand. Malika springt ab und löst die Axt, auf die das Leuchten übergeht. Ihre Augenfarbe verändert sich zu einem klaren Eisblau, das in der Sonne fast weiß wirkt. Sie stellt sich auf, als würde sie in einen Marathon starten, und stößt sich mit aller Kraft vom Boden ab. Wie eine Kanonenkugel schießt sie durch die Luft und steuert auf Kesetiaan und Granny zu.

Fassungslos sieht Cikatro ihr hinterher. Noch immer auf dem Pferd sitzend ertönt mit einem Mal auch in seinem Kopf Zenatrias Stimme.

„Ich erkenne deine Stärke an, deshalb gab ich dir das Eisschwert. Mein Segen ist nur von kurzer Dauer, doch er wird dir die Möglichkeit geben, an Xwedayê Rache zu üben. Flieg, kämpfe und beweise dich

mir erneut. Vielleicht erweist du dich dann eines dauerhaften Segens als würdig."

Die Stimme verblasst und hinterlässt ein langsam abklingendes Echo. Cikatros Hand wandert zum Schwertgriff und er kann spüren, wie die Kälte auf ihn übergeht. Sein Körper wird von einem seltsamen Licht umhüllt und lässt ihn blau schimmern. Er steigt vom Pferd ab und tätschelt seinen Hals.

„Entschuldige, dass ich dich so angetrieben habe. Ruh dich etwas aus, mein Freund."

Dann nimmt er die gleiche Haltung wie Malika zuvor ein und stößt sich mit Schwung vom Boden ab. In der Ferne sieht er, wie sie den fallenden Freunden rasant näher kommt.

„Malika!", schreit er. „Überlass Kesetiaan mir und schnapp dir Granny."

Ohne ihm zu antworten, passt sie ihren Kurs an und greift im Flug nach Grannys Körper. Die Arme der alten Frau schlingen sich um ihren Hals und sie spürt ein Zittern. Malika landet mit ihr sicher auf einem Hausdach, das den Fluten noch nicht vollständig zum Opfer gefallen ist. Die Frau und ihre Axt ablegend untersucht Malika sie auf etwaige Verletzungen.

Cikatro macht das Gleiche mit Kesetiaan. Der Körper des Dämons ist so schwer, dass er Mühe hat, ihn festzuhalten. Da er sich allerdings nicht wehrt, gelingt es Cikatro, Kesetiaan ebenfalls auf dem Dach abzulegen.

„Granny, um Himmels willen, geht es dir gut?"

Malika streicht ihr einzelne Haarsträhnen aus dem Gesicht, um sie besser betrachten zu können. Tiefe Schatten liegen unter ihren Augen und sie wirkt schrecklich abgekämpft.

„Es geht schon. Ich bin nur froh, endlich nicht mehr durch die Gegend zu fliegen." Erschöpft wandert Grannys Blick zu Kesetiaan und Cikatro. „Lebt er noch?", wispert sie.

Ihr entgeht nicht, wie Cikatro seine Lippen zusammenpresst, während er den gemeinsamen Freund begutachtet. Auch nicht, wie schwerfällig Kesetiaans Atem klingt.

Unter ihm bildet sich ein größer werdendes Blutrinnsal, das auf den Rand des Dachs zusteuert, um dann ins Meer zu tropfen. Allen Anwesenden ist klar, dass Kesetiaans Zeit rasant abläuft. Mit Malikas Hilfe kämpft sich Granny auf die Beine und sie humpeln auf Kesetiaan zu. Sich an seine Seite setzend umklammert Malika seine Hand und Granny bettet derweil seinen Kopf in ihren Schoß.

Cikatro stellt sich hinter sie und sieht immer wieder sorgenvoll zum Mondgott auf. Wie erstarrt steht Xwedayê da und starrt emotionslos auf sie herab. Als würde er darauf warten, dass sie sich verabschieden, ehe er auch den Rest der Insel den Fluten übergibt.

Sein Schwert umklammernd hält sich Cikatro genau für diesen Moment bereit.

Granny betrachtet das Gesicht ihres Jungen und atmet erleichtert auf, als sich seine Augenlider flatternd öffnen. Darunter kommen die violetten Iriden des Schattens zum Vorschein.

Sie kann spüren, wie ein Beben durch Malika geht und Wut aufbrandet. Malika öffnet bereits ihren Mund, um das Wesen anzublaffen, da legt Granny eine Hand auf die ihre.

„Granny ...", flüstert sie und ihre Wut verpufft so schnell, wie sie aufkam. Ein müdes Lächeln liegt auf Grannys Lippen und für einen langen Moment starren sie sich gegenseitig in die Augen.

„Bitte, hasse ihn nicht. Seine Taten waren grausam, aber die Schuld trägt er nicht allein. Auch ich kann mich nicht davon ausnehmen."

Granny klingt so erschöpft, wie sie aussieht. Noch nie zuvor hat sie sich derart nach ihrem Bett und einer langen Umarmung gesehnt.

Malikas Blick wird sanfter, ehe sie sagt: „Du liebst beide, richtig?"

Sie holt die Flasche der Vanduo hervor und betrachtet sie. Kurz überlegt Malika, was sie nun tun soll. Nur zu gut erinnert sie sich an den Hinweis, den Zenatria ihr mitgegeben hat. Dann hält sie Granny das Fläschchen entgegen. Es fällt ihr unendlich schwer, diese Aufgabe abzugeben. Doch ein Gefühl sagt ihr, dass ihr das Verständnis für den Schatten fehlt und sie ihm seine Schandtaten niemals verzeihen kann. Niemals könnte sie Liebe für ihn empfinden.

Verwundert greift Granny nach dem Fläschchen und betrachtet das gläserne Gefäß.

„Ich glaube, dass nur du in der Lage bist, sie voneinander zu trennen. Nur du liebst Kesetiaan und den Schatten gleichermaßen."

Vorsichtig umfasst Granny die kleine Flasche, ehe ihr Blick zu den violetten Augen wandert. Sie beißt sich auf die Lippe und hält die Tränen zurück.

„Vergib mir, Solas, dass ich erst jetzt hier bin. Ich habe dein ganzes Leben verpasst und konnte dich nicht vor all dem Schmerz bewahren. Ich konnte dir nie die Liebe schenken, die du verdient hast." Sie hält kurz inne. „Bitte, verlasse Kesetiaans Körper, du hast genug Schaden angerichtet. Lass uns wenigstens Abschied nehmen."

Sekunden vergehen, in denen keiner etwas sagt. Wellen schlagen gegen das Haus, auf dem sie sich befinden, und Gischt schlägt ihnen entgegen.

Kesetiaans Augenlider schließen sich und dunkler Nebel kriecht aus jeder Pore seines Körpers. Langsam fließt der Schatten aus ihm heraus und geht in die Flasche über. Innerhalb des Glaskörpers verformt sich der Nebel und wird zu einer molasseartigen schwarzen Flüssigkeit. Kaum ist Solas' Gestalt vollständig darin eingetaucht, formt sich wie aus dem Nichts ein Korken und verschließt die Phiole. Eine Schnur wickelt sich mehrfach um den Flaschenhals und leuchtet kurz auf.

„Das Gefäß und sein Inhalt sind versiegelt", erklärt Cikatro. Granny hört ihm nur mit halbem Ohr zu.

Sie haucht ihrem Sohn zu: „Ich danke dir."

Dann steckt sie die Flasche in Malikas Tasche zurück und wendet sich Kesetiaan zu; gerade rechtzeitig, um zu sehen, wie sich seine Augen wieder öffnen. Sie erstrahlen in einem sanften Grün.

Unfokussiert wandert sein Blick durch den Himmel, bis er endlich auf Granny trifft. Ein Lächeln macht sich in seinem Gesicht breit und er hebt eine Hand, um über ihre Wange zu streifen.

„Granny ... es tut mir leid, dass ich dir so viele Probleme bereitet habe", keucht er angestrengt. Sein Atem geht schwer und jedes Wort kostet ihn eine Unmenge an Kraft.

Granny gibt sich alle Mühe, weiterhin zu lächeln. Sie blinzelt ihre Tränen fort und schluckt gegen den Kloß in ihrem Hals an.

„Ach was. Ich bin froh, dass ich alte Frau dir helfen durfte. Es gibt niemanden, mit dem ich diese Reise lieber unternommen hätte."

Kesetiaan wirkt furchtbar erschöpft und es bricht Granny das Herz, dass sie nichts mehr für ihn tun kann. Ein Blick auf seine Verletzungen reicht aus, um zu wissen, dass es vorbei ist. Da helfen weder Pflaster noch Schokokuchen weiter.

Sein gesamter Torso wurde mehrfach durchlöchert und es gleicht einem Wunder, dass sie überhaupt mit ihm sprechen kann. Vielleicht haben sie das sogar Solas zu verdanken oder der Magie dieser Welt. Was es letzten Endes ist, ist für Granny nicht von Bedeutung.

Sie nimmt es einfach hin und ist dankbar für jede Sekunde, die ihnen bleibt.

Kesetiaans Blick wandert zu Malika und sein Lächeln wird breiter.

„Du hast mich gerettet ... meinem Leben einen Sinn gegeben. Ich habe nur deinetwegen gelebt und ich wünschte ... ich dürfte noch länger dein kleiner Bruder sein."

„Nein, Kesetiaan, du hast mich gerettet. Ohne dich würde es mich heute so nicht geben. Das verdanke ich nur dir! Du warst der beste Bruder aller Zeiten. Mama wäre so unfassbar stolz auf dich und ich bin es auch. Ich liebe dich, Kesetiaan."

Fest umklammert Malika seinen Arm und zwingt sich zu einem Lächeln. Tränen ergießen sich über ihr Gesicht und sie schluchzt herzzerreißend auf. Sie führt seine Hand an ihre Wange und schmiegt sich Halt suchend daran. Ein Gewicht so schwer wie ein Amboss liegt auf ihrer Brust.

„Bitte ... kümmer dich um Malika", flüstert Kesetiaan und sieht dabei zu Cikatro auf.

Verwundert darüber, dass der Junge ihm eine solch wichtige Aufgabe anvertraut, schnürt es selbst dem hartgesottenen Ex-Piraten die Brust zu. Er nickt und gibt ein zustimmendes „Mhm ..." von sich.

Das reicht Kesetiaan bereits. Er vertraut Cikatro und weiß, dass Malika an seiner Seite sicher ist. Kurz schließt er seine Augen und sieht dann wieder direkt in Grannys.

„Und Granny ... sei bitte nicht böse auf Solas. Er wollte nur geliebt werden wie jeder andere ... auch."

Seine Stimme wird leiser und seine Augen fallen immer wieder kurz zu. Tränen benetzen Grannys Wangen. Sie kann sie nicht länger zurückhalten. Obwohl sie wusste, dass es so kommen könnte und die Sciathán nicht müde wurde sie davor zu warnen, hat sie bis zuletzt geglaubt, sie könnte das Schicksal aufhalten. Schmerzhaft zieht sich ihre Brust zusammen und sie hat das Gefühl zu ersticken. Mit zittrigen Fingern streicht Granny durch sein Fell.

„Nicht weinen. Es ist okay ... Ich werde zu einem Stern, weißt du. Und dann passe ich von oben auf euch auf. Ich leite euch durch jede Dunkelheit."

„Du bist ein guter Junge, Kenny."

Die Spannung weicht aus seinem Körper, der Brustkorb bewegt sich nicht mehr und das Klopfen seines Herzens verklingt. Ein letztes Mal legen sich die Lider über seine grünen Augen.

Granny beugt sich zu Kesetiaan hinab und legt ihre Lippen hauchzart auf seine Stirn.

Unzählige Male hat sie auf diese Weise ihre Kinder und ihren Enkel zu Bett gebracht. Hat sie mit einem Gutenachtkuss bis zum Morgen verabschiedet. Von Kesetiaan nimmt sie sich auf die gleiche Weise Abschied, bis sie ihm in die nächste Welt folgt. Ein dicker Kloß bildet sich in ihrem Inneren und ihr Herz verkrampft sich vor Trauer. Sie setzt sich aufrecht hin und betrachtet das Kind in ihrem Schoß.

Ihr Kind.

Kesetiaan ist schon lange kein Fremder mehr für sie. Granny liebt ihn ebenso sehr wie ihr eigen Fleisch und Blut und sie trauert um ihn wie um ein verlorenes Familienmitglied.

Und wie schon bei dem Verlust ihres Mannes hat sie das Gefühl, auch einen Teil ihrer Selbst zu verlieren. Bitter und heiß brennen die Tränen auf ihren Wangen. Obgleich des Schmerzes ist es befreiend und sie ist unendlich dankbar, dass sie sich von ihrem Kind verabschieden durfte. Dass sie an seiner Seite sein und ihn bis zu letzt lieben durfte.

„Das Licht ist erloschen und die Dunkelheit versiegelt."

Schmerzhaft dröhnt eine verzerrt klingende Stimme in den Köpfen von Granny, Malika und Cikatro. Ein Schatten legt sich über sie und verdunkelt den Himmel. Hohe Wellen peitschen gegen das Haus. Das Beben lässt sie beinahe den Halt auf den Dachschindeln verlieren. Mit weit aufgerissenen Augen starren die drei nach oben.

Xwedayê steht nur wenige Meter von ihnen entfernt. Seine roten Augen leuchten unheilvoll auf.

Wie ein Filter legt sich die Aura des Mondgottes über die Welt. Das Tageslicht wird grau und trist. Sterne glitzern am tiefschwarzen Himmel und jede Farbe verblasst. Kälte windet sich unter Grannys Kleidung und sie erzittert.

„Das Schicksal ... ist unvermeidbar."

KAPITEL 33

Untergang des Mondes

Malika atmet tief durch. Sie wischt sich die Tränen aus dem Gesicht und streicht ein letztes Mal über die Wange ihres Bruders. Dann steht sie auf und stellt sich neben Cikatro. Ohne die roten Augen aus dem Blick zu lassen, sagt sie: „Jetzt reicht es mir." Sie greift nach der Eisaxt und deutet damit auf Xwedayê. „Was interessiert mich dieses verfluchte Schicksal, von dem du sprichst? Ich will in Ruhe um meinen Bruder trauern."

„Dann sollten wir das schnell zu Ende bringen. Ich habe auch noch eine Rechnung mit dem Möchtegerngott offen."

Cikatro zieht sein Schwert und macht es Malika gleich. Erneut breitet sich ein sanftes blaues Leuchten auf ihnen aus. Gleichzeitig stoßen sie sich vom Dach ab und fliegen auf Xwedayê zu. Während Malika auf seine linke Schulter zusteuert, hält Cikatro direkt auf das Gesicht zu.

Mit der Axt weit ausholend schlägt Malika auf die schwarze Haut ein. Doch ihr Schlag richtet nichts aus. Die Klinge ist nicht scharf genug, um durchzudringen, und ihr fehlt die Kraft, um sie mit purer Gewalt durch die lederne Schicht zu drängen. Dennoch versucht sie es weiter und schlägt auf die immer gleiche Stelle.

„Scheiße!", flucht sie lautstark und ihre Gedanken kreisen auf der Suche nach einer Lösung. Sie hat so lange im Fliederdorf gelebt und Geschichten über den Mondgott gehört. Sie ist sich sicher, irgendwie eine Möglichkeit zu finden, um ihn zu besiegen. Es muss einen Weg geben. Angestrengt presst sie ihre Zähne zusammen.

Ich werde den Gott zu Fall bringen und die Menschen der Insel beschützen, damit keiner mehr unter ihm leiden muss. Für Kesetiaan!

Aus dem Augenwinkel nimmt sie wahr, dass Cikatro vor dem gleichen Problem steht. Sein Schwert trifft immer wieder auf den Schädel des Xwedayê und prallt ab, ohne Schaden auszurichten.

In der Luft stehen bleibend schließt Malika die Augen.

Ob der Segen von Zenatria mehr kann? Wenn ich ...

Sie konzentriert sich auf die Kälte, die wie eine zweite Haut auf ihr ruht. Langsam spürt sie, wie das Gefühl tiefer wandert, sich zusammen mit dem Blutfluss in ihrem ganzen Körper ausbreitet. Malika schüttelt sich instinktiv. Ihr ist so kalt, dass ihre Lippen blau werden und ihre Haut ungesund bleich. Dunkelblau treten ihre Adern hervor, und als sie die Augen öffnet, sind ihre Iriden ebenso rot wie Zenatrias.

„Wenn ich ihn nicht von außen verletzen kann, muss ich eben in sein Inneres vordringen", flüstert Malika. Sie dreht die Axt in ihren Händen und richtet die Klinge neu aus. Sie rennt los und legt ihre gesamte Kraft in den nächsten Schlag. Hart trifft sie auf die lederne Haut, die sich nur Sekunden später weiß färbt. Das Eis der Axt breitet sich über Xwedayês Schulter aus und lässt die Kälte eindringen.

„*Nutzlos*", spricht die Stimme des Mondgottes in ihrem Kopf und sie weicht zurück. Die Handbänder greifen nach ihr und Malika ist dazu gezwungen, ihnen auszuweichen. Sie pariert einige der Angriffe und schlägt immer wieder zu. Mit jedem Treffer verteilt sie das Eis auf dem Leib des Gottes, wo es sich langsam weiter ausbreitet.

Auch Cikatro ist die Sinnlosigkeit der Angriffe schnell klar geworden. Es wundert ihn nicht, schließlich hat er schon einmal gegen den Mondgott verloren. Weder Kanonenkugeln noch Harpunen konnten die Haut durchdringen. Sie haben ihn nicht einmal gejuckt.

„Es wäre ja langweilig, wenn es so einfach ginge."

„*Nutze meinen Segen*", flüstert Zenatria in seinen Gedanken. Mitten im Angriff bleibt er in der Luft stehen. Den Worten folgend macht er es Malika gleich und nimmt die Kälte in seinem Inneren an. Er spürt das Eis in seinen Adern und wie es durch sein Herz pumpt. Ein Lächeln liegt auf seinen Lippen, als er den Angriff fortsetzt und kräftig auf den Kopf des Xwedayê einschlägt. Die Haut färbt sich weiß. Langsam breitet sich das Eis aus und wird mit jedem Schlag mehr.

Kaum erreicht die Verfärbung die Hörner, geht von dem Mondgott eine gewaltige Schockwelle aus, die Cikatro zurückschleudert.

„Verflucht ..."

Er findet in der Luft Halt und atmet tief durch. Dabei sieht er, wie Malika den Händen ausweicht. Überall finden sich mittlerweile weiße Flecken auf der Haut des Mondgottes. Cikatro verspürt Genugtuung; offenbar ist Xwedayê doch nicht unbesiegbar.

Und noch etwas fällt ihm auf.

„Wo ist eigentlich die Sciathán? Ich habe sie vorhin gesehen, wie sie den Angriffen ausgewichen ist. Aber seit Granny und Kesetiaan vom Himmel gefallen sind, ist sie verschwunden. Ob er sie ... getötet hat?", fragt er und bemerkt nicht, wie er in Selbstgespräche verfällt.

Suchend wandert sein Blick über das tosende Meer und die überflutete Stadt. Die einzige Person, die er entdecken kann, ist Granny. Sie sitzt unverändert auf dem Hausdach und sieht zu ihnen hoch.

„*Die Zeit ist gekommen. Der Mond versinkt im Meer und dieses Mal wird nichts von ihm übrig bleiben.*" Wieder erklingt die dröhnende Stimme Xwedayês in den Köpfen der Menschen. Seine Augen richten sich auf Cikatro.

Mit beeindruckender Geschwindigkeit zielen die Handbänder auf Cikatro und er kann dem Angriff nur ganz knapp ausweichen. Durch die Luft tänzelnd gelingt es ihm immer wieder, aus der Schusslinie zu gelangen.

Malika wird ebenfalls zurückgedrängt; die Schläge werden schneller und sie schafft es nicht mehr anzugreifen. Sie bemerkt nicht, wie sie sich in einem Netz der Bänder verfängt. Erst als der Xwedayê es zuzieht und Malika darin einfängt, wird sie sich ihres Fehlers bewusst.

Ihr Schrei hallt über das Meer und Cikatro lässt sich davon ablenken. Auch ihn erhaschen die Bänder und umschlingen seinen Körper. Ein gewaltiger Druck geht von ihnen aus und presst den beiden den Sauerstoff aus der Lunge. Malika spürt, wie ihre Knochen brechen. Blut quillt aus ihrem Mund und sie hat das Gefühl zu ertrinken.

Dennoch liegt ein Lächeln auf ihren Lippen und sie spricht die Worte nach, die ihr Zenatria einflüstert: *„Oighear na eternity, ithe trí flesh. Cuir deireadh le saol mo naimhde."*

Ein eisiger Wind folgt auf den Zauberspruch, und kaum trifft er auf die weiße Haut des Xwedayê, brechen Frostlanzen daraus hervor. Mühelos zerreißen sie den Mondgott von innen und bringen ihn zum Schwanken. Seine Griffe um Malika und Cikatro werden fester und schwarze Punkte sammeln sich in ihren Gesichtsfeldern.

Erschrocken keucht Malika auf. Sie kann nicht mehr Atmen und ihr Bewusstsein schwindet langsam. Der Schmerz weicht einer gähnenden leere und unendlich scheinender Dunkelheit.

Da erklingt ein weiteres Mal eine Stimme in den Köpfen aller, allerdings nicht die des Xwedayê.

„Das Schicksal ist unvermeidbar! Und dennoch lohnt es sich dafür zu kämpfen."

Ein roter Blitz frisst sich durch die beiden Oberarme des Mondgottes und trennt sie mühelos ab. Endlich lockert sich der Griff um Malika und Cikatro und sie schaffen es, sich daraus zu befreien. In der Luft kniend ringen sie nach Atem und sehen dabei zu, wie die gigantischen Arme ins Meer stürzen und darin versinken.

Aus den übrig bleibenden Stumpen fließt eine schwarzrote Masse. Kaum trifft sie auf das Wasser, fängt es an zu dampfen und das Blut wird zu Erde. Immer mehr quillt hervor und unter dem Xwedayê bildet sich eine kleine Insel.

„Du stellst dich mir erneut in den Weg?", fragt die dröhnende Stimme des Mondgottes und lässt Malika angestrengt aufkeuchen. Sie hält sich den schmerzenden Kopf und versucht wieder zu Atem zu kommen. Cikatro überwindet die wenigen Meter zu ihr und sie spürt, wie sich seine Arme um ihren Körper legen.

Das Eis in ihren Leibern verselbstständigt sich und fängt an, die gebrochenen Knochen zu richten. Es fühlt sich an, als würden sie gleichzeitig verbrennen und erfrieren, während jemand mit Messern auf sie einsticht. Tränen rinnen aus Malikas Augen und sie hält sich an Cikatro fest, der sich auf die Lippe beißt, um nicht vor Schmerz zu schreien.

„Du hattest recht, mein Blick war beschränkt. Doch nun sehe ich es ganz klar vor mir, mein Schicksal und das dieser Welt." Wieder pfeift der rote Blitz durch die Luft und schlägt in einem der Häuser der Hafenstadt ein. Aus der Staubwolke erhebt sich die mächtige Gestalt der Sciathán. Mit wenigen Flügelschlägen macht sie sich auf den Weg zu Granny.

„Kesetiaans Tod durfte nicht verhindert werden. Sein Licht am Nachthimmel ist von zu großer Bedeutung für diese und auch andere Welten."

Granny blickt in die gelben Augen der Sciathán. Das Wesen wirkt abgekämpft und blutet aus zahlreichen Wunden. Sie ist mehr tot als lebendig. Dennoch hält sie sich aufrecht und beugt sich zu Granny und Kesetiaan hinab.

„Es tut mir leid, dass du diesen Verlust erleiden musst. Ich weiß, dass du nichts von meinen Worten hältst, doch sein Schicksal war unvermeidbar. Nur durch seinen Tod können in naher Zukunft viele Leben gerettet werden. Und es kommt der Tag, an dem du es verstehen wirst." Der Blick aus den gelben Augen wendet sich von Granny ab. *„Ich werde seine Seele am Himmel platzieren, so wie es sein Wunsch war*

und der Wille Hangaias. Auf dass er zum rettenden Licht wird, wenn die Dunkelheit über die Bewohner dieser Welt hereinbricht."

Obwohl es Granny schwerfällt, flüstert sie: „Danke."

Die Sciathán schüttelt sich. Weit öffnet sie ihren Mund, aus dem ein weißlicher Atem entkommt. Er hüllt Kesetiaans Körper ein und schließlich löst sich ein helles, strahlendes Licht von seiner Brust. Es schwebt einen Moment in der Luft, ehe es um Granny herumfliegt und sich auf den Weg in den Himmel macht. Sie folgt ihm mit ihrem Blick, der immer wieder kurz verschwimmt.

„Das Schicksal hat nicht nur sein Ableben vorhergesehen." Mit kräftigen Flügelschlägen erhebt sich die Sciathán und fliegt auf den Xwedayê zu. *„Hangaia zeigte mir eine Zukunft, in der du die Insel zerstören würdest, und sie ließ mich Granny kennenlernen, damit ich verstehe, dass ich genau das verhindern muss."*

„Du bist eine Närrin. Die Ewalu sind ein Teil Hangaias. Vernichtest du mich, wird alles enden. Die Magie wird das Feuer weiter nähren, bis es zu gewaltig ist, um noch aufgehalten zu werden." Ein unheimliches Leuchten geht von der roten Kugel in Xwedayês Brust aus und die Dunkelheit seiner Hörner breitet sich weiter aus. Es lässt die Sterne am falschen Nachthimmel verstummen. *„Das Ende der Welt wird aufbrechen und die Finsternis, die dahinter schlummert, wird Hangaia überfluten. Die Erde wird bersten und es wird Feuer regnen. Mit meinem Erwachen kommt unweigerlich das Ende."*

„Dann siehst du eine andere Zukunft als ich. Denn ich sehe Hoffnung in dem Schmerz und der Unbeschwertheit eines Jungen. Ich sehe die Liebe in den Taten einer alten Frau und ihren Kindern. Ich sehe die wandelnde Dunkelheit und das Licht, das in ihr erstrahlt. Ich sehe eine Hexe und einen Zauberer neue Bande knüpfen und alte Verletzungen heilen. Ich sehe, wie die Vergangenheit neu aufersteht, um die Zukunft zu retten." Ihre Flügel weit ausbreitend geht auch von der Sciathán ein helles Leuchten aus und die Sterne am Nachthimmel

antworten ihr. Ein Licht nach dem anderen taucht auf. Jede Seele, die von der Sciathán eingesammelt und am Himmel platziert wurde, meldet sich mit einem sanften Glimmen. *„In der Zukunft, die ich erblicken durfte, gibt es viel Leid und Elend. Doch niemals erlöschen dabei Liebe und Hoffnung. Deshalb ist es in Ordnung, wenn wir beide aus dem Schicksal der Welt gestrichen werden. Wir werden nicht länger gebraucht. Wir haben unsere Aufgabe erfüllt."*

Der Xwedayê macht einen großen Schritt auf die Sciathán zu. Die Masse, die aus einem seiner Armstumpen fließt, verfestigt sich mit einem Mal und erneut fliegen zahlreiche Handbänder durch die Luft. Ihnen ausweichend fliegt die Sciathán auf die Schale zu, sich immer wieder vergewissernd, dass der Mondgott ihr folgt.

Seine Schritte sind schwer und lassen die Insel erbeben. Kaum betritt Xwedayê mit einem Fuß das Wasserbecken der Vanduo, gefriert es zu Eis. Schwankend versucht er, das Gleichgewicht nicht zu verlieren, da schießt der rote Blitz an ihm vorbei.

„Granny", erklingt die Stimme der Sciathán. *„Ich bitte für meine Mutter um Vergebung. Es war ein schreckliches Versehen, dass dein Sohn hierhergezogen wurde. Ein Fehler, den sie nicht rückgängig machen konnte. Der Schatten dachte, er würde Hangaias Zorn entfachen, wenn er den Avaaran öffnet, um einen Duuliye zu beschwören, doch sie war froh darüber. Sie sorgte dafür, dass es vor dir auftaucht. Damit du ihn retten kannst."*

Für einen Moment herrscht Stille. Die Sciathán kann Grannys Herzschlag in ihrem Kopf hören. Sie ist sich sicher, dass die alte Frau vieles zu sagen hat, sobald sie diese Info erst mal verdaut hat. Gerne würde sie ihrer sanften Stimme noch lange lauschen. Doch die Zeit ist um und das Ende der unsterblichen Sciathán nahe. Ihr bleibt nur, Granny mit einer letzten Bitte zu bedenken.

„Finde den Jungen, der das Ende der Welt aufreißt. Er wird dich in baldiger Zukunft brauchen."

In eine fließende Drehung übergehend wendet die Sciathán und durchschlägt den Rücken des Gottes. Sie durchbricht die Kugel in seiner Brust und steuert direkt auf den Vulkan zu.

Zeitgleich stehen Malika und Cikatro auf. Das magische Eis hat ihre Knochenbrüche und inneren Verletzungen geheilt. Sie sind unfassbar erschöpft, dennoch erkennen sie die einmalige Chance, welche die Sciathán ihnen gerade bietet. Sie stoßen sich ab und fliegen auf eines von Xwedayês Beinen zu. Mit ihren Waffen weit ausholend wiederholen sie den Zauberspruch gemeinsam.

„Oighear na eternity, ithe trí flesh. Cuir deireadh le saol mo naimhde."

Eiskristalle bilden sich in der Luft um sie herum und als sie das Bein treffen, zerspringt es wie Glas. Der Xwedayê verliert den Halt. Er schafft es nicht, sich gegen die Erdanziehung zu wehren. Sein Arm landet im Tal und sein Kopf direkt über dem Vulkankrater.

„Leb wohl, Granny."

Die Sciathán fällt in die schwelende Kälte des Vulkans. Eiskalter Dampf umschließt ihren Körper und lässt ihn binnen eines Sekundenbruchteils vollständig gefrieren. Mit einem splitternden Geräusch kommt sie am Grunde des Eisvulkans auf und zerstört das Gleichgewicht der darin gesammelten Kräfte.

Ein Beben wandert durch die Insel und lässt die Bewohner den Atem verängstigt anhalten. Eine tiefe Stille folgt, ehe sie durch ein gewaltiges Grollen durchbrochen wird. Die Erde reißt auf. Risse breiten sich um den Krater herum aus und eiskalte Dämpfe steigen empor.

Mit einem plötzlichen, ohrenbetäubenden Knall schießt eine riesige Fontäne aus gefrorenem Gas und Eispartikeln aus dem Krater und geradewegs in Xwedayês Gesicht. Das Eis frisst sich mühelos in seinen Leib und lässt jeden Zentimeter seines Körpers einfrieren. Wie eine zweite Haut legt sich das Eis über ihn. Unzählige Kristalle brechen aus ihm heraus und hüllen seinen Leib vollständig ein, bis ein gigantischer Eisberg im Zentrum der Insel entsteht.

Die Kälte, die vom Vulkan ausgeht, ist fast greifbar, als kilometerhohe Wolken aus eisigem Dampf aufsteigen und den Himmel hinter sich verbergen. Eine Flut aus flüssigem Eis ergießt sich über die umliegende Landschaft. Rasend schnell und zerstörerisch begräbt sie alles unter sich, was sie erreichen kann, und gefriert.

Malika und Cikatro beobachten aus sicherer Entfernung, wie die Insel Dayax wieder zu einem Vollmond wird. Wie die Schale zu Eis erstarrt und der Skógur unter einer weißen Decke begraben wird. Erleichtert stellen sie fest, dass das Eis schließlich zum Stillstand kommt und die bewohnten Orte nicht in Mitleidenschaft gezogen werden.

Stille kehrt ein und kleine Flocken lösen sich aus den Wolken. Sie fallen lautlos herab und landen auf Dayax. Auf den Fliederblüten, den Wiesen und den Häuptern der Menschen.

Eine Hand ausstreckend sieht Malika dabei zu, wie sich die Schneeflocken auflösen, kaum dass sie auf ihre Haut treffen. Sie erschaudert.

„Es ist vorbei", flüstert Malika, während sie dabei zusehen, wie immer mehr Schnee fällt, nur um direkt wieder zu schmelzen. Cikatro legt ihr einen Arm um die Schultern und sie lehnt sich an ihn. Tränen der Erleichterung rinnen über ihre Wangen und Malika spürt, wie eine Last von ihr abfällt.

Langsam machen sie sich auf den Weg zurück zu Granny. Sie landen auf dem Dach neben der alten Frau und das Licht auf Malikas und Cikatros Haut verglimmt. Die Kälte weicht aus ihren Körpern.

„Es ist vorbei."

Wärme.
Ich hatte vergessen, wie es sich anfühlt. Wie es ist,
vollständig von ihr umschlungen zu werden. Eingehüllt in
Liebe und Herzlichkeit. Wenn ich nur verstehen würde,
warum sie bereit ist, mich nach allem, was ich getan habe,
noch immer zu lieben.
Ich nahm ihr ein Kind und sie ist dennoch so gütig, mir eine
Chance zu geben.
Darf ich das wirklich?
Habe ich das Recht dazu, das anzunehmen?
Nach allem ...
Ich will es versuchen.
Will ein Leben an Mamas Seite führen, wenn auch nur als
ihr Schatten. Und ich werde einen Weg finden, um ihr zu
danken.
Auch wenn ich die Leben, die ich genommen habe, nicht
aufwiegen kann, so werde ich den Rest meiner Existenz
nutzen, um Leben zu bewahren.
Und gleichermaßen werde ich Kesetiaans Erinnerungen
hüten. Ein Teil von ihm wird bis zum Ende aller Tage in mir
weiterleben.

KAPITEL 34

Ein Abschied

Seit Stunden sitzt Granny auf einer Kiste im Zentrum von Lerako. Sie erinnert sich nicht daran, was seit dem Fall des Mondgottes passiert ist oder wie sie die Hafenstadt verlassen hat. Stumm starrt sie vor sich hin und bekommt die Gespräche um sich herum kaum mit. Alles geht in einem konstanten Rauschen unter.

Granny ist müde.

So schrecklich müde, dass sie zwischenzeitlich nicht sicher ist, ob sie noch wach ist oder schon schläft. Sie gibt dem Drang nicht nach. Zu groß ist die Angst, dass sie von Kesetiaan träumt. Das würde sie im Augenblick nicht ertragen, ohne in ihrer Schuld zu ertrinken. Der Schmerz vereinnahmt ihre gesamte Gefühlswelt. Tränen brennen in ihren Augen und sie bekommt nur schwer Luft.

Da legt sich etwas Warmes über ihre Wahrnehmung. Die Kälte wird in den Hintergrund gedrängt und Taubheit macht sich in Granny breit. Sie spürt etwas in ihrem Kopf, das sich wie eine sanfte Berührung anfühlt, und eine Stimme dringt zu ihr durch.

„Es ist nicht deine Schuld ... sondern meine."

Schluchzend starrt Granny auf die Flasche in ihrer Hand, in der Solas versiegelt ist. Malika muss sie ihr irgendwann gegeben haben, doch sie erinnert sich nicht mehr daran. Beim Öffnen ihrer Hand spürt sie, dass sie sie wohl schon sehr lange hält; ihre Gelenke schmerzen und die Muskeln brauchen einen Moment, um klarzukommen. Sie betrachtet die schwarze Flüssigkeit.

Ich kann deine Stimme hören. Aber warum?, denkt Granny und schluchzt erneut.

„Weiß ich nicht. Soll ich lieber schweigen?"

„Nein!", ruft Granny laut und wird von den umstehenden Menschen verwirrt angesehen. Murmelnd entschuldigt sie sich und verlässt den Platz. Sie geht in eine der Hütten und lässt sich auf den Fellen nieder, um in Ruhe mit Solas sprechen zu können. Kaum sitzt sie, fehlen ihr allerdings die Worte. Erst nach einer ganzen Weile vernimmt sie wieder Solas' Stimme.

„Ich weiß, dass ich kein Recht dazu habe, aber ich würde gerne weiter mit dir reden. Bitte."

Granny denkt darüber nach. In ihr kämpft der Schmerz, den Solas mit seinen Taten ausgelöst hat, mit der Liebe, die sie für ihren verlorenen Sohn empfindet. Tränen fließen ihre Wangen hinab und ihr Magen verkrampft sich. Obwohl sie so viel zu sagen hat, schafft es kein einziges Wort über ihre Lippen.

„Dann hör bitte nur zu. Ich verspreche, dass ich dich niemals belügen werde."

Ihre Augen schließend lehnt sich Granny an die Wand und lauscht Solas' Worten. Bis zum Schluss bleibt sie stumm und hört zu, wie ihr Kind von seinem Leben erzählt.

„Dunkelheit. Sie war alles, was ich kannte. Sie begleitete mich vom Anbeginn der Zeit bis zum heutigen Tage. Lange schon, bevor ich mir meiner selbst bewusst geworden war, war sie da. Wie eine Mutter hielt und wärmte sie mich. Nie war ich ohne sie, ihren Schutz und ihre Liebe ..."

Stunde um Stunde vergeht. Immer wieder dämmert Granny kurz weg und hat doch nicht das Gefühl, etwas von Solas' Geschichte zu verpassen. Fast so, als würde er ihre Träume nutzen, um auch dort mit ihr zu sprechen. Manchmal glaubt sie sogar, sich daran zu erinnern, wie sie mit Solas gemeinsam an einem Tisch sitzt. Der Geruch von Tee beruhigt sie dabei und hin und wieder blickt sie aus einem Fenster, hinter dem nichts zu sehen ist.

Irgendwann verstummt seine Stimme und Granny öffnet langsam ihre Augen. Sie fühlt sich ausgeruhter und kräftig genug, um wieder Mut zu fassen.

„Solas", flüstert sie und wartet einen Moment. „Ich verstehe, dass dein Leben schwer war, dass du Unsägliches durchmachen musstest und nur nach einem Ausweg gesucht hast. Dennoch hast du Furchtbares getan."

„Ich weiß. Diese Schuld wird immer ein Teil von mir sein." Er pausiert, dann ergänzt er so leise, dass Granny es kaum mehr wahrnimmt: *„Ich habe so viele Wesen gequält und ihnen Schmerzen zugefügt. Auch Kesetiaan. Wir waren uns so ähnlich. Ich wollte ihm nicht schaden, doch ich war längst über den Punkt hinaus, an dem ich noch umkehren konnte. Und am Ende nahm ich ihm letztlich das Einzige, was er hatte – sein Leben."*

„Dann lebe. Für ihn und all die anderen." Eine Weile schweigen sie, ehe Granny fragt: „Gibt es einen Weg, wie ich wieder nach Hause komme? Ich ... will heim. Zu meinen Kindern und meinem Enkel. Ich will sie in den Arm nehmen."

„Hangaia wird dich mit Sicherheit zurückbringen. Dafür musst du aber an den Ort gehen, an dem Kesetiaan dich beschworen hat. Du kannst nur über den selben Weg zurück, über den du hierhergekommen bist."

„Und du weißt, wo ich hinmuss?"

„Ja, ich führe dich."

Granny erhebt sich vorsichtig und verlässt die Hütte. Draußen scheint die Sonne. Ein kühler Luftzug streicht über ihre Haut und lässt sie frösteln.

Aufmerksam sieht sie sich um und entdeckt viele unbekannte Gesichter. Suchend wandert sie durch das Dorf und findet schließlich Cikatro. Er unterhält sich mit der Frau, der Granny in Merakete den Topf in die Hand gedrückt und die anschließend die Stadt evakuiert hat. Kaum bemerkt Cikatro sie, lächelt er und kommt auf sie zu.

„Du siehst aus, als hättest du ein paar Stunden Schlaf bekommen."

Schmunzelnd betrachtet sie ihn und bemerkt die dunklen Augenringe. Seine Haut wirkt fahl und seine Haltung macht deutlich, dass er schon länger keine Pause mehr gemacht hat.

„Und du siehst aus, als könntest du ebenfalls eine Mütze voll Schlaf brauchen."

„Mag sein, aber die Zeit fehlt", entgegnet er und sieht sich unruhig um. Granny folgt seinem Blick, der misstrauisch auf den Fremden liegt.

„Wer sind diese Menschen?"

Seufzend antwortet Cikatro: „Die Überlebenden aus Merakete. Ihre Stadt ist untergegangen, deshalb haben wir sie hierhergebracht. Das ist nur eine Notlösung und keine besonders gute."

„Ihr habt auf der Insel nicht gerade viele Freunde, oder?", fragt Granny und stupst den Mann schalkhaft an.

„Ha! Absolut richtig."

„Das ist absolut nichts, worauf man stolz sein sollte." Die Frau mit der Schärpe tritt zu ihnen und mischt sich in das Gespräch ein. „All das Chaos, das ihr ausgelöst habt … Und wir müssen jetzt darunter leiden!"

„Mich dafür verantwortlich zu machen, bringt dir auch nichts, Nura. Es wäre einfacher, wenn wir stattdessen eine Lösung suchen, mit der wir alle leben können."

„Hmpf!"

Mit einem arroganten Blick wendet sich Nura ab und geht fort. Cikatro verdreht die Augen und sieht wieder zu Granny.

„Mach dir keine Sorgen, das wird schon. Sie braucht nur Zeit. Das alles ging so schnell …"

„Ich bin mir sicher, du bekommst das hin. Du bist ein wundervoller Mensch und ein guter Anführer."

„Das aus deinem Mund zu hören, bedeutet mir viel."

Granny überwindet die wenigen Schritte und umarmt Cikatro. Seine Arme legen sich um ihren Körper und sie kann seine Wärme spüren. Obwohl die beiden einen holprigen Start hatten, ist Granny unendlich dankbar für alles, was Cikatro getan hat. Er hat ihr mehr geholfen als jeder andere und hat sie bei ihrem irrwitzigen Plan unterstützt. Ohne seine Hilfe, wäre sie nie so weit gekommen.

„Du verlässt uns, richtig?", flüstert er und treibt Granny damit Tränen in die Augen. Sie nickt.

„Ja, es wird Zeit. Meine Familie wartet bestimmt bereits auf mich." Sie lösen sich wieder voneinander. „Ich muss zurück zum Fliederdorf."

Eine warme Hand greift nach der von Granny und sie sieht auf. Neben ihr steht Malika in einem dunkelblauen Kleid mit weißen Stickereien. Ein sanftes Lächeln liegt auf ihren Lippen und die Schatten unter ihren Augen haben sich verflüchtigt.

„Das passt gut, da müssen wir nämlich auch hin", sagt Malika. „Wir bringen Kesetiaan dorthin. Er hat es verdient, an einem schönen Ort beerdigt zu werden."

Granny nickt zustimmend und drückt Malikas Hand.

„Das hat er."

Tief atmet Granny den wundervollen Fliederduft ein. Sie hält ihre Augen geschlossen und lässt sich von dem Moment berauschen. Sie erinnert sich an die erste Begegnung mit Kesetiaan. An diesen großen Stiermann, der so unsicher wie ein Kind schien. Völlig verwirrt und alleingelassen. Er hat sich bereits von der ersten Sekunde an in ihr Herz geschmuggelt.

Unglaublich, wie viel ich in den wenigen Tagen erlebt habe.

„Granny." Sie öffnet ihre Augen und sieht direkt in die von Malika. „Wir sind bereit."

Nicht weit entfernt erkennt Granny einen kleinen Erdhügel. Während sie vor sich hingeträumt hat, haben ihre Freunde ein Grab für Kesetiaan vorbereitet und den Jungen beigesetzt. Wieder spürt sie, wie Tränen in ihren Augen brennen. Gemeinsam mit Malika geht sie die wenigen Schritte und sie legen einen kleinen Strauß Blumen auf den flachen Erdhügel.

Granny kniet sich daneben und legt ihre Hand auf das Grab.

„Leb wohl, Kenny. Gib mir noch ein paar Jahre, dann komme ich zu dir und wir machen uns auf den Weg in ein neues Abenteuer. Ich bin schon sehr gespannt, wohin es uns beim nächsten Mal treibt."

Lächelnd steht sie auf und beobachtet Malika, die sich ebenfalls hinkniet. Sie zieht sich die Kieselsteinkette über den Kopf und legt sie neben die Blumen.

„Dein erstes Geschenk an mich … Ich werde nie vergessen, wie du damals gestrahlt hast, als du mir den Stein übergeben hast. Ich wünschte, ich hätte dir ein schöneres Leben bieten können. Eines in dem du ständig so lachst und glücklich bist. Deshalb hoffe ich, da, wo du jetzt bist, kannst du jeden Tag die Schönheit dieser Welt erblicken."

Malika steht auf und ergreift wieder Grannys Hand. Sie gehen ein Stück zurück und beobachten die Menschen, die gekommen sind, um sich von Kesetiaan zu verabschieden.

Cikatro steckt ein Schwert in den Boden neben dem Grab und kniet sich hin. Auch er legt eine Hand auf de Erde. Kurz schließt er die Augen.

„Ich bin froh darüber, dass ich dich kennenlernen durfte. Es tut mir leid, wie unsere erste Begegnung ablief. Du bist kein Monster, sondern ein wirklich guter Freund und ich wünschte, wir hätten mehr Zeit gehabt. Ich hätte dich gerne noch besser kennengelernt, dir von der Welt erzählt und sie dir gezeigt."

Er stellt sich zu Malika und legt ihr einen Arm um die Schultern. Schmunzelnd beobachtet Granny, wie sich die junge Frau an Cikatro lehnt und ihm die Röte ins Gesicht schießt.

Faaru und Ascun streuen Blumensamen über das Grab und Ravine wirft eine Handvoll Fliederblüten aus. Zum Schluss legen die Schlangenbären Arj und Odz frische Früchte darauf ab.

Eine Weile stehen alle stumm da und lauschen dem Wind. Sie erinnern sich an die letzten Tage und ihre Zeit mit Kesetiaan. Schweren Herzens und gleichzeitig erleichtert genießen sie den Moment der Ruhe. Sie lauschen dem Klang des Windes und spüren die Wärme der Sonne auf ihrer Haut.

Es wird noch eine ganze Weile dauern, bis sich das Chaos auf der Insel wieder legt. Bis die Bewohner in einen neuen Rhythmus finden. Granny ist sich ohne jeden Zweifel sicher, dass es ihnen gelingen wird.

Sie glaubt fest daran, dass Cikatro und Nura Frieden schließen werden. Gemeinsam finden sie einen Weg, ein gutes Leben zu führen und mit den veränderten Bedingungen auf der Insel klarzukommen. Genauso wird Malika ihren Platz in dieser Welt finden. Vielleicht an Cikatros Seite, vielleicht auch irgendwo anders. Granny macht sich in dieser Hinsicht keine Sorgen und vertraut darauf, dass Kesetiaan sie leiten wird.

Ein Lächeln bildet sich auf ihrem Gesicht und sie tritt vor. Ihr Blick wandert über ihre Freunde, die sie in dieser Welt finden durfte, und wie automatisch legt sie ihre Hand an die Phiole um ihren Hals.

„Seht euch an, wie wundervoll ihr alle seid. Wie viel Mut und Liebe in jedem Einzelnen steckt. Jeder von euch hat seinen Weg aus der Dunkelheit gefunden und damit das Schicksal der Welt verändert. Ich bin so dankbar, dass ich die Gelegenheit erhalten habe, euch alle kennenzulernen." Mit einem Lächeln geht sie ein letztes Mal auf Kesetiaans Grab zu. „Nur weil dieses Abenteuer kein Happy End hat, heißt das nicht, dass die Geschichte selbst nicht trotzdem etwas Gutes an sich hat. Ich werde euch alle schrecklich doll vermissen! Niemals werde ich euch vergessen. Ihr seid tief in meinem Herzen verankert und ich danke euch allen so unendlich, für die letzten Tage."

Sie geht auf Ravine zu und umarmt ihn. „Pass gut auf dich auf und kümmere dich um das Fliederdorf. Ich weiß, dass du das Zeug dazu hast, es besser zu machen."

Sanft streicht sie über das Fell von Arj und Odz. „Ich werde nie vergessen, was ihr für uns getan habt. Habt Dank!"

Faaru gibt ihr einen Kuss auf die Wange. „Du bist wundervoll, mein Kind. Danke, dass du dich so um mich gekümmert hast."

Ascun nickt Granny zu und versucht, seine Trauer zu verbergen. Sie streicht ihm über den Kopf und flüstert: „Ein Freund wie du ist das Kostbarste, was man haben kann."

Dann wendet sich Granny zu Cikatro.

„Du bist wirklich besonders, alte Frau", sagt er und zeigt ihr ein Lächeln.

Sie erwidert: „Das gebe ich genauso zurück. Dass du nur gut auf dich aufpasst und hier für Ordnung sorgst!"

Schalkhaft boxt sie ihm gegen den Arm und umarmt ihn.

„Ich will nicht, dass du gehst." Malika ergreift Grannys Hände und sieht sie traurig an. „Aber ich weiß, dass du musst. Deshalb bitte ich dich, vergiss mich nicht."

Tränen sammeln sich in ihren Augen und Granny streicht die ersten feuchten Spuren von Malikas Wange.

„Du bist ein strahlendes Licht, meine Kleine. Lass dich nie wieder von der Dunkelheit vereinnahmen oder deinen Wert schmälern."

Ein Kloß bildet sich in Grannys Hals. Ein letztes Mal umarmt sie Malika, ehe sie sich umdreht und geht.

KAPITEL 35

Nach Hause

Die Welt um sie herum verändert sich und auf einmal steht Granny in einem dichten Wald. Nebel kriecht über den Boden und sie schüttelt sich aufgrund der plötzlichen Kälte.

„Geh weiter, bis zum Avaaran ist es nicht weit", flüstert Solas.

„Und du bist sicher, dass Hangaia das Tor wirklich für mich öffnet?"

„Ja. Ich habe dich zwar eigenmächtig hergeholt, doch wenn du dei ne Aufgabe erfüllt hast, dann wird sie dich heimbringen. Da bin ich mir sicher."

Ein kleiner Zweifel bleibt, dennoch geht Granny weiter durch den seltsamen Wald. Solas hat ihr Tage zuvor bereits von diesem Ort erzählt.

„Dieser Ort ist ein magischer Zwischenraum, der mit dem Weltennetz verbunden ist. Soweit ich weiß, ist es ein Ort, der tatsächlich irgendwo existiert, aber nur von Orakeln betreten werden kann. Nachdem ich Satyas Gestalt an mich nahm, erhielt auch ich Zugang."

Nach einer Weile werden die Bäume lichter und Granny betritt eine Waldwiese, in deren Zentrum ein zerbrochener Kalkstein steht. Seltsame, blau leuchtende Zeichen fliegen durch die Luft und ziehen langsam ihre Kreise.

„Diese Zeichen, was bedeuten sie?", fragt Granny. Sie erinnert sich daran, dass sie damals auch auf dem steinernen Tor zu sehen waren, das sie nach Hangaia brachte. Schon damals hat sie sich gefragt, ob die Symbole vielleicht ein Hinweis oder gar eine Warnung sind.

„Um den Avaaran zu öffnen, muss ein Preis bezahlt werden. Ist dies geschehen, leuchten die Zeichen auf."

„Mehr nicht? Ich dachte, da steht was Wichtiges."

Sie kann Solas' Schmunzeln förmlich spüren, und als er antwortet, versteht sie auch warum. *„Es ist wichtig. Nur steht dort nichts, was du nicht bereits weißt. Aber wenn du es so sehr wissen willst. ‚Der höchste Preis wurde gezahlt. Der Avaaran öffnet sich und verbindet zwei Welten. Er kann nur ein einziges Mal durchschritten werden.'"*

„Nur ein Mal? Aber dann ...", entgegnet Granny und wird abgelenkt, als fischähnliche Wesen mit gelb-schwarzem Fell und Flügeln aufsteigen und den fliegenden Zeichen Gesellschaft leisten. Die kleinen Tierchen kommen auf Granny zu und schmiegen sich vertrauensselig an sie.

„Das sind Nahla. Wenn sie noch immer hier sind ... dann hat Hangaia bereits mit uns gerechnet."

Wie aufs Stichwort kommt ein starker Wind auf. Ein Leuchten geht von dem Kalkstein aus und er zerbricht in unzählige kleine Brocken. Sie erheben sich in die Luft und fügen sich zu einem torähnlichen Gebilde zusammen. Die Nahla fliegen auf die Zeichen zu und führen sie zu dem Tor aus Kalksteinbrocken. Ein Strudel aus Farben bildet sich im Zentrum und der Avaaran öffnet sich.

„Du könntest mit mir kommen", flüstert Granny.

Der Schatten im Glas bewegt sich und die schwarze Flüssigkeit schimmert silbern. Sie kann seine Verwirrung in ihren Gedanken spüren. „Oder hält dich noch etwas hier in Hangaia?"

Mit einem sanften Lächeln nimmt sie die Phiole in die Hand und betrachtet sie.

„Nein, aber ... ich habe ...", wispert Solas. Seine Stimme ist nicht mehr als ein Hauchen und seine Unsicherheit ist greifbarer denn je.

„Meine Welt ist neu, sie kennt dich noch nicht. Dort könntest du von vorn anfangen. Natürlich kann ich dir nicht versprechen, dass es besser wird ... aber wir hätten die Möglichkeit, Zeit zusammen zu verbringen. Ich würde dich gerne bei mir haben, dich besser kennenlernen. Ich könnte dir die Welt zeigen und ... deine Familie."

Granny spricht das Angebot aus, ohne groß darüber nachzudenken. Der Wunsch, Solas mit sich zu nehmen, entspringt ihrem Herzen und sie hofft, dass Hangaia ihn ihr erfüllt. Ob es nun möglich ist oder nicht; ihn hier an einem Ort zurückzulassen, an dem ihn niemand will, erscheint ihr mehr als herzlos.

Wieder bewegt sich Solas in dem Glas und kleine Wellen schlagen gegen den Korken. Die Unsicherheit wird stärker und Granny spürt sie fast so deutlich, als wäre es ihre eigene.

Solas auf diese Weise zu fühlen, ist zwar seltsam, aber auch angenehm. Es geht eine liebevolle Wärme von ihm aus und Granny ist ihrem Kind dadurch unglaublich nah. Ein Gefühl, von dem sie nicht erwartet hat, es jemals mit ihm teilen zu können.

Nach einer Weile, in der er überlegt, welchen Weg er einschlagen soll, hört Granny Solas' Stimme. Kaum wahrnehmbar und doch so klar, dass es ihr eine Gänsehaut bereitet, wispert er: *„Nimm mich bitte mit."*

Und obwohl er es nicht ausspricht, fühlt sie noch einen weiteren Satz, der ihr fast die Tränen in die Augen treibt.

„Lass mich nicht wieder allein."

Mit einem Lächeln streicht sie sanft über das Glas und den Korken. Dann dreht sie sich zum Avaaran. Ohne einen Blick zurückzuwerfen, geht sie durch das Tor. Samtig schmiegt sich der farbenfrohe Strudel um ihren Körper und hüllt sie Sekunden später vollständig ein.

Ihre letzten Gedanken richtet sie an Hangaia, ehe sie diese Welt für immer verlässt.

Du hast mir mein Kind genommen, noch ehe ich es kennenlernen und in den Armen halten konnte. Nur um es dann völlig allein der

Dunkelheit zu überlassen. Ich hege deswegen keinen Groll gegen dich, auch wenn ich jeden Grund dazu hätte. Stattdessen bin ich dankbar, dass ich die Chance erhalten habe, ihn zu retten. Ihn endlich kennenzulernen. Deshalb ... Von Mutter zu Mutter bitte ich dich, Hangaia, lass ihn mich mitnehmen.

Behutsam tritt Granny aus dem magischen Tor heraus und findet sich in ihrem heimeligen Garten wieder. Obwohl er sich nicht verändert hat, hat sie das Gefühl, ihn zum ersten Mal seit einer wirklich langen Zeit richtig zu sehen. Dort, wo ihr zuvor nur aufgefallen ist, dass er schrecklich verwaist und vernachlässigt ist, fällt ihr jetzt seine Schönheit auf.

Schmetterlinge und Bienen fliegen von Blüte zu Blüte und scheinen sich über das wild wuchernde Gras zu freuen. Vögel zwitschern und tragen abgefallene Äste in ihre Nester. Eine leichte Brise weht durch den Garten und lässt Granny seufzen.

„Ich bin zu Hause", flüstert sie und spürt eine Mischung aus Freude und Erleichterung, aber auch Bedauern und Trauer. Wie automatisch greift sie mit der Hand sanft nach der Phiole an ihrem Hals. Sie schluckt schwer und betet, dass Hangaia ihrem Flehen nachgekommen ist.

„Bist du da, Solas?"

Die schwarze Masse bewegt sich langsam und träge. Eine Weile passiert nichts und Granny fängt schon an, sich Sorgen zu machen.

„Solas?"

Endlich spürt sie, wie sich ein leichter Druck in ihrem Kopf ausbreitet und das wärmende Gefühl zurückkehrt.

„*Ich bin hier*", erklingt Solas' Stimme. „*Das ist ... deine Welt?*"

„Nun ist es auch deine."

Granny lächelt. Sie atmet tief durch und macht sich langsam auf den Weg zum Haus. Sie ist unendlich erleichtert, dass alles gut gegangen ist. Dass Hangaia sie wirklich erhört hat und Solas nun endlich ein Teil ihres Lebens sein darf.

„Miss Mitchell? Sind Sie da?", erklingt eine Stimme und als Granny um die Hausecke geht, kommt ihr der Postbote entgegen. „Ach, hier sind Sie. Ich habe mehrmals geklingelt und mir schon Sorgen um Sie gemacht."

„Aber, aber, Edgar. Mir geht es gut. Du weißt doch, dass ich immer etwas brauche, bis ich aus meinem Schaukelstuhl komme."

Granny lacht und klopft dem Postboten liebevoll auf den Oberarm. Sie konnte den Jungen schon immer gut leiden. Vor allem macht er sich nicht nur die Mühe, den ganzen Weg zu ihr zu kommen, um ihr Rechnungen und Briefe vorbeizubringen. Er bringt ihr auch immer mal wieder leckeres Essen vorbei und hat sie schon mehrfach zum Dorfarzt begleitet. Wenn er nicht gerade arbeiten muss, leistet er ihr bei einer Tasse Tee Gesellschaft und lässt Granny auf diese Weise am Leben außerhalb ihres Hauses teilhaben.

Auch heute hat Edgar Post für sie.

„Der Stempel ... Das ist ein Brief aus Amerika", erklärt er und sieht sich dabei um, als würde er ein Geheimnis ausplaudern. Edgar schenkt Granny ein breites Grinsen, dann verabschiedet er sich wild winkend und geht wieder. Sie schaut ihm nach, wie er das Gartentor hinter sich schließt und langsam in Richtung Glencoe verschwindet.

Dann erst richtet sie ihren Blick auf den Umschlag in ihren Händen und ist überrascht. Sanft streicht sie über das beige Papier.

„Ein Schreiben von Elain?", flüstert es in ihrem Kopf und Granny stimmt mit einem Kopfnicken zu.

Vorsichtig öffnet sie die verklebte Lasche und holt den Brief heraus. Mit zittrigen Fingern faltet sie ihn auseinander und fängt an vorzulesen.

„Hallo Mama, es ist furchtbar lange her, seit ich dir geschrieben habe. Dafür möchte ich mich entschuldigen und ebenfalls für die vielen Streitereien, die wir in all der Zeit ausgefochten haben. Aber darum soll es nicht gehen. Ich will dich nach New York einladen und dir jemanden vorstellen. Du wirst sie mögen, das verspreche ich. Deshalb ... Bitte, Mama, es würde mir viel bedeuten, wenn du bei meiner Hochzeit dabei wärst. Ich habe Flugtickets für dich, Thomas und seine Familie mitgeschickt. Ich warte auf dich. In Liebe, Elain."

Tränen und Schluchzer kämpfen sich hartnäckig ihren Weg aus Granny heraus. Die Worte auf dem Papier verschwimmen vor ihren Augen und es fällt ihr schwer, sie richtig zu lesen.

Sie kann hören, wie sich Schritte nähern und jemand vor ihr stehen bleibt. Aber sie konzentriert sich voll und ganz auf die Flugtickets, die sie nun in den Händen hält. Gebucht ist ein Flug, der in zwei Tagen in Edinburgh startet und den Flughafen John F. Kennedy in New York ansteuert.

Solche Ticket hielt sie bereits in den Händen. Seit Elain vor dreißig Jahren weggezogen ist, hat sie ihr schon einige Flugtickets für einen Besuch geschickt. Aber erst heute hat Granny wirklich das Gefühl, dafür bereit zu sein. Was ist schon eine Reise mit dem Flugzeug im Vergleich zu einem Ritt auf dem Rücken der Sciathán? Sie weiß wie es ist zu fallen und hat genug Vertrauen, dass alles gut ausgeht.

Große warme Hände legen sich auf ihre. Beim Aufsehen blickt sie in die braunen Augen von Keith. Ehe er irgendwas sagen kann, flüstert sie: „Ich will zu ihr. Ich will zu Elain und sie in meine Arme nehmen. Ich vermisse sie so sehr."

„Dann bringe ich dich zu ihr."

Keith umarmt sie und Granny hält sich mit beiden Händen an ihm fest. Ihr Körper wird von Schluchzern durchgeschüttelt. Während sie sich freut, ihre Tochter bald wiederzusehen, spürt sie auch die Trauer wieder aufbranden. Keith erinnert sie einfach viel zu sehr an Kesetiaan.

Es lässt ihr Herz bitterlich schmerzen und sie beschließt, in dieser Welt ebenfalls ein Denkmal für ihn zu errichten. Direkt neben Henrys Grab.

Nach einer Weile beruhigt sie sich und Keith begleitet sie ins Haus. In der Küche setzen sie sich auf die Eckbank und Granny fühlt sich schrecklich fremd. Fast so, als wäre es die Kochstube eines anderen. Alles sieht genau so aus wie vor ihrem Abenteuer. Die Teekanne steht neben dem Herd und ist noch heiß. Die Sahne wartet darauf, geschlagen zu werden, und der frisch gebackene Kuchen ist bereit, gegessen zu werden.

Aber genau wie im Garten sieht Granny den Raum nun mit anderen Augen. Ihr ganzes Leben hat sie hier verbracht und sich stets eingeengt gefühlt. Doch nun erschlagen sie die Wände förmlich. Granny atmet einmal tief ein und wieder aus, dann widmet sie sich ihrem Kuchen.

Statt sich ein Stück abzuschneiden, bricht sie eine Ecke ab und steckt sie sich in den Mund. Die Schokolade schmilzt auf ihrer Zunge und das saftige Aroma des Teiges breitet sich aus. Ein Lächeln macht sich in ihrem Gesicht breit.

Sie hat eine Entscheidung getroffen.

„Keith", spricht Granny, „würdest du mich heute schon mitnehmen? Meine Koffer sind ohnehin gepackt und hier halte ich es nicht länger aus. Außerdem will ich nicht wieder einen Rückzieher machen. Diesmal nicht."

„Bist du sicher? Für mich ist es kein Problem, du kannst so lange mit zu mir kommen."

Noch mal lässt Granny ihren Blick über die alte Tapete, die Küchenzeile und das Fenster gleiten. Sie greift nach der Phiole und flüstert: „Ich war mir noch nie in meinem Leben so sicher."

Auch Keith lächelt.

Er bricht ebenfalls ein Stück vom Schokokuchen ab und betrachtet seine Oma einen Moment. Ihm entgeht nicht, dass sie müde und abgekämpft wirkt. Dass ihre Haut deutlich sonnengebräunter ist als bei seinem letzten Besuch und ihre Augen so sehr strahlen wie nie zuvor. Auch das Kleid, das sie trägt, hat er noch nie gesehen.

„Wirst du es mir erzählen?", fragt er und steckt sich das Kuchenstück in den Mund.

Mit einem schelmischen Grinsen dreht sich Granny zu ihm.

„Wir haben einen langen Weg vor uns. Genug Zeit also, dass dir deine Oma mal wieder eine magische Geschichte erzählen kann."

Epilog

Der Klang lachender Stimmen und fröhlicher Musik erfüllt den großen Saal, als Granny, Keith und Thomas die Hochzeitsfeier betreten. Die Decke ist mit funkelnden Lichtern verziert, die wie der Sternenhimmel leuchten, und die Tische sind mit Blumen geschmückt, die in allen Farben des Regenbogens erblühen.

Granny bleibt einen Moment stehen, ihre Augen weit geöffnet, während sie sich umsieht. Keith stupst sie an und deutet auf jemanden.

Tränen sammeln sich in Grannys Augen, als sie ihre Tochter entdeckt. Elain trägt ein strahlend weißes Kleid, das mit unzähligen Perlen bestickt ist, und ihre schwarzen Haare sind kunstvoll hochgesteckt. Mehr noch als das Hochzeitskleid strahlt Elain selbst, während sie mit einer Frau tanzt, die das gleiche Kleid trägt.

Voller Tatendrang schnappt sich Keith Grannys Hand und zieht sie mit sich. Er steuert auf Elain zu, und als diese die beiden bemerkt, wird ihr Lächeln noch breiter.

„Mama", flüstert sie erstickt. Sie löst sich von der Frau, eilt auf Granny zu und umarmt sie. Sie nimmt den blumigen Duft und die Wärme ihrer Tochter wahr. „Ich habe so gehofft, dass du kommst. Es ist so unfassbar schön, dich zu sehen."

„Ich bin auch froh. Du bist wunderschön, Elain!"

Langsam trennen sie sich voneinander.

Elain dreht sich um und winkt ihre Tanzpartnerin heran. Sie greift nach ihrer Hand und sagt: „Mama, das hier ist Charlotte, die Liebe meines Lebens."

Granny betrachtet die Frau. Sie ist etwas kleiner als Elain und trägt ihre blonden Haare offen. Ihr Gesicht und ihre Schultern sind voller Sommersprossen, was sie so lieblich aussehen lässt, dass Granny nicht anders kann, als sich direkt in sie zu verlieben.

„Es freut mich unendlich, dich kennenzulernen. Nenn mich einfach Granny, das machen alle so, und wenn du erlaubst, ich würde dich gerade furchtbar gerne umarmen und in unserer Familie willkommen heißen."

Sie breitet ihre Arme aus und nach einem heiteren Lachen umarmt Charlotte sie.

„Ich freue mich auch sehr darüber. Es ist so schön, dich endlich mal zu treffen."

Sich lösend geht Granny ein Stück zurück.

„So, jetzt aber genug davon. Ihr sollt feiern und tanzen. Reden können wir morgen immer noch."

„Wie lange wirst du in der Stadt sein?", fragt Elain und fürchtet bereits, dass Granny direkt wieder verschwindet.

Das Antworten übernimmt Keith. „Wir haben bisher kein Rückflugticket gekauft, also kannst du damit rechnen, dass wir noch eine Weile bleiben."

Zufrieden gibt Elain Granny einen Kuss auf die Wange und zieht Charlotte mit sich auf die Tanzfläche. Mit sanften Schritten folgen sie der Musik und nur wenig später machen es ihnen weitere Paare nach.

Den beiden nachsehend umgreift Granny die Phiole an ihrem Hals. Sie spürt Solas' Aufregung und seine Neugierde. Für ihn bietet diese Welt so unglaublich viel Neues, dass er kaum aus dem Staunen rauskommt. Am meisten begeistert er sich allerdings dafür, seine Familie endlich kennenzulernen.

„*Sie sehen glücklich aus*", spricht Solas in ihren Gedanken. „*Jetzt musst du dir keine Sorgen mehr darum machen, dass sie womöglich einsam ist.*"

„Ja", flüstert Granny mit verträumtem Blick. „Das habe ich mir immer für sie gewünscht."

Keith beobachtet sie. Obwohl er mittlerweile die ganze Geschichte kennt und weiß, dass sich in der Flasche sein Onkel befindet, macht es das nicht weniger verwirrend für ihn. Doch da Granny glücklich aussieht und endlich ihren Träumen folgt, freut er sich, dass er ihr dabei zur Seite stehen darf. Er lächelt leicht und legt seine Hand auf ihre Schulter.

„Was meinst du, sollen wir mal testen, ob die Hochzeitstorte was kann?"

Lachend entgegnet Granny: „Auf jeden Fall!"

Sie hakt sich bei Keith ein und gemeinsam machen sie sich auf den Weg zum Büfett. Mit zwei voll beladenen Tellern setzen sie sich zu Thomas an einen Tisch. Sein grimmiger Blick ist auf die Tanzfläche gerichtet, und erst als Granny ihn anstupst, sieht er zu ihr.

„Warum schaust du wie sieben Tage Regenwetter? Geht es dir etwa nicht gut?"

„Ich bin fünfundfünfzig, Mutter. Du musst mich nicht mehr betüddeln." Er atmet einmal tief durch und entspannt seinen Gesichtsausdruck. „Entschuldige, ich weiß nicht ..."

„Er ist nur stinkig, weil er jetzt einsehen muss, dass du doch noch nicht in ein Altersheim gehörst. Außerdem leidet Papa unter dem Jetlag."

Keith steckt sich ein großes Stück Limettentorte in den Mund und schließt genießend die Augen.

Die Lippen zusammenpressend verkneift sich Granny ein Kichern. Als sie allerdings Thomas' ertappten Blick bemerkt, kann sie es nicht mehr zurückhalten.

„Da musst du nicht gleich so ein Gesicht ziehen. Ich hab dir von Anfang an gesagt, dass Oma noch fit ist."

Sich räuspernd entgegnet Thomas: „Das mag sein, aber mit achtzig ist sie trotzdem zu alt für ..."

„Für ein Leben voller Abenteuer? Für eine Weltreise? Oder die Erfüllung meiner Träume?", fragt Granny und sieht ihren Sohn mit schief gelegtem Kopf an. „Vielleicht bin ich das, vielleicht auch nicht. Wenn ich es nicht ausprobiere, werde ich es allerdings nie herausfinden."

Sie steckt sich ebenfalls ein Stück von der Torte in den Mund. Genüsslich essen Granny und Keith auf, während Thomas weiter vor sich hin schmollt. Sie genießt jeden einzelnen Bissen und freut sich darüber, dass sie den Mut gefunden hat, den ersten Schritt zu wagen. Endlich hat sie es geschafft, sich aus dem Käfig zu befreien, den sie sich selbst gebaut hat. Endlich kann sie ihrer Familie mit hocherhobenem Haupt gegenübertreten und sich ihre Träume erfüllen. Denn auch wenn sie es noch keinem verraten hat, plant Granny, nicht allzu bald nach Schottland zurückzufliegen. Das Altenheim kann warten. Für sie beginnt nun endlich das große Abenteuer, von dem sie ihr Leben lang geträumt hat.

Nach einer Weile steht Granny auf und sagt: „Keith, mein Lieber, es wird Zeit, dass wir uns dem Brautpaar anschließen. Schwingen wir das Tanzbein!"

Keith grinst. Er steht auf, klopft seinem Vater auf die Schulter und begleitet Granny auf die Tanzfläche. Während sie sich über das Parkett bewegen, kann sie Solas' und Keiths Wärme spüren.

In diesem Moment fühlt sie sich zum ersten Mal seit langer Zeit wieder wirklich wohl. Sie ist bereit, ihr Leben endlich zu leben und sich ihre Träume zu erfüllen.

Eis und Dunkelheit

Das verlorene Königreich Éadrom wird von Dunkelheit beherrscht. Es ist ein Ort, an den weder das Licht der Sonne, des Mondes noch der Sterne gelangt. Die einzige Lichtquelle ist der Puls. So wird das Leuchten aus dem Innersten der Erde bezeichnet, das sich durch Risse und Spalten nach oben kämpft. Das rote Licht zieht sich wie ein Spinnennetz durch die Dunkelheit.

Im Zentrum des Reiches steht ein Schloss aus schwarzem Marmor. Rauchschwaden winden sich um die spitz zulaufenden Säulen bis hoch zu den Gargoyles an den Zinnen. Die schwungvollen Geländer und glatten Treppen sind mit Runen versehen, die leicht glimmen.

Klirrend erklingen Schritte in der Dunkelheit. Eiskristalle bilden sich um die Stellen, die ihre Füße berühren. Ungerührt von der unheilverkündenden Atmosphäre steigt Zenatria die Treppe empor, die zum Thronsaal führt. Eiskalte Dunstschwaden folgen ihr und hinterlassen frostige Spuren.

Mit einem hämischen Lächeln stößt sie die große Tür auf, die ihr den Blick in den Saal versperrt.

Die Herrin der Dunkelheit sitzt auf ihrem Thron.

Ihre Gestalt, obgleich sie nicht gerade klein ist, geht in der schieren Masse des schwarzen Thronsessels unter, welcher die gesamte Stirnseite des Raumes einnimmt. Auch er besteht aus dunklem Marmor und wird zusätzlich von Goldadern durchzogen, die zu pulsieren scheinen. Die meterhohe Lehne windet sich wie Äste dem Himmel entgegen und stützt die Decke des Saals, an dem künstliche Sterne hängen. Neben dem Thron existieren keine weiteren Möbel in der Halle. Nur ein Gebilde, das wie ein Vorhang aussieht und im Augenblick einen Gletscher zeigt – das Ende der Welt.

Kaum wird sich die Herrin ihres Besuchs bewusst, steht sie langsam auf und geht mit geschmeidigen Schritten auf sie zu.

„Zenatria. Von all den Gästen, die ich nicht erwartet habe, bist du die, mit der ich am wenigsten rechnete."

„Es ist auch schön, dich wiederzusehen, Ciemeyra. Hast du mich vermisst?"

Mit ihren drei Metern Körpergröße ist Ciemeyra noch mal ein ganzes Stück größer als Zenatria. Ihre blutroten Augen leuchten und ihr stechender Blick spießt den ungebetenen Besuch förmlich auf. Sie ist keine sonderlich schöne Frau. Zwar ist ihr Gesicht nicht unansehnlich, doch der scharfe, unliebsame Zug um Augen und Mund widerspricht jeglicher Ästhetik. Auch die wulstige Narbe, die sich von ihrem rechten Auge bis zum Schlüsselbein zieht, trägt nicht zu ihrer Attraktivität bei. Die blassen Lippen wirken absonderlich groß, während ihre Nase zu klein erscheint. Die lockigen tiefschwarzen Haare hängen ihr über das breite Kreuz bis zur Rückenmitte und einzelne Strähnen fallen in ihr Gesicht. Ihren Körper hüllt sie in ein langes, schmuckloses schwarzes Kleid, das hochgeschlossen ist.

Sich genug an dem Anblick ihrer älteren Schwester ergötzt spricht Zenatria: „Die Zeit ist gekommen."

Ciemeyra hebt ihre Augenbrauen.

„Das dachte ich mir schon. Welchen Grund hättest du sonst, hierher hinter das Ende der Welt zu reisen?"

„Das klingt fast so, als wäre es nicht Teil deines Plans gewesen. Sind deine Vorbereitungen nicht bereits in vollem Gange?"

Ein breites Lächeln bildet sich in Ciemeyras Gesicht und sie beugt sich zu Zenatria herab.

„Natürlich sind sie das. Schließlich dauert es nicht mehr lange, ehe einer von Hangaias Duuliye den Gletscher für mich öffnet." Sie richtet sich wieder auf und geht zurück zu ihrem Thron. „Nicht mehr lange, bis sich auch der Rest dieser Welt in Dunkelheit hüllen wird. Bis das Licht den Schatten weicht und die Wahrheit über uns alle kommt."

„Und Yaratilis?"

Zenatria folgt ihrer Schwester und wirft einen Blick durch den Vorhang. Eine Schlacht ist zu sehen. Zwischen Eis und Schnee kämpft eine Armee gegen einen Vestica, angeführt von einem jungen Mann aus einer anderen Welt.

„Ich weiß nicht, wo unser Bruder ist. Wie ich ihn kenne, wird er erst dazustoßen, wenn das Chaos bereits ausgebrochen ist."

„Nun, dann sollten wir ihn nicht zu lange warten lassen."

Sie sehen einander an.

„Am Anfang war das Ende. Das Ende der Welt, und dieses Mal wird es ihr Untergang sein. Endlich werden Licht und Schatten in einer Explosion aus Schmerz wiedervereint werden."

Ein lautes Knacken ertönt und der Boden fängt an zu beben.

Zenatria vernimmt ein weit entferntes Schreien. Durch den Vorhang dringen Töne und sie hört, wie die Eismauer knarrt und ächzt. Das unheilvolle Geräusch zerreißt den Wall und sprengt ihn förmlich in die Luft.

Ciemeyras tiefes Lachen erfüllt die endlose Dunkelheit und lässt die schlummernden Kreaturen erwachen.

Das Ende der Welt bricht auf.

Danke, dass du „The Shadow Within" gelesen hast!

Ich hoffe, Grannys Reise durch Hangaia, mit all ihren
Bewohnern und Kreaturen, hat dich begeistern können. Jetzt ist
der perfekte Moment, deine Eindrücke festzuhalten und sie mit
anderen zu teilen! Deine Meinung ist von unschätzbarem Wert –
nicht nur für mich als Autor, sondern vor allem für Leser, die
nach genau so einer Geschichte suchen.
Schon ein paar Sätze können viel bewirken!

Warum sind Rezensionen so wichtig?
Als Selfpublisher sind gerade Plattformen wie Amazon,
LovelyBooks usw. mein Schaufenster. Menschen gehen daran
vorbei, schauen rein und sprechen Leute an, die gerade
rauskommen, um zu erfahren, wie sie es fanden. Mit deiner
ehrlichen Meinung hilfst du also dabei, mein Buch bekannter zu
machen und auch andere Fantasy-Liebhaber dafür zu begeistern.
Dabei darfst du selbstverständlich auch Kritik äußern, bleib aber
bitte immer respektvoll und höflich!

Vielen Dank für deine Unterstützung und dass du Teil dieser
aufregenden Reise bist!

Die Reise geht weiter
Die Hangaia-Chroniken Band 3

Einst gab es drei.
Dunkelheit ist die erste – Sie ist die Tochter, erschaffen um zu bewahren, was alle anderen vergessen haben. Die Hüterin einer grausamen Wahrheit und mit der Macht, alles zum guten oder zum schlechten zu wenden.

Wer ist die mysteriöse Frau hinter dem Ende der Welt? Und was verbindet sie mit Zenatria, der Herrin der Vanduo? Nun da der Gletscher geöffnet wurde, ist es nur noch eine Frage der Zeit, bis jemand hindurchtritt und sich die Welt für immer verändern wird.

Sei bereit, wenn Hangaia erneut nach einem Helden ruft und die Vergangenheit ihren Tribut fordert.

Folge mir auf Instagram um immer über den Stand meiner Bücher auf dem laufenden zu bleiben:
@hangaia_chroniken

Danksagung

Da jede Geschichte erst durch die Menschen lebendig wird, die sie begleiten, unterstützen und an sie glauben, gibt es natürlich auch einige Menschen denen ich an dieser Stelle danken möchte.

Mein größter Dank gilt meinen Leserinnen und Lesern. Ohne euch wäre diese Welt nur ein leeres Blatt Papier. Eure Begeisterung, euer Feedback und eure Unterstützung bedeuten mir mehr, als ich in Worte fassen kann. Danke, dass ihr mit mir durch Hangaia reist.

Ein herzliches Dankeschön geht ganz besonders an meine Mama. Wir hatten es nicht immer leicht miteinander, umso mehr bedeutet es mir, dass du heute hinter mir stehst und mich bei meinen wilden Abenteuern so unterstützt. Fühl dich ganz doll gedrückt!

Auch meiner liebsten Arbeitskollegin und Freundin Claudia möchte ich danken − ich werde unsere gemeinsamen Mittagspausen wirklich vermissen, die schrägen Gespräche und deine emotionale Unterstützung. Ich hoffe, dass dich die Erwähnung hier zum strahlen bringt und dir deinen Tag versüßt.

Ein riesiger Dank geht auch an alle, die beim Crowdfunding zu "The Shadow Within" mitgeholfen haben. Dank euch konnte dieses Projekt seine heutige Form überhaupt erst annehmen und zu seiner bestmöglich Version finden. Und dass diese Unterstützung absolut nicht selbstverständlich ist, macht das ganze für mich zu einem unfassbaren Erlebnis. Es haben 19 Leute mitgemacht und eine unfassbare Summe von 1.309 € zusammengebracht. Ihr seid einfach unglaublich und ich hoffe, dass euch Grannys Reise gefallen hat!

Danke, dass ihr an meine Geschichte geglaubt habt und ein solches Vertrauen in mich gesetzt habt.

Du hast direkt Lust auf weitere fantastische Geschichten?

Dann findest du auf den folgenden Seiten ein paar tolle Buchempfehlungen von mir. Alle davon wurden von Selfpublisher Autor*innen geschrieben, die ganz wundervolle Welten erschaffen haben.
Wenn dir also "The Shadow Within" gefallen hat, bin ich mir sicher, dass dir diese Geschichten ebenfalls zusagen werden. Schau also unbedingt mal bei ihnen vorbei und unterstütze sie.

Jeremy C. Gotzler

Not the Hero

Band 1
ISBN 978-3-384-27404-5
465 Seiten

Als Softcover, Hardcover
oder E-Book erhältlich.

www.hangaia.de
@ hangaia_chroniken

Die Reise des Jungen beginnt ...

Allein mit lustigen Sprüchen bewaffnet muss Sam sich in einer fremden Welt voller Dämonen und Magie behaupten. Gerade noch auf dem Weg zur Schule, findet er sich nun in allerhand lebensbedrohlichen Situationen wieder und kämpft um sein Leben. Zumindest bis er auf den Dämon Yujin trifft und sich dessen Reise zur Rettung eines Reiches anschließt, das vom Rest der Welt im Stich gelassen wurde.

Die Schmetterlingskönigin, die Herrin der Hauptstadt, die Weisen Tardors und der Usurpator des verfluchten Reiches werden dadurch gezwungen, ebenfalls zu handeln und Entscheidungen zu treffen, die über die Zukunft aller entscheiden. Erst viel zu spät erkennt Sam seine eigene Rolle auf dieser Reise durch die Welt Hangaia. Wird es Sam dennoch gelingen, Yujin in seinem Kampf beizustehen, ohne dabei alles zu riskieren? Und kann er einen Weg zurück in seine Welt finden?

Hrsg. D. Snow

Lightning and Thunder
The Dark-Tower

ISBN 978-3-3844-0883-9
200 Seiten

Onlineauftritte der Autoren:
- ⊚ d_snow_author
- ⊚ desiderium.poesie
- ⊚ phantastopia.de
- ⊚ dieschreibendekatze
- ⊚ yvonne.mitzel_ivy.bennet
- ⊚ finn.beck.autor
- ⊚ sarib0019
- ⊚ hangaia_chroniken

Dunkelheit. Blitze zucken durch die Schwärze der Nacht.

Ein Turm, einem Wächter gleich, ragt in den Himmel empor. Donner verkündet nahendes Unwetter.

Woran denkst du, wenn ein Blitz einschlägt? Eine unheilvolle Vorhersehung? Eine dunkle Prophezeiung? Ein Schicksal, das verändert wird? Eine Macht, die verliehen wird? Den herannahenden Tod?

8 Autoren.
8 Geschichten.
1 vom Blitz getroffener Turm.

**Alle Erlöse gehen an die Deutsche Kinderschutzstiftung
"Hänsel und Gretel".**

Aaron Weigel

Wächter der Morgenröte

Band 1
ISBN 978-3-7562-3990-0
308 Seiten

Band 2
ISBN 978-3-7583-5117-4
544 Seiten

www.aaronweigel.com | ⊚ aaronweigel_autor

Wir sind Geschöpfe des Himmels, Abkömmlinge der Sonne, die uns den Funken des Lebens eingehaucht hat. Wir waren ein Volk. Bis alles, woran wir glaubten, zerbrach. Nach dem blutigen Krieg, der die Völker Ascans entfremdete, mussten sich die Deva der Herrschaft der Dreizehn Fürsten beugen. Gefangen in ihrer Zufluchtsstätte harren die unsterblichen Geschöpfe des Himmels aus, um das prophezeite Ende der langen Nacht abzuwarten. Als ein verheerender Angriff seine Heimat auslöscht, begibt sich der Deva Azrael auf eine schier aussichtslose Rettungsmission: Getrieben von der Angst um seine Schwester Lilith macht er sich auf den Weg ins Nest des Feindes.

Auf seiner Reise begegnen ihm zwielichtige Gestalten, die es nicht gut mit ihm meinen, darunter die verschlagene Furie Eris, die Azraels tiefste Ängste zu kennen scheint. Die größte Gefahr jedoch lauert längst in unmittelbarer Nähe.

Dies ist das Zeitalter der langen Nacht. Wenn sich der Blutmond über dem Antlitz der Welt erhebt, steht die Zukunft eines ganzen Königreichs auf Messers Schneide.

Sonja Röhm-Reimann

Die Drachenreiter von Mera

Band 1
ISBN 978-1-7311-4607-6
568 Seiten

sonja-roehm-reimann-autorin.jimdosite.com | ⊙ roehmreimann

Durch ein Tor zwischen den Welten gelangt die schwer verletzte Karin in eine fremde Welt. Dort bekommt sie es nicht nur mit leibhaftigen, gefährlichen Drachen zu tun, sondern sie muss sich auch mit den gewöhnungsbedürftigen Sitten der Drachenreiter auseinandersetzen. Als wäre das nicht genug, braut sich eine tödliche Gefahr für Drachen und Drachenreiter zusammen.

Silke Horvath

Die fünf Sterne der Macht

ISBN 978-3-7597-2513-4
222 Seiten

Als Softcover, Hörbuch
und E-Book erhältlich.

www.timebubbles.de
🄾 timebubbles.books

Willkommen in den Hallen der St. Mary's Boarding School, einem Ort voller Geheimnisse und mystischer Kräfte. In den schottischen Highlands entfaltet sich eine Geschichte, die das Schicksal der Welt verändern könnte. Als das Verschwinden von Mitschülerinnen das Internat in Dunkelheit hüllt, beschließen die selbsternannte Rebellin Julie und ihre mutigen Freundinnen, der Wahrheit auf den Grund zu gehen. Doch was sie entdecken, ist mehr als nur das Werk dunkler Mächte. Eine uralte Prophezeiung über Hexen und ihre schicksalhafte Verbindung zueinander kommt ans Licht. Im Kampf gegen die Dunkelheit werden Freundschaften auf die Probe gestellt und verborgene Fähigkeiten zum Vorschein gebracht. Durch die Kraft des Pentagramms werden sie zusammengeführt und entdecken ihre magische Individualität, die in ihnen schlummert. Gemeinsam stürzen sie sich in einen gefährlichen Kampf, der sie nicht nur an den Rand ihrer Kräfte, sondern auch an die Grenzen ihrer Verbundenheit führt. Begib dich in die Welt der St. Mary's Boarding School, wo das Schicksal wartet und das Unmögliche möglich wird. Denn in den Hallen dieses Internats verbirgt sich mehr als nur eine düstere Legende - hier entscheidet sich das Schicksal einer ganzen Welt. Bist du bereit für das Abenteuer deines Lebens?